64,–

78.–

EV

Arthur Schnitzler
Richard Beer-Hofmann

Briefwechsel
1891 - 1931

Herausgegeben von
Konstanze Fliedl

Europaverlag
Wien · Zürich

Die Deutsche Bibliothek – CIP-Einheitsaufnahme

Schnitzler, Arthur: Briefwechsel : 1891 – 1931 /
Arthur Schnitzler ; Richard Beer-Hofmann.
Hrsg. von Konstanze Fliedl. –
Wien ; Zürich : Europa-Verl., 1992
ISBN 3-203-51150-9
NE: Beer-Hofmann, Richard:; Fliedl, Konstanze [Hrsg.];
Schnitzler, Arthur: [Sammlung]; Beer-Hofmann, Richard: [Sammlung]

Graphische Gesamtgestaltung: Heinz W. Lindinger, Wien

Lektorat: Wolfgang Astelbauer, Jessica Beer

Medieninhaber: Europa Verlag GesmbH

Satz: Sapperlot
Herstellung: Elbemühl Druck und Verlag GesmbH
Verlags- und Herstellungsort: Wien
Printed in Austria
ISBN 3-203-51150-9

Vorwort

I.

»Ich tröste mich am Goethe-Schiller'schen Briefwechsel über unsere mangelhafte Berühmtheit (Goethe mit *46* Jahren in Karlsbad wird mit *Klinger* verwechselt) und habe Euch sehr gern«, schreibt der neunzehnjährige Hofmannsthal im Juli 1893; Adressaten sind »lieber Richard und Arthur«.[1] Zu diesem Zeitpunkt steht die »Berühmtheit« der drei bedeutendsten Protagonisten österreichischer Jahrhundertwende-Literatur, Hugo von Hofmannsthal (1874–1929), Arthur Schnitzler (1862–1931) und Richard Beer-Hofmann (1866–1945), in der Tat noch aus: Schnitzler, 31 Jahre alt, wartet auf die öffentliche Aufführung des zweiten Einakters, des ›Abschiedssoupers‹ aus dem ›Anatol‹-Zyklus, im Saisontheater von Bad Ischl; Beer-Hofmann, 27 Jahre alt, bemüht sich um einen Verleger für sein erstes Buch. Die Freundschaft zwischen den drei Autoren, die Hofmannsthal in jedem Sinn stärker in Anspruch genommen hat, überdauert diese Anfänge der literarischen Karrieren.

Intensiv betreiben alle drei das merkwürdige Geschäft der Historisierung und Archivierung der eigenen Freundschaft: Lebenslang sammeln sie, was immer sie vom anderen erhalten. Anfang der neunziger Jahre rechtfertigt die Zuversicht, daß es mit dem Mangel an Berühmtheit bald vorbei sein wird, die Dokumentation ihrer Beziehung: »*wir sollen Greise sein mit wunderschönen hellen jungen Augen und seidenweichem weissen Haar, und* sehr *berühmt*«. Später, im Bewußtsein des Erreichten, geht die Erwartung ans Publikum zurück – dafür nimmt der Bedacht auf die Lebenszeugnisse als Erinnerung an eine kulturelle Epoche zu. Dem paradoxen Trost, den die Lektüre des Klassiker-Briefwechsels in den Anfangsjahren bieten konnte, folgt die Ambition, mit dem Privatesten – und gelegentlich Banalen – zugleich den Niederschlag von Zeit und kollektiver Geschichte zu konservieren. Die Briefe, die zwischen Schnitzler und Beer-Hofmann hin- und hergehen, schließen nicht nur die Korrespondenzen zwischen den drei

Schriftstellern gewissermaßen zum Zirkel; Hofmannsthal, dessen Briefwechsel mit Schnitzler[2] und Beer-Hofmann vorliegen, bleibt hier der Dritte im Bund. Sie begleiten auch Lebensläufe und Laufbahnen über vierzig Jahre.
Anfangs steht die noch etwas preziöse Vergewisserung des Schriftstellerseins im Vordergrund, die Mühseligkeit des Schreibens; nach und nach wird neben der Unbilligkeit der Rezensenten die Unverläßlichkeit von Regisseuren, die den inzwischen populären Autoren zu schaffen machen, zum Thema der Korrespondenz. Man widmet einander Gedichte und überläßt sie dem anderen zur Korrektur, wie das berühmte ›Schlaflied für Mirjam‹; Kritik wird geübt, als liebevoller Zuspruch und unbekümmerte Verulkung, wie Beer-Hofmanns Parodie auf Schnitzlers ›Ruf des Lebens‹; man tauscht Nachrichten aus über Freunde, neben Hofmannsthal den Kritiker Georg Brandes und den gemeinsamen Verleger S. Fischer, »Freunde« wie Hermann Bahr und Peter Altenberg, Theaterdirektoren wie Max Burckhard und Max Reinhardt, Schauspieler wie Alexander Moissi.
Die Reflexe des kulturellen Lebens im Wien der ausgehenden Monarchie und der Zwischenkriegszeit sind durchaus nuanciert: Es geht denn auch darum, wo man Strohhüte kauft und Schals, wo man sich behandeln läßt, wo man speist und logiert. Es verabreden sich hier nicht nur Schriftsteller- und Verlagskollegen, sondern auch Reise- und Wandergefährten, Nachbarn und – nicht zuletzt – Trauzeugen. Von Zuneigung geprägt und von der Scheu, sie auszusprechen, vom Ernst der eigenen Produktion gegenüber und der Ironisierung dieser Schwere, sind diese Briefe der Wiener »Impressionisten« Zeugnisse eines nicht zu unterschätzenden Bedarfs an Zusammenhang und Dauer.

II.

1866 kommt Richard Beer-Hofmann als Sohn des Rechtsanwaltes Hermann Beer in Wien zur Welt. Da seine Mutter bei der Geburt stirbt, nehmen ihn deren Schwester, Berta Hofmann, und ihr Mann, Besitzer einer Textilmanufaktur, zu sich nach Brünn, wo Richard Beer-Hofmann bis zu seinem 14. Lebensjahr aufwächst; später, 1884, wird der Onkel Alois Hofmann ihn adoptieren, daher der Doppelname. Länger als die Familie Schnitzlers, dessen Vater vom Tischlerssohn aus Groß-Kanizsa in Ungarn bis zum Gründer und Leiter der Wiener Poliklinik den Weg des sozialen Aufstiegs und der Assimilation in einer Generation zurücklegt, gehörten die Beers zum jüdischen akademischen Großbürgertum der Monarchie: Der Großonkel, Hieronymus Beer, ist schon Arzt am Fürst-Erzbischöflichen Alumnat von Sankt Stephan in Wien und wird 1848 Professor für gerichtliche Medizin und Psychiatrie. Hüter, oder vielmehr Hüterinnen der väterlichen Überlieferung sind in beiden Familien allerdings die Frauen; Katharina Beer, die zweite Frau seines Großvaters, hat Beer-Hofmann liebevoll beschrieben: »Die Großmutter steht, das Gebetbuch in der Hand, an dem mit weißem selbstgesponnenem Linnen gedeckten Tisch. [...] Wenn sie mich sieht, nickt sie, und legt den Zeigefinger an den Mund – ›du darfst mich beim Beten nicht unterbrechen‹, heißt das [...]«[3] Ähnlich Schnitzler über den Versöhnungstag im Haus seiner Großmutter mütterlicherseits: »Da stand in der Mitte des Zimmers der gedeckte Tisch mit köstlichem, rituell zubereitetem Backwerk reich beladen [...]. Übrigens glaube ich, daß die Frömmste, ja vielleicht die einzig wirklich Fromme in der Gesellschaft, die gute Großmama war, die wohl auch den größten Teil des Tags im Tempel betend verbracht hatte [...]« Daß »in den folgenden Generationen [...] – bei allem, oft trotzigen Betonen der Stammeszugehörigkeit – gegenüber dem Geist jüdischer Religion eher Gleichgültigkeit, ihren äußeren Formen gegenüber Widerstand, wenn nicht gar spöttisches Verhalten zutage« trat,[4] gilt wohl auch zunächst für den jungen Beer-Hofmann.

1880 übersiedeln die Hofmanns nach Wien; Beer-Hofmann wird in die sechste Klasse des Wiener Akademischen Gymnasiums aufgenommen, wo Schnitzler im Jahr zuvor seine Reifeprüfung abgelegt hat. Er selbst maturiert 1883, ein Jahr bevor Hofmannsthal in diese Schule eintritt. Schnitzler hatte auf den Spuren seines Vaters das Medizinstudium begonnen; Beer-Hofmann folgte in der Wahl seiner Ausbildung ebenfalls dem Vater und immatrikulierte sich an der juridischen Fakultät. Gewiß wird ihn wie Schnitzler der sich unter den deutsch-österreichischen Kommilitonen ausbreitende Antisemitismus betroffen haben – er gehörte wohl zu den »besonders tüchtigen und gefährlichen Fechtern«, die die jüdische Studentenschaft deswegen ausbildete, bevor ihren Mitgliedern 1896 mittels des »famosen Waidhofener Beschlusses«[5] die Satisfaktionsfähigkeit abgesprochen wurde; jedenfalls endeten die beiden Säbelduelle, die er während seines Freiwilligenjahrs und nach Abschluß des Studiums ausfocht, jeweils mit der Kampfunfähigkeit des Gegners.[6]

Schnitzler promovierte 1885, Beer-Hofmann 1890; im Jahr darauf macht jene lockere Gruppierung von Literaten von sich reden, die den

Namen »Jung-Wien« eher zugeteilt bekommen als selbst beansprucht hat. Daß beide den väterlichen Beruf für die unsichere Profession des freien Schriftstellers aufgeben, hat zu tun mit dem oft als generationstypisch beschriebenen Rückzug der Söhne der liberalen Gründer-Väter ins Ästhetisierend-Private. Als »Ästhet« stilisiert man vorerst mehr sein Leben als sein Werk und »affectirt« anatolschen Dandyismus, Beer-Hofmann wohl eleganter als Schnitzler; aber während Karl Kraus die Gepflegtheit seiner Garderobe aufs Korn nahm, haben Hofmannsthal und Schnitzler den Freund als unbestrittenen Schiedsrichter in Fragen des literarischen Geschmacks und als unerbittlichen Stilisten bedingungslos akzeptiert. Obwohl Beer-Hofmann bis zur Jahrhundertwende nur ein schmales Novellenbuch veröffentlicht hatte (1893), schrieb ihm Hugo von Hofmannsthal 1897: »Ich weiß genau, daß es keinen Menschen gibt, dem ich soviel schuldig bin wie Ihnen [...]«[7] Schnitzler, dem 1895 mit dem Schauspiel ›Liebelei‹ der Durchbruch als Dramatiker gelungen war, hielt Beer-Hofmann für den weitaus Begabtesten unter ihnen; die Erzählung ›Der Tod Georgs‹ (1900) gilt mittlerweile als Muster des deutschen literarischen Jugendstils. Wie Schnitzler in der ebenfalls 1900 erschienenen Novelle ›Leutnant Gustl‹ bediente sich Beer-Hofmann hier der avanciertesten narrativen Techniken; mit dem »inneren Monolog« und der »erlebten Rede« werden Erzählverfahren eingeführt, die das Bewußtsein der Figuren unmittelbar und kritisch exponieren. Die Absage an die fragmentierte »Augenblicksexistenz« des impressionistischen Helden, die sich in Beer-Hofmanns und Schnitzlers frühen Texten ebenso wie in Hofmannsthals Einaktern angedeutet hatte, findet hier ihr formales Äquivalent.

Nun wird »Zusammenhang« eine Devise, der sich Darstellungsmittel und Inhalte beider Autoren unterordnen: In ›Der Schleier der Beatrice‹ (1900) greift Schnitzler, in ›Der Graf von Charolais‹ (1904) Beer-Hofmann auf die traditionelle Gattung des fünfaktigen Versdramas zurück. Was sich hier in der orthodoxen Form hätte einstellen sollen, der Anschluß an eine (literarische) Tradition und die Kontinuität einer »Geschichte«, wird gegen *das* sozialpsychologische Problem der Zeit verschrieben.

Beer-Hofmann führt in ›Der Tod Georgs‹ seinen Helden Paul aus dem Zirkel seiner dekorativen Stimmungen heraus und auf den Weg der Generationenfolge und der Weitergabe des (jüdischen) Erbes – eine Lösung, mit der sich Schnitzler nicht so schnell einverstanden erklären wollte. Die Auseinandersetzung mit dem durch den Erfolg

der Christlichsozialen Partei anschwellenden Antisemitismus bestimmt aber immer stärker auch sein Werk; die Frage nach der Vermittlung von »Augenblickserfahrungen« und psychischer wie künstlerischer Identität geht ein in die Selbstdefinition als jüdischer Autor. Theodor Herzl, dem Schnitzler schon als deutsch-nationalem Studenten begegnet war, bringen beide jetzt wenn nicht Freundschaft, so doch Achtung entgegen: »Mehr noch als Alles, was *in* Ihrem Buche, war mir das sympathisch, was dahinter stand: Endlich wieder ein Mensch, der sein Judentum nicht wie eine Last oder ein Unglück resigniert trägt, sondern stolz ist, mit, der legitime Erbe uralter vornehmer Cultur zu sein«, schreibt ihm Beer-Hofmann 1896 nach Erscheinen des ›Judenstaats‹.[8] Er wird 1921 mit seiner zum mosaischen Glauben konvertierten Frau, Paula Lissy, auch am 12. Zionistenkongreß in Karlsbad teilnehmen. Schnitzler, der sich als deutschsprachiger Schriftsteller auf die Verwurzelung in seiner Sprachheimat berief, hat zeitlebens größeren Abstand zu den Zielen der zionistischen Bewegung gewahrt. Dennoch war für ihn etwa die lebenslang gestellte Frage nach der Reichweite seines Talents, das die zeitgenössischen Kritiker auf die Darstellung von »Anatol-Liebeleien« beschränkten, nicht mehr zu trennen von der prekären Stellung eines jüdischen Schriftstellers in einem immer stärker antisemitisch grundierten kulturellen Klima, in dem literarische »Wahrheit« als Tabubruch und, reflexhaft, als semitische Abseitigkeit deklariert wurde. Nach der Aberkennung seines Offiziersranges wegen der Verletzung militärischer Ehrbegriffe in ›Leutnant Gustl‹ reagierte die »völkische« Presse immer aggressiver auf seine Veröffentlichungen. Im Roman ›Der Weg ins Freie‹ (1908), im Drama ›Professor Bernhardi‹ (1912) hat Schnitzler, jeweils zusammen mit der Frage nach den Bedingungen künstlerischen und öffentlichen Wirkens, eine Palette von jüdischen Verhaltensweisen unter den Voraussetzungen von Ausgrenzung und Einschränkung präsentiert. Für Beer-Hofmann hingegen waren diese Jahre Vorbereitung auf ein Werk, das jüdische Identität selbstbewußt aus der Vätergeschichte herleitete: 1936, beim Besuch Palästinas, wird er versichern, er sei seit dreißig Jahren in diesem Land zu Hause, und damit die Studien und Vorarbeiten zu seinem ›David‹-Zyklus meinen, während derer er sich mit Kultur und Tradition des Heiligen Landes vollkommen vertraut gemacht hatte.[9] Das Vorspiel, ›Jaákobs Traum‹, erschien im Jahr des Kriegsendes.

Inzwischen war der Zenit von Schnitzlers Berühmtheit bereits überschritten: Nach seinem »Schweigen« während der Kriegsjahre waren

die Erfolge etwa der Tragikomödie ›Das weite Land‹ (1911) nicht mehr zu wiederholen. Als Gesellschaftschronist der untergegangenen Habsburgermonarchie wurde ihm diognostischer Scharfsinn, kaum mehr Aktualität bescheinigt. War die Zwischenkriegszeit auch von privaten Schicksalsschlägen überschattet – die 1903 geschlossene Ehe mit der Sängerin Olga Gussmann wurde 1921 geschieden, die 1909 geborene Tochter Lili beging 1928 Selbstmord –, so wurde die respektvolle Anerkennung, die seine späte Prosa – etwa ›Fräulein Else‹ (1924) – fand, durchaus übertönt von der antisemitischen Agitation, die 1920/21 in schrillen Skandalen anläßlich der Wiener und Berliner Aufführungen des schon 1896/97 entstandenen Einakterzyklus ›Reigen‹ gipfelte. Die Taten, die solche Propaganda vorbereitete, hat Schnitzler nicht mehr, wohl aber noch Beer-Hofmann erlebt: Nach der Veröffentlichung von ›Der junge David‹ im Jahr der nationalsozialistischen Machtübernahme in Deutschland und des ›Vorspiels auf dem Theater zu König David‹ im Jahr des »Juli-Abkommens« wurde er 1938 mit seiner Frau aus seinem Wiener Haus vertrieben und flüchtete 1939 nach Zürich, wo Paula Beer-Hofmann den Anstrengungen erlag; Beer-Hofmannn ist 1945 im New Yorker Exil gestorben.

III.

Posthum erschien 1949 ›Paula. Ein Fragment‹, ein Buch der Erinnerungen an seine Frau. Bei aller bewußten Stilisierung bestand Beer-Hofmann in der Vorbemerkung darauf, sein Unterfangen habe nichts mit »Dichtung« zu tun, wie er auch an anderer Stelle bemerkte: nur der Prosaist, der Selbsterlebtes berichte, könne »ehrfürchtiger Chronist des Fatums« sein.[10] Diese Poetik des »Selbstgelebten« ist eine über lange Zeit entwickelte Antwort auf die in den neunziger Jahren immer dringlicher gestellte Frage nach dem Verhältnis von Kunst und Leben. Schnitzlers Anatol und Hofmannsthals Andrea (aus ›Gestern‹, 1891), Beer-Hofmanns Freddy (aus ›Camelias‹, 1891) und Paul (aus ›Das Kind‹, 1893) versuchen, sich ein Leben im »Moment« zu inszenieren, das besondere Intensität verspricht. Herauskommt aber eben immer nur die Inszenierung, ein – möglicherweise besonders »schönes« – Schein- und Theaterleben, während sich das »wirkliche« Leben hinter die Kulissen verzieht. In die Identifikation mit diesen Helden fließt daher die Absage an die ästhetizistische Existenz als Klage um das ungelebte, vorweg- oder hinterhergelebte Leben jeweils

mit ein; auf dem Spiel steht zugleich die Rolle des Autors. Anders als Schnitzler durch das familiäre Vermögen entlastet, hat Beer-Hofmann Schreiben nie als Lebensunterhalt betrieben; die Legitimationskrise von Kunst und Künstler, die um die Jahrhundertwende akut wird, hat er deswegen vielleicht noch vehementer durchgemacht. In dieses Vakuum tritt bei ihm mit großer Intensität die Rechtfertigung der Kunst durch den Glauben der Väter. Während bei Hofmannsthal, ebenfalls spätestens ab der Jahrhundertwende, die soziale Funktion des literarischen Werks zum indirekten Weg ins Leben erklärt wird, beharrt Beer-Hofmann auf einem Modus der »Auserwählung«, der sowohl für den Autor als auch für das Publikum zu gelten hat. Diese Überzeugung gibt Beer-Hofmann auch ein Gemeinschaftsgefühl der Stammeszugehörigkeit, das Schnitzler so nicht teilte. Von Moritz Heimann, dem Lektor des S. Fischer Verlags, ist ein Beer-Hofmann gewidmeter Vers überliefert, der ebenfalls auf Verschiedenheit bei gleicher Herkunft bestand:

Vom selben Stamm – nicht von derselben Art:
Ist so nicht Stammes alte Art bewahrt?

Beer-Hofmanns ›Antwort‹ legt die Dialektik von Einsamkeit und Gemeinsamkeit so aus, daß sie im Dienst der »Krone« steht, gibt ihr also – wie im ›David‹-Zyklus – einen spirituellen Sinn:

Soll weithin schattend aus dem Stamm die Krone steigen,
Muß sich nach allen Winden rings der Stamm verzweigen.
Bleibt Wurzel Stamm und Saft auch dem Gezweig gemeinsam –
Daß anders jeder Zweig zum Licht strebt, macht ihn einsam.
Im Dienste *einer* Krone stehen durch Geblüt wir Beide – –
Dienst, ohne Lohn! Keinem zu Lieb' – keinem zu Leide![11]

Mit dem Bild des organischen Wachstums hatte Beer-Hofmann einen sozialpsychologischen Befund tröstlich umgedeutet, der um die Jahrhundertwende immer wieder, auch literarisch, formuliert wird: den von der heillosen Isolation des Subjekts. Individuen, die sich nach Ernst Machs Theorie vom »unrettbaren Ich« nur als Bündel passagerer Eindrücke verstehen konnten, bleiben solipstisch auf diese Impressionen beschränkt. Noch in dem Schnitzlers Drama nachempfundenen Gedicht ›*Der einsame Weg*‹ (1906) ist Beer-Hofmann auf diese Diagnose zurückgekommen. Daß er im ›*Schlaflied für Mirjam*‹ (1897), ähnlich wie in der Widmung an Heimann, die »Einsamkeit« in der Gemeinschaft von Herkunft und Abstammung aufhebt, dürfte den

ungeheuren zeitgenössischen Erfolg dieses Textes mitbedingt haben. Auch das ›Schlaflied‹ nämlich geht von der Beziehungslosigkeit der Subjekte aus (»*keiner kann keinem Gefährte hier sein*«) und projiziert sie zunächst auch auf die kommende Generation: »*keiner kann Keinem ein Erbe hier sein*«. Unter den Briefen an Schnitzler existiert eine dreistrophige Fassung, die es tatsächlich bei diesem Ausdruck der Resignation beläßt. Erst die vierte Strophe hat dann jenen Zusammenhang des »Lebens«, nach dem die Literatur nach 1900 immer besessener sucht:

In uns sind alle; wer fühlt sich allein?
Du bist ihr Leben – ihr Leben ist dein [...]

Während Beer-Hofmann so das bedrohliche Dilemma lebensferner Ästhetik im Sinne der Glaubensüberlieferung und Vätergeschichte löst, hat Schnitzler dafür allein ein pragmatisches Ethos der schriftstellerischen Arbeit und Wahrhaftigkeit anzubieten. Bei Beer-Hofmann wird mit dem Sinnhorizont von »Kunst« zugleich auch die Aura der Einmaligkeit des Kunstwerks gerettet; Schnitzler hat sich mit einer geradezu heroischen Anstrengung jedem dieser Rechtfertigungssysteme verweigert – sein Schreiben bleibt aufklärerisch-liberalen Postulaten verpflichtet, die um so prekärer werden, je reizloser der österreichische Liberalismus als politische Bewegung und je attraktiver konkurrierende weltanschauliche Konzepte – etwa der Klerikalismus, auf dessen Seite sich Hermann Bahr oder Leopold Andrian schlugen – erscheinen mußten. ›Der Weg ins Freie‹ oder ›Professor Bernhardi‹ thematisieren ein jüdisches Selbstverständnis, das auf die Besonderheit durch religiöse Überzeugung und ungestörtes Gruppenbewußtsein verzichten muß. Demgegenüber war diese »Sonderung« Beer-Hofmanns Motivation des Schreibens. Im Briefwechsel mit Hofmannsthal kommt es darüber zum Konflikt: Anläßlich der Burgtheateraufführung von ›Jaákobs Traum‹ 1919 wird von Hofmannsthal »der eine Zug, der mir fremd darin ist, der chauvinistische oder national-stolze« beanstandet – ähnliche Züge fänden sich auch im ›Tod Georgs‹ und im ›Charolais‹. Tief getroffen entgegnete Beer-Hofmann mit dem Hinweis auf das »unsäglich[e] Leid«, das erhöhe: »Und als Untertitel für ›Jaákobs Traum‹ hätte man vielleicht ›Auserwählung‹ oder ›Der Fromme‹ (Heimann meinte einmal leichthin: ›Der Künstler‹) wählen mögen.«[12] Mochte der Lektor Heimann Beer-Hofmanns Identifikation von Stammvater- und Schriftstellerschaft, von religiöser und poetischer Andacht also unschwer (und *als* unschwer) verstehen, so durfte Hofmannsthal diese Reduktion des Theaters auf die Inszenierung jüdischer Überlieferung wohl aus mancherlei Gründen nicht akzeptieren. Solche Auseinandersetzung konnte zwischen Beer-Hofmann und Schnitzler schon deshalb nicht entstehen, weil Schnitzler die »Aussonderung« der Juden zwar nicht als metaphysischen, aber als geschichtlichen Prozeß ebenfalls vorausgesetzt hat. »Wir verstehen euch jedenfalls viel besser, als ihr uns« – sagt im Roman ›Der Weg ins Freie‹ der jüdische Schriftsteller Heinrich Bermann – »[...] Es ist ja nicht unser Verdienst. Wir haben es nämlich notwendiger gehabt, euch verstehen zu lernen, als ihr uns. Diese Gabe des Verstehens hat sich ja im Lauf der Zeit bei uns entwickeln müssen ... nach den Gesetzen des Daseinskampfes, wenn Sie wollen.«[13] Jenes »Verstehen« definiert mit der jüdischen Besonderheit für Schnitzler zugleich seine Fähigkeit, sein »Talent« als Autor: Wie für Beer-Hofmann sind auch für ihn beide Momente seiner Identität untrennbar verbunden.

Verwandschaft mit beiden Zeitgenossen hat Sigmund Freud konstatiert: Sprach er Schnitzler gegenüber von einer »unheimlichen Vertrautheit«, mit der ihn dessen »Ergriffensein von den Wahrheiten des Unbewußten, von der Triebnatur des Menschen« ankomme,[14] nahm er auch »viele bedeutsame Übereinstimmungen« zwischen sich und Beer-Hofmann wahr.[15] Das Bewußtsein psychologischer Klarsicht – bei gleichzeitiger Distanz zur Psychoanalyse – wurzelt nach eigenem Verständnis beider Autoren in der kollektiven Geschichte. Daraus resultierte eine Poetik der Erinnerung, die sich dem Schreiben nun als eigentliche Aufgabe stellt. Auf den Umschlag um das Bündel anonymer Briefe, die ihn von der Untreue seiner Geliebten in Kenntnis setzen, hat jener Heinrich Bermann »mit großen, römischen Buchstaben« die Worte gesetzt: »Nicht vergessen, nie dran vergessen.« Obwohl er später diese Aufschrift als »kindische Spielerei – oder Affektation« denunziert,[16] ist der Glaube daran, daß ein Mensch mit den Erfahrungen eines anderen etwas anfangen könnte, wohl doch Movens seines Schreibens – oder wenigstens seines Gesprächs. An der so als Produkt jüdischer Geschichte aufgefaßten Fähigkeit des Erinnerns, die mit der des »Verstehens« zugleich hervorgebracht wird, konsolidiert sich die »impressionistisch« zerstreute Persönlichkeit ebenso wie deren Sprache. Darin finden sich Schnitzler und Beer-Hofmann wieder. Bei beiden ist die Sprachskepsis der Zeit Hintergrund poetologischer Überlegungen: »mit den Mitteln der letzten Sprache läßt sich nur das traurige Wissen ausdrücken, daß menschliche Schwäche ihr nicht gerecht zu werden vermag«, hat es ein Interpret Beer-Hofmanns formuliert.[17] Später vertritt Schnitzler allerdings einen mit der Resignation anwachsenden Rigorismus des »Wortes«: »Worte sind alles. Wir haben ja nichts anderes.«[18] Beer-Hofmann hingegen hat mit der Autorität des überlieferten Wortes und dessen Anspruch auf Glauben die Kraftlosigkeit des eigenen ersetzt; wenn es im ›Vorspiel auf dem Theater zu König David‹ heißt: »Aus Wort – aus Wort allein – muß ausgehn alle Kraft, / Die Wolke, Wetter, Licht und Finster schafft«,[19] so ist die Imitation des Schöpfungswortes durch den Dichter gleichzeitig seine einzige Rechtfertigung; sein Tun gerät nach Beer-Hofmann als Vergegenwärtigung des Gotteswortes buchstäblich zur »Erinnerung«, womit Fritz Mauthners These von der Identität von Sprache und Erinnerung religiös interpretiert wird. Bei Schnitzler steht sie in einem nicht weiter legitimierten – und wohl auch nicht legitimierbaren – anthropologischen Zusammenhang des »positiven Typus«, der als Historiker »auf der höchsten Stufe der Wissende der Kontinuität« ist.[20] »Kontinualist« ist der, der Gedächtnis hat: und das akribische Aufbewahren noch der lapidarsten Einzelheit bekommt ihren Sinn.

IV.

Im Briefwechsel zwischen Schnitzler und Beer-Hofmann kommt dieses Erinnern zunächst dort vor, wo sich einer »in Erinnerung bringt«, was meistens heißt: etwas Schriftliches vom anderen verlangt. »*Sie können auch viel und geistreich schreiben*«, fordert Schnitzler in seinem ersten erhaltenen Brief an Beer-Hofmann den neuen Korrespondenzpartner auf, der sich mit »*Wenn Sie Lust haben schreiben Sie Ihrem Richard*« revanchiert; Schnitzlers »*Nächstens werden Sie etwas schreiben müssen; das steht fest*« aus dem folgenden Brief bezieht sich aber bereits nicht mehr auf die Mitteilungen an ihn selbst. »*Ich verdiene es nicht – aber schreiben Sie – ich meine Briefe an mich*«, antwortet Beer-Hofmann schon in diesem Doppelsinn einmal auf eine der zahlreichen, kaum mehr verhüllten Vorhaltungen wegen seiner Faulheit, die sowohl sein literarisches als auch sein privates Schreiben betreffen. Die Anläufe zur, die Aufnahme der Kommunikation selbst sind festgehalten; darin verrät sich eine Mühsal, die etwas von der Anstrengung spiegelt, mit der das »literarische« Schreiben aufgenommen wird – und noch mehr: die »Suche nach Zusammenhängen« in diesem Werk.

In ersten Positionierungen und Abgrenzungen des eigenen Schreibens deutet sich diese Intention an. Daß Richard Beer-Hofmanns erster Brief mit den letzten Worten aus Henrik Ibsens ›Gespenstern‹ Unfug treibt – »die Sonne« beschwört dort Osvald, der an den Sünden seines Vaters zugrunde gehen wird –, kommt dem literaturgeschichtlichen Kontext zupaß: Mit der Rezeption des Norwegers beginnt »Jung-Wien« als Gruppe, sein Aufenthalt in Wien führt zur Gründung der Wiener Freien Bühne nach dem Vorbild des Berliner Theatervereins. Gleichzeitig hat – nach Hermann Bahr – der Naturalismus sein letztes Wort aber schon gesprochen. Antinaturalistisches Ressentiment wird bei Schnitzler und Beer-Hofmann aber weit weniger gegen den zeitgenössischen »Klassiker« laut als gegen die krude naturalistische Erfolgsdramatik der neunziger Jahre. Wenn Hermann Sudermann als ein aus heutiger Sicht vergleichsweise inferiores Feindbild gewählt wird (»*Kleine Probleme von kleinen Warten und anstatt tiefster Auffassung des Lebens bürgerlich-ideale Moral auf dem Grunde*«), so verweist das auf die viel präsenteren kulturellen Vorgaben, die unberühmte Schriftsteller mit Weimarer Ambitionen zurückweisen mußten. Abgelehnt wurde mit einigem Pathos; sie selbst vertrugen Kritik nur schwer – wobei keiner geleugnet hätte, daß sie ihm wichtig war: Auch hier folgten sie einem mitunter selbstquälerischen Hang zur Archivierung. Wo gegenseitig kritisiert wird, geschieht es mit Verve, aber Schonung. Die vorgebrachten Bedenken bestätigen, daß die Vorläufigkeit und Skizzenhaftigkeit früher Entwürfe einer immer bewußteren Haltbarkeit der Form weichen soll. Daß »Impressionismus« als Schreibweise, als genialische Flüchtigkeit in der Aufzeichnung flüchtiger Eindrücke, Phantom und Zeichen eines literarischen Dilettantismus ist, hatte sich gerade an Hermann Bahr gefährlich bald herausgestellt. Schnitzler und Beer-Hofmann haben demgegenüber mit einer Beharrlichkeit, die sich selbst nicht verleugnet, »Zusammenhänge« erprobt. Die dünn gefädelte erste Prosa tritt zurück hinter kompositorisch immer überlegteren, oft auch traditionelleren Texten. »*Man hat allerdings das Gefühl, als wenn die aneinandergereihten Edelsteine nicht auf einer Schnur, sondern auf einem Zwirnsfaden – oder gar nur in der Luft aneinandergereiht wären*«, lautet noch 1900 einer von Schnitzlers Einwänden gegen Beer-Hofmanns Novelle ›Der Tod Georgs‹. Später geht es um das Verhältnis zwischen Konsistenz der Form und Kontingenz der Psyche: Auch Schnitzler hat an Beer-Hofmanns Drama ›Der Graf von Charolais‹ (1905) den »*beruehmten bruch*« konstatiert und damit zu erkennen gegeben, daß ihm – wie den von Beer-Hofmann geschmähten Rezensenten – die psychologische Motivierung der Figuren fehlte. Beer-Hofmanns Parodie von Schnitzlers ›Ruf des Lebens‹ (1909) andererseits legt fröhlich den Finger auf die Schwäche des Dramas, die krasse Überdeterminiertheit der Handlung. Damit berührt die gegenseitige Kritik tatsächlich jeweils ein Wirkungsziel und -dilemma der beiden Autoren: Beer-Hofmann wird im ›David‹-Zyklus die biblische Geschichte der Juden darstellen und anstelle psychologischer Plausibilität die »Glaubwürdigkeit« der Überlieferung einsetzen; an Schnitzlers Schauspielen werden sich die Theaterreferenten häufig die Diskrepanz zwischen »moderner« Figurenpsychologie und traditioneller Dramenform vornehmen.

Die Überlegungen beider Autoren zu diesen Problemen bleiben dramaturgisch-praktisch; ästhetische Maximen werden nicht formuliert. Worüber Schnitzler und Beer-Hofmann sich auf der Ebene von Anspielungen verständigen, ist ein fast ausschließlich klassisches Bildungsrepertoire, eben Goethe und Schiller. Wenn in den Briefen bildlich »zitiert« wird, dann aus dem Quattrocento und dem Klassizismus. Obwohl es auch sonst erstaunlich selten zu einer Auseinandersetzung mit der zeitgenössischen bildenden Kunst kommt, mag es doch wundernehmen, daß Beer-Hofmann als »*Citat*« aus seiner Erzählung ›Der Tod Georgs‹ (1900) das Bildnis des Heiligen Georg von Andrea Mantegna, Schnitzler aus ›Frau Berta Garlan‹ (ebenfalls 1900) die Theseus-Gruppe des Antonio Canova angibt. Daß Beer-Hofmanns ›Jugendstil‹-Novelle sich keineswegs auf das ›art noveau‹ bezieht, sondern auf ein Renaissancebild, dessen androgyne Momente eine schwache Verbindung zum Frauenbild der *femme fragile* der Jahrhundertwende erlauben, weist immerhin voraus auf eine Ikonographie der Frömmigkeit, die er im ›David‹-Zyklus als jüdische, in Bühnenschaubildern inszenieren wird. Schnitzler hingegen hat aus seiner Erzählung über die Doppelmoral, die Schaufassaden der Gesellschaft eine Absage an den Historismus gemacht: Wenn seine Heldin vor der Begegnung mit dem vermeintlichen Geliebten den Stiegenaufgang des Kunsthistorischen Museums betritt und auf das Theseus-Denkmal zugeht, so war das für die Zeitgenossen noch kein vollkommen alltäglich-gewohnter Anblick. Die Gruppe, für Napoleon verfertigt und von Kaiser Franz gekauft, stand ursprünglich in dem eigens dafür errichteten Theseus-Tempel im Volksgarten und wurde erst 1891 in das neuerbaute Museum überführt. Wie an keinem anderen Denkmal war hier der Übergang von einer Freiluftantike zum Musealen des

Historismus deutlich zu machen. Die antihistoristische Tendenz beider Autoren schlug sich aber nur kurz im »impressionistischen« Stimmungsbild nieder; Geschichte sollte nicht Dekor bleiben, sondern als »Wirkung in die Nähe«, die eigene Gegenwart, begriffen werden.

Was sich im privaten Verkehr wiederholt, ist ein Bemühen um Kontinuität, dessen Intensität nicht verständlich wäre, hätte es sich nicht eben gegen die eigene Tendenz des »Impressionistischen« gerichtet. Worüber beide Autoren so häufig klagen, Zerstreuung, mangelnde Konzentrationsfähigkeit, psychische »Diffusion« – das »nervöse Leiden« einer Epoche – soll korrigiert werden. Ähnlich verfahren Schnitzler und Beer-Hofmann bei Verabredungen; das Arrangement gemeinsamer Unternehmungen, beispielsweise einer sommerlichen Wanderung, kommt nach vielen »Verfehlungen«, Routenänderungen, Abweichungen zustande. Hinter dem Faktischen, dem Wunsch nach der Präsenz des Gesprächspartners nebst der »Erfahrung« von Landschaft, darf man hier auch noch das Muster von Übereinkünften sehen, die sich gegen alle, immer wieder beschworene »*Schicksalsclauseln*« als vernünftiges *agreement* bewähren; und gegen die Zufälligkeiten von Begegnungen und Ereignissen werden Wiedersehen geplant, denen die Rückkehr zur Arbeit und dort die Wiederaufnahme geschlossener Formen entspricht.

Die Briefe allerdings sind selbst Zufälligkeiten ausgesetzt – immer wieder einmal geht ein Schriftstück verloren; zugleich fallen sie in eine Periode technischer Errungenschaften, die fraglos als Erleichterungen der Nachrichtenübermittlung gelten. Zumal Schnitzlers Aufmerksamkeit für Novitäten im (Schreib-)Verkehr ist notorisch; Abschreiber oder Stenotypistinnen hat er Beer-Hofmann zur Verfügung gestellt. Während aber Manuskripte bereits »dictirt« und »typirt« werden, stellen die noch sämtlich handschriftlichen Briefe der Freunde schon einen Anachronismus dar. Das Private bewahrt einen Rest von Langsamkeit, der angesichts der neuen Kommunikationsmöglichkeiten Umstände macht; dazu kommt bei Schnitzlers Briefen noch das überaus konkrete Problem der Unleserlichkeit, das, wenn auch für ihn selbst ein Hochgeschwindigkeitsverfahren, nicht nur für den Empfänger Beer-Hofmann, der das auch mißmutig kommentiert, mindestens einen Tempoverlust bedeutet.

»Pneumatische« Post und Telegramme beschleunigen vorerst die Geschwindigkeit der Beförderung und vermindern die Ungleichzeitigkeiten der Korrespondenz. Am Telephon[21] bringt man diese Differenz der Zeit überhaupt zum Verschwinden, hinterläßt aber keine Spuren; daher werden diese Perfektionen im Briefwechsel als Lücken und Defekte aufscheinen. Der mit Briefen verbundene Zeitunterschied ergibt sich erst wieder aus der räumlichen Ferne: Nur die Reise, von der aus noch »geschrieben« wird, stellt die Voraussetzung des Briefverkehrs wieder her. Der entsprechende Verlust im Korpus des Briefwechsels muß dem archivalischen Interesse beider Briefpartner schmerzhaft gewesen sein; im literarischen Werk konnte Beer-Hofmann Langsamkeit und Seltenheit allerdings um- und aufwerten. Seine »schmale« Produktion setzt er gegen die Beliebigkeit und Vergänglichkeit der Schreib-Ware. »Er verlangt in jedem einzelnen Fall das höchste«, notierte Schnitzler im Tagebuch von 1911, »ich sage: es ist in jedem Sinne, für Dichter und Welt besser, wenn die Zeit, die vielleicht noch zu letzter Feile irgend einer Arbeit aufgewendet werden könnte, für neues Schaffen in Betracht kommt.«[22] Das schleunigere Tempo der literarischen Produktion ist durch die neuen Modalitäten des Schreibvorgangs zwar zu erreichen, aber in der Tat ein prekärer Maßstab dessen, was für Dichter und Welt besser ist, und zwar nicht nur wegen der Politur der Form. Von Beginn seiner Verlagsbeziehungen zu S. Fischer an stand Schnitzler unter dem Druck der Marktanforderungen, die auch Ansprüche an die Schnelligkeit sind: »Können Sie uns eine Prosaarbeit in nächster Zeit überlassen? Wir würden gern den litterarischen Erfolg von ›Sterben‹ durch ein neues Prosa[werk] ausnutzen resp. dadurch ein größeres Publikum für Ihre Production erobern«, schreibt Samuel Fischer 1895. Fünfundzwanzig Jahre später werden Konjunkturschwankungen dieses Verhältnis umkehren; angesichts des nachkriegsbedingten akuten Papiermangels ist Beer-Hofmanns Langsamkeit gefragt: »Für Ihre beiden Bücher wird noch immer etwas da sein. Wie weise von Ihnen dass Sie nicht quantitativ productiv waren.«[23]

Für die Korrespondenz, die Texte »privaten Gebrauchs«, bewirkt die technische Beschleunigung jedenfalls eine Verminderung des Umfangs. Die Umwälzung in den »Aufschreibesystemen« von 1900 stellt sich so als Bedrohung der erstrebten Kontinuität, hier: der Fortsetzung und Dauer eines Briefwechsels, heraus. In den fiktionalen Texten korrigieren beide Autoren die impressionistische Gleit-Zeit, die kein Gedächtnis kennt, indem sie Zeiträume und Erinnerungsvorgänge ihrer Figuren immer intensiver ausdifferenzieren. Auch in den letzten Briefen, die nochmals auf die Anstrengung hinweisen, mit der das gemeinsam Erlebte gegen die »Zeit« gehalten werden muß, erinnert man sich an abgelaufene Daten (»*vor 31 Jahren waren Sie mit Hugo dort*«). Aus dieser Sicht liest sich die Korrespondenz zwischen den beiden Vertretern »Jung-Wiens« als Versuch, die Flüchtigkeit der Begegnungen in eine Geschichte zu überführen – eine Geschichte, die mitunter aus minuziösen Details zusammengesetzt ist. Daß diese den Nachfahren willkommen sein dürfte, scheinen beide Briefpartner angenommen zu haben, sicher aber Schnitzler, der allerdings auch davon ausgeht, daß an einer gewissen Stelle der Korrespondenz »*der Commentator unsres Briefwechsels irrsinnig werden*« wird. Wir wollen ihm nicht widersprechen.

Anmerkungen

1 Brief v. 8. 7. 1893. In: Hugo von Hofmannsthal/Richard Beer-Hofmann: Briefwechsel. Hrsg. v. Eugene Weber. Frankfurt: S. Fischer 1972, S. 23.

2 Vgl. Hugo von Hofmannsthal/Arthur Schnitzler: Briefwechsel. Hrsg. v. Therese Nickl u. Heinrich Schnitzler. Frankfurt: S. Fischer 1964.

3 Richard Beer-Hofmann: Gesammelte Werke. M. e. Geleitwort v. Martin Buber. Frankfurt: S. Fischer 1963, S. 691.

4 Arthur Schnitzler: Jugend in Wien. Eine Autobiographie. Hrsg. v. Therese Nickl u. Heinrich Schnitzler. M. e. Nachwort v. Friedrich Torberg. Wien: Molden 1968, S. 18 f.

5 Ebda., S. 155.

6 Vgl. Richard Beer-Hofmann: Daten. Mitgeteilt von Eugene Weber. In: Modern Austrian Literature 17/2 (1984), S. 19.

7 Brief v. 5. 9. 1897. In: Hofmannsthal/Beer-Hofmann, Briefwechsel, S. 69.

8 Brief v. 13. 3. 1896. In: Theodor Herzl: Briefe und Tagebücher. Hrsg. v. Alexander Bein u. a. Bd. 4: Briefe. Anfang Mai 1895–Anfang Dezember 1898. Bearb. v. Barbara Schäfer. Frankfurt: Ullstein 1990, S. 585.

9 Vgl. Martin Nickisch: Richard Beer-Hofmann und Hugo von Hofmannsthal. Zu Beer-Hofmanns Sonderstellung im »Wiener Kreis«. München: phil. Diss. 1980, S. 171 f.

10 Beer-Hofmann, Gesammelte Werke, S. 677, 637.

11 Richard Beer-Hofmann: Aus dem Nachlaß. In: Almanach. Das achtzigste Jahr. Frankfurt: S. Fischer 1966, S. 27.

12 Briefe vom 20. 4. u. 7. 5. 1919. In: Hofmannsthal/Beer-Hofmann, Briefwechsel, S. 145 u. 148 f.

13 Arthur Schnitzler: Die Erzählenden Schriften. Bd. 1: Frankfurt: S. Fischer 1961 (Gesammelte Werke), S. 757.

14 Brief v. 14. 5. 1922. In: Sigmund Freud: Briefe an Arthur Schnitzler. [Hrsg. v. Henry Schnitzler.] In: Die Neue Rundschau 66 (1955), S. 97.

15 Brief v. 10. 7. 1936. In: Almanach. Das siebenundsiebzigste Jahr. Frankfurt: S. Fischer 1963, S. 65.

16 Schnitzler, Die Erzählenden Schriften, Bd. 1, S. 833 f.

17 Werner Kraft: Richard Beer-Hofmann. In: W. K.: Wort und Gedanke. Bern: Francke 1959, S. 208.

18 Arthur Schnitzler: Das Wort. Tragikomödie in fünf Akten. Fragment. Aus d. Nachlaß hrsg. u. eingel. v. Kurt Bergel. Frankfurt: S. Fischer 1966, S. 125.

19 Beer-Hofmann, Gesammelte Werke, S. 312.

20 Arthur Schnitzler: Aphorismen und Betrachtungen. Hrsg. v. Robert O. Weiss. Frankfurt: S. Fischer 1967 (Gesammelte Werke), S. 148.

21 Schnitzler, dessen elterliche Wohnung am Burgring schon ein Telephon besaß, war ab 1895 in der auch als Ordination dienenden Wohnung in der Frankgasse telephonisch erreichbar; das Haus in der Sternwartestraße erhielt Anfang 1912 einen Apparat, »aber gegen Anruf verstöpselt« (Eintragung vom 27. 1. 1912. In: Arthur Schnitzler: Tagebuch 1909–1912. Unter Mitwirkung von Peter Michael Braunwarth u. a. hrsg. v. d. Kommission für literarische Gebrauchsformen der Österreichischen Akademie der Wissenschaften. Wien 1981); Beer-Hofmanns Anschluß ist ab 1908 im Wohnungsanzeiger eintragen.

22 Eintragung vom 9. 10. 1911, ebda.

23 Briefe v. 25. 3. 1895 u. 16. 2. 1920. In: Samuel Fischer/Hedwig Fischer: Briefwechsel mit Autoren. Hrsg. v. Dierk Rodewald u. Corinna Fiedler. M. e. Einführung v. Bernhard Zeller. Frankfurt: S. Fischer 1989, S. 53 u. 514.

Briefe

[Brünn,] 19 Mai 91

Lieber Arthur!
Ich wohne »Hôtel Neuhauser«, wo wohnen Sie?
Ich habe infamen Sonnenbrand – »die Sonne«, »die Sonne«.
Grüßen Sie nur Schwarzkopf, Loris, Salten.

Ihr Richard

Gustav Schwarzkopf, RBH, AS (stehend, von links) und Felix Salten (sitzend)

[Wien, 23. 5. 1891]

Mein lieber Richard!
Besten Dank für Ihre Karte. Ich wohne Giselastraße 11. Ihre Grüße habe ich theilweise ausgerichtet – habe nemlich nur Salten bisher gesehn, der eben bei mir ist und Sie herzlich grüßt.
Das gleiche thue ich; ob ich Sie besuchen werde, weiß ich noch nicht; lassen Sie gleichfalls in Kürze was von sich hören, Sie können auch viel und geistreich schreiben. Sobald Sie zurück sind, melden Sie sich gef. bei Ihrem aufrichtig eigens ergebnen

Arthur

[Brünn,] 30 Mai 91.

Lieber Arthur!
Denken Sie, mein Cousin hat auf mein Anrathen die alten Jahrgänge der »blauen Donau« gekauft und an Sonntag Nachmittagen, wenn ich frei bin, lese ich Einzelnes daraus vor; Philisterpublicum zum größten Theil aber Publicum. Loris' Gedichte, von Paul die Bleisoldaten und noch einige Kleinigkeiten, von Ihnen Gedichte, »Episode« und »Alkandi«. Die »Lieder eines Nervösen« kannte ich nicht, Sie haben mir nie was von ihnen gesagt, und sie stehen auch nicht auf der Höhe der anderen. Episode ist merkwürdigerweise begriffen worden und hat gefallen was ich zwei Cousins die Publicum waren nicht zugetraut hätte. Alkandi las ich spät Abends, und als meine Tante mich erinnerte daß es spät sei war mein Cousin derart wüthend über die Störung daß er einen halben Jahrgang »blaue Donau« zu Boden warf! »*Die Macht der Poesie*«. Wenn Sie glauben ich hätte viel Zeit zum Schreiben irren Sie; heute habe ich Kaserninspection und muß hier in der Kaserne sitzen, und übernachten, sonst käme ich nicht zum Schreiben. Wenn Sie Lust haben schreiben Sie Ihrem

Richard.

Daß Sie mir als Adresse Giselastrasse und nicht Ring angaben ist sehr hübsch von Ihnen; ich danke. Mein Brief und »Sie« werden sich auf der Stiege treffen.

Wien, *6. 6. 91.*

Lieber Richard, ich grüße Sie vielmals und danke Ihnen, für Ihre liebenswürdigen Zeilen. Nächstens werden Sie etwas schreiben müssen; das steht fest. Ich habe die Idee angeregt, zusammen ein Buch zu ediren (was nicht von Edi = Kafka kommt). Titel: Aus der Kaffehausecke. Sammlung von Skizzen, Noveletten, Impressionen, Aphorismen – jeder hat möglichst individuell zu sein – außerdem würde ich einen erhöhten Wiener Ton (jenen Ton, der nicht im Dialekt besteht) bevorzugen. Ich spreche noch näher mit Ihnen drüber; Sie haben meiner Idee nach sehr viel damit zu schaffen. Interessant ist, wie einige, als Ihr Name genannt wurde, mit einer gewissen Wehmut sagten: »Ja, wenn man von dem was kriegen könnte« –
– In Ihnen muß ja schließlich die Poesie *herangeglaubt* werden. Ich mache Sie auf dieses Wort ganz besondern aufmerksam. – Die Zwi-

schengespräche und Zwischengeschichten der Kaffehausecke bedürfen besondrer Überlegung – ich freue mich sehr, mit Ihnen drüber plaudern zu können. Darüber und über andres, bitte recht sehr, desertiren Sie ehebaldigst. Wie lang wird man Sie denn dann in Wien genießen können? Man sehnt sich nach Ihnen, und die meisten grüßen Sie herzlichst. Haben Sie wirklich gar so viel zu thun?
Schreiben Sie mir, sobald Sie wieder hier sind, d. h. lieber früher, wenn Sie Laune haben und sobald Sie da, kommen Sie zu

Ihrem Arthur S

[Wien,] 11. Aug 91.

Daß Sie mir noch nicht eine Zeile geschrieben haben – na reden wir nicht drüber! Also, mein Lieber, ich bin *wahrscheinlich* die 2 Feiertage in Ischl. Es wäre wunderschön, wenn wir uns da begegneten. Ich habe auch an Loris nach Strobl geschrieben. Theilen Sie mir nur mit, ob Sie überhaupt zu erreichen sind, ob Sie nach Ischl kommen wollen etc. etc. –
Es geht Ihnen doch so gut wie ichs Ihnen wünsche?
Herzlichen Gruß.

Ihr Arthur.

[Aussee,] 12. Aug. 91.

Lieber Arthur! Ich danke Ihnen daß Sie mir trotz meines Schweigens schrieben. Mir geht es lange nicht so gut als Sie wünschen. Stimmung tief unter Null. Bitte schreiben, oder telegrafiren Sie; wo und wann wir uns in Ischl treffen sollen. Leo Fan-Jung ist seit einigen Tagen hier (mit Familie). Ich stehe also zu Verfügung.

Auf Wiedersehen
Ihr Richard

[Wien, 14. 8. 1891]

Lieber Richard, kommen Sie, wenn es geht, Sonntag 16. August Vormittag nach Ischl. Meine Adresse dort *Pension Leopold.* Telegrafiren Sie mir eventuell dahin die Stunde Ihrer Ankunft. Ich denke, wir fahren dann zu Loris nach Strobl hinüber. Oder, besser, ich werde ihn bitten, auch nach Ischl zu kommen. Ich freue mich sehr, mit Ihnen beisammen zu sein.

Mit herzlichem Gruß Ihr Arthur.

[Aussee,] 21. Aug. 91

Lieber Arthur!
Zwei uns befreundete Damen – nicht aus Wien – wollen nach Wien von hier aus, um Professor Kraft-Ebing zu consultiren. Ist Kraft-Ebing aber jetzt in Wien? Wenn nicht, ist bekannt, wann er zurückkehrt? Bitte antworten Sie mir bald. Bez. meiner Wenigkeit ist noch kein Entschluss gefasst, Wien – Pörtschach – Aussee – alles noch ungewiss.
Was haben Sie beschlossen?
Grüßen Sie mir herzlich Salten.

Ihr treuer Richard

[Halle, 22. 9. 1891]

Lieber Richard, das muss man erleben, dieses Halle! Tramways, die an die Ehrlichkeit der Menschen glauben – im Waggon sind Kästchen, wo man sein Fahrgeld hineinwirft. – Und diese Menschen selbst – immerfort schreien sie und sind stolz auf das geeinte deutsche Reich. Lauter Nationalparvenus. – Ich komme bald.

Ihr Arthur

[Wien, 16. 12. 1891]
Im Caffée

Lieber Arthur!
Hermann Bahr erzählt mir soeben: Er hat Brief von Reicher, das Märchen ist am Lessingtheater angenommen; Blumenthal ist entzückt wird Ihnen aber eine Reihe von »unbedeutenden«(?) Änderungen vorschlagen.
Es grüßt Sie von Herzen Ihr

Richard

[Wien,] 18 / I. 92.

Lieber Arthur!
Ich kann nicht mit; ich bin ja noch bei Gericht und gerade morgen sehr beschäftigt. Vielleicht werd ich ein andres Mal seperat mitgenommen.

Mit herzlichem Gruß
Richard

[Wien, Februar 1892]

Soviel ich weiß sollt Ihr zu mir kommen; wurde gestern *ausdrücklich* besprochen; ich warte seit 4 Uhr; Dörmann ist bei mir; zuerst werden wir jausen, und dann *vielleicht* kommen.
Eure Rücksichtslosigkeit ist unverantwortlich

R.

10 / III. 92 Abbazia

Lieber Arthur!
Ich wohne *Pension Quisisana*; was machen Sie, Loris, Salten?
Wird etwas aus der Vorstellung, hat Kaffka Nachrichten von der »freien Bühne« wegen »Camelias«?
Ich faullenze und langweile mich; keine gesunde erquiquende ruhige Langeweile, sondern eine pretentiöse, lärmende mit Gesprächen, und Gesellschaft; ausserdem regnet es heute auch noch. Ist mein Artikel in der »Frankfurter« erschienen? Ich glaube nicht; schon wegen der letzten Confiscation Hardens nicht!
Julius Bauer ist seit 3 Tagen hier; und spielt Piquet. Wir bleiben mindestens eine Woche noch hier, dann vielleicht Venedig. Bitte schreiben Sie mir *recht viel*; wissen Sie: »Glühende Kohlen«.
Ich selbst bin hier mehr als je der launeverderbende »Miesmacher«, würde Hermann Cagliostro (Bahr) sagen.
Ich grüße Sie von Herzen.

Richard

Wien, 11. März 92.

Lieber Richard,
Kafka habe ich die letzten Tage nicht gesehn. Das letzte Mal an unserm Vereinsabend, der nur einen Lichtpunkt hatte: Bahr's »treue Adele« von Bahr vorgelesen. Er las entzückend. Meixner las Parabeln von Kafka und ein Gedicht Liliencron sehr schlecht vor. Polland das Kaffeehaus von Salten, Gedichte von Loris, Korff und mir unbeschreiblich entsetzlich. Es ist unmöglich, sich von dieser talentlosen Brüllerei einen Begriff zu machen, wenn man nicht dabei war. – Zum Schluss wurde getanzt. Von mir nicht, bitte. –
Blumenthal war hier, ich sprach ihn. Er will Kürzungen und einige Änderungen am Märchen. Einiges wird sich wohl thun lassen; ich habe mich schon daran gemacht, und die schöne Fremdheit, die mich vom Märchen bereits trennt, läßt mich die Dinge leichter vollbringen. Daß Blumenthal auch den Titel des Stücks geändert haben möchte, ist Caesarenwahnsinn. Es ist ihm auch schon selbst ein neuer eingefallen – erschrecken Sie nicht – »Die Vergangenheit«. Erkennen Sie ihn!? Und noch immer läßt man die erst- und zweitgradigen frei herumlaufen, die doch nur dazu da sind, um den dritt- und viertgradigen das Leben zu vermiesen. –
Gestern hab ich mein neues Stück begonnen. Außerdem schreibe ich slowly, langsam an meiner Novelle. –
Fontane (Verlag) hat mich freundlichst ersucht, den Anatol Cyclus – *nicht* einzusenden, »da sie kaum die Zeit finden dürften, meiner Sammlung einen sorgfältigen und energischen Vertrieb angedeihen zu lassen etc. etc.«
– Aus den »Aveugles« scheint wirklich was zu werden. Doch soll dazu weder Pantomime noch Abschiedssouper gegeben werden, sondern »l'Intrus«. – Zu den beiden ein Vortrag von Bahr. Später soll ein Pantomimen- und Lustspielabend arrangirt werden. Man kam mit dem fait accompli zu uns, das freilich meinen Beifall nicht hat. –
Loris schreibt viel, Salten schreibt wenig. Die andern seh ich gar nicht; das Café Griensteidl existirt für mich nicht mehr. –
Ich lese Taine, ancien régime, Du Prel, Philosophie der Mystik, Restif de la Bretonne, l'amour à 45 ans, Kretzer, die Betrogenen u. a. –
Die Menschen enerviren mich. Manche mischen sich in meine Privatangelegenheiten, und niemanden gehen sie an. Das Gesindel hat tausend Augen für Vorfälle, dafür taube Ohren für Einfälle. Aber mit der Zeit wird sich die Menschheit wohl »ausschalten« lassen, wie? Einen

Harfenisten kann man aus dem Hofe weisen lassen, wenn er einen mit seinem Geklimper quält; wer aber befreit mich von den – andern? Ich will versuchen, ein Virtuose der Einsamkeit zu werden. Eines schönen Tages werden alle Leute, die mich geniren, nicht mehr dasein – und werden es nicht einmal bemerken. So wollen wir die Unbequemen zu relativem Tod verurtheilen: wir vom »großen Orden«! – Oder hätten Sie Salten abreisen lassen, ohne Ihnen den großen Orden zu erläutern? –

Schreiben Sie mir bald, und möglichst viel, es muß doch ganz schön sein, wenn man einmal wo anders ist. Und dann, schreiben Sie – wir erwarten es, wir – vom großen Orden. –

Herzlichst Ihr

Arthur Sch

RBH, Hermann Bahr (stehend, von links), Hugo von Hofmannsthal und AS (sitzend von links) (Ferrotypie aus dem Wiener Prater)

[Wien,] 3/5 92

Wenn ich Ihnen wiederhole, lieber Richard, daß ich Ihre entzückende Pantomime ungeheuer gern sehen möchte, so will ich damit nicht sagen, dass ich sie nicht mit großem Vergnügen noch ein halbes Dutzend Mal lesen werde.

Herzlichst Ihr Arthur.

[Wien,] 11. 8. 92

Mein lieber Richard! Mir aber auch keine Zeile zu schreiben!! Ich will Sie heute auch nur fragen, 1) wie lang Sie in Ischl zu bleiben gedenken und 2) ob Sie sich entschließen könnten, von Ischl aus in den ersten Septembertagen weiterzureisen. Ich brauch Ihnen wohl nicht zu versichern, dass ich Sie nicht verbannen, sondern nur eventuell an Ihnen einen liebenswürdigen Reisebegleiter haben will. –
Mehr schreibe ich Ihnen heute nicht: Ihre Verpflichtung während des Sommers war es zu dichten und zu trachten, und ich bin begierig was von Ihnen zu erfahren. Und ich –! ach Gott! – Und *doch* hab ich was geschrieben! – Herzlichst Ihr

Arthur.

Wien 17/8 92.

Lieber Richard,
finden Sie nicht auch, dass Sie mir hätten antworten können? Ich dürfte erst ca. 4. oder 5. September nach Ischl kommen. Wollen Sie ein paar Tage darauf mit mir weiter wandern? Ich möchte eine größere Fußpartie (nicht Bergbesteigungen!!) in der Schweiz machen. – Oder auch die oberitalien. Seen aufsuchen. Ich frage mich heute auch bei Loris an. Aber, bitte, antworten Sie mir.

Herzlich Ihr
Arthur

Ischl 19 Aug. 92

Lieber Arthur. Sie wissen ja, wie schreibfaul ich bin, und wie sehr ich mir immer Zeit lasse. –

Also vor allem: Ich freue mich, sehr, *sehr* Sie auf ein paar Tage hier zu haben; mit Ihnen werde ich freilich kaum gehen können; im Allgemeinen habe ich einen verdorbenen Sommer, schlechte Laune in xter Potenz, die erst jetzt etwas nachlässt; gearbeitet hab ich circa *15* (!) Druckzeilen – also – nichts. Ausser ein paar Gedanken, deren Wert außerst problematisch ist, also ein verlorener Sommer. In den nächsten Tagen werde ich voraussichtlich meine Pantomime an Sie senden, und Sie bitten, dieselbe durch Ihren Abschreiber copiren zu lassen, da ich sie möglicherweise in der nächsten Zeit an irgend einen Verleger schicken werde.

Ihr »Märchen« und Ihre »Episode« habe ich bereits mehrfach verborgt; könnten Sie mir noch vor Ihrer Ankunft – denn die sich dafür Interessirenden reisen bald ab – »Anatols Hochzeitsmorgen«
»Abschiedsouper«
»Frage an das Schicksal« senden? Frau Flegmann, die wie Sie wissen ein klein wenig litterarischen Salon treibt, interessirt sich dafür; ich würde die Sachen falls es nur *Abschriften* sind nicht verborgen, sondern vorlesen. »*Das* Gedicht« ist wie ich vom Kleinen Kraus (vide Salten) höre in der »Deutschen Dichtung« erschienen. Loris, der wie es scheint gesellschaftlich zerrissen wird, ist öfters hier bei mir.

Bitte schreiben Sie mir wieder ein paar Zeilen, – und vor allem annonciren Sie Ihr Kommen. Bitte was macht Schwarzkopf, ich hörte traurige Nachrichten? Herzlichst Ihr

Richard

[Wien,] 22. 8. 92.

Mein lieber Richard! Warum schreiben Sie Opernring 12; da ich doch Kärthnerring 12 oder Giselastr. 11 wohne? Dadurch bekam ich erst heute Ihren Brief. Nun kann ich Ihnen mittheilen, dass ich schon in wenig Tagen, Ende dieser Woche, in Ischl einlangen werde. Ich bleibe etwa 8–10 Tage dort und will jedenfalls weiter. Lassen Sie mich Sie übrigens beneiden, dass Sie *verstimmt* sind; es ist das sicherste Zeichen, dass Sie nicht unglücklich sind. –

Könnte unser lieber Paul das nicht gesagt haben? – Ein reizendes Feuilleton von ihm erschien eben in der Frkf. Zeitung; – aus San Sebastian. –

Ich freue mich sehr, Sie bald zu sehn; und da ich heute schon in großen Worten drin bin, so will ich Ihnen gestehn, dass ich mich aufrichtig nach Ihnen sehne.

Viele herzliche Grüße
der Ihre
Arthur

24. 8. 92 Wien

Lieber Richard,
ich theile Ihnen mit, daß ich Samstag in Ischl eintreffen werde; wo ich wohne, ist noch nicht bestimmt – Leopold wahrscheinlich – möglich Elisabeth. –
Viele herzliche Grüße bis dahin! –
Meine Absicht ist es, Touren zu machen; jawohl, lachen Sie nicht; ich brauche nothwendig physische Bewegung, vielleicht sogar Abmattung, um mich aus einer unerträglichen Dumpfheit des Seelischen zu retten. Ich freue mich auf Sie, ich hoffe sogar auf Sie.

Ihr Arthur

Riva 13. 9. 92

Lieber Richard, – es ist so schwer Ihnen zu schreiben! Sie wissen ja alles. – Der tiefblaue See! Der italienische Himmel. Die Einwohner, die nichts zu thun haben. Kinder, die in der Kirche spielen. Ein kleines Mädel mit lächerlich schwarzem Haar, die, wie ich vor einem verhüllten Altarbild stehe, plötzlich mittelst eines herabhängenden Stricks die Hülle fallen läßt – und da ist nun die brave unbefleckte Maria dahinter, was ja nicht einmal eine Überraschung ist. – Ein Balkon, auf dem die Sonne liegt, und unten der Park, und weiter, nun natürlich, der See, der See, der tiefblaue See. Uns gegenüber Berge. – Das Hotel deutsch, posirt nur ein wenig das Italienische durch Fliegen und zarte Unreinlichkeit. Schön, sehr schön. – Und ich verstimmt. Wenn ich mich nicht schämte, würd ich sagen: traurig. – Viele herzliche Grüße

Arthur

[Venedig] Am 19. 9. 1892

Ich will Ihnen nur, mein lieber Richard, aus Venedig die herzlichsten Grüße sagen. Wir sehn uns wohl bald wieder. Für alle Fälle mögen Sie wissen, daß ich Montag den 26. September Abends nach zehn Uhr im Café Kremser zu sein beabsichtige.

Ganz der Ihre
Arthur

[Wien,] 1 / X 92.

Lieber Arthur!
Haben Sie gestern Bahr gesprochen? Er ist hier (Heumarkt 9). Möchten Sie nicht für morgen – Sonntag – Nachmittag ein Rendez-vous arrangiren – in der Ausstellung nämlich; Salten, Torresani, Bahr und wir? Ich warte bis morgen Mittag auf Ihren Entschluss; vielleicht daß wir zwei zusammen hinunterfahren?

Herzlichst
Richard

[Wien, 1. 10. 1892]

Lieber Richard! Torresani holt mich *Montag* Nachmittag vor 5 Uhr für die Ausstellung ab; bitte kommen Sie auch zu mir. *Sonntag* denk ich zu den »gefallenen Engeln« zu gehn, wenn ich ordentliche Sitze bekomme. Jedenfalls bin ich um 5, 1/2 6 zu Hause.

Herzlich grüßend Ihr
Arthur

[Wien,] 14 / X 92

Lieber Arthur!
Ich bin seit gestern hier; Ich möchte heute zur »Cameliendame« gehen; wenn es Ihnen möglich ist kommen Sie so um 1/4 6 zu mir und

bringen mir dabei auch mein Opernglas mit. Sie waren doch noch nicht dabei?
Ich warte also bis 1/4 6.

Herzlichst
Richard

Pardon für die zwei »dabei«.

[Wien,] 9 / XI 92.

Lieber Arthur!
Ich reise heute nach Brünn, ein Onkel von mir ist gestorben. Freitag bin ich wahrscheinlich zurück; ich kann Ihnen also – (falls Sie mir im Laufe des heutigen Nachmittages drum schreiben sollten) – Karten zu Musotte nicht besorgen.

Herzlichst
Richard

[Wien,] *1/12 92.*

Lieber Richard, hier schickt mir Beraton den Sitz für Sie. Ich denke, wir treffen uns zwischen 6 und 1/2 7 im Griensteidl und fahren zusammen hinaus. Ich zweifle nicht, dass uns da ein sehr billiger und praktischer Modus einfallen wird; z. B. mit dem Fiaker bis zur Elisabethbrücke und dann mit der Tram. –

Herzlich Ihr
Arthur.

[Wien, 14. 12. 1892]

Lieber Richard! War gestern bei Singers, dort Frau Flegm. – Bitte sehr, kommen Sie Freitag mit mir zu ihr? Ja? Die Anatols sollen nicht in Rdlfsh, sondern event. privat aufgeführt werden. Wollen Sie mich Freitag um 6, 1/2 7 abholen? Es wäre mir angenehm, wenn wir beide hingingen. –
Gestern 2. Akt vollendet. –

Herzlich Ihr Arthur

Heute will ich zur Jüdin von Toledo gehn.

[Wien,] 27/12 92

Lieber Richard,
hier der Sitz; leider nur mehr à 2 fl. erhältlich.

Herzlich Ihr
Arthur

Horn schreibt mir, dass er Donnerstag erst um 8 zu Frau Flegmann kommt, Gott wie mies ist mir! Bitte kommen Sie sicher, vielleicht gelingt uns das Mislingen (Wortspiel).

[Wien, 11. 1. 1893]

Lieber Richard, der kleine Kraus wird Ihnen für Samstag Abend einen Sitz zu den Räubern in Rdlfsheim (Franz Moor – – Herr Kraus) senden.
Bitte gehen Sie, wir gehen alle. Sollt ich Sie nicht früher sehen, so wollen wir uns vielleicht im Griensteidl um 6 Uhr Abds treffen.

Herzlich
Ihr Arthur

I. Grillparzerstraße 7. [Ende Januar 1893]

Lieber Richard! Voilà aber was?! Sie *vergaßen* mir die Karte zu senden!! Bitte entweder um Aufklärung oder um die Karte! Ja? Dem Löbl hab ich um eine Redoutekarte geschrieben. Sollt ich sie kriegen, so geh ich! Sie erfahrens rechtzeitig! Vorher geh ich zu Mongodin.
– Also bitte die Karte!

Ihr Arthur. Herzlich

[Wien, Ende Januar 1893]

Lieber Arthur!
Ich war zerstreut, mit der Adresse; aber der Dienstmann war verrückt und hat die Ballkarte die in dem Couvert war das Papa an mich sandte,

und die er Ihnen hätte mitüberbingen sollen an irgend einen »Hofmann« in der Wollzeile von dem er sie jetzt abholt getragen. Entschuldigen Sie die Confusion.

Herzlichst
Richard

Abbazia 5. 3. 93. Sonntag. –

Lieber Richard,
für die Anempfehlung von Quisisana meinen besten Dank! Ich fühle mich hier sehr wohl, und habe überdies ein sehr hübsches Parterrezimmer mit Ausblick aufs weite Meer, das herrlichste Wetter (kenne keinen Überzieher mehr) und sehr sympathische Gesellschaft (die malende Schwester Rosenthal's und die Sophie Link, seit 6 Wochen in Berlin verheiratet). – Ich bin meist im Freien, und pendle zwischen Lovrana und Voloska hin und her. – Gearbeitet – wenig; »immerhin« ein Stück der Novellette. – Die »Familie« durchgelesen, merke, dass was fehlt, und bin nicht recht klar was. Ich werde es auch jedenfalls in 2–3 Wochen vorlesen, aber um Rathschläge ersuchen müssen. Keineswegs lese ich, bevor wir Ihre Novelle zu hören bekommen, was hoffentlich kurz nach meiner Ankunft möglich sein wird! –
– Ich denke nicht gern ans Fortreisen; die Ruhe hier thut mir ganz unbeschreiblich wohl; wäre ich mein eigener Herr, so blieb' ich zwei Monate da. Wenn man auch nicht arbeitet, – man hat die Empfindung, dass man es jeden Augenblick könnte, was fast noch mehr werth ist. – Hübsch wär's, wenn wir das nächste Frühjahr die ganze Quisisana miethen könnten! – Ah, diese Luft – einfach entzückend! – Es ist doch recht traurig zu den »Müssenden« zu gehören! –
Grüßen Sie Loris und Salten aufs allerherzlichste, desgleichen Schwarzkopf, der mir doch zwei Zeilen über das Befinden seines Bruders schreiben möchte; und grüßen Sie nebstbei jedermann, der die Freundlichkeit hat nach mir zu fragen. – Schade, dass Sie nicht auch da sind! Hoffentlich find ich Sie aber in gesegneterer Stimmung als ich Sie verlassen!

Stets der Ihre
Arthur.

Abbazia 8. 3. 93.

Lieber Richard,
ich habe eine Bitte an Sie. Wollen Sie die Liebenswürdigkeit haben, mir für *Sonntag* Abend einen Sitz ins Volkstheater zu besorgen? Gern ginge ich mit Ihnen, Sie werden aber wohl Samstag gehn? – Vielleicht sitzt Loris oder Salten oder Schwarzkopf an meiner Seite? –
Dass ich den Sitz am liebsten Mittelgang Ecke, 1., 2., 3., oder 4. Reihe hätte, brauche ich Ihnen nicht zu versichern. – Finde ich ihn nicht bei mir, so schmeichle ich mir mit der Hoffnung, dass Sie ihn mir am Sonntag Nachmittag um 5 Uhr persönlich überbringen wollen; jedenfalls würde ich mich sehr freuen, Sie und die oben genannten, wenn Ihr nichts bessres vorhabt, auf eine Stunde bei mir zu sehn. Sonntag früh komm ich nämlich an.
Herzliche Grüße und entschuldigen Sie die Mühe gütigst! – Grüßen Sie mir auch die andern! Ich befinde mich sehr wohl – es ist kein leerer Wahn, – was kein leerer Wahn, folgt mündlich.

Der Ihrige herzlichst
Arthur

[Wien, 18. 3. 1893]
Samstag.

Lieber Richard, vergessen Sie nicht: morgen Nachmittag 5 Uhr bei mir!
– Habe viel zu thun, vertrete meinen Papa, bin schlecht aufgelegt. – Und das »Kind«?

Ihr
Arthur

[Wien, 12. 4. 1893]

Lieber Richard,
wenn Sie eine interessante Hypnose sehn wollen, so seien Sie morgen Donnerstag um 11.15 Vormittag auf der Poliklinik, Mariannengasse, Abtheilung Schnitzler. – Ich sag es auch dem Schwarzkopf. – Niemandem mittheilen! –

Herzlich Ihr
Arthur

[Wien, Ende April 1893]

Lieber Richard, hier ist der Sitz, Sie bringen ihn sicher noch leicht an – (schlimmstenfalls an der Casse). Ich kann nicht gehn, wegen Papa, der stark fiebert, und meinetwegen, der, Abends wenigstens, schwach fiebert. Ich werde sehen, ob ich heute um 10 ins Café kommen kann – ich hoffe! –
– Von Fels kam Telegramm: er bittet um 25 fl., um abreisen zu können. Ich sandte ihm die 15 von Loris resp. Fischer, und von mir zehn. –
Specht geht vielleicht zum ledigen Hof? –
Vielleicht theilen Sie mir irgendwie mit, was für Sonntag morgen Nachmittag projektirt ist; kann ich auf ein paar Stunden mit Euch sein, möcht ichs gerne. –

Herzlich der Ihre
Arthur

[Ischl, Juni 1893]

Lieber Arthur!
Wie ich aus den Theaterzetteln entnehme ist Jarno hier a. G. und aber auch als Regisseur (also offenbar für die Saison). Schreiben Sie ihm also *er* möge *mich* aufsuchen (motiviren Sie das irgendwie, da es mir nicht passt zu ihm zu gehen), sagen Sie was von Bewunderung für ihn; in Wien gesehen etc., – ich Ihre Intentionen kennen usw. Vielleicht geht es für *Juli* einen Abend mit Ihren Sachen zu geben z. B.
Episode
Abschiedssouper
Hochzeitsmorgen
Ich bin immer gegen 2 Uhr zu Hause (wegen Jarno).
Kommen Sie bald, Grüße an alle.

Herzlichst
Richard

Tartaglia schrieb ich gestern.

[Wien,] *22. 6. 93*

Lieber Richard, an Jarno hab' ich in Ihrem Sinne geschrieben. Ist er schon dort? Ich habe den Brief bereits nach Ischl adressirt. Im übrigen komme ich höchst wahrscheinlich Anfang Juli auf 10–14 Tage nach Ischl; werde mit meiner Mama wohl beim »Leopold« wohnen. Für alle Fälle schreib ich Ihnen noch genaueres und erwarte auch Nachricht von Ihnen. –

Herzlich grüßend
Ihr Arthur.

23 Juni 93 Ischl

Lieber Arthur! Bisher hat sich Jarno noch nicht sehen lassen; übrigens kommen Sie ja hoffentlich in einigen Tagen selbst. Bitte, wenn Sie kommen, bringen Sie mir ein Flacon Parfüm mit; es ist bei »*Weisse*« am Mehlmarkt Ecke der Plankengasse erhältlich, der Name ist, *glaube* ich: »*Neomir du Phare*« oder sonst irgendwie ähnlich; auch bringen – oder wenn Sie es genirt, – schicken Sie mir 100 Stück egyptische echte Cigaretten irgendwelche Marke zu 5–6 fl. höchstens (Riedhof, Central, Sacher, Caffée Impérial). Vielleicht nimmt Salten seinen Urlaub auch um dieselbe Zeit? Ich sehe ein daß mir – da ich Euch doch nicht nachlaufen kann – nichts anderes übrig bleiben wird, als im Herbste gleichfalls Bycicle oder Bicycle fahren zu lernen; ich traure bereits jetzt bei dem Gedanken wieviel Ersparnisse an Fiakern und Omnibus-Fahrten mich das wieder kosten wird!

Herzlichst
Richard

Grüßen Sie nach Ermessen, und wenn Sie die Comissionen irgendwie geniren, geben Sie sich keine Mühe, – es ist nicht wichtig.

R.

Soeben fällt mir ein: Gestern saß in der Theater-Loge ein Fräulein »Wreden«, mir »wohlbekannt«, eine der 3 Schlafwagenconducteurstöchter wenn ich nicht irre, und P. H.[s] gewesene Herrin? Was ist mit ihr? Soll man sie besuchen, – ansprechen – ignoriren, weiß P. H. von ihrem hiesigen Aufenthalte, kommt er her?

[Wien,] 30/6 [1893]

Lieber Richard,
aller Wahrscheinlichkeit nach bin ich Sonntag Früh mit meiner Mama in Ischl. – Cigaretten und Parfum für Sie stehen bereit. –
Jarno tritt ja schon auf. – Schon gesprochen? –

Ich werde bei Leopold wohnen und täglich stundenlang Bicycle fahren – was ein wirkliches Vergnügen ist. – Loris wirds auch lernen. – Adieu einstweilen, ich freue mich sehr, Sie wiederzusehen.

Herzlich der Ihre
Arth

[Ischl,] 2/7 93

Lieber Richard,
bin heute früh angekommen, eben 2 Stunden Bicycle gefahren, ziemlich todt. –
Haben Sie nichts bessres vor, so kommen Sie Nachmittag zwischen 4 und 1/2 5 zu mir? Falls Sie mir durch Überbringer dieses nichts andres mitzutheilen haben, so erwarte ich Sie. Sie finden den Parfum, die Cigaretten und Ihren Sie lieb habenden

Arthur

[Ischl,] Dienstag 18 Juli 93.

Lieber Arthur! Hier die Novelle – bis auf das letzte Capitel das ich noch ändere. Bitte tun Sie was Sie können um die Abschrift zu beschleunigen, *und schreiben Sie mir für wann er es verspricht*; geben Sie ihm eventuell eine Prämie für Beschleunigung.
Vielleicht schicke ich auch das letzte Capitel ein, aber warten Sie keinesfalls darauf. Devrient wollte gestern Gedichte von Ihnen als Zugabe lesen, man schickte zu mir, – ich hatte begreiflicherweise keine. Schade! Bauers Notiz – er sagte mir gestern den Wortlaut – ist gut. Mit Paul Horn habe ich wegen »Börsencourir« gesprochen. Lautenburg ist gestern gekommen.
Bitte also nochmals tun Sie was Sie können.

Herzlichst
Richard

Schwarzkopf, Salten, herzlichst gegrüßt.

Wien *22. 7. 93*

Lieber Richard,
die Abschrift Ihrer Novelle dürfte Montag oder Dinstag beendet werden, obwohl sie erst heute begonnen wird. Mein designirter Abschreiber war ausgezogen – und schreibt nicht mehr; ein zweiter, den er mir empfahl, refusirte gleichfalls und empfahl mir einen dritten, welcher heute bei mir war, einen guten Eindruck auf mich machte, und dem ich endlich das Kind übergab. –
War was in der alten Presse über Absch.s.? – Was sagen Sie zu der Allgem. Zeitung? Champagner – also Murger – weil sie beim Murger verhungern. Soll ich mich bei Osten bedanken? – War im Börsencourier was? Den krieg' ich auch nie zu Gesichte. –
Neulich machte ich mit Salten eine wunderschöne Bicycletour von Klosterneuburg nach Tulln am Donauufer. Ihr müsst unbedingt fahren lernen –
– Meine Stimmung ist recht schlecht; die Luft ist drückend und unausstehlich, und manche Hypochondrien quälen mich. Geschrieben – noch nichts, die Zeit ist so zersplittert; ein ewiges Hin und Her von der Klinik auf die Druckerei – in die Grillparzerstr. – auf den Burgring – zu meinem Schwager – auf den Kahlenberg usw. –
Was gibts in Ischl? – Sprachen Sie Benedikt's häufig? – Was macht der Götterliebling? – Hat Freund schon der Fl. geantwortet? – Wird noch viel über das Stück geschimpft? – Wirds noch einmal aufgeführt? – Sprechen Sie Jarno? – Wie gehts der kleinen Wreden? – Sie werden allerdings keine Lust haben, es zu erforschen. – Ist die Griebl und die alte Friese schon ins Kloster gegangen?
Schreiben Sie bald, wenn auch wenig

Herzlich Ihr Arthur Sch

Senden Sie mir das Ischler Wochenblatt mit der Kritik

[25. 7. 1893] Salzburg Dienst. Nachmittag bei Tomaselli

Lieber Arthur! Soeben erhalte ich Ihren Brief nachgeschickt – ich bin in Salzburg; vielen Dank für Ihre Mühe –
Ich bin seit Samst. Nachm. hier – von Samstag Abends bis gestern Mittag in Gesellschaft. Lesen Sie die alte Presse, von Freitag »Ischler

Brief«; ganz vernünftig anerkennungsvoll, hält es nur für die Bühne zu stark. Aber *lesen Sie selbst.* Mich beschimpft man noch manchmal, vom moralischen Standp. aus.
Jemand – ich glaube *Frau* Wald[tur], er ist doch nicht so dumm – behauptete es wäre irgend etwas zwischen Ihnen und M. B . . . . . . t im Zuge gewesen; aber nachdem Sie derartige Sachen, *aus Ihrem Leben!* auf die Bühne bringen, scheine man eingesehen zu haben daß es denn doch nicht ginge; Jarno habe ich ein einzigesmal gesprochen. Er kam zur Wreden, während ich und Paul Horn dort waren. Sind Sie mit Julius Bauer zufrieden? Hier ist's herrlich! Ich schreibe ein wenig und feiere Orgien im Entbinden von Plänen; ich ergreife Pauschalbesitz von Salzburg – sagen Sie es Salten, den ich herzlich grüße. Sie auch Richard

Ich reise morgen nach Ischl zurück.
Soeben fällt mir ein daß ich bez. Verlag von Freund nicht geantwortet habe. Flegmann bat mich Ihnen mitzuteilen daß Freund nicht in Berlin, *nicht* in den Bädern sei, sondern in der – – – Dauphinée – bitte nachzusehen ob die Orthographie richtig – Bis zu seiner Rückkehr kann man nichts tun

R.

Ischl.
28 Juli 93.
Freitag Mittag.

Lieber Arthur! Bin wieder seit vorgestern Nachts hier. Las Ihren Brief an Frau F.; das Telegramm ist nicht von ihr; von Ben.? Im Börsencourir von – ? – ich höre in dem, der vorgestern hier war, – ich hoffe ihn zu erhalten – soll eine lange günstige Notiz stehen. Ich habe Paul Horn als er hier war sämtliche Daten gegeben; auch bez. Lektüre durch Reicher und Jarno in Berlin; dürfte also darin stehen. Heute wieder Mamroth zitirt (Tolstoi) vor Frau Kalbek.
Ich glaube es wird gehen. Verhalten Sie sich nur gut mit F.; sie setzt sich wirklich für ihre Freunde ein. Bitte *urgiren* Sie den Abschreiber; mir ist sehr darum zu thun die Sache hier vorlesen zu können solange Kalbeks und ihre Schwester eine Frau Lion da ist. Bitte! Heute, Frei-

tag Mittag, – ist noch nichts eingetroffen, hoffentlich kreuzt es sich mit meinem Brief; der Schluss des Kindes ist endgiltig geändert, hoffentlich gefällt er jetzt besser.
Grüßen Sie Schwarzkopf Salten. Herzlichst Ihr

Richard

Was sagen Sie zu Wengraf Hirschfeld?
Schreiben Sie Löbl ein paar Zeilen.
Vide: Ischler Brief.

[Wien, 29. 7. 1893]

Lieber Richard! – Der Abschreiber bringt die Novelle Montag; – Dinstag haben Sie sie. – Neulich stand im Magazin (Kraus schickt es mir) daß noch diesen Sommer im Less.th. das Märchen drankommt. – Die »lustige« Novelle beendet. – Ärztlich beschäftigt, eine Cousine, 14j. Mädel, schwerer Typhus. – Habe noch keine Einberufung. – Notiz im B. B. gelesen; sehr gut – aber natürlich »naturalistischer Dichter«. – Gestern war ich angeblich im Szeps verschimpfirt (las es nicht) – nachdem ich vor 3 Tagen gelobt war. Gute Redaction! – Was macht der Götterliebling? – Ist Löbl noch in Ischl? Wohin schreibt man ihm? Las übrigens die Nummer noch gar nicht. – Schreibt Loris? – Grüßen Sie alles! Ich würde mehr schreiben, wenn ich nicht auf diesem blöden Karterl angefangen hätte.

Wien, 3. 8. 93.

Lieber Richard, eben habe ich die Camelia's wiedergelesen und kann sie versichern, dass sie die gefährliche Probe des Wiederlesens aufs glücklichste bestanden haben. Die Skizze ist eine Stiefschwester Ihres »Kind's«; das Blut des Vaters pulsirt drin und dass Sie nun eine neue Muse haben, darf Sie gegen die frühere, mit der Sie die Camelias gezeugt haben, nicht ungerecht machen. Dagegen muss ich aber bemerken, dass mir die Miederstelle noch unangenehmer auffiel, als das erste Mal; sie ist absolut überflüssig und ausschliesslich widerlich. Mit demselben Recht dürften Sie darauf bestehen, den abendlichen

Stuhlgang Ihres Helden zu schildern; ja beinahe mit mehr Recht; denn er ist natürlicher und berechtigter als das Mieder. Zur Charakteristik Freddys gehört es auch absolut nicht. Sie sollten Freddy auch etwas älter machen; denn es ist mir unangenehm, dass man sich mit 38 Jahren schon so fürchterlich in der Decadence fühlen soll, – oder, was einfacher ist, gehen Sie bei dem Gefühl des Altseins von Freddy mehr auf das psychologische aus [als] auf die ganz groben körperlichen Dinge. Kurzum, ich will mir nicht von Ihrer Novellette die Möglichkeit nehmen lassen, in sieben Jahren ein junges Mädel zu heiraten! Verstehen Sie? – Aber das wesentliche: die Camelia's gehören in Ihr Buch. –

– Haben Sie das Kind schon vorgelesen? – Schreiben Sie mir darüber!

– Ich habe keine Einberufung. Werde vielleicht mit Salten eine Bicycletour machen. –

Gibts was neues in Ischl?

Las »Die Erziehung zur Ehe« von Hartleben; gefiel mir bis zum letzten Akt ganz ausnehmend. –

Meine Briefnovellette ist bis auf ein paar Zeilen fertig. Hoffentlich bring ich doch wieder einmal ein Stück zusammen. –

»Wieder einmal« – Grössenwahn? –

Herzlich Ihr Arthur. Grüssen Sie das nothwendige. Götterliebling? –

Wien, 11. 8. 93

Lieber Richard, warum schreiben Sie mir nicht? –

– Haben Sie Ihre Novelle vorgelesen? – Was macht der Götterliebling? – Erfuhren Sie was über Freund und Jäckel? – Sehen Sie Benedikt's? – Haben Sie gehört, wie schauerlich und wie dumm die Abendpost den Anatol verriss? – Wann rücken Sie ein? Wann sind Sie in Wien? – Ich reise vielleicht am 19. oder 20. ab. – Sind Sie glücklich? – Sind Sie arrogant? – Wissen Sie, dass Sie noch im Herbst Bic. fahren lernen werden? Was macht Frau Flegm.? Was das Theater? – Sprachen Sie Jarno? – Die Wreden? – Stand was in der Ischler Ztg. über mein Stück? – Senden Sie – ich vertrage alles. – Goldmann kommt im September nach Salzburg. –

Herzlich der Ihre Arthur

Wien 18/8 93

Lieber Richard! –
Ich verreise Montag oder Dinstag. Schreiben Sie mir vorher 2 Zeilen. Kommen Sie vor der Waffenübung nach Wien? – Haben Sie was über Freund erfahren? –
– Ich treffe in Lienz oder so wo mit Salten zusammen. – Es ist unglaublich, daß Sie gar nicht schreiben.

Herzlichen Gruss
Arthur

[Ischl, 19. 8. 1893] *Samstag Mittag.*

Lieber Arthur! Verzeihen Sie meine Nachlässigkeit; war in den letzten Tagen stark beschäftigt. Ich komme Montag Abends gegen 8 Uhr in Wien an. Habe mit Ihnen zu sprechen; und werde Ihnen dann mündlich alles beantworten. Schreiben Sie zwei Zeilen wo Sie Montag 8 Uhr Abends sind, oder besser noch erwarten Sie mich zwischen 8 und 1/2 9 Caffée Europe Stefansplatz. Ich war in Marienbad bei Freund – nichts Positives erreicht. Vielleicht kann ich auch Schwarzkopf sehen. Ich reise Mittwoch Früh nach Znaim.

Herzlichst
Richard

[Pörtschach am See, 27. 8. 1893]

Lieber Richard, aus Pieve di Cadore schrieben wir dem Verfasser von Tizians Tod; – aus Pörtschach dem Verfasser des Kindes – denn ebenso wahr es ist daß Tizian in Pieve di Cadore geboren wurde, ebenso wahr ist es, daß hier schon manches Kind geboren ward ..
– Wir haben eine schöne Tour gemacht; näheres mündlich. Ihnen gehts hoffentlich gut, und wir grüßen Sie herzlich!

Arthur

Ich habe Sie hier ohne Backenbart gesehen, sorgen dafür, dass er rasch wieder wächst. Frl. Anna Hiller, die mir das Bild zeigte grüßt Sie. Ich auch Ihr Salten

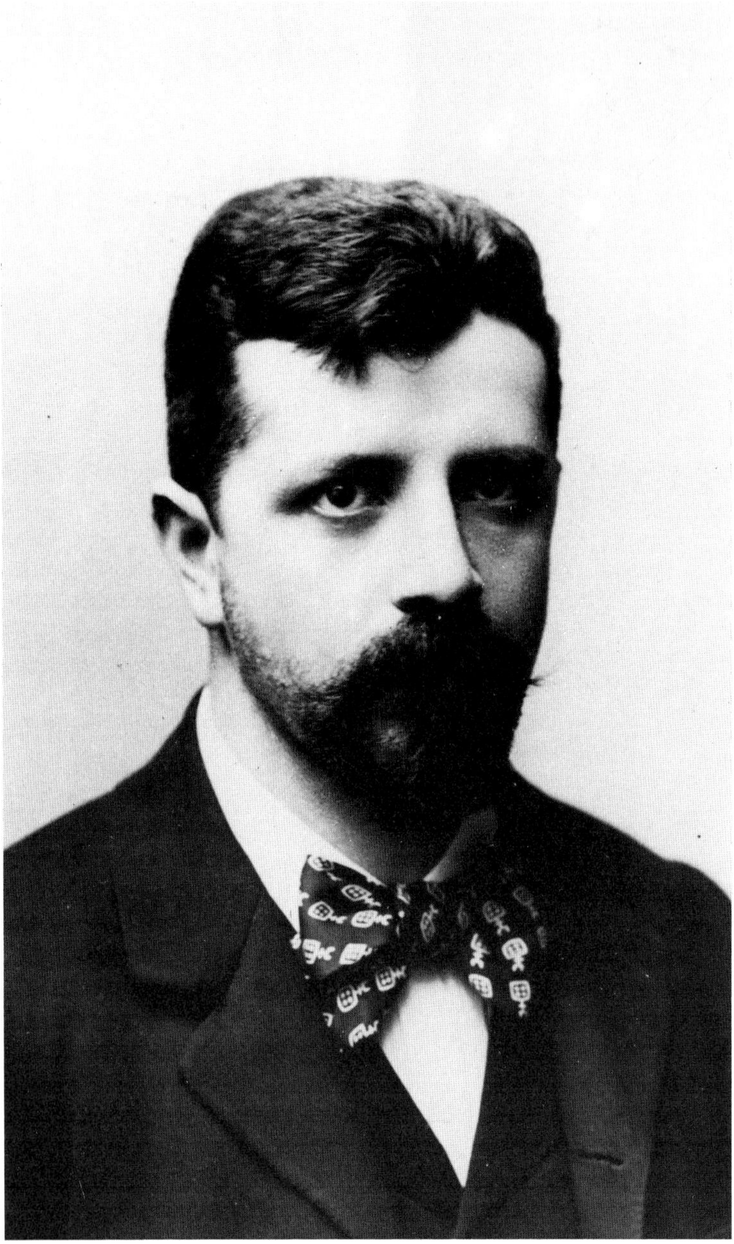

Richard Beer-Hofmann um 1895

Wien 13. 9 93.

Lieber Richard,
Ihre Karte fand ich Montag, als ich von Reichenau zurückkam; habe sehr bedauert, daß ich Sie versäumen mußte. –
Samstag fahre ich auf 2–3 Tage nach Salzburg, wo sich Goldmann befindet. –
Gestern hab ich den Vertrag mit dem Dtsch. Volksth. unterschrieben, nach welchem das Märchen vor 1. Dezember 93 in Szene gehen müsse, – »in würdiger Aufführung« wie es im Vertrag heißt. –
Lassen Sie was von sich hören, kommen Sie in guter Stimmung zurück und seien Sie herzlich gegrüßt!

Ihr Arthur

[Wien, 25. 10. 1893]

Lieber! Meixner nahm mich heute beiseite, hat Bedenken ob er den *Wandel* treffen wird; habe ihn ihm erklärt; kennt das Stück nicht; bringen Sie bitte morgen Mittwoch ins Caffée ein *gekürztes* Exemplar des Märchen mit; aber vor 7 Uhr.
Das Märchen ist *sehr* gut; ich habe es wieder gelesen – – ich glaube jetzt sogar an einen Bühnenerfolg. Herzlichst

Richard

[Wien, 15. 11. 1893?]

Lieber Arthur! Hugo kommt heute um circa 7 1/2 8 ins Caffée und nachtmahlt dann mit mir zusammen (bei mir zu Hause.) Wenn Sie auch zu mir kämen, könnten wir dann endlich einmal unser + + + in Angriff nehmen.

Herzlichst
Ihr Richard

Vielleicht treffen wir uns also alle im Caffée – *vorher*!

1893/94

[Wien, 31.12.1893]

An den Verfasser des »Kinds«. –
Wir haben eine 1/2 Stunde ununterbrochen über Sie gesprochen. Auch der Autor des »Begräbnisses« blieb nicht unerwähnt. – Es ist bedauerlich, dass solche Männer ihre Nächte in Dominoorgien hinbringen. –

In Hochachtung.

in aufrichtiger Bewunderung und Wertschätzung *Karl Kraus*
ergebenst FSchik

[Wien, April 1894?]

Lieber Richard,
Donnerstag 11 Uhr hol ich Sie ab, wenns Ihnen recht ist. Sie können das Fahren ein paar Mal probiren, ohne sich im geringsten zu verpflichten, und schlimmsten Falls zahlen Sie einen Mitgliedsbeitrag auf 1/4 Jahr, wodurch Sie zu gar nichts genötigt werden, weder zum Kaufen eines Rades, noch zum Weiterverbleiben im Club. –
Bitte sehr, senden Sie diesen Brief gleich an Hermann Bahr, welcher hiedurch unter einem gebeten wird, sich um 11 am Donnerstag bei Ihnen einzufinden, wenn er es nicht vorzieht, um 11 Uhr 30 vor dem Hause Untere Augartenstraße 28 auf mich resp. uns zu warten. Beifolgend Statuten, von denen 1 Exemplar an Bahr; in diesem hab ich den § 15 unterstrichen. Für Sie den § 5. –

Herzliche Grüße.
Arthur Sch

[Wien, 5.4.1894]

Lieber Arthur! Bitte holen Sie mich nicht zum Bicycle ab. Nicht nur Bahr auch ich schaudere davor zurück.
Sind Sie nicht böse.

Herzlichst
Ihr Richard

[Wien, 30. 4. 1894]

Lieber Richard,
Mittwoch kann ich nicht mit Euch ins Theater. Es jährt sich an diesem Tag das erste Mal der Sterbetag meines Vaters. – Bei der Donnerstag Partie bleibt's.

Herzlichen Gruss
Arthur

[Wien, 15. 5. 1894]

Lieber Richard,
Seien Sie so gut, senden Sie an Fels, XVIII., Exnergasse 3, Thür 22, 3. Stock etwas Geld – ich bin am Ende meiner Kräfte.

Herzl. Gruss
Arthur

[Wien, 31. 5. 1894]

Lieber Richard. Meine Absicht ist es, Samstag Abend abzureisen. Ich bin dann 7 Uhr Früh Sonntag in München, steige Hotel Maximilian ab. Bitte um Nachricht, was Sie thun. –
Hab von Brandes einen schönen Brief über's Märchen bekommen. – Heut einen sechs Seiten langen noch schönern über alle möglichen Sachen von der Lou Salomé.
Herzlichen Gruss. Ich freue mich sehr, ein paar Tage mit Ihnen zu verbringen.

Ihr Arthur

Ischl 30/VI 94

Lieber Arthur!
An F. hatte ich natürlich vergessen, ordnete aber die Sache sofort nach Erhalt Ihres Briefes. –
Unter welcher Adresse gratulirt man Ihrem Bruder?
Bitte Sie um Folgendes: Ich brauche ein Cachenez welches so groß ist, daß man es falten und als Schärpe binden kann. Es soll ganz

schwarz sein und zwar *schwerer weicher matter* Seidenstoff – nicht Atlas – womöglich schwarz in schwarz gemustert, vielleicht brokatartig. Wenn Sie es bei Stoll + Uhlig bekommen, dann lassen Sie es mir direkt zusenden ohne zu bezahlen, bekommen Sie es dort nicht, oder sehen Sie irgendwo etwas Passendes, so lassen Sie es mir zusenden und bezahlen unterdessen. Es kann übrigens auch *wenn es das gibt* (?) schwarze glatte *Roh*seide sein.
Bahr war vorgestern zwei Stunden in Ischl. Kappers sind hier, ich predige ihm Unmoral und beweise ihm wie bescheiden er sein müsste.
Paul Schulz sprach ich; was hat der wieder gegen Sie? Oder vielmehr gegen das »Abschiedssouper«? Übrigens liebt er auch den Styl J. Opp... und mag den Th. Herzl nicht.
Kommen Sie bald nach der Hochzeit Ihres Bruders? Leopold?
Grüßen Sie Hugo, zeigen Sie ihm aber nicht den Brief, er macht mir sonst Vorwürfe daß zuviel »Tatsächliches« drinnen steht.
Salten auch.

Herzlichst
Ihr Richard

Ich freu mich aufs Siegeln

2. Juli 94. Wien

Lieber Richard,
das Cachenez hoffentlich nach Wunsch besorgt. Stoll schickt's noch heute, nimmt es auf Verlangen auch wieder zurück; ich finde es sehr schön, was keine Suggestion sein soll. –
Gratulation schicken Sie in die Frankgasse, und, *wenn Sie die Braut kennen*, auch auf den Lobkowitzplatz. –
Ich dürfte 13., 14., 15. nach Ischl kommen, bleibe bis 20. und denk dann mit Ihnen, und Bahr, der uns abholt, nach Salzburg zu fahren, wohin auch Hugo von der Fusch aus kommen wird. Ich denke, so ist's gut? – Hugo war Freitag früh auf der Durchreise von der Salesianergasse nach Döbling bei mir. –
Was macht der Götterliebling? – Ich bin nicht unfleißig. Paul Schulz und die Kapper's lassen Sie nur alle wie sie sind – wenn wir alle Menschen ändern könnten wie wir wollen, so würden sie uns – schrecklich zuwider werden. (Denken Sie nicht drüber nach; es ist aussichtslos. Der obige Satz ist nemlich in mannigfacher Weise zu beenden.)
Neulich waren Fels und Korff auf einmal bei mir. –

Ich zerbreche mir den Kopf, warum Sie mir geschrieben haben; ob wegen Kapper oder wegen Schulz oder wegen meines Bruders? – Einen Augenblick hatte ich nemlich den schändlichen Verdacht, daß – das schwarze, schwere, weiche, matte Cachenez – Ihres Briefes »erste Schuld und Ursach« wäre. (Kommt nirgends vor. Wenn man sich schämt, macht man Anführungszeichen.)
Leben Sie wohl. Ich freue mich nicht auf Siegeln, obwohl ich mehr Grund dazu habe wie Sie. –
Schreiben Sie mir bald wieder. Herzlichen Gruss

Ihr
Arthur

5 Juli 94 Ischl

Lieber Arthur! Natürlich war das Cachenez Motiv! Es war ja aber auch ganz klar im Brief. Es ist angekommen, und ist sehr hübsch. Danke bestens. Wenn es Ihnen keine Schererei macht – *nur dann* – könnten Sie auch etwas egypt. Cigaretten nach Ischl mitbringen – Kyriazi Riedhof? Herzlichst

Richard

[Ischl, Juli 1894]

Lieber Arthur! Bitte, wenn Sie herkommen, nehmen Sie die 2 Bd. Henri Becque mit. Herzlichst Ihr

Richard

[Wien, 12. 7. 1894] *Donnerstag*

Lieber Richard, Samstag kommen die Cigaretten, und die 2 Bände Becque.

Herzlich Ihr Arthur.

Auch ich komme Samstag. –

[Ischl, 30. 7. 1894]

wir sind am zweiten august vormittag in salzburg oesterreichischer hof bitte es dem suendentraum der in wien ist nicht zu sagen herzlichst richard

29. Aug 94 Ischl

Meine Herren!
Wir gehen um 6, 7 Uhr jedenfalls Eglmoos 22 vorbei und werden pfeifen oder auch nicht pfeifen. Sie werden zu Hause sein oder auch nicht zu Hause sein. Im Falle wir uns nicht treffen, bin ich (die Tragödin Adele Sandrock) vor zehn Uhr im Hotel Bauer soupirend anzutreffen. Ich (der Dramatiker Arthur Schnitzler) speise 1/2 9 beim Leopold, wo ich Sie, meine Herren, jedenfalls zu sehen hoffe.

Herzliche Grüße
Sandrock Schnitzler

7 Sept 94 Ischl

Lieber Arthur! Ich habe eine Menge Bitten an Sie.
I. Senden Sie mir unter Kreuzband den Bolgar, ich nehme ihn auf die Reise mit.
II. Fragen Sie telefonisch bei Paul Horn an ob es geht daß ich falls ich zollpflichtige Sachen von Italien herübersenden sollte ich sie adressiren kann an *Herrn Paul Horn* p. Adr. *Schenker* u. Co und ob dann Schenkers die Verzollungsarbeiten etc. übernehmen. Weil ich nicht wegen meines Papa's die Sachen (Moritz gehste herunter vom Bock) an mich adressiren kann, und ich denke daß es ihm Paul Horn oder Schenker eben weniger Scherereien macht. Wie ist die Adresse von Paul Horn und wie die der *Firma* Schenker? –
III. Grüße à Discretion.
IV. Bitten Sie Bahr er möchte die Nummern der »Zeit« mir nachsenden, ich werde meine Adresse ihm bekannt geben. Ich abonnire natürlich.

V. Danke ich für alle Scherereien die Sie mit mir haben. Genaue Route, Tag der Abreise gebe ich Ihnen noch bekannt.

Herzlichst Ihr
Richard

Wie ist die *Adresse* der Adele Sandrock?

9. Sept. 94 Wien.

Lieber Richard,
1) Bolgar geht eben unter Kreuzband ab.
2.) an P. Horn schrieb ich, weil Schenker immer besetzt ist und das Telefoniren mich nervös macht. Ich bat ihn, Ihnen direct sofort zu antworten.
3.) Bahr werde ich morgen sprechen.
4.) Adele S. wohnt Opernring 19.
5.) Der Artikel der Marholm ist sehr schön, sehr werthvoll besonders. – Hiess »Ein Märchen« und beschäftigt sich nach 1 1/2 Seiten allg. Einleitung auf 2 1/2 Seiten mit mir. – (Bestellt; Sie kriegen ihn dann)
6.) Vergessen Sie nicht mir den Stock, welcher in Ihrer Hand so elegant wird, nach Wien zu schicken.
7.) Glücklicher! –

Herzliche Grüße Ihr
Arthur

[Ischl, September 1894]

Lieber Arthur! Ich bin nicht hier in Wien – nur Ihr Stock ist hier – ich bin hoffentlich auf der Route nach Italien, momentan – da ich dies schreibe, – friere ich in Ischl, – hier. Dieser Brief ist unanständig wegen der vielen »hier«.

Herzlichst Ihr R

[Bellagio,] 10 / IX. 94.

Lieber Arthur! Bin in Bellagio, – bis Ende der Woche an den Seen. Wenn Sie was zum Schreiben haben und lieb sind, schreiben Sie mir bis Ende der Woche. »Pallanza«. »Posta fermata«. Adresse mit lat. Lettern. Anfangsbuchstaben *B* unterstrichen. Herzlichst Ihr

Richard

Grüße an Hugo Bahr etc.
Entschuldigung an A. S. wegen verspäteten Dankes.

[Franzenshöhe, 15. 9. 1894]

Anfang einer Bildergallerie

Herzlichst Ihr
R.

[Mailand, September 1894]

Mau! hätt' ich wenigstens gesagt wenn ich schon zum Schreiben zu faul bin. Bitte senden (lassen Sie) Sie mir die »Zeit« *a posta ferma* Florenz wo ich bis incl. 3ten bin. Vielleicht ist dort auch eine Karte von Ihnen an mich. Herzlichst Ihr

Richard

Wien, 29. 9. 94.

Lieber Richard, *zwei* (due) Karten hab ich Ihnen nach Pallanza geschrieben – das ist doch mehr als Mau? – Sie sind offenbar verloren gegangen.
(Wer, – ich? (Léon und Waldberg, Blumenthal und Kadelburg, Brociner und Gerhard)). –
Gestern Eröffnung Josefstadt; mit Dank des Herrn Léon im Frack, mit gekränkter Miene. Sehr amusant, abgesehn vom 1. Akt. –
– Mein Stück – zwei Akte bis auf letzte Feile (exclus.) vollendet. Wohl in acht Tagen fertig, – bühnenfertig in etwa 4 Wochen, bühnenwirksam – wann? –
Wie fühlen Sie sich? »Fliesst die Arbeit munter fort?« –

»Zeit« soll besorgt werden. – Bitte schreiben Sie häufiger – die Gemäldegalerie, die so hoffnungsvoll begonnen, hat rasch geendet. –

Herzlich der Ihre
~~Richard~~ entschuldigen – Arthur.

»Äh, Kamerad, und was machen Weiber?« (Carricaturen, Floh, Bombe, Wiener Witzblatt).

Und jene schöne, die vor Zeiten Euch
Das Wasser auf den Nachttisch Abends stellte –
Mit der Madonna holdem Lächeln – denkt
Ihr dieses guten Mädchens manchmal noch, –
Das sicher manches gegen die Empfängnis,
Doch gegen das Beflecktsein gar nichts hatte –?

Der Obige, was ich leider nicht auf jenes Mädchen beziehn kann.
A.

Dienstag früh,! (1/2 11) Florenz [2. 10. 1894]

Lieber Arthur! Mit Ihrem Brief hab ich mich sehr gefreut. Wenn man tagelang stumm unter schönen Sachen herumgeht freut einen eine – – na wie soll ich sagen, – na eine *bekannte* Stimme wieder –
Ich bin von den Uffizien gekommen und habe auf dem Wege ins Restaurant Ihren Brief von der Post geholt und ihn dann mit Behagen während des Speisens gelesen. Ich habe Aufsehen erregt weil ich fortwährend, auch nachher geschmunzelt habe, schließlich hat der Kellner auch geschmunzelt und mich für eine heitere joviale Natur gehalten. Sie schreiben immer schlechter; d.h. ich kann sehr schwer Ihre Zeilen entziffern, höchstens die Unterschrift, und die heisst dann »Richard«. Wenn Sie mich nach der »Madonna« fragen, und noch dazu so nebenher im Postscriptum ((2, 4, 6, 8 – – – – ∞ ?)gradig?) so beweist dies nur daß »sie« Ihre sexuelle Phantasie stark erregt. Bitte, – bitte tun Sie wie wenn ich nicht zu Hause wäre. – Sie können auch nach meiner Adresse fragen, – mehrmals – und dabei findet sich Gelegenheit. Bitte: Bahr soll die »Zeit« (die erste Nummer) *a posta ferma Rom* senden – ja? Von Donnerstag an, bitte adressiren Sie auch die Briefe und Karten an mich, dorthin. Und schreiben Sie mir öfters; Ich werde

jeden Tag vor Tisch mir etwas von Ihnen abholen gehen. Ihr »Guercino« hängt in Mailand. Grüße bitte richten Sie ein für allemal *à discretion* aus, wissen Sie, so als Belohnung. Herzlichst Ihr –

Richard

Wien, 5. Oct. 94.

Lieber Bekannter!
Das einzige, was Sie mir von Ihrer italien. Reise mittheilen, ist dass mein Guercino in Mailand hängt. Das steht aber schon im »Lübke« – ich muss Sie also, wenn Sie überhaupt die Absicht haben, Neuigkeiten aus Italien an mich zu schreiben, um sorgfältigere Auswahl bitten. Lassen Sie sich nicht etwa einfallen, mir aus Rom zu schreiben, dass dort Julius Caesar ermordet wurde – es steht im Ploetz! – Dagegen bin ich gern bereit, persönlicheres von Ihnen zu erfahren – haben Sie keine von den Schwestern Rondoli getroffen? – Beantworten Sie mir auch gütigst einige Fragen. 1.) Wann kommen Sie zurück? 2.) Wie weit werden Sie Ihre Reise ausdehnen. 3) Haben Sie was geschrieben?
Einige Thatsachen: *Ludaßy* ist Chefred. der Wr. Allg. Ztg. (mit einem nicht übeln Gehalt) worden. Er rechnet auf das ganze junge Wien; »also« auch auf Sie. (Die Gänsefüße sind 17gradig.) –
Morgen ist die »Schmetterlingsschlacht« – ich hab noch keinen Sitz, was mich geradezu aufregt. –
»Man sagt« ist durchgefallen. –
Mein Stück (gefährliche Nachbarschaft der Thatsachen – Sie sehen, ich bin nicht abergläubisch, oder erst recht, oder erst recht gar nicht, oder gar nicht erst recht gar nicht –) ist … hier stock' ich schon – – vollendet? .. Nein. – Beendet? Nein. Fertig? – Nein. – Ich habe »nur mehr« dran zu feilen. Hab ich Ihnen den Titel schon geschrieben? .. »Liebelei«. – Anfangs wird er Ihnen wahrscheinlich nicht gefallen; aber er ist gut, – auch praktisch genommen. –
Ich lese: Rosenkranz, Diderot; – Keller, Musikgeschichte u. a. –
Vorgelesen wurde mir – ein fünfaktiges Drama in Versen, in dem aber gewiss Talent steckt; Phryne von Leo Ebermann, der mich aber als Mensch und besonders als Vorleser sehr nervös macht: er posirt auf guten Sprecher …
Phrrryne ..
Gawiss .. du darrrfst nicht länger lebohn …

Meine Gerechtigkeit hat Orgien gefeiert; eigentlich wollte ich ihm ununterbrochen Ihre Büste »in' Kopp hereinhaun«. – (Lachen Sie nicht; der Kellner beobachtet Sie. –)
Leben Sie wohl, schreiben Sie mir, und seien Sie herzlichst gegrüßt.

Ihr Arthur

15/10 94
Fraskati Sonntag 1/2 8

Lieber Arthur, diesen Brief schreibe ich auf einer Terrasse in Fraskati, stehend, im Mondlicht; ich habe nämlich noch eine halbe Stunde Zeit bis zum Abgang des Zuges nach Rom. Ich bin sehr »des Gottes voll« aber *arbeite* gar nichts, und notire mittelmäßig viel. Ich sehe vieles anders und verstehe Einiges was mir fremd war. Arroganter werd ich sein als je, wenn ich zurückkomme. Wenn man tagsüber mit schönen Bildern, einer Natur die hier Künstlerin ist, und mit – seinen Gedanken – verkehrt findet man die Gesellschaft die um uns (– wie heißt das analoge Wort zu

crepiren – sterben
* – leben)

unmöglich; ich bin am 4. oder 5. voraussichtlich in Wien; von morgen an *Neapel* a posta ferma.

Herzlichst Ihr R

Wien, *15. Oct. 94.*

Lieber Richard – Sie würden es nicht verdienen, dass man Ihnen schreibt – aber ich nehme an, Sie empfinden den Empfang eines Briefs von mir nicht als Glück – also – Sie verstehen ja dieses linke Ohr? – Gestern hab ich dem Hugo und Salten mein Stück vorgelesen, – mit einem von mir nicht geahnten Erfolg. Es sollen nur ein paar Wendungen drin zu ändern und sonst soll es ganz fertig sein – das übrige Lob schäm ich mich beizufügen. Ich bin aber sehr froh. – Momentan schreib ich einen Einakter. (15. Jahrhundert – aber es ist eigentlich eine Fälschung.) –
Es ist läppisch, dass Sie mir so gut wie gar nichts schreiben. Ich sage läppisch, in der Überzeugung dass das Sie viel mehr beleidigt als infam

oder schurkisch, was man auch sagen könnte. – Hugo sieht als Dragoner ausgezeichnet aus. Ein Oberlieutn. zum andern: »Du, ich hör, du hast in deiner Abtheilung einen, der Trauerspiel dicht' –?« – Salten, hab ich Ihnen das schon geschrieben?, – ist in der Redaction der allgem. Zeitung. – Neulich hat er den Sudermann interviewt, und der kleine Kraus erklärt das für unerhört charakterlos. Wünschen Sie auch von Fels was zu wissen? Ich zweifle nicht daran. Also: alles beim alten; – was Sie schon merken werden, wenn Sie zurückkommen. – Wünschen Sie was von Korff zu wissen? Er hat eine Hebamme geheiratet, welche aber kaum 15 Jahre älter ist als er. – Und Specht? – Er fährt nächstens auf ein Jahr nach Liverpool. Und Paul von Schönthan? Er wünscht sehnlichst, Sie zum Saubermann zu gestalten. – Neulich hab ich den Julian Sternberg (den bei dem Sie sich so einzuschmeicheln »gewußt« haben) kennen gelernt; da hat er mir sehr gut gefallen. –
Außerdem regnets, ist kalt, und der Winter ist da. –
Leben Sie wohl und schreiben Sie einem doch wenigstens endlich einmal, wann man sie »wieder haben« wird.

Herzlich der Ihre
Arthur

»Zeit« wird besorgt. Sie ist *sehr* gut.

Donnerstag Neapel
18/X 94.

Lieber Arthur! Ich verdiene es nicht – aber schreiben Sie – ich meine Briefe an mich. Ich bin furchtbar neugierig auf Ihr Stück, Sie werden es mir separat vorlesen müssen, und Salten und Hugo werden bitten es nochmal hören zu dürfen. Wenn Kraus sich übernimmt, sagen Sie ihm die Worte: »*Musenalmanach – Herodot*« und er wird erbleichen. Ich habe gestern eine Karte an Sie geschrieben. Wegen »Saubermänner«, suchen Sie es zu vereiteln, daß Schönthan an mich eine Aufforderung richtet beizutreten. Refus wäre Beleidigung, und es ist genug, daß Sie beitreten mussten. »Ikarus Ikarus, Jammers genug« – (Mir kommt vor ich citire ungenau – oder genau – oder – ungenau sagt A. S.)
Denken Sie, ich erhalte gleichzeitig mit *Ihrem* Brief einen von S. Fischer, der vor kurzem wie er schreibt meine Novellen gelesen hat und er hegt »seit jener Zeit den lebhaften Wunsch falls Sie betreffs

Ihrer zukünftigen Production mit einem andern Verlag noch nichts vereinbart haben Ihre Werke in meinem Verlage zu publizieren« folgt eine Schilderung seines Verlages und die inhaltsschwere Phrase: »mannigfache Vorteile bieten zu können«. Zum Schluss Aufforderung eine Novelle bei ihm zu publicieren (freie Bühne). »Sollten Sie etwas fertig haben, so würden Sie uns durch die Einsendung sehr erfreuen«: Dem »erfreuten und lebhaftwünschenden« Verlag werde ich natürlich furchtbar frech antworten, oder besser vornehm reservirt – schon weil ich – (ich weiss es ist peinlich, für meine Freunde, ich fange an lächerliche Figur zu werden, ich soll doch was fertig machen, – oder nein ich soll mir Zeit lassen) nichts fertig habe. –
Ich bin längstens 5ten Nov. in Wien. Ich fange an meine Aufnahmsfähigkeit zu verlieren – *zu viel*, – zu viel stürmt auf einen, Landschaft Kunst und manchmal auch eigne Gedanken über all das, und über anderes, – durch Associationen verrücktester Art hervorgerufen. Ich freue mich sehr auf Euch und Wien. Hier in *Italien* – in *Rom* in *Neapel* empfinde ich es daß die einzige Stadt wo ich leben und – bitte nicht zu lachen – arbeiten kann doch nur Wien ist. Was aber kein Coupletrefrain sein soll. Schreiben Sie mir bald – *Neapel.*

Herzlichst Ihr
Richard

[Wien, 19. 10. 1894]

Lieber Richard, ich habe Ihren Brief aus Frascati bekommen und danke bestens. Sie meinen ersten nach Neapel und die *Zeit* doch wohl auch? Ihre gute und hohe Stimmung ist sehr erfreulich – man kann gewiss besseres von Reisen heimbringen als Novellen – ob aber auch besseres – als *Ihre* Novellen??? – Mein Stück beim Abschreiber; vielleicht kann ich bei Ihrer Heimkehr schon mit Resultaten aufwarten. Mache die Correcturen am Buch (Sterben.) – Heute arges Kopfweh. – Viele herzliche Grüße, bitte schreiben Sie mir.

Ihr Arth

Bajae 20 Oct 94

Lieber Arthur! Gerade, wie ich in den Wagen steige, bekomme ich Ihre Karte. Meinen Brief und Karte haben Sie wohl? *Das* schreibe ich

beim schwarzen Kaffee auf einer Terrasse am Meer in *Bajae* – (Bitte lesen Sie zu Hause über Bajae nach.) Abends bin ich wieder in Neapel, dann morgen und die nächsten Tage Capri, Sorrent dann Venedig. Adressiren Sie bitte Briefe und die 4. Nr. der Zeit nach Venedig, *Bauer und Grünwald.* – Die 1. und 2. Nummer habe ich; 3te erwarte ich. A propos (warum à propos, warum fällt mir das jetzt ein?) was stand auf den in Verlust gerathenen Pallanza Karten? Bahr bitte grüßen Sie herzlich, und der »Abonnent« hat mir »*wol* getan«, und das »Burgtheater« (Burkhard) war gescheidt *und* diplomatisch. Und die »Schmetterlingsschlacht« hat er sich teilweise eingeredet – ich kenne sie nicht, – aber ich mißbillige sie. Kleine Probleme von kleinen Warten und anstatt tiefster Auffassung des Lebens bürgerlich-ideale Moral auf dem Grunde; und die Belohnung [...] guter Sitten in reicher Heirath, und die Versorgung, – der Blick in die Zukunft.
Das Meer ist viel schöner. Und viele andere, viel kleinere Dinge auch. Lieber Arthur, bitte schreiben Sie mir *sehr sicher* nach Venedig, und viel; denn Sie würden unendlich leiden unter dem Gedanken, wie peinlich ich es empfinden müsste in Venedig keinen Brief zu finden, nachdem auf der ganzen Fahrt dahin mich drauf gefreut habe.
Es gibt Studenten des jus in Prag die sehr gut Lawn-Tennis spielen, nicht antisemitisch, gegen den deutschen Schulverein und die Politik, und insbesondere den Liberalismus sind; Maupassant lesen, den Bahr teilweise (Dora) kennen, und freudig erschauern wenn ich sage daß ich Bahr kenne (*einen* gibt es *sicher*). Die Leute die heute 17 und 19 sind, werden die sein die in 10 Jahren sich uns neigen werden – oder früher? Das »uns« nehme ich *principiell* zurück. Richard.

[Wien,] 20. 10. 94

Lieber Richard. –
Schmetterlingsschlacht: Erster Akt sehr gut, voll glänzenden, nur zuweilen etwas absichtlichen Details; – machte erwartungsvolle treffliche Stimmung. Zweiter Akt läßt sich nicht übel an; befremdet bereits durch einige Trivialitäten, – enttäuscht aber noch nicht recht. Der dritte Akt schwach, ungeschickt, ohne selbst den stofflichen Inhalt, der in ihm steckte, auszuschöpfen; verstimmend, mit einem affectirten, psychologisch falschen, enervirenden Schluss. Der letzte Akt

kurzweg kläglich, geradezu erbitternd. – Sudermann scheint doch nur der große Meister der ersten Akte zu sein. – (Ehre, Sodom, Heimath – überall der erste Akt am besten.) – Einige Figuren der Schmett. famos, andre unerlaubt läppisch. Das ganze Stück nicht einer glücklichen Eingebung entstammend, sondern recht mühselig und ohne Glück construirt. Das ärgste wär zu vermeiden, wenn 3. und 4. Akt zu einem zusammengezogen werden, und die Rolle der naiven Rosi aus der gemeinen Theaterschablone ins menschliche hinaufgehoben wird. Die Darstellung ist großartig; sie lügte geradezu Seelen in die Puppen. – Um die Schm. für Sud.'s bestes Stück zu halten, muss man entweder nichts verstehn – oder Hermann Bahr sein. Über seine Kritik und noch vieles andre hab ich gestern erst zwei Stunden mit ihm geplauscht. Ich zweifle gar nicht: er will immer interessant, immer geistvoll, immer bizarr sein, und es gelingt ihm fast immer – aber wenn die Originalität und die Bizzarerie – ja sagen wir zuweilen selbst die Tiefe seiner künstlerischen Anschauungen mit der Wahrheit zusammenfällt, so ist das gewiss mehr Zufall als der schöne Drang nach kritischer Ehrlichkeit. Und was könnte dieser Mensch nicht leisten, wenn er zu seinen außerordentlichen Eigenschaften auch noch die der Verläßlichkeit hätte. Er ist einer von den glänzenden – aber nicht einer von den Echten. –

Heut geh ich zur Première von den Komödianten. Haben Sie auch in thetralibus was gesehen? Gehn Sie nach Sicilien? –

Heute holt der Abschreiber meinen letzten Akt. In acht Tagen hoff' ichs einreichen zu können. – Hugo und Salten finden: Burgtheater. Bahr hat auch schon mit Burckh. gesprochen und Burckh. »erwartet« das Stück. Charakteristisch übrigens, dass Bahr, nachdem er mit Burckh. gesprochen und nachdem er von dem Stück nichts wußte als, was ihm Hugo gesagt, dass es sehr gut und »Burgtheater« sei, mir gegenüber äußerte: »Ich hab' die Empfindung, dass es ins Raimundtheater gehört.« – Man kann übrigens weniger als je ans Raimundth. denken – es wird dort gespielt wie an einem Provinztheater, wo die Leut eben zehn Proben haben, statt einer oder zwei. Aber dadurch kriegen die Herrn Heding und Nerz usw. nicht mehr Talent als sie haben. – Burgtheaterversuch muss natürlich strenges Geheimnis bleiben, da ich ja dann, wenn B. es refusirt, beim Volkstheater einreichen will. –

Ich freue mich auf Ihre Rückkehr. –

Herzlichen Gruss
Ihr Arthur

Neapel 23/X 94.

Lieber Arthur! Soeben erhalte ich Ihren »Sudermannbrief«, er hat sich mit meinem gestrigen gekreuzt, wo ich von »Schmetterlingsschlacht« sprach. Also ich habe richtig empfunden. Schön wär es wenn »Liebelei« am Burgtheater drankäme – sehr schön, der Erfolg der Aufführung wäre beinahe nebensächlich gegenüber dem Erfolg der Annahme. Freilich, Schönthan und Rudolf Lothar und das Buch Hiob, spielt man auch am Burgtheater. Nur *wir* würden eigentlich erstaunt sein daß »Liebelei« angenommen wird, und finden die Annahme all' des Andern begreiflich. Nein arrogant sind wir nicht. In Pompei war ich heute; ich bin ganz krank vor Sehnsucht nach wirklichen römischen Bädern. Im Culturraffinement sind wir noch alle Barbaren. Ja – Theater wollten Sie wissen?

La martire (Samarra) Medici	Mailand
Premiere von Ennemico del popolo Puppenfee la fata del[le bambole]	Rom
Varietés, Operetten etc.	überall.

Herzlichst Ihr Richard
der sich auf Sie freut.

[Wien,] *26. 10. 94*

Lieber Richard, ich denke, der Brief da trifft noch vor Ihnen in Venedig ein – so bin ich also aller peinvollen Gedanken ledig, die Sie mir für den Fall dass etc. profezeihen. – Heut hab ich Ihren Brief über Pompeji bekommen. »Über Pompeji« – d. h. wo Sie sagen, dass Sie sich nach wirklichen römischen Bädern sehnen. – Von mir ist nichts neues zu sagen; nicht viel. – Sie wissen, dass »Sterben« jetzt allmälig erscheint, wissen auch, dass ich große Angst vor den Correcturbogen hatte. Ich bin aber angenehm enttäuscht; es ist einiges wirklich schön drin. – Geben Sie nur Acht, was die Kritik sagen wird. Ich bin fest überzeugt, dass man mich viel schlechter, d. h. frecher behandeln wird als zu Anatols Zeiten.
– Die »Liebelei« werd ich Anfang nächster Woche einreichen (d. i. also vor 1. November.) –
Meine Stimmung ist nicht sehr gut. Ich spüre die Enge meiner Existenz zuweilen schmerzlich. Und wenn man sich über die Enge schon

hinwegtäuscht durch ehrliche Versuche, wenigstens mit des Geistes Flügeln (zu denen – ach so leicht kein körperlicher usw.) allem davonzuflattern; da kommt plötzlich das gewisse Damoklesgefühl über einen. Sie wissen: die vielen, vielen Schwerter – aber sie tödten nicht einmal alle gleich. –

Es wird gut sein, wenn ich möglichst bald wieder was großes zu schreiben anfange, was vielleicht weder gut noch groß sein wird, was ein Wortspiel ist oder auch kein Wortspiel oder doch ein Wortspiel wie R. B.-H. schreiben würde, dass A. S. schreiben würde –

Ich war bei der Première der Comödianten. Es ist ein schlechtes Stück mit einigen gut angelegten Figuren, einer dramatisch vortrefflichen Scene, (– die sich wie ein lebendiges Auge, das leuchtet, in einer Wachspuppe ausnimmt) mit ein paar vortrefflichen Wendungen – sogar mit etwas Elan im Beginn; im ganzen aber doch nur springende Episoden und keine schreitende Handlung. Was sich als letztere ausgibt, stört geradezu. Es ist der Holzstab, der durch die verzuckerten Mandeln gesteckt wird – freilich fallen die Mandeln ohne das Holz auseinander; – aber gegessen werden doch nur die Mandeln – und das Holz – nun?? man leckt es ab, woran dieser Vergleich, scheint mir, schmählich zu Grunde geht. –

Gestern hab ich wieder einmal Kabale und Liebe gesehn. Es ist unbegreiflich, dass man einen so raffinirt guten und auch innerlich großartigen ersten und zweiten Akt – und einen so unsäglich dummen fünften Akt schreiben kann. – Und dann – die Liebe bei Schiller geht mir auf die Nerven. Ihre Bemerkung über »Lebt wohl, ihr Berge« – (sind Sie geschmeichelt?) läßt sich auch da hundertmal machen. –

Kennen Sie den Komödiantenroman von Scarron? Eben lese ich ihn mit viel Vergnügen. – Ich werde zum Nachtmahl gerufen. Leben Sie wohl, kommen Sie bald zurück, und schämen Sie sich nicht, dass Sie sich sogar – nach den Wiener Kaffeehausecken sehnen. –

Herzlich der Ihre
Arthur.

Sie schreiben mir natürlich auch noch eine Zeile aus Venedig? –

Venedig. Sonntag Abends [28. 10. 1894]

Lieber Arthur! Ihren Brief hab ich erhalten. Es ist wahrscheinlich daß ich schon Donnerstag in Wien bin (*Das ist aber nicht officiell*). Jedenfalls verständigen Sie mich in meine Wohnung was Donnerstag ist. Den kleinen Andrian hab ich hier getroffen. Herr Moritz Mayer der Ihr »Märchen« so hasst daß er hier wieder davon zu reden anfing hebt die »Schmetterlingsschlacht« in den Himmel. Das hat ihr noch gefehlt! Richard

[Wien, 14. 11. 1894]

Lieber Arthur! Bitte geben Sie mir 1 oder 2 Namen von empfehlenswerten Ärzten oder Professoren (Genre Ultzmann) an – für *Papa.* Da ich nicht weiß ob ich Sie heute sehen kann, hinterlassen Sie vielleicht die Namen in Couvert im Griensteidl, bevor Sie ins Theater gehen. Herzlichst

Ihr Richard

[Wien, 28. 1. 1895]

Lieber Arthur! Wo haben Sie Ihren schwarzen Sommerstrohhut gekauft? Morgen ist nämlich Raimundtheaterabend. –
Ich gehe vielleicht, – fast sicher wenn Sie gehen. Herzlichst

Richard

[Wien, 28. 1. 1895]

Lieber Richard!
In der Meierischen Strohhuthandlung am Prater, glaub ich oder Freisingergasse. –
Ob ich hingehe, weiss ich nicht. Hab' auch keine Einladung. Heut bin ich jedenfalls im Griensteidl.

Herzlichst Ihr Arth Sch

[Wien, 29. 1. 1895]

Lieber Arthur! Ich schreibe Ihnen nur um Ihrer Indolenz ein wenig nachzuhelfen, und Sie zu erinnern daß Sie heute auf den Raimundtheaterabend gehen wollen. Wenn Sie nicht gingen, würden Sie darunter leiden etc. – Herzlichst

R.

[Wien, 17. 2. 1895]

Lieber Arthur! Ich bin heute Nachmittag zu Hause und arbeite. Wegen des Herrn Hund's werde ich kaum Abends ins Gasthaus gehen können, weil das Stubenmädchen weggeht. Wenn Sie und Hugo am Abend vielleicht vorüber kommen schauen oder läuten Sie vielleicht zu mir herauf herzlichst

Richard

[Wien, 27. 2. 1895?]

Lieber Richard. Kommen Sie in die Loge Nr. eilf, I. Stock links. War nichts andres zu bekommen. –
Hoffe, zur Repartirung, dass mein Bruder und Schwägerin mitkommen.
Die Loge hab ich. –
Nachher sind wir, d. h. Sie, Qualle, Schwester und Salten und ich zusammen. Bitte *dringend keine* Elegance.

Herzlich Ihr
Arthur

(Ich gehe schwarzes Sacco.)
Vielleicht doch smoking

[Wien, 26. 3. 1895]

Lieber Richard.
1) Ich habe noch nichts zu Faust, da ich den bestechlichen nicht fand; ich zweifle aber nicht, dass ich morgen Vormittag welche bekommen werde, reflectiren Sie denn drauf? Und,

2.) wenn ich keine bekomme, wollen Sie mit mir morgen in ein andres Theater (»Karlsschülerin« oder »Touristen«) gehn?
3.) Herzl ist da, möchte mit uns, d. h. Ihnen, Hugo, mir, eventuell Bahr soupiren. Ich sagte ihm, Freitag nach dem Hubermannconcert – Sie sind doch einverstanden? Zu Bahr sagen Sie vorläufig nichts, weil ich noch ein definitives Wort von Herzl erwarte. Hugo theilen Sie's vielleicht mit?
4.) bitte kaufen Sie vis à vis bei Goldschmidt die Münchner Allgemeine von Samstag den 23. d. mit Beilage für mich.
5.) hier ist Carlos Schnabl.
6.) vielleicht – so jetzt haben Sie mir telephonirt, also es bleibt dabei, wir treffen uns im Griensteidl gegen 8. Herzlich

Ihr Arth

[Wien, 17. 5. 1895]

Lieber Richard, das Wasser fällt in die Donau also fällt die Donau ins Wasser. Sollte es daher um 3 nicht herrlich schön sein, so komm ich erst gegen 1/2 5 zu Ihnen. Sollten Sie früher weggehen, bitte um zurückgelassene Post. –
Herzlich Ihr Arthur. Aber Sie gehen ja nicht früher weg.

[Wien,] 29/5 95.

Lieber Arthur! Dr. G. N. hätte gestern zu mir kommen sollen; er war aber weder gestern noch heute bei mir. Haben Sie die Güte ihm beiliegende 20 fl. zu übermitteln. Er gibt Ihnen wol auch Auskunft über den wirklichen Tatbestand, den er ja inzwischen erhoben haben dürfte. Meine Adresse ist:
n. a. Lieut. im k-k. Landw. Inf. Rgmt. Caslau No 12. Bitte schreiben Sie mir. Grüßen Sie bitte Salten, auch Dr. G. N. Empfehlung und besten Dank.
Mir ist mies.

Herzlichst Ihr
Richard.

[Wien, 7. 6. 1895]

Lieber Richard, warum schreiben Sie mir denn gar nicht?
Mit Fels gehn einige Dinge vor, die ausführlich zu erzählen zu langweilig wäre. Er muss fort, in die Schweiz – deutsche Militärgeschichte. Ich erlaube mir ihm in Ihrem Namen wie in dem Hugos (mit dem ich schon gesprochen – er war ein paar Tage da, wieder Catarrh – absolut unbedenklich) wie in dem meinen je zehn Gulden zu geben. Geht nicht anders.
– Warum schreiben Sie mir eigentlich nicht? –
Fischer hat mir geschrieben, mir einen Contract auf 5 Jahre für alle meine Werke, angeblich denselben wie Hauptmann etc. übersandt (Unterschrieb noch nicht.) Will die Kleine Komödie (die ihm sehr gut gefällt was mir unheimlich ist) in der Collect. Fischer mit Zasche'schen Illustr. bringen, will sie aber zuerst in der Freien Bühne (Augustheft, ohne Illustr.) veröffentlichen. Wie denken Sie? –
An N. hab ich die 20 fl. gesandt; ich sprach ihn zufällig am selben Tag, und er wollte sie nicht nehmen, was ich aber heftig abwehrte. – Die betreffende Dame – nun sind Sie ja aus allen Sorgen – hat natürlich doch Lues gehabt – secundäre; auch im Mund. Wenn wir also bei dem Hugo'schen Märchen bleiben, kann man sagen: Alles ist eingetroffen, nur – unberufen – hat das Pferd nicht ausgeschlagen. – Dass Sie mir nicht schreiben, ist durchaus nicht schön. –

Herzlich der Ihre Arthur

Haben Sie die Kritik Sokals über Sterben gelesen? Merkwürdig von Osten-Wengrafscher Animosität durchtränkt. Ich schreib jetzt an einem Stück. –

Caslau 11/VI 95

Lieber Arthur! Kann Ihnen nur wenig schreiben. Wir werden entsetzlich geschunden. Vor 1/2 7 Abends sind wir bisher noch nicht eingerückt. Dies soll nur ein Lebenszeichen sein. »Ist denn das e Leben?« Ihr Brief hat mich natürlich doch beunruhigt. Vielleicht kommt das »Ausschlagen« des Pferdes noch. Bitte um viel Brief. Herzlichst

Ihr Richard

Grüße an Salten Schwarzkopf und à discretion

Caslau 14 / VI 95

Lieber Arthur! In einer halben Stunde werde ich ins Bett fallen; – vorher nur folgendes: Ich bin gegen *Zasche* als Illustrator – aber das wird wol nicht viel nützen. *Datiren* Sie jedenfalls die Novelle. Man soll wissen daß sie *vor* Sterben geschrieben ist. Daß sie Fischer gefällt ist allerdings sehr unheimlich, aber vielleicht lügt er. Keinesfalls verdient sie es, denn sie hat wirklich viel Grazie.
Heute bin ich seelig – 14 Tage sind vorbei. Schreiben Sie mir mehr, und öfter, Sie wissen wie sehr ich mich damit freue.

Gute Nacht
Ihr Richard

[Wien,] 15. Juni 95

Lieber Richard, heut bin ich so schlecht aufgelegt, als wär ich in Caslau. – Einer der Gründe: schiefe Stellung in der Familie; Bemerkungen, dass ich »ohne einen Kreuzer Geld zu haben« im Sommer nach Kopenhagen fahren will – Bemerkungen, die mir von dritter, nein vierter Seite zurückkommen. –
Dörmann ist da und erzählt viele Dinge von sich – er hat 3 Stücke geschrieben und hat in Berlin 65 Verhältnisse gehabt. Ich übertreibe nicht. Er aber ja ... a ... a –
– Die Kritik vom kleinen Kraus in dem Abendblatt der N. Fr. Pr. über die Gröger haben Sie gelesen? Er benützt die Gelegenheit, uns (Sie, Loris, mich, Salten) in die Waden zu beißen. Wir werden noch schmerzlicheres zu überleben haben. –
Frauenlob von Hrn. Lothar an der Burg angenommen. – Gerücht über »Liebelei« es werde überhaupt nicht an der Burg zur Aufführung kommen. Entstehung liegt nahe; werde Burckh. aufsuchen.
– Für den Abdruck der Kl. Komödie in der Freien Bühne will Fischer mir 25, bitte, 25 Mark bezahlen. Ich hab ihm einen groben Brief geschrieben – da mir ja nichts dran liegt. Was haben Sie gegen Zasche? Er wird das ganz hübsch machen. – Die Novelle zu datiren hat keinen Sinn; es kümmert sich doch keiner drum und sieht aus wie eine Entschuldigung. –
Ich schreibe an meinem Stück – vorläufig ohne an eine Aufführungsmöglichkeit zu denken. –

Meine Absicht ist, Anfang Juli in die böhm. Bäder zu reisen und vor Mitte Juli in Ischl zu sein. – Wann wollen Sie nach München gehn? – Wie stehn Sie zu Kopenhagen? Beantworten Sie gütigst. – Goldmann wird im August Urlaub nehmen, genaueres unbekannt.
– Mein rechtes Ohr laß ich behandeln, das macht mich auch recht nervös. –
Leben Sie wohl, seien Sie herzlich gegrüßt.

Ihr Arthur.

[Wien, 22. 6. 1895]

Lieber Richard,
wann kommen Sie? Werden Sie mich noch hier antreffen? Ich verreise wahrscheinlich am 2. Juli. Hugo soll heute in Wien sein, telephonirte mir sein Vater; vielleicht treff ich ihn heute Abend. – Salten seh ich selten, Schwarzkopf fast gar nicht. Dass ich ein Stück schreibe, wissen Sie? Vielleicht beend' ich den 1. Akt noch in Wien. – Burckhard sprach ich neulich; Nachts – im Dunkel unsrer gemeinschaftlichen Stiege. Er ist ein Wurstl. – Ich war bei Sonnenthal – der wird nemlich den Vater geben. Und, wie B. versichert, Mitterwurzer den »Herrn«. –
Ich habe geradezu eine Sehnsucht, wieder mit Ihnen zu plaudern. »Geradezu« – das soll der Sentimentalität den Kragen umdrehen. Wie geht's Ihnen? Schreiben Sie bitte. –
Den »alten Dichter« werd ich dem Bahr für die Zeit geben, wenn er ihn bringen will. Im Prinzip ist er einverstanden.

Seien Sie herzlich gegrüßt.
Ihr Arthur

Zleb 23 / VI 95.

Lieber Arthur! Zleb ist mit dem Wagen 3/4 Studen von Caslau entfernt; ich bin weil man doch am Sonntag nicht in Caslau bleiben kann nach Zleb gefahren – Sie begreifen – mit mir am Tische zwei unsägliche Cadetten der Reserve, einer aus Neu-Bidschow, der andere aus Benatek. Jetzt lesen sie Gottseidank böhmische Zeitungen.

Ich bin also voraussichtlich am 29ten, unwahrscheinlicher Weise schon am 28ten nachts d. i. 11 Uhr nachts in Wien, und werde gegen 3. oder 4. nach Ischl reisen. Ich bin nervös sehr herunter so daß ich trotz Müdigkeit nicht schlafe. Ich sehne mich nach Ruhe und Arbeiten. – Vielleicht gebe ich mir telegrafisch ein Rendezvous mit Ihnen, wenn ich ankomme. Wann sind Sie in Ischl? Das können Sie mir zwar sagen, schreiben Sie es mir aber lieber, weil mir jeder Brief woltut. Ad Burkhardt: *Bahr*, *Burkhardt*, *Lueger*. Aber der Erste ist doch anders. Sie sehen sogar gerecht werde ich hier ... Der »alte Dichter« ist doch schon zusammengestrichen?

Herzlichst Ihr
Richard

[Wien,] *24/6 95.*

Lieber Richard. Ich freue mich sehr, dass ich Sie noch in Wien sehen werde. – Nobl sprach ich vorgestern, er hat, »angeregt« durch Ihre persönliche Bekanntschaft, das Kind gelesen. Sie werden ersucht, sich nächstens auf gefahrlosere Weise Leser zu verschaffen. – Habe heute Kopfweh, nach einer »ungemeinen« Landpartie die ich gestern gemacht und die – entschuldigen – in zwei miserabeln Betten einer niederösterreichischen Stadt endete.

– Von der Lou Salomé hab ich noch immer gar nichts gehört. Sie? – Wie wird es mit Kopenhagen sein? – Auch von Paul ist noch nichts Definitives herauszubekommen. – Kennen Sie den Briefwechsel Lessing – Eva König. Er ist nicht sehr interessant. Merkwürdig nur, wie sie sich immer über Lotterienummern berathen. – Lesen Sie den Candide. – Hingegen weniger nothwendig das »Gelächter« von Dörmann. – Ich übe mich in erzählender Prosa: Schreibe »Historietten« – wenn Sie wollen. Ja, den alten Dichter hab ich erheblich gestrichen; ich find ihn aber noch immer etwas langweilig. Die stilistischen Schlampereien (»ich bin erschrocken«) sind wohl alle draußen. –

– Für Ischl hab ich literarisch gute Hoffnungen – möchte mein Stück gern beenden. – Von Dörmann soll dort ein Einakter gegeben werden, den er mir auch zum lesen gegeben hat und über den ich eigentlich nicht sprechen darf. (»Auch von Frl. Albrecht müssen wir einige freundliche Worte sagen.«) – Er heißt »Der Eisbrecher«. – Jo. –

– Hugo war gestern in Wien, ich hab ihn versäumt. – Heut bin ich braver Sohn und hole Mama von der Bahn ab. –

– In diesem Augenblick sitzt der Schreiber im Nebenzimmer und paginirt den alten Dichter.
Leben Sie wohl und nehmen Sie von Ihrer schönen Arbeitssehnsucht recht viel ins Civil herüber. So könnten Sie z. B. den Götterliebling zu Ende schreiben. Finden Sie nicht? – Viele herzliche Grüße

Ihr Arthur

Lou Andreas-Salomé, AS und RBH
bei einem Praterbesuch, Mai 1895

[Marienbad, 9. 7. 1895?]

Lieber Richard, ich bin noch in Marienbad. Vielleicht komm ich Sonntag nach Ischl. Jedenfalls erhalten Sie früher Nachricht, damit Sie nicht erschrecken. In Prag, Karlsbad bin ich gewesen. Wenn Sie mir noch heute schreiben, d. h. nach Erhalten dieses hier, oder auch morgen, so bekomme ich Ihren Brief noch da; – was mich herzlich freuen würde. Ich hoffe Sie sind tief im Liebling und befinden sich so wohl als ichs Ihnen wünsche.

Viele herzl. Grüße Ihr Arth

Ischl 9 / VII 95

Lieber Arthur! Natürlich hab ich Ihnen nicht geschrieben, und ebenso natürlich hab ich Gewissensbisse. Blumenthal ist hier – in eigener Villa –. Jarno hat heute die Première *seines* Stückes »der Rabenvater« (noch irgend ein Compagnon ist dabei). Es lebe der neue Kadelburg! Er hatte die ungeheuerliche Idee »Liebelei« hier aufführen zu wollen. In Berlin soll er darin mitspielen. Nhil war, – ist möglicherweise noch hier. Der kleine Kraus hat bereits 3mal mit tiefer Herzlichkeit mir die Hand geschüttelt. Es waren immer andere dabei. Er ist köstlich verlegen, nur ich schweige was ihn sehr beunruhigt. Sie kommen bald?

Herzlichst Ihr R.

St Johann in Tirol.
24. 8. 95

Lieber Richard.
Genau auf der Grenze von Baiern und Tirol sauste uns ein unheimlich gekleideter Bicyclist mit einem Dolch, Lederhosen, Zugschuhen, nackten Knieen, weißem Flanellhemd, keiner Cravate, Lodenhut entgegen, und war der Burckhard. –
Jetzt hat es angefangen zu gießen, zu blitzen, zu donnern. Vielleicht schlägt es ein; dann sind wir extra von Salzburg nach Johann in Tirol

gefahren usw. (Siehe Märchen von Loris.) Wir warten auf einen Zug. Die Partie war wunderbar. Le canif das Federmesser.

Herzliche Grüße
Ihr Arthur

Wenn Sie jenes kleine Wesen sehen, dem Wehmut und Verachtung bevorsteht, grüßen Sie sie von mir.

Schönberg im Stubaithal
10 Sept 1895

Lieber Arthur, ich bin nicht in Kopenhagen; am Abend vor der Abreise entdeckte ich, daß ich gar nicht nach Kopenhagen wollte und sagte einfach ab. Ich hatte Sehnsucht, wirkliche Sehnsucht, allein zu sein. So einfach ging es nicht. Ich mußte, oder, besser ließ mich bereden, in ein Compromiß zu willigen, nach welchem ich nicht sofort, aber doch in 3–4 Tagen allein sein werde. Vorläufig ist Frau Lou mit mir gereist; sie reist aber Ende der Woche ab. *Offiziell ist sie verhindert nach Kopenhagen jetzt zu reisen und kann es erst im Oktober.* Ich bitte das festzuhalten. – Auch ihr gegenüber. –
Für alle Fälle habe ich an Gusti telegrafirt, ob sie nicht Ende der Woche kommen kann und warte auf Antwort. *So* will ich allein sein. Aber – übrigens das lässt sich besser besprechen, als beschreiben. Hier ist [es] einfach herrlich. Das Dorf liegt über der Brennerstrasse über 1000 Meter hoch zwei einviertel Stunden mit Wagen von Innsbruck. Absolute Ruhe, ein kleines Gasthaus – »Jagerhof« für Fremde eingerichtet, aber absolut nicht Hôtel. Heute übernachtete ich in einem Bauernhof, weil mein Zimmer erst heute frei wird. Aber Frau Lou kommt soeben an den Tisch. Adieu.

Herzlichst Richard

12. 9. 95. Wien

Lieber Richard, Sie werden sich hoffentlich dort sehr wohl fühlen. Wenn es nur schön bleibt – hier ist der Umschlag schon, regnet, ist kalt. Was werden Sie da thun bis Ende October? Ich glaube, Sie werden vom 16. an plötzlich in irgend einer Stadt sein und früher als Sie ahnten in Wien. –
Viel neues gibts nicht. Liebelei soll wirklich die 1. Nov. sein, Anfang

October. – Die Trag. hat schon wieder ihre Feindseligkeiten eröffnet in kindischer und hilfloser Weise. – Kleine Ärgerlichkeiten durch das »Zu Hause« – die Schlüssel klappern zu viel. (Symbol.)
– Ärztlich zu thun. Ja! – Zufall natürlich. –
Geschrieben noch nichts. –
Bitte grüßen Sie Frau Lou recht herzlich, wenn sie noch da ist; wenn Sie mir ein Wort gleich schreiben, hören Sie sofort wieder, etwas ausführlicher, von mir

Ihr Arth

Schönberg 13 Sept 95

Lieber Arthur! Bitte um den ausführlichen Brief. Frau Lou erwidert Grüße etc. Von morgen früh an bin ich allein!!! Ich bleibe hier solange es schön ist – ich arbeite hier sehr gut – dann gehe ich etwas südlicher. Bozen oder Riva. Sie haben mich falsch verstanden; nicht Ende Oktober, Ende Sept. will ich in Wien sein.
Was macht Hugo? Grüßen Sie Salten Schwarzkopf, Sokal – genug. Momentan ist es kalt aber schön. Im übrigen teile ich Ihnen mit daß es am schönsten ist *allein* zu reisen. Uns Zwei (Mich und Sie!) und Hugo ausgenommen. Paul leidet zuviel an Familie. Mein Papa hat einen herrlichen Brief geschrieben. Ich zeig ihn Ihnen in Wien. Herzlichst Ihr

R.

[Wien,] Sonntag 15. 9. 95.

Lieber Richard. Ich freue mich, dass Sie in guter Stimmung sind. Wahrscheinlich werden Sie bald südlicher gehn; kennen Sie Riva? Es ist schön, war mir aber nicht sympathisch. Ich bin von dort nach Venedig gegangen; es ist so nah. Sie haben *mich* falsch verstanden; ich wußte, dass Sie Ende Sept. in Wien sein wollten. An dieses Wien hab ich mich noch nicht ganz gewöhnt; empfinde gleich wieder, jetzt wo die alten Verhältnisse sich aufdrängen, das vielfach Unzulängliche, unter dem man zu leiden hat. Dünne Fäden, mit denen man an mancherlei gebunden ist – dünn, aber doch Fäden. Denken Sie, seit ich hier bin, bin ich bereits 2mal in der Früh (um 6 oder 1/2 7) geweckt worden – von Patienten, nicht vom Burgtheater. – Am Mittwoch 18. soll Lese-

probe sein; wenigstens ist sie angesetzt. – Die S. verhält sich stille; ihre Feindseligkeit hat sie vorläufig nur dadurch ausgedrückt, dass sie ihrer russischen Freundin einen Brief schrieb, sie dürfe *mich* nicht mehr als Arzt nehmen, wenn sie mit ihr verkehren wolle. Die russische Freundin kümmert sich nicht drum und läßt sich mit Begeisterung von mir behandeln. – Brkhrd sprach neulich das erste Mal von der Sache: »Ich hab ja nur zufällig durch den Bahr von der Sache erfahren .. aber ich werd ihr schon begreiflich machen, dass das beim Burgtheater nicht geht – besonders *sie.* – Freilich mit Ketten kann ich sie nicht auf die Bühne zerren.« – Man war bei Besecny, ihm erzählen, wie dumm und ordinär mein Stück sei. – Unser Freund J.J. David: Ich werde vielleicht durchfallen, der Schnitzler aber doch ganz gewiss. –
– Speidel zu Ebermann über die Liebelei: – »Da werden die Wiener schaun!« – Ist vom Anatol äußerst – (ich genire mich »entzückt« zu schreiben.) – Theater: Alte Wiener, schlechtes Stück von Anzengruber. Böse Zungen, lächerliches Stück von Laube. –
Die Eltern Hugos neulich im Kaffehaus. Hugo ritt durch Wien; sie standen beim Tegethoffmonument und schauten zu. Er war in Göding sehr unglücklich; die Manöver sollen ihm ernorm gefallen haben. Jetzt ist er in Bruck. – Gesprochen: Salten oft, Schwarzkopf einige Mal, Gold selten, Bahr (Guten Tag, wie gehts dir denn?). Seine Frau heute ein Stück begleitet, mich dringlich zum Besuchen aufgefordert. Auch *er* fährt schon bicycle. –
Gearbeitet noch gar nichts – schämen Sie sich, dass ich mich nicht vor Ihnen zu schämen brauche.
Die Brion soll über uns geäußert haben. Setzen sich in die Prosceniumsloge – und man kriegt kein Bracelet, nicht einmal eine Einladung zum Souper! – Quelle unlauter, nemlich Paul Horn. Dieser tadelt an der Kleinen Komödie die Unmöglichkeit, dass sich ein Mensch wirklich von den Seidenstrümpfen und den grande marque Cocotten zu einem lieben Vorstadtmädel hingezogen fühlen sollte. –
Hier regnet es immer – und Sie? – Alles erkundigt sich nach Ihnen; sind Sie stolz? Leben Sie wohl, lassen Sie schnell wieder was von sich hören, bringen Sie den fertigen Götterliebling und viel Lust zu neuen Werken mit. Sagen Sie, wie hat denn die Lou das Alleinfahrenmüssen aufgenommen? Hier ist es »bekannt geworden« dass wir miteinander nicht über Literatur reden; man findet das höchst anmaßend – »so groß sind sie nicht, daß sie nicht mehr über Literatur reden müßten«. – Laßt uns lächeln.

Ihr Arthur Sch mit vielen herzlichen Grüßen.

Schönberg 17 / IX 95 Abends

Lieber Arthur! *Soeben* erhalte ich Ihren Brief. Ich bin wirklich in guter Stimmung; hoffentlich merken Sie es an Manchem wenn ich nach Wien zurückkomme. Daß ich seit Sonntag Früh allein bin wissen Sie wol. Wie das Alleinreisen von L. aufgenommen wurde? Zu schwierig in Worte zu kleiden. Nur vorläufig: Sie geht nicht nach Kopenhagen – sagt sie. Aber das ist nicht offiziell. Samstag Früh will ich von hier fort nach Riva, – einen Tag dort bleiben und dann nach Salò, Südwestende des Gardasees, vielleicht gefällt es mir aber dort nicht, dann vielleicht Verona, das ich nicht kenne. Jedenfalls erwarte ich noch einen Brief hieher, einen nach *Riva Poste restante.*
Paul Horn ist mir in der Erinnerung widerlich, Mann mit »lustigen Streichen« in der Jugend, kein Mensch.
Wozu Brosamen wie »alles erkundigt sich«? Wer verübelt uns übrigens daß wir nicht fort Litteratur reden?
Wie kommt Speidel zu Ebermann? Momentan bin ich *der*, der einzige Gast im Wirtshaus. Ich »lebe und genieße«. Nochmals: Wann *frühestens* kann »Liebelei« kommen, denn vielleicht verzögert sich ja meine Ankunft, in den October hinein.
Adieu, ich will noch vor der Dunkelheit ein wenig spazieren. Die Zirbelkiefer die an der Strasse steht, kommt in Goethes italienischer Reise vor (Reise über den Brenner); »Bei Schönberg« etc. das weiß ich aus dem Meyer. Werden uns je Bäume irgendwo wachsen – bei Meyer? »Laßt uns lächeln.«

Herzlichst Ihr
Richard

Ich freu mich so sehr mit Ihren Briefen
»schreiben Sie augenscharf«

[Wien, 19. 9. 1895] Donnerstag

Lieber Freund, die Briefe gehen unerhört lang hin und her. Ich schreibe Ihnen der Sicherheit wegen nach Riva; in Sch.berg würden Sie diese Zeilen nicht mehr erreichen. Und da Sie nur *einen* Tag in Riva bleiben, ich also genau heute einen Brief an Sie schreiben müßte, kann ich natürlich nicht. Geben Sie mir mehr Spielraum. – Das wesentliche: L. kommt wohl zwischen 6. und 10. October zur Aufführung. – Gestern war Leseprobe, die recht gut ausfiel. – Meine Stimmung aus mannigfachen Gründen im Absinken. Ich beneide Sie. Wegreisen möcht ich am liebsten. Schreiben Sie gleich. Herzlich der Ihre Arth

[Wien,] 21. 9. 95

Lieber Richard, meine Karte haben Sie wohl. In Riva ist es *mir* nemlich vor 3 Jahren passirt, dass der Postbeamte mir die Briefe an mich nicht gab – ich verlangte damals die Einläufe durchzusehen, da entdeckte ich meine Briefe. Und ich hatte nicht gepfiffen! –
Die Leseprobe fiel gut aus. Frl. S. ignorirte mich, aber that sehr ergriffen von dem Stück, Nachmittag telephonirte sie en bon camarade. Sonnenthal hat »gute Hoffnung«. Beim 1. Akt wurde viel gelacht. Vom 3. verspricht man sich sichre Wirkung. Dem 2. scheint man am wenigsten zu vertrauen. Mitterwurzer war nicht anwesend; er spielt aber sicher, liess sich officiell entschuldigen. Die Kallina wird überraschen. Dazu will Burckhard einen Einakter von Giacosa, Rechte der Seele geben; während der Leseprobe half er den Laube in Sprottau enthüllen. Ich wünschte ihm angenehme Enthüllung. Er sagte, die Enthüllung des Fräulein Dandler zöge er vor. –
Fels schreibt mir heute. Sie können sich denken. Er appellirt an uns zusammen, die Summe ist 25 fl. Ich hab ihm gleich 10 fl. geschickt. Darf ich ihm auch für Sie was schicken? Auch an Hugo wandt ich mich bereits. –
Gestern war ich beim »Pelikan«. Dieses Blaßwerden guter Stücke ist seltsam. – Heute geh ich zur Eröffnung der Josefstadt. – Gearbeitet hab ich noch immer gar nichts; heute Nacht will ich anfangen. Glauben Sie? –
Das Datum der L. ist noch nicht festgestellt. –
Den Hugo hab ich gestern begegnet, vorgestern ist er zurückgekommen. Er sieht gut aus, »wettergebräunt«. Nach und nach wird man zu allen Worten Anführungszeichen machen müssen – das wird dann das Ende der Literatur sein.
Wie geht's Ihnen? Nächstens schreiben Sie mir einen Brief statt einer Depesche; da werde ich weniger erschrecken und mich besser unterhalten. Ich wünsche Ihnen weiter gute Laune, gutes Wetter, gute Stimmung und lebhafte Empfindung Ihrer Freiheit und Ihres Lebens.

Herzliche Grüße Ihr
Arthur

[23. 9. 1895]
Montag abend Hôtel Gardone, Gardasee

Lieber Arthur! Ich denke daß man mir morgen einen Brief von Ihnen hieher nachsenden wird. Bis mindestens Donnerstag bleibe ich hier, aber adressiren Sie ruhig auch weiterhin hieher es wird nachgeschickt. Wo werde ich bei »Liebelei« sitzen? Halten Sie mich doch auf dem Laufenden was geschieht

Herzlichst Richard

[Wien, 23. 9. 1895]

Lieber Richard, nach Riva hab ich Ihnen nicht nur eine Karte, sondern einen längern Brief geschrieben, den Sie gef. reclamiren wollen. Schreiben Sie mir endlich auch einmal wieder.
Vom Burgth. nichts Neues. –
»Mourir« erscheint bei Perrin in Paris (durch Vermittlung der Red. der Sem. litt.).
– Sie müssen es jetzt da unten herrlich haben. Ich denke an den Gardasee bei Gardone zurück wie an ein Meer. Seien Sie herzlich gegrüßt! Ihr Arthur

Gardone, Dienstag 24 / IX 95

Lieber Arthur! Soeben erhalte ich von Riva nachgesandt Ihren Brief vom 21 / IX. *Fels – Hekuba* senden Sie bitte für mich ebensoviel als Sie bereits gesandt haben. Wie zuwider müssen wir ihm sein! Später oder früher werden wir es auch merken. Hier ist [es] wunderschön; der See 20 Grad Wärme – und etwas zu heiß, wodurch mein Arbeiten wieder stockt.
Das mit dem »Blaßwerden guter Stücke« hat auch mich immer sehr traurig gemacht.
»Alles entführte die Zeit; die flüchtigen Jahre verändern
Ganz allmählich Gestalt, Namen und Glück und Natur.«
Das ist aber nicht von mir sondern von Plato! Wirklich!
Schreiben Sie mir doch recht viel oder zumindest oft, Sie sehen wie pünktlich ich antworte. Sagen Sie, sind in Wien auch alle Frauen jetzt

läufig (l-ä-u-f-i-g)? Hier oder viel mehr auf der Reise schien es so. Manchmal angenehm, manchmal komisch und manchmal widerlich. Daß Burkhardt die »Enthüllung« von Frl. Dandler (München?) lieber wäre als die Laubes begreife ich. Die Dandler ist übrigens auch Bahrs Geschmack, voraussichtlich auch der Doctor Luegers. Dass die Kallina überraschen wird, freut mich, vielleicht überrascht sie auch mich; jedenfalls grüßen Sie sie von mir – sie hat wirklich schöne Augen. Übrigens ist sie Ihnen so sympathisch weil Bahr sie gar nicht mag – was? Wann ist Liebelei? Das muß ich nämlich genau wissen, wegen meiner Ankunft!

Herzlichst Ihr Richard

Wien 26. 9. 95

Lieber Richard, heute kam zugleich Ihre Karte vom 23. und Ihr Brief vom 24. an. Ich sende also diese Zeilen hier nach Gardone; warum schreiben Sie nicht, wohin Sie von da aus gehen? Eben hat mir die Tragödin telephonirt, es war heut Probe von Liebelei (statt Don Carlos) von der ich nichts wußte, und sie überbot sich selbst an Liebenswürdigkeiten für mich, mein Stück und ihre Rolle. Sie hat heute auf der Probe einen »grossartigen« Erfolg gehabt, und na, und so weiter. Ich denke, die Première wird am 7. oder 8. oder 9. sein. Dazu gibt man Giacosa, Rechte der Seele. Für einen guten Sitz soll gesorgt sein. – Allmälig hab ich zu arbeiten angefangen. Begonnen hab ich damit, dass ich ein Stück (Einakter) in Versen, den ich vorigen Winter schrieb, in meinem Schreibtisch vergrub, – wo er am tiefsten ist. Ich hab manchmal die starke Empfindung, dass mir nie mehr etwas gelingen wird – wie Ibsen und – Paul Lindau. –
Da die Läufigkeit der Frauen manchmal angenehm war, haben Sie wohl auch was »erlebt« ... wenigstens Anfänge. Da drin stecken ja die ganzen Erlebnisse, die Schlüsse sind ja dieselben. (Anatol reibt sich die Augen. Er schlummert sofort wieder ein. Bald schläfst du ... etc. siehe Hänsel und Grethel) Ich beneide Sie so um die Natur. Es ist so schön jetzt und ich möchte ganz wo anders sein. Neulich war ich in der Brühl. Tini ist sehr stolz geworden. Auch war ein Jägerlieutenant draußen. Dem Hugo hab ich Ihre Kränkung ausgerichtet, er ist auch gekränkt. –
Wie weit ist der Liebling der Götter und hoffentlich vieler Menschen? –

Leben Sie wohl und schreiben Sie mir. Samstag werde ich wohl das Datum der Prem. definitiv kennen. Man erkundigt sich immerfort und allseitig nach Ihnen, was keine Brosamen, sondern naive Wahrheiten sind. Warum soll ichs Ihnen denn verschweigen? Dazu bin ich nicht 999gradig genug.
Herzlichen Gruss, ich freu mich schon sehr auf Sie. Ihr Arthur.

[Gardasee, 27.?]9. 95.

Lieber Arthur! Dies schreib ich Ihnen, im Boote liegend, während man mich zu einer Insel rudert, auf der ein Jupitertempel stand, aus dem der heilige Franciscus von Assisi – mein Franciscus – ein Kloster gemacht hat. Zugleich lese ich in einem Buch wunderschöne Sachen – wie das Buch aber heisst schreibe ich hier nicht, denn der Name könnte Ihnen entgleiten, und der B ... mittelst 3–4 Ausschrotartikeln es einem ruinieren und verekeln, aber es ist sehr schön. Im dritten Jahrhundert vor Christi Geburt schreibt ein Herr Posidippus – ohne »Märchen«- und »Elixire«-Schmerzen – heiter konstatirend:
»Wähne, Philanis, nicht mich durch lockende Thränen zu täuschen!
Freilich, ich weiss ja, du liebst inniger keinen als mich,
Keinen, – so lange du neben mir liegst. Doch hat dich ein andrer,
Nun, so liebest du den inniger wieder als mich.«
Sollten Ihnen Paul Hörne die »kleine Comödie«, verheirathete Frauen mit dem Schmerz anständig zu sein, das »kleine Mädel« der »Liebelei« (um Gotteswillen, wie ist die Sandrock im ersten Akt?) und mir das Dienstmädchen im »Kind« (mit Unrecht, denn die schildere ich selbst ja nicht als hervorragend begehrenswert) vorwerfen, dann werden wir mit Ihnen sagen »Lasst uns lächeln« und folgende schöne Verse zitieren:

»Statt hoffärtiger Frauen erwählen wir lieber die Magd uns,
Welche den täuschenden Schein üppigen Tandes verschmäht.
Jene, die Haut umduftet von Salböl, schreitet mit Hochmuth
Prunkend einher; und Gefahr bringt es, ihr liebend zu nahn.
(Liebelei)

Diese, geschmückt mit natürlichem Reiz und Farbe, versagt dir
Nimmer das Lager und heischt nimmer ein köstlich Geschenk.
Pyrrhus, ich ahme dir nach, du edler Sohn des Achilleus,
Der du Andromache nahmst an der Hermione Statt.«

Das ist von Rufinus. »Zur Bestimmung der Lebenszeit des Rufinus fehlt uns jeder Anhalt.« –

Ich war auf der Insel und wir fahren im Abendwind (man hat sechs geläutet) zurück. Die Insel ist herrlich. Seitdem ich Italien und solche Inseln wie die Borromäischen und die kenne, bewundere ich Boeklin weniger. Wie dumm waren nur die Anderen, dass sie mit solchen Augen solche Schönheiten nicht sahen. Ich will recht oft hieher, und in den Süden, man wird ein besserer Mensch hier, alles liegt so weit weg, als wenn wir es von großer Höhe klein, und uns selbst fremd unter uns sehen würden. Wie widerlich ist das Gesindel, das mit ungezieferhafter Unruhe uns zu Hause, in Wien wieder umwimmeln wird. Aber dies Jahr sollen die Recht behalten, die mich »arrogant« nennen. Ich will ihnen eine Arroganz »hinlegen« (so sagen doch die Herren, die Ihnen die Ehre erweisen Ihr Stück zu spielen), dass sie starr sein werden. Und meine Arroganz wird nur die sein, allein zu sein, »höflich und allein«. Auch ein Wahlspruch für den Verkehr mit Jenen. Ich denke mit vieler Freude auch an unser Beisammensein im Winter, und wenn wir dabei immer den Daumen in der hohlen Hand verbergen, »Tütü« machen, und »unberufen« sagen, und uns noch ängstigen, tut uns vielleicht auch der Neid der Götter nichts. Heute macht die Tatsache, daß wir einander haben, nur unser Leben schöner und wärmer, aber ich glaube, wenn wir einmal alt sein werden und sehr Vieles, an das wir jetzt glauben, weit weg von uns sein wird, werden wir einander noch viel mehr bedeuten. Aber das möcht ich gar nicht, dass es so kommt, dass wir, wenn wir alt sind, nichts mehr haben als uns; wir sollen Greise sein mit wunderschönen hellen jungen Augen und seidenweichem weissen Haar, und *sehr* berühmt. So berühmt, dass sich Frauen rühmen, wenn ihre Mütter einmal unsere Geliebten waren, und junge Mädchen sich mühen sollen, reizend zu erscheinen – und ich meine »reizend« wörtlich. Und weil wir Blumen lieb haben und bis dahin auch den Wein lieben gelernt haben, kommen aus dem Süden täglich Körbe mit Obst und Wein und Blumen. Denn wer hinunterreist in den Süden, wird an uns denken müssen, die wir, in einer Zeit, wo hässlich geschäftige Menschen lebten, die Reichtum und Anerkennung wollten und widerliche Literatur machten, die einzigen waren, die wussten, dass es Schönheit und Sonne und Liebe gibt, die nur genossen, und erkannt sein will, – nicht mehr. – Jetzt wird es aber ganz dunkel; gegen Riva zu liegt der See im Nebel, gegen Salò ist der Himmel noch rötlich, und gegen Cap Manerba steht im grünlichen Abendhimmel eine zarte silberne Sichel. Der Ruderer setzt stark ein,

AS (Bleistiftzeichnung von RBH, 1908)

weil die Nacht kommt und mit jedem Ruderschlag sprüht mirs feucht ins Gesicht. Unendlich schön ists, und es wäre mir sehr leid, wenn ich jetzt ertrinken müsste. – Adieu lieber Arthur und grüssen Sie mir auch die, die Sie lieb haben, und die ich nicht kenne. Und sie hat Sie jetzt wohl noch mehr lieb als sonst, wo Sie vielleicht am Thor des Berühmtseins stehen, und sie wird sehr viel Herzklopfen haben, wenn das Orchester die Schlußtakte spielen wird. Nicht wahr! – Herzlichst Ihr

R.

Es ist finster.

[Wien, 16. 12. 1895]

Lieber Richard,
eben war Frau Lou bei mir. Haben Sie morgen Dinstag Abend Zeit? Ich erinnere mich, Sie äußerten irgend was dergleichen. Ich bin bei Rosé; ists Ihnen recht, so hole ich von dort aus (1/2 10) Sie, und wir zusammen Fr. Lou ab. Oder Sie holen sie früher ab und sagen mir, wo ich Sie nach Rosé finde. Griensteidl ist wohl in letzterem Falle das einfachste.

Herzlichst Ihr Arthur

[Wien, 17. 12. 95]

Lieber Arthur Sie sind ja sicher morgen um halb eins im Griensteidel? Wenn *ich* nicht *punkt halbeins* dort bin, dann gehen Sie mit Halbe zu Lou. Ich komme dann gegen halbzwei ins Imperial direkt.

Herzlichst
Ihr R.

[Berlin, 31. 1. 1896]

Lieber Richard,
Erstens ist Westminster Hotel ein Protzenhotel, wie mir von den verschiedensten Seiten versichert wird. Aber ich wohne doch dort. – Zweitens war selbstverständlich der erste Mensch, dem ich begegnete, »College« Stümke, der zur Zeit Berlin vielfach anspuckt und mehr Unsinn redet, als (über den Vergleich denk ich nächstens nach). Er fragte gleich nach der Brion. Ein Herr Ehrenzweig, den ich vorher kennen gelernt hatte (folglich war Stümke nicht der erste Mensch etc.) und sich an meiner Seite befand, kannte die Brion natürlich auch. Ich ahnte Fürchterliches. Aber wir schweiften ab. (Ich meine es nicht so.) Gestern war ich bei der Jüdin von Toledo und verliebte mich in die Sorma; aber Kainz war ebenso herrlich.
Mit Brahm hab ich mich sofort gezankt, er hat das Kind der Katharina Binder gemordet – angeblich aus künstlerischen Gründen. Als ich die-

selben widerlegte, stellte sich heraus, dass er überhaupt kein Kind zur Verfügung hatte. Ein paar Striche, die ganz überflüssiger Weise geschehen waren, machte ich wieder auf. Heute war Probe. Ich unterhielt mich sehr gut. Sie wollen mehr wissen? Gelegentlich.
Stümke möchte nicht in meiner Haut stecken. (Gegenseitig!) Nemlich weil die Stimmung gegen Brahm sehr heftig ist und bei den Premièren »jedenfalls« auf Hausschlüsseln gepfiffen wird. Ich kann natürlich kein Auge zuthun. »Gehn S', sein S' fesch, und kommen S' her!« Glauben Sie, dass Librettisten auf Nachschlüsseln pfeifen? (Herrn Julius Bauer wohlgeboren)
– Wohin war mein erster Gang? Zu dem Hause, das ICH vor 8 Jahren bewohnt hatte. Jedes Poëtchen hat sein Pietätchen. Schneit es in Wien noch so vehement, und wie geht es Paula? (Ja wenn Sie wüßten was ich ursprünglich in diese Klammer schreiben wollte!)
Jarno läßt Sie grüßen; Sie waren seine erste Frage. Die Staglé ist engagirt, spielt im »zerbrochnen Krug« mit, der zur Liebelei dazu gegeben wird.
– Jetzt kleid ich mich um, gehe zum König Chilperich. Dann bin ich eingeladen. Si vous croyez, que c'est rigolo! –
Grüßen Sie Salten, Hugo und manche andre. Schreiben Sie mir.

Herzlich der Ihre
Arth

[Wien, 14. 5. 1896]

Lieber Arthur!
Das Liliencroncomité war bei mir – ich schicke demselben erst morgen das Geld, weil ich heute gar keines hatte. Bitte schreiben Sie mir was Sie gegeben; ich möchte ebensoviel senden.

Herzlichst
Richard

Antworten Sie bitte gleich

[Wien, 15. 5. 1896]

Lieber Richard, ich hab zehn gegeben.

Herzlich Ihr Arthur

Donnerstag [Wien, 4. 6. 1896]

Lieber Richard,
also wo nachtmahl ich heute – warten Sie –
Ich werde vielleicht um, resp. nach 7 bei Ihnen anläuten, ja? Weiter als bis in den Prater wird man sich ja doch nicht wagen können, selbst wenn es ganz schön wird. Aber richten Sie's so ein, dass ich nicht die 5 Stöck zu steigen brauche, sondern dass Sie bereit sind herunter zu kommen. Haben Sie keine Lust zu warten, so gehen Sie ruhig fort, ich verpflichte Sie zu nichts. Ich bin jedenfalls bis nahezu 7 zu Haus, werde arbeiten. Danke vielmals für die Bücher.

Sein Sie englisch gegrüßt
Ihr Arthur

Sollten Sie zu einem sehr festen Entschluss gelangen, wo wir heute Abend sein werden, so telegrafiren Sie vielleicht gleich an die Tini fürn Hugo. (Südbahn, z. E.??)

[Wien,] 27. 6. 96.

Lieber Richard, ich bin hier noch bis zum 2. Juli für Briefe anzutreffen. Ich notire Ihnen hier gleich die Daten, wann und wohin Sie event. *Telegramme* abzusenden haben:
am 6. Juli nach Hamburg
am 9. Juli nach Bergen (Norwegen)
am 14. Juli nach Trondhjem
am 23. Juli nach Trondhjem
am 25. Juli nach Kristiania.
Briefe, wissen Sie ja. –
Wünsch Ihnen gute Stimmung und hoffe häufige Nachrichten. Grüßen Sie Paula. Herzlich der Ihre Arthur
Brahm läßt Sie grüßen.

Fürberg am Wolfgangsee
30 / VI 96

Lieber! Karte erhalten. Bleibe voraussichtlich bis zumindest 10 Juli hier, dann Kopenhagen. Stimmung, nicht zum Schreiben auf Correspondenzkarten geeignet. Herzlichst Ihr

Richard

[Wien, 2. 7. 1896]

Lieber Richard, wenn Sie nicht in der Correspondenzkartenstimmung sind, raffen Sie sich zu einem Brief auf. Paul kommt nach Dänemark. Schreiben Sie ihm. Ich reise Freitag Abend Hamburg. Dort post rest hoffe ich Nachricht von Ihnen zu finden. Am 7. geht mein Schiff ab. Nach Trondhjem senden Sie eine (briefl.) Nachricht am 9. Juli, eine zweite am 18. Juli. – Telegramme wissen Sie ja. Gehen Sie nicht nach München? Vielleicht doch mit mir auf der Rückreise. –
Seien Sie vielmals herzlich gegrüßt und grüßen Sie Paula.

Ihr Arthur Sch

[Hamburg, 7. 7. 1896]

Lieber Richard, leider muss ich Mitteleuropa verlassen, ohne weitre Nachricht von Ihnen gefunden zu haben. Ich war 3 Tage in Hamburg und schreibe diese Karte in Lübeck, wohin mich ein Ausflug führte. Ich bin in guter, aber nicht hoher Stimmung. Heute Abend geh ich »an Bord« der Sverre Sigurdson. Ists nicht ein trauriges Leben, darin man nicht einmal mehr »an Bord« ohne Anführungszeichen schreiben kann? – Ich hoffe in Trondhjem Briefe von Ihnen zu finden. Grüße Sie herzlich; grüßen Sie auch Paula.

Ihr Arthur.

Fürberg 9 / VII 96

Lieber Arthur! Ich reise heute von Fürberg; die Leute die unsere Wohnung für den Sommer gemiethet haben kommen morgen, und in den Dachzimmern, die dumpf und unruhig sind halt ichs nicht aus. Ich gehe also auf einige Tage nach Salzburg. Gegen *20.* dürfte ich in Kopenhagen sein. Schreiben Sie poste restante hin. Nicht nur nicht für eine Karte auch nicht für einen Brief eignet sich mein verstimmter Zustand. Verstimmt ist so richtig. Es klingt alles falsch und hässlich. Also, ich will ja nichts mit dem Brief als daß Sie in Trondhjem einen Gruß von mir vorfinden. Ich grüße Sie, und wünsche Ihnen heitere sonnige Fahrt. Und wir sehen uns ja bald?

Herzlichst Ihr
Richard

Trondhjem 15/7 96

Mein lieber Richard, ich freu mich hier Ihren Brief gefunden zu haben - ich antworte Ihnen gleich diese 2 Zeilen, weil es heut Abend wieder weiter und immer weiter geht. Glauben Sie mir, Sie haben viel versäumt - nun eben komm ich aus dem Dom von Drontheim und hab Ihnen was gekauft.
Sie wissen ja, wo mich Ihre Briefe treffen. - Arbeiten werden Sie hoffentlich mehr als ich -? Herzlich

Ihr Arthur.

[Salzburg, 22. 7. 1896]

Reise heute Salzburg ab, über München Berlin bin 25. Kopenhagen erwarte Nachricht herzlichst

Richard

[Christiania, 24. 7. 1896]

Lieber Richard, ich dank für Ihr Telegramm, das ich gestern in Tr. vorgefunden; hoffe weitre Nachrichten; vielleicht gar Sie selbst in Stockholm. Bin um 12 nach 17stündg ziemlich schlafloser Fahrt hier angelangt - es gibt keine Tagschnellzüge. - Habe die Nordcapreise im ganzen sehr wohlgelaunt, nur arg durch Kopfweh gestört, durchgemacht, viel sehr schönes gesehn, aber nur wenige Augenblicke tiefen Genießens erlebt. Freue mich auf Sie. Herzlich der Ihre Arthur

28 / VII 96 Kopenhagen

Lieber Arthur! Es ist infam.
Klampenborg wegen Eleganz ausgeschlossen
Skodsborg sehr voll und vermutlich geräuschvoll
Also *Vedbaek* (10 Minuten weiter als Klampenborg)
das ist bescheiden billig - für ein Zimmer mit 2 Betten und Pension für 2 Personen 10 Kronen, aber das Zimmer wird erst Samstag oder Sonntag frei, und ich bin also noch unentschlossen was tun. Kommen Sie daher lieber *direkt* Kopenhagen und entweder bin ich noch dort

und wir berathen gemeinsam, oder ich bin schon wo und komme Sie abholen nach Kopenhagen. –
Vedbaek, das weiteste, ist von Kopenhagen 1 Stunde 10 Minuten mit dem Schiff. Wo treffen Sie mit Paul zusammen[?] Wann kommen Sie (*genau*)[?] Brandes kommt morgen vom Land und fährt übermorgen weg, ich hoffe ihn zu sprechen. Vielleicht ist schon Brief von Ihnen da. Ich war nämlich gestern nicht bei der Post, und gehe erst jetzt hin. Herrlich sind nur die Bäder hier. *König von Dänemark* wohne ich. Herzlichst

Ihr Richard

Stockholm 29/7 96. 6 Uhr Nm

Lieber Richard, finde eben Ihren Brief. Ich bleibe hier bis Freitag Abend, 31., fahre am Abend nach Gothenburg, bin dort Samstag, fahre Sonntag Früh nach Kopenhagen, bin Abends in Kopenhagen: Gibts was neues, so kann ich Nachricht von Ihnen, wohl Telegramme spätestens Freitag Mittag hieher ins Grand Hotel empfangen. Erfahre ich nichts weitres, so nehme ich an, dass Sie mich in Ihrem Hotel in K. Sonntag Abend wissen lassen, wo Sie zu finden. (Wahrscheinlich steig ich auch dort ab.) Vielleicht geht doch Skotsborg, wäre mir sympathischer – im übrigen wie Sie wollen. Muss jedenfalls noch 8 Tage sehr fleißig arbeiten. Dem Paul hab ich auch nur schreiben können, Kopenhagen und dann wahrscheinlich Skotsborg – wir werden einander wohl nicht verfehlen. Vergessen Sie Vornamen auf Telegr. nicht – es läuft hier noch ein Schnitzler mit einer Frau A. Schnitzler herum, der wahrscheinlich die meisten meiner Briefe bekommt. Freue mich sehr auf Wiedersehen.

Herzlich Ihr Arthur

[Skodsborg, August 1896]

Richard! Paula!
Wenn Ihr die Schlagobers-Torte allein auffresst, so seid Ihr ein nichtswürdiges Gesindel. Ich wünsch meinen Theil um 1/4 9 als letzten Gang servirt zu erhalten, der nicht gestrichen werden kann. Arthur

AS (stehend) mit RBH und dessen späterer Frau Paula Lissy

[Baden, 5. 9. 1896]

Lieber Arthur! Ich wohne Baden *Franzensstraße 54 Thüre 8.* Ich bin dort, oder, zu den Essenszeiten und auch am *Vormittag* bei meinem Papa. *Antonsgasse* 4. Herzlichst

Ihr
Richard

Grüße an Schwarzkopf Salten und Hugo(?) (wo ist er?)

[Wien, 7. 9. 1896] Montag

Lieber Richard, Ihre Karte hab ich bekommen. Morgen wollte ich zu Ihnen; aber plötzlich ist Sorma und Gemahl in Wien und ich speise morgen mit ihnen. Ich kann Ihnen also noch nicht genau sagen, wann ich nach Baden fahre. Wie lange bleiben Sie noch draußen? Arbeiten Sie? Haben Sie mit Fischer, mit Brahm gesprochen? – Von Hugo weiss ich auch nichts, vor 8 Tagen hab ich ihm nach Alt-Aussee geschrieben. – Burckhard hat Freiwild gelesen und gratulirt Brahm, ders aufführen darf, hälts für den »pupillarsichern Sensationserfolg«, fährt nach Berlin zur Première. – Herzlich Ihr

Arthur

[Baden,] 10 / IX 96

Lieber Arthur! War gestern in Wien habe Sie vergeblich antelefonirt. Ich bleibe bis – – ungefähr Ende des Monats. Ich arbeite – Ja – wirklich – ganz wirklich, und bin sehr erstaunt und erschreckt darüber. Herzlichst Ihr R.

[13. 9. 1896] Sonntag. – 1/2 6. N. M.

Lieber Richard, wie kann man nicht einmal eine Post zu Haus lassen wo man zu finden wäre! Ich komme per Rad von Mödling – Tini – Alland – Neuhaus – Pottenstein – Antonsgasse 4 – Franzensgasse 54 – Der Doctor Schwarzkopf ist auch da, der grüßt Sie, aber nicht so herzlich wie ich. Ihr ArthSch

[Baden,] 14 / X 96

Lieber Arthur! Ich war gestern den ganzen Nachmittag bis 1/2 10 Nachts Franzensstraße 54 – allerdings hinter einer versperrten Doppelthüre. Daß wir Sie nicht klopfen gehört haben ist räthselhaft. Ich dürfte am 24. in Wien sein. Sehe ich Sie noch vorher?

Herzlichst
Ihr Richard

[Wien,] 14. 9. 96.

Das hab ich gewußt, mein lieber Richard! Ich habe sogar scherzhaft (in der bestimmten Hoffnung, Sie schauen durch die Fensterritzen) nach Ihrem unglaublich verschlossnen Fenster hin gedroht und ernsthaft gelächelt. Zeuge: der bereits gestern erwähnte Doctor Schwarzkopf. –

Aber was hätte mein Klopfen genützt? Ich hoffe, Sie wären nicht in der Lage gewesen, mir zu öffnen.
Ich komme wohl noch einmal vorm 24. nach Baden, aber da telegrafir ich vorher (ohne Bindung für Sie).

Herzlich Ihr Arthur

Sehr decorativ wirkte gestern in Ihrem kleinen Garten die Zusammenstellung: dicke Dame, Ihr Diener mit Ihrem Strohhut und Flirt. –

Baden 15 / IX 96

Lieber Arthur, das schreib ich Ihnen im Park der jetzt um 10 Uhr Vorm. sehr leer und sehr schön ist. Ich bin wahrscheinlich Donnerstag auf einige Stunden in Wien. Wie ist denn jetzt Ihre normale Stundeneintheilung? – ohne Bindung –. Wissen Sie wieviel Exempl. vom Kind *verkauft* wurden – (Freiex. an mich, Recensionsex. etc. *nicht* eingerechnet)?
944 – (neunhundertvierundvierzig!) Räthselhaft wie viel Menschen sich das kaufen –? Nicht? Trotzdem fehlen dem p. t. Zuchthäusler – wie Brandes diese Herren nennt, noch 14 Mark und einige Pfennige für Deckung der Kosten. Verstehn Sie das?
Natürlich haben Paula und ich uns wieder lieber als je, – das ist doch natürlich – oder einmal mehr gedreht unnatürlich?

Herzlichst Ihr
Richard

[Wien, 16. 9. 1896]

Lieber Richard, aller Wahrscheinlichkeit nach, aber nothgedrungen ohne Bindung bin ich morgen Donnerstag in den Nachmittagsstunden das ist ca 3–5 zu Haus; ev. teleph. Sie so um 2. Herzlich

Arthur

Baden 19 / IX 96.

Lieber Arthur! Ich bin schon Mittwoch Abends in Wien und möchte gerne den Abend mit Ihnen beisammen sein. Schreiben Sie mir ob Sie frei sind und wann Sie mich abholen möchten. Außerdem, bitte, neh-

men Sie mir für Donnerstag (Dörmann?) einen Sitz (neben sich – oder Ecke) ins Raimundtheater – ja?
Schließlich dachte ich heute Nachmittag an »Liebelei« und »Freiwild«. Sie machen das Leben – wissen Sie das *Leben* (nicht das Leben das »so ist wie ...«) sehr schwer. Duellirt man sich – wird man unfehlbar erschossen; Duellirt man sich nicht, – no da wird man doch erst recht erschossen – das ist schrecklich. Im übrigen könnten Sie nicht 6 Akte aus den zwei Stücken machen? Und immer abwechselnd einen Akt von Liebelei und Freiwild spielen lassen? Der Lobheimer wird im I. Akt nicht gefordert, sondern statt des Mitterwurzer kommt ein Briefträger – der auch zweimal läutet, mit einem Expressbrief – der Fritz soll aufs Land zu seinen Eltern. Im II. Akt (I. Akt Freiwild) beleidigt er. Im III. Akt fährt er nach Wien Abschied nehmen (II. Akt Liebelei). Im IV. Akt (II. Akt Freiwild) überlegt er sich die Sache. Im V. Akt (III. Akt Freiwild) wird er todtgeschossen – »Gruppe« sagt die Sandrock. Im VI. Akt (III. Akt Liebelei) teilt mans dem »süßen Mädel« mit. Sehr feine Verkettung: Sonnenthal ist Geigenspieler am Josefstädtertheater! Die Schauspielerin ist an der Josefstadt, im Sommer im Badeort – Ischl – Ha! Bitte schlagen Sie mich nicht todt.

Herzlichst
Richard

Da ich sehe daß das Couvert durchsichtig ist und das »Todtschlagen« die Polizei beunruhigen könnte so nehme ich noch ein Couvert drüber.

R

[Wien, 21. 9. 1896]

Lieber Richard, gerade wie ich die Sitze nehmen wollte, treff ich Dörmann der eben einen Brief erhalten (ich las den Brief) dass Sein Sohn auf unbestimmte Zeit verschoben wegen Erkrankung Ranzenbergs. – Am Mittwoch Abend hole ich Sie gegen acht ab; ich werde unten läuten. –
Im übrigen könnte man auch ein Stück in 9 Akten schreiben, Märchen, Liebelei, und Freiwild zusammen. Nur kleine Änderungen wären nothwendig, der alte Geiger wär eine alte Geigerin (bei einer Damenkapelle) als Mutter der Fanny – Christine – Anna, der Doctor Witte wär nahe daran, seine Praxis niederzulegen weil sich der Fedor Den-

ner nicht mit ihm schlagen will, und der Moritzki wäre vom Direktor Schneider ins Haus der alten Geigerin gesandt. –
Die Athenerin hat grossen Erfolg gehabt, und Bauer war bei der Première aufgeregter als der Autor (wie er (B.) selbst im Parquet erzählt). –

Herzlich Ihr
Arthur

[Wien, 17. 10. 1896]

Lieber Richard, morgen Sonntag Abend *nicht* bei Ihnen, sondern Imperial. – Näheres *heut* Abend *nach* den Müttern. Wir (Hugo etc.) im Riedhof. Ich komme mit Brahm, Hirschf. nach. Sehe Sie übrigens Zwischenakt.

Herzlich Ihr A.

[Wien, 23. 10. 1896]

Lieber Richard,
Morgen geh ich ins Raimundtheat. (Ebne Erde und erster Stock.) Montag reise ich spätestens ab. Première schon am 31. – Schreiben Sie mir wo Sie morgen Abend sind etc.

Herzlich der Ihre
Arthur

[Wien, 4?. 11. 1896]

ich freue mich sehr. es gratuliren schwarze koepfe, leon und bruder doktor engl richard

[Wien, 11. 1. 1897]

Lieber Richard, Brandes beklagt sich in einem Brief an Paul Goldm., dass Sie ihm nicht danken! – Rauben Sie dem berühmten 2. Capitel eine viertel Stunde und schreiben Sie ihm doch. – Morgen hoff ich sind Sie bei mir. Herzlich Ihr Arthur

[Wien,] 14 / I 97

Lieber Arthur! Wenn Sie morgen – Freitag – irgend wann zwischen 4 und 8 *Zeit haben* – nur dann – bitte schauen Sie ein wenig zu mir. Paula klagt über Stechen und Schmerzen. Herzlichst

Ihr Richard

[Wien, 23. 3. 1897]

Lieber Richard, bitte kommen Sie morgen (Mittwoch) nach dem Nachtmahl zu mir. Ihr Rath erwünscht. Ihre Gesellschaft noch mehr. Georg Hirschfeld und Bahr sind da.

Herzlich Ihr Arthur

[Wien, 24. 3. 1897]

Lieber Arthur! Ich bin heute ein bischen abgespannt und müde, weiß also nicht *sicher* ob ich nach dem Nachtmal zu Ihnen komme. Nach der Gesellschaft zu schließen handelt es sich doch um die Vorlesung. *I. Akt Freiwild* ist das vernünftigste. Entweder oder. Aber eine kleine Novelle würde ich nicht lesen. Also vielleicht heute auf Wiedersehen.

Herzlichst Ihr
Richard

[München, 10. 4. 1897]

Lieber Richard; gestern hier im Dtsch. Th. Freiwild; der heutigen »Liebelei« entgleit ich. Fahre nach Zürich. Bin Montag in Paris. – Schreiben Sie mir zu Goldmann. –
Grüßen Sie.

Herzlich Ihr
Arthur.

[Paris,] Ostermontag, 19. 4. 97.

Lieber Richard, ich weiss ja doch nicht, wann ich endlich Lust zu einem wirklichen Brief bekommen werde; so schreib ich Ihnen lieber diese paar Worte, um Ihnen zu sagen, dass ich an Wien mit heftigem Widerwillen, aber an ein paar Menschen, die ich nicht zu nennen brauche, mit einer Art von nicht besonders schmerzlicher Sehnsucht denke. Es geht mir ganz gut; aber es ist eine verwickelte Art von Wohlbefinden, so dass ich durchaus nicht verwundert bin, mich zu Zeiten sehr miserabel zu befinden. Ich bin natürlich nicht allein und doch viel allein; bin im wesentlichen frei und doch zuweilen gebunden; freue mich sehr hier zu sein, weiss aber nicht wieviel auf Rechnung der Freude kommt, nicht in Wien zu sein. Viel hier interessirt mich – und doch hab ich bei den allgemeinern Eindrücken nicht das Gefühl, neues zu erfahren; es bestätigt sich nur das meiste. Ich glaube dass ich gerne hier leben würde; man verschwindet und ist durchaus nicht beleidigt. Dass Verkehr etwas sehr großes bedeuten kann, spürt man hier; nicht durch Multiplicationen kann man da mit Wien vergleichen; es ist was andres; brutaler, schöner und gemeiner. – Paul ist auf ein paar Tage nach Frankfurt. Mir schreiben Sie nur weiter (nur weiter ist gut) an die Adresse Pauls, die ist jetzt 10 rue de la Bourse. – Ich wohne woanders, angenehm. Schreiben Sie mir was es Neues gibt. Aber sicher, bitte. Grüßen Sie Hugo, Leo, Salten, Schwarzk., Paula und andere à discretion. Ihr Arthur.

Wien 21/IV [1897]
1/2 12 Nachts
im Caffée.

Lieber Arthur!
Ich hab heute Ihren Brief bekommen. Ich habe noch nie einen Menschen gesehen, der sich so sehr schämt sich einzugestehn daß er sich wolfühlt. No ja – es geht Ihnen eben gut; sagen Sie »Unberufen« und gestehen Sie es sich ein. Hier nichts Neues; nur Zaccone – ein Schauspieler den ich von Rom aus kannte. Ein ganz Großer. »Techniker« schreien die Leute die nicht einmal Technik haben. Ich arbeite. Salten ist seit Tagen ich weiß nicht wo mit ich weiß nicht wem. Georg Hirschfeld unsichtbar. Schreiben Sie bald den verheißenen »wirklichen Brief«. Ich grüße von Herzen Paul; er soll aus der Tatsache daß ich Ihnen schreibe keine Folgerungen für meine schreibfaules Verhältniß zu ihm ableiten. Herzlichst

Richard

[Paris,] 26. 4. 97.

Lieber Richard,
allerdings würden Sie für Paris einige hundert Jahre brauchen!
Nur die Bouquinerien! – Und die Emaux aus dem 16. und 17. Jahrhundert im Louvre –
Ich schreibe so beiläufig her, wobei ich am heftigsten an Sie gedacht –
– und die Chinoiserien im Guimet –
Wäre ich Altenberg so würde ich sagen:
Paris ist »die« Stadt .....
La ville ....
Paris ist la grande ville ....
– – – – – – –
Im Ernst gesprochen (im Gegensatz zu Altenberg): Die *Form* für alles ist da, das ist das wesentliche: Die ganz großen schöpferischen Talente scheinen heute noch zu fehlen. Dagegen sind die reproducirenden da; die ununterbrochen für die Form sorgen. Auch die Decoration ist für alles da; jederzeit können die großen Künstler auftreten, ohne sich um etwas andres kümmern zu müssen als um ihr Genie. – Auch große

Menschen jeder Art finden alles bereit; der Concorde-Platz scheint eigentlich nur auf einen neuen Napoleon zu warten.
– Aber diesen Brief hab ich nur angefangen um mich bei Ihnen nach Ihnen zu erkundigen. Wie geht es Paula? Bei »uns« – mit »Riesenschritten«.
Bleiben Sie in Wien? –
– Darüber sein Sie ruhig: zu einem »wirklichen« Brief komm ich hier nicht.
Graf ist hier, Sie wissen ja, dem Sie eine zärtliche Empfehlung an Paul gegeben. Den treff ich natürlich immer. Also könnte der kleine Kraus bald einen Artikel über die Flucht aus Wien schreiben. –
Wie leben Sie? –
Ich: Vormittag Louvre oder Luxemburg oder so was; Abends immer im Theater. Entzückend die ganz kleinen. Es wimmelt von »Flohtheatern des Arthur Schnitzler«. Gestern oder vorgestern Nachm. in einem dieser kleinen »la Bodinière« Aufführung von französ. Musik des 16. und 17. Jahrhunderts. – In andern werden diese hübschen Kleinigkeiten von Lavedan, von Courteline aufgeführt. Oder, wie ich neulich in der »Roulotte« sah, ein Volkslied von zwölf Zeilen wird einfach »aufgeführt«. Er und Sie – kein lebendes Bild, was bekanntlich sehr todt ist, sondern sie *spielen* das Volkslied. –
Überhaupt »hier kann man schon einmal alles haben«.
Schreiben Sie mir bald.
Adresse 5 rue de Maubeuge.

Herzlichst Ihr
Arthur.

Paul schon 9 Tage in Frankfurt; kommt bald. –

Ischl. 12 / V 97

Lieber Arthur! Ich habe einen recht starken Luftröhrenkatarrh gehabt (war auch bei Ihrem Schwager) und bin deshalb, (Luftveränderung) und auch um für P. Wohnung zu suchen am 7 / V hieher gereist; übermorgen fahre ich wieder nach Wien zurück. Anfangs Juni komme ich dann wieder mit Papa hierher – in unsere alte Wohnung im Eglmoos. P. wohnt schon hier in einem kleinen Zimmer, in einem kleinen Haus und ist recht lieb und gut.
– (Sie werden jetzt lächeln und dieselbe Zärtlichkeit bei sich suchen

und finden – außer Sie sind ein gottverlassenes Scheusaal) (die 2 a im letzten Worte sind ein orthographischer Irrthum – keine Feinheit.) Über Ihr und Goldmanns Schicksal bei dem Brandunglück hab ich mir keine Sorgen gemacht. Von Goldmann wußte ich daß er noch nicht in Paris war, – ich sprach am selben Tag telefonisch mit Ihrer Mama, und daß Sie nicht zu dergleichen Dingen gehen war mir bekannt.
– Wahrscheinlich sind Ihnen aber bei diesem Anlasse alte (»Ihrige«) oder auch neue Novellenstoffe von Hinterbliebenen eingefallen; auch die Notwendigkeit des Testaments machen wird sehr deutlich. –
Paul Goldmann wird – da er ja immer aus allen Ereignissen wie die Biene den Honig saugt – aus der Tatsache daß ich *Ihnen* schreibe, irgendwelche Schlüsse auf mein Verhältniß zu ihm ziehen und erklären »Siehst Du, *Dir* schreibt er!« Dann folgt Ihr Beruhigungsversuch; dann sagt Paul sehr großartig resignirt: »Laß das Kinderl – ich weiß ja – –! Ja – ja!« Sollte er aber die Gemeinheit der Gesinnung so weit treiben, daß er sich vor Aufregung auf den eigenen Fuß tritt, – »Pardon« ruft und ein Erdbeben markirt, – dann schimpfen Sie ihn gehörig in meinem Namen zusammen. –
Wann kommen Sie? –
Was macht Paul im Sommer?

Herzlichst
Richard

»Deutlicher schreiben!«

20. 5. 97
Paris.

Lieber Richard, die Pariser Tage – sie werden wahrscheinlich bald »sehr schön gewesen« sein – nahen ihrem Ende; Montag fahre ich nach London und bin in den ersten Junitagen in Wien. Sie aber fahren bereits in den selben ersten Junitagen nach Ischl? Ich werde Sie doch hoffentlich noch in Wien finden? Beruhigen Sie mich darüber, indem Sie mir eine Zeile nach London schreiben. Meine Adresse ist sehr complicirt: bei Felix Markbreiter London SE. Honor Oak, Woodville Hall. –
Paul behauptet, so oft ich irgend ein Entzücken oder eine Befriedigung über irgend was hier äußere – und es wimmelt von solchen Gelegenheiten, dass Sie einmal geäußert, Paris hätte Ihnen nichts zu sagen. Sie werden das einmal beschämt zurücknehmen. Sie ahnen nicht, was

Ihnen Paris alles zu sagen hätte und wieviel Sie gerne antworten möchten. Diese Stadt dampft von Cultur, und ich hab mich kaum über einen Menschen ärgern können der mir zufällig heute grad sagte, er sei in Wien gewesen, denke gern dran zurück: c'est une gentille petite ville. Man spürt auch etwas wahres in dieser Phrase: dass eigentlich die ganze Welt in Paris enthalten sei; man hat eine Ahnung von Unendlichkeit, in der man beinah so einsam sein könnte wie in der Wüste. Wissen Sie, was mir eine große Freude sein würde? einmal mit Ihnen hieher zu kommen – nicht ohne Ihnen das Versprechen abgenommen zu haben, nicht bei jeder Auslage stehn zu bleiben. Ich würde Sie aber nie an die Seine führen, wo an den Quais auf den Steinbrüstungen Millionen Bücher liegen – Sie würden dazu allein zwanzig Jahre brauchen. Dort findet man, wie Sie gleich sehen werden, alle Bücher der Welt; um mir eine Emotion zu verschaffen, hab ich mit einer Verkäuferin um ein Exemplar von »Mourir« »gefeilscht« – das Luder hat's mir für 60 centimes gelassen – unaufgeschnitten! (das Buch mein ich.) – Mit Ihr bin ich sehr zufrieden; sanft, lieb, ein bischen rührend. Ich hab sie wahrscheinlich viel lieber, als wenn ich sie lieb hätte. – Wir ... na, wir reden ja in Wien darüber. –
Der Graf, dem Sie die Empfehlung an Paul mitgegeben, ist, losgelöst von den Leuten, unter denen er noch einer der anständigsten ist, ein ganz widerliches Subjekt; verlogen und verlottert. Moralschule Altenberg, Beobachtungsschule Bahr.
– *Sie* sitzt, während ich Ihnen schreibe, im Nebenzimmer und liest eben die Scene zwischen dem Dichter (Biebitz) und der Schauspielerin, die ich übrigens geändert habe, so dass man sagen kann: Biebitz bleibt Biebitz! – Aber sonst haben Sie hoffentlich mehr gearbeitet als ich. Nach diesen zwei Dingen sehn ich mich unbeschreiblich: nach dem Schreiben und nach dem Bicycle! – Können Sie's endlich? (Bicycle natürlich. –)
Seien Sie herzlich gegrüsst. Ihr

Arthur.

20/V 97 Wien

Lieber Arthur, ich hab Ihren Brief vor einer Viertelstunde erhalten und antworte schon damit Sie bei Ihrer Ankunft in London ihn vorfinden. Ich reise am 3. Juni Früh nach Ischl. Länger kann ich nicht hier

bleiben. Ich bin recht verdrießlich: Mein Husten, kein Geld, Wohnung in Ordnung bringen – ich bekomme Wutanfälle wenn ich hausfrauliche Pflichten erfüllen soll. Kommen Sie nicht im Juni mit Ihrer Mama nach Ischl? Wien dürfte Ihnen ja unerträglich sein.
Dem Paul sagen Sie: »Ein *guter* Mensch in seinem – – – –« und betonen Sie das »gut«. Er hat tausendmal recht gehabt mit Allem was er von der Verlogenheit und Niedrigkeit dieses Packs sagte. Altenberg hat mir – ich bat ihn nicht darum – im Tiergarten durch einige Stunden Gesellschaft geleistet. Von dem plumpem Comödiespielen dieses armseeligen Schmierencomödianten können Sie sich kaum einen Begriff machen. Er lehnt verzückt an irgend einer Umfriedung und starrt auf irgend einen Schwarzen oder Schwarze und wartet daß ihn ein zufällig Vorübergehender (– er ist natürlich nur am Nachmittag in den Besuchsstunden dort wo er gesehen wird –) aus seiner Verzükkung reiße. Dabei ist er blind für den wirklichen Reiz dieser dunkeln Menschen. Er kann *nur* lügen.
Von Bahr mag ich nicht mehr reden. Er »sinkt« immer tiefer würde ich sagen, wenn er jemals hoch gestanden wäre. –
P. schreibt mir täglich und ist geduldig und brav. Da fällt mir ein daß Sie ja – da ich nach London adressire – Paul nicht mehr sprechen; also schreiben Sie ihm viel Herzliches von mir, und seine neue Adresse möcht ich wissen. Bicycle? Noch nicht!

Ihr Richard

London S. E
29. 5. 97

Mein lieber Richard, Ihren Brief hab ich noch in Paris*) bekommen. – »Wie schätz ich Euch um dieses Ekels willen!« Aber es scheint wirklich, ich treffe Sie in Wien nicht mehr an? – Möchte Mittwoch Abend oder Donnerstag Früh anlangen. Ich wünschte eine Zeile von Ihnen vorzufinden. Ja? – Nach Hause sehn ich mich wenig; sehr nach ein bissel Ruh und Arbeit. Herzlichen Gruss. Ihr Arthur.

*) Ist ja gar nicht wahr; in London hab ich ihn gefunden.

Ischl 5 / VI 97

Lieber Arthur, ich bin seit Donnerstag hier und wünsche Sie recht bald auch hier zu haben.
Wann kommen Sie voraussichtlich, und wie lange bleiben Sie hier? Anderes hoffe ich mündlich von Ihnen zu erfahren.
Kommt Goldmann, und wann?
Hier ist es wunderschön und da ich nur 4 Lectionen im Radfahren erst in Wien genommen habe, muß ich hier weiterlernen. Ich hoffe aber daß Rad und Radfahren mich nicht hindern werden am ---ten Capitel zu arbeiten.

Herzlichst
Ihr Richard

5. 6. 97
Wien.

Lieber Richard, es hat mir leid gethan, Sie nicht mehr in Wien zu finden. Ich bin in keiner guten Stimmung, durch mein fortwährendes Ohrenklingen recht sehr enervirt. Trotzdem will ich zu arbeiten versuchen. Das scheint mir überhaupt ein miserables Zeichen, dass uns alles gleich (entschuldigen Sie das »uns«) ein Hindernis fürs Schaffen (entschuldigen Sie das »Schaffen«) bedeutet. – Eine Bitte an Sie. Wenn Sie dieser Tage einmal gar nichts zu thun haben, keine Novelle zu schreiben, keine Radpartie zu machen, so gehen Sie zum Leopold. Wir brauchen vom 1. Juli an zwei Zimmer. Und zwar: Mama ein großes, so gelegen, wie das, was sie in frühern Jahren hatte, mit einem Bett, in das*) man aber noch ein zweites Bett hinein stellen kann. Ich ein kleineres Zimmer, *nur nicht sonnig!*, Blick auf den Wald oder Wiesen, im selben Gebäude wie Mama. Event. gleiches Stockwerk, aber *ja nicht nebenan!* Lieber ein andres Stockwerk eigentlich. Nur keines von den ekelhaften weißen Gschnaszimmern zu 10 fl., die Herr Leopold vor zwei Jahren erfunden hat. – (Vielleicht auch komm ich schon *vor* dem 1. Juli.) –
Wie gehts Paula? Grüßen Sie sie von mir.
Schreiben Sie mir auch, was Sie machen. Wie behagt Ihnen das Bicycle? –

Von G. Hirschf.'s Stück höre ich ja ausnehmend schönes. – Hoffentlich ist Ihnen die Commission nicht unangenehm.

Herzlichst Ihr Arthur.

[*)] (nicht ins Bett)

Ischl 11 / VI 97

Mein lieber Arthur!
Ich war vor einigen Tagen bei Leopold; Sie werden die Zimmer nach Wunsch erhalten. Bicycle hab ich in Wien zu lernen angefangen, habe aber hier erst zwei Lectionen nehmen können wegen schlechten Wetters.
Zu arbeiten habe ich begonnen – mit Unbehagen natürlich. Warum kommen Sie nicht früher? Schreiben Sie mir recht viel und grüßen Sie Hugo und Schwarzkopf.

Herzlichst
Ihr Richard

[Wien,] 12. 6. 97

Mein lieber Richard. Ich danke sehr für Ihre Bemühung bei Leopold. Wahrscheinlich komm ich früher, so gegen 27., 28. Bitte schaun Sie sich doch im Vorüberradeln das Zimmer an, ob nicht alles wackelt, was in diesem Wirtshaus immer vorauszusetzen ist. Notwendig ein großer Tisch (zum Schreiben). Da meine Mama eine kleine Cousine, Grethel, zur Begleitung hat, brauch ich gar nicht nah von ihr zu sein. – Nun, wegen Bayreuth, da müssen Sie sich rasch entschließen, aber nicht gleich Nein sagen, weil es rasch sein muss. Parsifal ist am 27., 28. und 30. *Juli* soweit es für mich in Betracht kommt. *Ein* Sitz 12 Gulden. Ich habe auch an Paul geschrieben. Soll ich einen Sitz für Sie nehmen? Am liebsten 28. Man bringt ihn auch immer wieder los, da ein großes Geriss ist; also riskirt ist nicht viel. Überhaupt! 12 Gulden – Zwei Gulden – und noch vier – – Und noch sechs – Man hält es und hat vier achter gegen vier zehner, das ist doch die Parsifal-Chance eher werth. – – Ich spiele mich mit einem Komödienplan herum .... aber ich fang nicht an, bevor die Sache von der 1. bis zur letzten Scene absolut feststeht und alle Personen zu einander eine wirkliche sowohl äußerliche als innerliche Beziehung haben. Ich habe keine Lust, wieder ein Stück zu schreiben, wo man Personen nach Belieben entfernen und dazuthun kann. – Freiwild in Prag freigegeben – für den Fall, dass Bayern. Man räth mir sehr, besonders Gustav Schwk. Habe noch nicht geantwortet. –

– Ängstigt Sie's »mit ahnungsvoller Gegenwart«? – Ich spüre noch gar nichts. –

Ich freu mich sehr auf Sie. Wenn Sie »f e s c h« sind, so kommen Sie mir nach Lambach, oder, billiger, nach Gmunden entgegen auf dem Rad und wir fahren zusammen usw. Antworten Sie mir gleich.

Herzlich Ihr

Arthur.

Ischl 13 / VI 97

Lieber Arthur, ich weiß noch gar nichts wegen Bayreuth, und will mich nicht entschließen.

Ihr Brief ist wieder so unleserlich! An *was* arbeiten Sie? An einem Stück – da Sie von Scenen sprechen aber soll das Unleserliche »Revolutionsstück« heißen?

Ob mich's mit »ahnungsvoller Gegenwart ängstigt«? fragen Sie? In mir wird so Vieles jetzt anders als es bis her war daß ich nicht weiß wie viel auf Rechnung »*davon*« zu setzen ist. Manchmal hab ich die Empfindung als würde ich im Herbst nicht »Vater« sondern »Großvater« wenn ich sehe wie kindisch und jung noch Paula ist, und dann muß ich wieder über mich lachen mit meiner Neigung die Dinge zu leicht oder zu schwer zu nehmen. Augenblicklich sitzen wir – das ist Paula, und ich, und die kommende Generation und Flirt der bald sechs Jahre alt wird – es gibt Hunde die achtzehn werden – in einem kleinen Lusthaus, das man eigens für uns zurechtgezimmert hat. Unter uns sehen wir die Strasse, und dann die Bahn, und dann die Traun und drüben wieder die Straße. Ich scheine recht nervös zu sein, oder sonst was, so sehr impressioniren mich jetzt gleichgiltige Dinge. Ich glaube manchmal daß ganz alte gute Leute, die bald sterben müssen diese leichte Rührung und Zärtlichkeit bei todten Dingen – wie Bäume und Straßen, und Flüssen haben; wie ich dazu komme weiß ich nicht. Oder ist am Ende doch daran schuld daß ich weiß, daß jetzt das im Werden ist

was uns – oder mich – überleben und begraben soll. Am Ende fängt mit jedem Kinderhaben doch ein unbewußtes Abdanken und Resigniren an; oder spüren wir daß wir nun überflüssig sind nachdem etwas von uns in Anderem weiter lebt.
Wann müssen Sie eigentlich wieder nach Wien zurück? Ich muß wol zwischen 15. & 20. Aug. auf einige Tage nach Wien »deswegen«. Wo werden Sie um diese Zeit sein? Wann kommt voraussichtlich Paul hieher? Grüßen Sie Schwarzkopf und Hugo von mir und schreiben Sie mir bald.

Ihr
Richard

Ischl 22 / VI 97

Lieber Arthur, Sie haben meinen letzten Brief nicht beantwortet und kommen daher wol sehr bald. Bitte besorgen Sie mir – ohne Nervosität Folgendes:
I. Eine Pincette – vernickelt oder in Silber.
2.) Im Durchhaus in der Wollzeile das auf den alten Universitätsplatz führt ist ein Tierhändler; dort kaufen Sie um circa 50 xr Vogelfutter für Wellenpapageie.
3.) Im Durchhaus Graben Goldschmidtgasse die Dinge die Sie auch dort kaufen.
[4.) . . .] überflüssig.
– –
Ich bin da es viel regnet erst einmal auf der Strasse gefahren. Hoffe wenn Sie kommen öfters. Schwarzkopf viele Grüße – kommt er?

Auf Wiedersehen
Richard

[Wien,] 23. 6. 97.

Lieber Richard. In den letzten Tagen war ich vielfach beschäftigt und beunruhigt; Wohnungsuchen für »später«, und die inconnue (Sie wissen ja wer das ist) – ich hab Ihnen manchmal schreiben wollen, litt aber an »Überfülle des Stoffes«. Lasse mir alles aufs mündliche. Dass

Ihr letzter Brief sehr schön war, wissen Sie ja selbst; es ist recht schmachvoll dass ich mir überlegen mußte, ob ich das sagen soll. Ich mein übrigens Ihren vorletzten. Ihr letzter ist heut gekommen. Alles soll besorgt werden, selbst dasjenige, womit Sie der Vorsehung in die Speichen fallen wollen, und womit ich nicht das Vogelfutter meine. Ich komme *Samstag*, vielleicht schon Samstag früh an. Bitte, wenn's Ihnen nicht unbequem, bestellen Sie *mir* (nicht für meine Mama, die später kommt) das Zimmer; ist's Ihnen unbequem, so schreiben Sie dem Petter eine Karte. – Ich sage nichts näheres über das Zimmer, *Sie* haben die ganze Verantwortung.
Schwarzkopf noch nicht entschieden, schreiben Sie ihm zuredend.
Ich freue mich sehr auf Sie, beinah sehn' ich mich.

Herzlich Ihr Arthur

Ischl 25 / VI 97

Lieber Arthur ich habe kein Zimmer für Sie gewählt weil Herr Petter mir sagt er hätte 30 zu Ihrer Verfügung. Ich selbst mache morgen – *Samstag* – mit Papa, Onkel, Tante einen Ausflug nach Gmunden und bin um 6 oder 8 Abends wieder in Ischl. Um 8 nachtmalen wir und um 1/2 9 gehe ich weg – Wollen Sie mich also noch Samstag sehn, dann sind Sie zwischen 8 und 1/2 9 bei mir. Von Herzen Ihr R

[Ischl, 20. 7. 1897]

Lieber Richard.
1.) Ich fahr heut 4 Uhr Hallstadt Loebs (die mit der Bahn).
2.) Hugo a) ärgert sich, dass Sie ihm nicht schreiben,
b) kann nicht aus der Fusch fort.
(Was unsere Partie hoffent. nicht hindert)
3.) In Gmunden soll 22. (übermorgen) *Freiwild* sein (Fremdenblatt) mit censurellen Änderungen. Ich hab an Cavar telegrafirt, mir sofort die Änderung mitzutheilen. Gesindel, mich nicht vorher zu verständigen. (Kämen Sie Donnerstag mit mir hinüber?)
4.) Schaun Sie nach dem Nachtmahl zu mir herauf oder lassen mir sagen, wo Sie sind.

Herzl. Gruss
Ihr A.

[Wien, 4. 8. 1897]

Lieber Richard. Thun Sie mir einen großen Gefallen.
Frau F. ist wieder in Ischl; heute erhielt ich einen Brief von ihr, ich möge ihr *durch Sie* Briefe und Bilder zurückschicken, in Wien erhalte ich die Erklärung. – Gehn Sie zu Petter, sie ist en fam. dort, Sie werden sie aber leicht allein sprechen können. Sagen Sie ihr, ich käme bald selbst nach Ischl und erfülle lieber persönlich ihren Wunsch, sie könne sicher darauf rechnen. Bringen Sie aber heraus was dahinter steckt, ich ärgere mich mehr als die Geschichte werth ist. Antworten Sie mir gleich, am liebsten telegrafisch.

Herzlich Ihr
Arthur

[Wien, 5. 8. 1897]

bitte sagen sie lieber dass ein derartiger wunsch fuer den absolut kein grund ersichtlich widersinnig und zerstoerend scheint. brief bringt ihnen aufklaerung herzlich arthur

[Ischl, 7. 8. 1897]

konte gestern fluechtyg sprechn kain bsondrer grund langewejle wahrschainlych ich rejse morgn salzburg bin mittwoch oder donerstag in win herzlychst rychard

[Wien, 25. 9. 1897]

Lieber Richard,
ich weiss nicht, ob Leo Sie heute gesehen hat und Ihnen das traurige bereits mitgetheilt. Das Kind ist todt. Es ist sehr schrecklich, viel schrecklicher, als ich je geahnt!

Ihr Arthur

Wien, 4. 10. 97.

Lieber Richard, Sie teleph. mich immer an, wenn ich nicht zu Haus bin. Vormittag bin ich nämlich auf dem Land. Schaun Sie doch einmal Nachmittag, bevor Sie nach Heiligenst. fahren, zu mir herauf. Ich möchte auch gern einmal mit Ihnen hinaus. Hugo schreibt mir, er kommt nächste Woche nach Wien und möchte Ihnen und mir viel vorlesen.

Herzlich Ihr Arthur.

Ich arbeite sozusagen.

[Wien, 20. 10. 1897]

Lieber Arthur! Ich bin Freitag 2 3/4 mit Leo bei Ihnen, wir gehen dann zum Notar unterschreiben. Ja?

Herzlichst
Richard

[Wien, 21. 10. 1897]

Lieber Richard.
Gern.

Herzlichst Ihr
Arthur

[Wien, 27. 10. 1897]

Lieber Arthur! Hugo ist morgen – Donnerstag um 7 Abends bei mir und liest vor. Bitte kommen Sie; Antworten Sie jedenfalls pneumatisch. Herzlichst

Ihr Richard

[Wien, 27.10.1897]

Lieber Richard, ich spare und antworte daher nur auf dem Dreikreuzerweg. Aber Sie erfahren auch so zeitlich genug, dass ich morgen um 7 bei Ihnen sein werde.

Herzlich Ihr
Arthur

[Wien, 17.12.1897]

Lieber Richard, bitte senden Sie mir gelegentlich »Die Todten schweigen«.
Herzlichst Ihr Arthur – (wissen Sie, der in der Frankgasse wohnt – gelegentlich auch bei Notaren Zeugenschaft ablegt – der bekannte Arzt des Verfassers des Gartens der Erkenntnis – na, Sie werden sich schon erinnern.)

[Wien, 27.12.1897]

Lieber Richard, aus nicht unwichtigen Ursachen möchte ich Ihnen mein Stück sehr gern morgen Dinstag Abend vorlesen. Wenn Sie Zeit und Lust haben, bitte kommen Sie um 1/2 10 zu mir.
Mit herzl. Gruss Ihr

Arthur.

Antwort erbeten, wenn nein

[Wien,] 30/12 97

Lieber Richard, die verschiedenen Anregungen von Dinstag hab ich, für den 2. Akt vorläufig, nicht unglücklich benützt – er sieht jetzt, ich muss es selber sagen, etwas besser aus. Ich möcht Ihnen das bald einmal zeigen. Sagen Sie das auch Hugo, den Sie wahrscheinlich früher sehn werden, als ich. Wenn ich bestimmt weiss, dass Sie in der Sylvesternacht im Pucher sein werden, so käm ich hin.

Herzlichst Ihr Arthur.

[Wien, 7. 1. 1898]

Bitte lieber Richard sagen Sie mir ob Sie einen dieser Umschläge für mein Novelettenbuch passend erachten und senden Sie mir sie alle gleich zurück. (Oder bringen Sie mir Abend ins Kaiserhof)

Herzlich Ihr
Arthur

[Wien, Januar 1898]

Sehr schön ist keiner.
Keinesfalls der blaue und röthliche Fond.
Am ehesten von den 3 andern den mit den Datteln auf graugrün, dann das andere Motiv auf graugrün, dann auf gelb – übrigens Geschmacksache.

Herzlichst Ihr
R.

[Wien, Februar 1898]

Der Andere.
Wenn möglich anstatt »Gattin« etwas Anderes.
»*blonde junge schöne* Mann«
Jedenfalls aufnehmen in die Sammlung
– – – – – – – – – – – – – – – – – –
Amerika
»Sie liegt mir zu Füßen den Lockenkopf an mein Knie gelehnt«. Das ist aber schrecklich.
»die süße weiße Hautstelle hinter dem Ohr«
»Eine Fülle von Erinnerungen steigt in mir auf«
vorher noch »und stille ist's im Gemach«
Könnte aufgenommen werden wenn stark *überarbeitet.* Aber es sind so viele Sachen drinn die wegmüssten.
»wie von ihren rothen Lippen der Ruf erschallte« usw.
– –
Bei »mein *Freund Ypsilon*« ist sehr schad um die Idee. *Aber gewiss* nicht aufnehmen
– –

»Die kleine Komödie«
etwas kürzen – nicht viel und aufnehmen. Sie ist anspruchslos und hat keinen pretentiösen Ton

[Wien,] 23 / II 98

Lieber Arthur! Hier 500 Cigaretten. Ich habe nur den Zoll bezahlt und weiß nicht was die Cig. kosten. Es liegt keine Rechnung bei. Wem und was bezahl ich? Es fällt mir soeben ein daß ich die Cigaretten noch einige Tage bei mir behalten soll, bevor ich sie schicke. Also: Hier sende ich Ihnen 500 Cig. *nicht.*

Herzl. Richard

[Wien, 26. 2. 1898]

Lieber Richard, wenns Ihnen nicht unangenehm, schicken Sie mir noch heut wengstens 100 Cigaretten – Ich bin heut bei der Braut von Messina, dann, wahrscheinl. mit Hugo Resid-Hotel. Dann Pucher.

Herzlichst Ihr Arthur

[Wien, 2. 6. 1898]

Lieber Richard,
ich habe ganz den Eindruck, als ob ich Sonntag Früh von hier wegfahren und vielleicht Dinstag am Ossiacher See eintreffen würde. Weiteres und näheres, was ganz dasselbe ist, merkwürdigerweise, weiss ich noch nicht. Doch scheints mir, dass ich ein paar Tage im Annenheim wohnen werde; eventuell radle ich aber mit Kramer weiter ins Lavantthal. Vom Semmering aus will ich die ganze Tour per Rad machen. Ich freue mich Sie bald zu sehen.
Grüßen Sie Paula, Mirjam und sich selbst.

Herzlichst der Ihre
Arthur

Steindorf *am Ossiacher See*
2 / VI 1898.

Lieber Arthur!
Ich bin heute Bicycle gefahren; rufen Sie: »Von Herzen mit Schmerzen, ein wenig – oder gar nicht«. Alles mit Ausnahme des »gar nicht«. Kommen Sie recht bald her. Ganz windstill und jetzt noch nicht zu heiß. Wir sind 510 Meter hoch. Es ist ruhig und angenehm; hoffentlich kann ich hier was arbeiten: »Von Herzen etc.« Wir sind alle gesund; Schreiben Sie mir genau wann Sie kommen und schicken Sie Ihr Gepäck als *Postpaquet* nicht als Fracht voraus, da hier nur *Haltestelle* ist, und Sie sonst bis zur nächsten Station hin müssen um es abzuholen. Als *Reisegepäck* können Sie natürlich mitnehmen was Sie wollen. Das wird hier ausgefolgt. Grüße à discretion, und an Sie herzliche von
Ihrem Richard

[Wien,] Samstag Nachmittag 4. 6. 98.

Lieber Richard, ich habe heute einen Postcarton an Ihre Adresse aufgegeben und komme bald nach. Morgen Sonntag Früh 7.45 fahre ich auf den Semmering; dort setz ich mich aufs Rad und will sehn, wie weit ich komme. Von der Reise aus verständige ich Sie. Dinstag bin ich wohl in Steindorf. Ob Kramer mitfährt, ist ungewiss. Ich glaub nicht. Eben telephonirt er mir, dass ihm sein Rad gestohlen worden ist; er will sich gleich ein neues kaufen, aber – zum mindestens das letztere ist unwahrscheinlich. –
Herzlichen Gruss. Ihren Brief hab ich heute Früh bekommen; – »bete und arbeite« – d. h. schreiben Sie und lernen Sie Bicyclefahren.
Ihr Arthur Sch

[Krieglach, 5. 6. 1898] Sonntag.

Hier ist das erste Nachtquartier. Immer näher. Herzlichst Ihr Arth

Dr. Schnitzler maltraitirt mich schrecklich. Ich komme luftleer nach Ossiach – Kramer

Steindorf 15 / VI 1898

Lieber Arthur! Ich sende Ihnen beiliegend den Korrecturbogen *des* Gedichtes. Bitte senden Sie ihn mir baldmöglichst zurück und sagen Sie mir ob Sie irgend etwas in der Interpunction stört oder nicht.
Außerdem: IV. Zeile, II. Strophe:
»Dir, und auch mir, und uns –« etc. – –
oder
Dir, und mir, und uns etc. –?
Wenn Sie Hugo sehen fragen Sie ihn darum; aber bestellen Sie ihn wegen dieser wichtigen Angelegenheit nicht ins Caffée da er ja jetzt zu arbeiten hat. –
Hier gießt es »noch so sehr, und wie geht es Ihnen«? Bleibt Schlenther?
Brief, Carton, haben Sie ja wol erhalten? Bitte recommandiren Sie den Brief mit dem Korrecturbogen. Hugo, Schwarzkopf, Leo grüßen Sie herzlich von mir.

Herzlichst Ihr
Richard

Soeben erhalte ich Brief von Hugo –

Schlaflied für Mirjam

Schlaf mein Kind – schlaf, es ist spät.
Sieh, wie die Sonne zur Ruhe dort geht;
Hinter den Bergen stirbt sie im Roth.
Du, – du weißt nichts von Sonne und Tod,
Wendest die Augen zum Licht und zum Schein
Schlaf – es sind so viel Sonnen noch dein,
Schlaf mein Kind – mein Kind, schlaf ein.

– Schlaf mein Kind – der Abendwind weht
Weiß man, woher er kommt – wohin er geht?
Dunkel, verborgen die Wege hier sind
Dir, und mir, und uns allen mein Kind.
Blinde so geh'n wir, und gehen allein
Keiner kann keinem Gefährte hier sein –
Schlaf mein Kind mein Kind schlaf' ein

Schlaf mein Kind – und horch nicht auf mich;
Sinn hat's für mich nur – und Schall ists für dich.
Schall nur, wie Windeswehn, Wassergerinn,
Worte – vielleicht eines Lebens Gewinn.
Was ich gewonnen, gräbt mit mir man ein,
Keiner kann keinem ein Erbe hier sein,
Schlaf mein Kind – mein Kind schlaf ein.

Schläfst du Mirjam? – Mirjam mein Kind,
Ufer nur sind wir, und tief in uns rinnt
Blut von Gewes'nen – zu Kommenden rollt's;
Blut unsrer Väter, voll Unruh und Stolz.
In uns sind alle; wer fühlt sich allein?
Du bist ihr Leben – ihr Leben ist dein,
Mirjam mein Leben – mein Kind schlaf ein.

Richard Beer-Hofmann

Wien, 17. 6. 98.

Lieber Richard, beiliegend mein Interpunktionsgefühl. Im wesentlichen liegt ja nicht viel dran. Hugo ist in der Brühl, ich wollte gestern zu ihm; aber es regnete. Am Tag meiner Abfahrt hatte ich Regen bis Wr. Neustadt – dann war es schön und blieb so bis gestern. Meine Sommerpläne sind verpfuscht. Man lässt sie nicht mit mir reisen, so wird ein enervirendes Hin und Her herauskommen. Ich bleibe vor allem einmal bis Mitte Juli in Wien; bin dann ein paar Tage mit ihr und ihrer Schwester sowie Schwager in Gr. zusammen – wohin ich vom 20.–27. Juli gehe, weiss ich nicht. (Wollen Sie irgendwo mit mir zusammen sein? Aber nicht in Steindorf.) Dann per Rad mit ihr und den Ihren nach Tegernsee. – Von dort verschwind ich sofort; – wahrscheinlich in die Schweiz. Da werd ich eine Zeitlang mit der Mama zusammen sein (Vierwaldstädtersee). Die letzte Augustwoche wahrscheinlich in Tegernsee – dann in den ersten Septembertagen wenns geht, durchs Ampezzo per Rad nach Venedig. –
Im übrigen arbeit ich und fühl mich aus den bekannten Ursachen nicht wohl. – (Milder Ausdruck.)

Brief und Carton hab ich erhalten, danke sehr. Wie gehts Ihnen? Machen Sie was? Paul G. hat recht, sag ich Ihnen! – Gustav Schw. und Leo V. werden sicher Ihre Grüsse erwidern, sobald ich sie ihnen ausgerichtet habe. – Das gleiche nehm ich von Paula, ja beinah von Mirjam an. Sie wird einmal sehr gerührt sein, wenn sie als alte Frau ihrer Enkelin das Gedicht vom Urgrosspapa vorlesen wird. Und auch Ihrer Urenkelin werden vielleicht Thränen ins Auge kommen. Auf Wiedersehen, womöglich noch vorher.

Herzlich Ihr Arthur.

Steindorf 18 / VI 98

Lieber Arthur, vielen Dank für Ihr »Interpunctationsgefühl«. Auch mir waren die – anstatt , zu ausdrucksvoll, zu überquellend von Empfindung – wollte nur nichts sagen, um Ihre Unbefangenheit nicht zu stören. Da es scheint daß Sie nach 27. Juli nach Tegernsee per Rad fahren, so dürfte wol unsere Zusammenkunft am besten in der I. oder II. Augustwoche um Salzburg herum stattfinden. Das würde auch für Hugo nach seinem letzten Brief die beste Zeit sein. Vielleicht auch – wenn ich trainirt bin im September im Ampezzo. 20.–27. Juli ist unsicher da mein Papa mich ungern abseits von Mirjam sieht. Ich arbeite – nicht genug. Ich hoffe, es wird besser. Wetter ist scheusslich; heute regenlos, aber der Regen kommt noch.
Bitte schreiben Sie mir so oft als möglich; wenn man – wie der zudringliche Mime das nennt, keine »Ansprache« hat! Grüßen Sie wie gewöhnlich nach Gutdünken und nuancirt. Ich lese ein gutes Buch von *Mach* (Populärwissensch. Vorles.).

Von Herzen
Ihr
Richard

Paula erwidert Ihren Gruß – Mirjam hab ich ihn mitgeteilt; sie hat mich hierauf in den Finger gebissen.

[Wien,] 28. 6. 98.

Mein lieber Richard, ich bin die letzten Tage wirklich sehr fleißig gewesen. Habe Vermächtnis insbesondre 2. und 3. Akt ziemlich gründlich hergenommen und glaube, dass ich mit diesem Stück heute

kaum viel weiter kommen könnte als es ist. Morgen geb ich Schlenther die Änderungen. Auch die Einakter sind so gut wie fertig – »und wie geht es Ihnen?«
Ich kenn mich heuer mit dem Sommer gar nicht ordentlich aus. Hoffentlich können wir uns im August, erste Hälfte treffen – doch sowohl ich als Hugo wären sehr für was andres als Salzburg eingenommen ((wo ich im Lauf des Juli (20.–27. herum) jedenfalls sein werde)). – Schweiz – Luzern – mit Rad gemischt – Es ist nämlich auch sehr möglich, dass meine Mama nach Luzern geht, in welchem Fall ich mich beinah verpflichtet habe hinzugehn. *Hier* bleib ich noch bis 12., 13., 14., 15. Juli. –
– Heut hab ich von Mirjam geträumt, aber es war eigentlich ein kleines Kind, das ich behandelt habe, und ich war riesig stolz, dass eine Patientin von mir so gut aussieht – und ich hab sie Ihnen gezeigt, wir sind vor dem Haus, das an der Donau war, zusammen gestanden, und Mirjam war am Fenster, 2. Stock, in den Armen einer sage femme (der mir bekannten) – und war so dick und glücklich, dass sie halb beim Fenster draußen war. (Dieser Traum ist ein Geschenk für Paula. –)
– Wir machen gelegentlich kleine Ausflüge per Rad, Rohrerhütte, Weidlingau.
Wie ist Ihre Stimmung? Versuchen Sie zu radeln? Arbeiten Sie? Leben Sie wohl. Herzlichen Gruss. Ihr Arth

[Steindorf, 3. 7. 1898]

Lieber Arthur! Brief, Cigaretten, Tasche erhalten, – danke sehr. Im August werden wir uns hoffentlich treffen. Nur wird sich das Nähere voraussichtlich erst im August feststellen lassen. Mirjam und Paula hab ich Ihren Traum erzählt; man dankt. Der zudringliche Mime hat *mir* richtig von Ebensee aus eine Ansichtskarte mit Grüßen gesandt – Ein Viech! – Ich arbeite, aber nicht genug – leider schlaf ich auch nur täglich von 1/1 11 bis 2-3 Uhr Nachts. Zu wenig. Ich erhalte soeben die N. Fr. Presse von heute – (Sonntag 3 / VII). Lese darin die Inhaltsangabe der »Wiener Rundschau« und werde nervös. Wenn Sie die Inhaltsangabe lesen werden Sie ahnen warum: Verfolgungswahn? – Schicken Sie mir jedenfalls gleich – bitte – die betreffende Nummer (Nr. 16).

Ich habe eben nur die Empfindung daß von dieser Seite etwas gegen mich vorbereitet wird. Wenn möglich lachen Sie mich aus – hoffentlich ist Grund dazu – zum Auslachen. Ihre Stücke? Wie heißen sie? Kakadu und – –?

Herzlichst Ihr
Richard

[Steindorf, 4. 7. 1898]

schicken sye mir bitte sofort nummero sechzehn der wiener rundschau von ersten juny bryef unterwegs herzlychst rychard

[Wien,] 6/7. 98

Mein lieber Richard, das ist aber wirklich Verfolgungswahn. Man kann unmöglich ernsthaft darüber reden. Ich habe nach Ihrem Telegr., das lautete Nr. 16, 1. Juni, sowohl Nr. 16, als 1. Juni schicken lassen – was mir umso leichter war als Eisenstein beide Nrn gleich auf Ihre Rechnung schrieb. –
– Sie scheinen im ganzen nervöser zu sein, als ich gern hören möchte; vielleicht haben Sie doch Lust, mich so zwischen 20. und 26. Juli irgendwo im Salzburgischen zu treffen? Der August ist mir noch verschwommen. Hugo hat erst vom 9. August an Zeit – wir möchten gern in die Schweiz; überlegen Sie sich das. –
– Die 3 Einakter heißen: Paracelsus, Die Gefährtin, Der grüne Kakadu. Die beiden ersten (P. in Versen) hab ich Hugo Nachts vor seiner Abreise nach Czortkow vorgelesen; sie scheinen – nein, nein, sie haben ihm sehr gut gefallen – insbesondre im P. findet er auch nicht eine Zeile zu ändern.
– Mein neues Stück hat unterdessen sonderbare Wandlungen durchgemacht – es spielt wo anders und zu einer andren Zeit, als ich anfangs vermuthete; – jetzt ist es aber dort, wo es sein soll. (5 Akte.) Ich möchte es im Sommer schreiben, auf der Reise, freu mich sehr darauf.
– Die Arbeit bedeutet alles mögliche für mich – nicht *die*, sondern die *Arbeit.*
– Einen Traum von Flirt will ich Ihnen nicht erzählen; schreiben Sie mir bald, dass es Ihnen und dem Götterliebling und den Ihren gut geht. Von Herzen Ihr Arthur.

Steindorf 12 / VII 98

Lieber Arthur halten Sie mich durch Correspondenzkarten – ohne Ansicht – von Ihrem jeweiligen Aufenthalt auf dem Laufenden. (Gut construirt)
Es ist unwahrscheinlich – aber nicht unmöglich, daß wir uns Ende Juli sehen. Also jedenfalls immer Ihre Adresse. Meine bleibt leider gleich.
Von Herzen

Ihr
Richard

Graz 15/7 98

Mein lieber Richard, Sonntag den 17. verlass ich Graz, komme auf mancherlei Art am 21. nach *Bad Gastein, Villa Wassing*, zu meiner Mama, wo ich bis 23. bleibe und ein Wort von Ihnen erwarte. Radle dann nach Salzburg, bin spätestens Dinstag 26. dort und bleibe bis 28.; radle dann (in Gesellschaft) nach Tegernsee. Hugo hat Ihnen geschrieben – werden wir uns also am 9. August circa irgendwo treffen, um auf 10 Tage mindestens zusammen zu bleiben? Machen Sie's doch möglich. Können Sie zwischen 23. und 26. d. nach Salzburg kommen? – Arbeiten Sie was? Grüßen Sie Paula und Mirjam.

Herzlichst Ihr Arthur

Steindorf Sonntag 17/VII 98

Lieber Arthur! Brief aus Graz erhalten. Weiß noch gar nichts Bestimmtes. Hugo will daß ich die 10 Tage mit mache, und dann mit ihm nach Ober-Italien d. h. an einem der Seen bleibe. Die 10 Tage unwahrscheinlich. Eher das letztere und wäre mir Venedig – Seebad lieber, da Venedig 6 Stunden, die Seen mindestens 15-16 Stunden weit sind. Bitte geben Sie mir bis zum Salzburger Tag immer Nachricht wo Sie Brief oder Telegramm erreicht. Paula und Mirjam danken für d. Gruß und erwidern ihn. Mirjam freut sich riesig wenn ich ihr Ihre Briefe vorlese. Schreiben sie also oft.

Von Herzen
Richard

[Liechtensteinklamm, 18. 7. 1898]

Sie entschuldigen, lieber Richard aber es gibt überhaupt keine andern. Ich wollte Ihnen nur sagen: lernen Sie radfahren; Sie herzlich grüßen und bemerken, dass es sehr schön wäre, wenn Sie zwischen 23. und 26. in Salzburg sein könnten. – Nachrichten erwarte ich in Bad Gastein, Villa Wassing.

Ihr Arth

[Bad Gastein, 24. 7. 1898]

Lieber Richard, ich habe die Absicht, Montag 25. abzureisen, am 26. Abd in Salzburg anzuradeln, habe mir dort ein Zimmer im Elektr.-Hotel bestellt. Es scheint, dass Gustav Schw. hinkommt. Aber »Sicherheit ist nirgends«. – Herzlichst Ihr

Arthur.

[Bienne, 13. 8. 1898]

Unser lieber Richard, wir denken (sagt Hugo) oft an Sie (sage ich) – schreiben Sie uns gleich (sage ich) Genf post rest (sagt Hugo), wo wir Mittwoch sind. Ich möchte irgendwo am Genfersee bleiben, Hugo geht wahrscheinlich nach Lugano, doch ist es möglich, dass wir beide eine Zeit lang zusammen bleiben, hier oder dort. Von Herzen Ihr Arthur

[Lugano, 5. 9. 1898]

Lieber Arthur, ich hab mir den größeren Thurm genommen. Wir fahren Mittwoch von Mailand hin um die beiden abzuholen – Hugo hat heute in 2 Operationen (Vor- & Nachm.) den »Götterliebling« (jetzt heißt er »Der Tod Georgs«) erlitten. Vorher hat er sich die Hühneraugen schneiden lassen. Diese Operation gelang auch. Der Götterl. ist ein »meschugener Fisch« darin scheint sich Hugos Urtheil zu resumiren. R.

Das Schwein lasst mir keinen Platz und sagt mir auch keinen Stoff.
Herzlich Hugo kleinerer Thurmbesitzer

Er will immer einen Stoff von mir haben weil ich ein alter Jud bin.

Der Hugo behauptet »Hühneraugen« kann man gar nicht lesen. Dazu ist doch der »Secolo« da. R.

Der Hugo sagt das versteht kein Mensch. Ich man zum lesen ist der Secolo da.

[Wien, 4. 11. 1898]

Lieber Arthur! Hugo will Samstag oder Sonnt[ag] uns Beiden den II. Akt seiner »Posse« wieder vorlesen. Ich schreibe ihm daß Sie Samstag ins Theater gehen und daß Sonntag daher besser wäre. Um 8 h bei mir, dann Meißl & Schaden, dann Schnitzler. Gut? Bitte *schreiben Sie direkt an Hugo* ob Sie einverstanden; mir nur, wenn es nicht geht. Herzl.

Richard

[Wien, 16. 12. 1898]

Lieber Richard Georg Hirschfeld liest Montag bei mir (1/2 10) sein neues Stück vor. Wenn Sie können kommen Sie. Ich wollte Sie heute Vormittag sprechen; leider ohne Erfolg. Ich denke, Samstag Abend im Pfob; ja? Herzlichst Ihr Arthur.

[Wien,] 19/XII 98

Lieber Arthur, ick komme heute *nicht*. Dem Georg Hirschfeld schick ich die paar Blumen und grüß ihn; er soll mich entschuldigen.

Von Herzen Ihr
R.

[Wien,] 23. 12. 98.

Lieber Richard, das können Sie auffassen wie Sie wollen, als Weihnachtsgeschenk, als Hochzeitsgeschenk, als (Tauf?)geschenk – oder nur als Geschmacklosigkeit – und auf die 2 Sesseln können sich Mirjam und Noemi setzen und auf das Tischerl gehören Cigaretten oder ein Buch oder ein hölzerner Engel; oder Sie können alles zusammen in den Ofen werfen oder ich kann es auch umtauschen; jedenfalls leben Sie wohl und seien Sie herzlich gegrüsst wie die Ihrigen alle Ihr Arthur.

[Wien,] 24 / XII 98

Da Sie mir die Wahl lassen, lieber Arthur so betrachte ich es als Hochzeitsgeschenk damit ich erst bei Ihrer Hochzeit Ihnen ein Geschenk machen muß, als Geschmacklosigkeit, »no ja weil's wahr ist«. Diese Vase ist »Clement Massier. Golf St. Juan bei Nizza, Reflêt metallic (que?)«. Sie müssen aber nicht glauben daß das was Besonderes ist.

Von Herzen Ihr
Richard

[Wien, 5. 1. 1899]

Lieber Richard, Sie haben weiter nichts zu thun als *Samstag* vor 9 ins Hotel Stefanie zu kommen, in die Loge 2, mir im Laufe des Jahres 99 einen Gulden zu zahlen; – nie hat es ein Mensch bequemer gehabt, einen vergnügten Abend im Kreise von Dichtern, Componisten und Lebemännern zu verbringen und sich dazu von einer Künstler=Gesellschaft vor-singen, -spielen und -jüdeln zu lassen. Herzlichen Gruss. Ihr

Arthur

[Wien,] 7/2 99

Lieber Richard, für Freitag sind keine ordentlichen Nebeneinander Sitze mehr zu haben. Sie können also nix ä hin kommen stuppen.

Werden wir noch die Erfindung des Telestupp erleben? Herzlich Ihr Arthur

Spittal a. d. Drau
28 / IV 99

Lieber Arthur, ich bin hier um Wohnung zu suchen, und lese soeben daß eine junge Dame zum Theil auch deshalb weil man ihr die Rolle der Christine weggenommen hat, sich vergiften wollte. Es steht das in einer Kärtner Zeitung, in einer Skizze von Elsbeth Meyer-Förster. Sie werden also auch hier durch Litteratur in der Litteratur – man könnte dies mit dem Quadratzeichen ausdrücken – berühmt. Morgen wenn man Ihre Stücke gibt, werde ich hier in der Wirtsstube sitzen und so wie heute die Glocken sieben läuten hören. Wenn ich bis dahin nicht todt bin; man soll überhaupt nicht »ich werde« sagen, es ist immer eine Provokation des Schicksals, und wenn ich morgen todt bin meint dann das dumme Schicksal es habe einen glänzenden Witz gemacht. Ich wohne Zimmer Nro II. So steht über der Thür, das Schlüsselbrett und das Stubenmädchen haben mir verrathen daß II. früher 13 hieß – Freitag ist auch noch gerade heute. Jetzt weiß ich nicht: Bleib ich auf Nro 13, so wird das vielleicht als Provocation aufgefasst; wechsle ich das Zimmer, so heißt es: Damit entkommt man mir nicht. Auch daß ich das so niederschreibe, wird vielleicht als fauler Ausweg durchschaut. Finden Sie nicht, daß es schwer ist sich zu benehmen? Grüßen Sie mir Brahm, und wenn Sie ihn sehen auch Kerr; den letzteren kenne ich zwar nur flüchtig aber ich laß ihn grüßen wegen des schönen Artikels über Sudermann etc. Längstens Mittwoch bin ich wieder in Wien, – womit ich aber nichts unbescheidenes gesagt haben will –.

Herzlichst
Ihr Richard

[Villach, 29. 5. 1899]

Lieber Arthur!
In diesem Hause lebte von 1502 bis zu seinem Tode 8. Sept. 1534 als Stadtarzt von Villach, Wilhelm Bombast von Hohenheim; sein Sohn,

der durch Sie – – so berühmte Paracelsus lebte hier von 1502–1516, und Richard Beer-Hofmann trank am 29/V 1899 hier schwarzen Kaffee; das letzte kann natürlich heute noch nicht auf der Gedenktafel stehen.

Herzlichst
Richard

[Wien,] 1. 6. 99.

Mein lieber Richard,
die Riesenkarte hab ich bekommen und danke für den lieben Frozelgruss. – Hier ist es traurig – immer trauriger – Frühling und einsam – und ich weiss nicht was ich mit mir beginnen soll – Jetzt eben, Feiertag, Nachmittag, sehr schön – und der Abend vor mir – und nebstbei das »ganze« Leben – vollkommen überflüssig. –
Neulich war ich mit Hugo Kampthal und Wachau, die Abende auf dem Land sind schauerlich – was da alles in der Luft schwebt – Da verstummen die Worte und versiegen die Thränen – Ich habe Angst vor dem Sommer, besonders vor den Abenden, vor den Abenden am See –
– Zuckungen, als wenn ich arbeiten wollte hab ich schon zuweilen, aber weiter noch nichts. Vorläufig steht es noch immer so, dass nur der *eine* Gedanke mildert – nun, Sie wissen ja.
Nebstbei, ganz nebstbei bringt mich auch das Ohrensausen langsam um – es ist wahrhaft gräßlich, nicht eine Sekunde Ruhe zu haben und jeden Tag ein wenig nur ein ganz klein wenig schlechter zu hören. – Sie wissen schon, dass der Direktor Schlesinger gestern gestorben ist. Morgen vor 14 Tagen waren Hugo und ich mit ihm auf der Rohrerhütte zusammen; er war heiser und sonst »ganz gesund«. –
Gestern war auch das »Vermächtnis«. Kein gutes Klima, unsre Stücke. – Zweimal war ich in Kaltenleutgeben, bei Brahm. Er ist ein nahezu wohlthuender Mensch. –
Samstag beim »Richter von Zalamea«. Baumeister unbeschreiblich. Und das Stück! Hugo findet, dass Sie noch am ehesten so eins schreiben könnten (er meint, unter »uns«, also: Sie, er, ich, Leo Hirschfeld, Oskar Friedmann, Karlweis) – ich hoffe Sie lassen ihn nicht in dem Glauben, – sondern schreiben wirklich ein Stück.

Hören Sie: Ein jüdischer Selcher will im Sommer einmal auf ein paar Augenblick sein Local verlassen – die Thür ist offen, wie er hinaustritt, – liegt ein großer Hund da. Der Selcher denkt: Mach ich jetzt die Thür zu, so merkt doch jenner (der Hund) dass ich fort bin und springt sich durch die Glasscheiben in mein Geschäft und frisst sich meine Würstel – ich lass doch lieber die Thür offen, werd er glauben, ich bin gar nicht e weg gegangen. –
– Er geht, kommt nach einer Weile zurück, der Hund ist im Geschäft und hat sich richtig alle Würstel aufgefressen. Der Selcher schüttelt den Kopf und sagt: »Ä so ä Dreh von dem Hund!«
– Schöneres kann ich Ihnen heut nicht mehr erzählen. –
– Grüß Sie Gott. Schreiben Sie mir bald.

Ihr Arthur

Seeboden 16/[VI] 1899.

Lieber Arthur! Ich schreibe Ihnen an einem jener »Abende am Wasser« die Sie so fürchten, und die ich nicht sehr liebe. Auf den Bergen liegt neuer Schnee, tagsüber hat's geregnet und in der Villa nebenan spielen 4 junge Mädchen bei offenem Fenster Clavier, singen »ich bin eine Wittwe« und tollen mit einer empörenden Lustigkeit umher die alles nur nicht jung und unbefangen ist.
Ich wollte mit meiner Antwort warten bis ich in besserer Stimmung wäre; aber wann wird das sein? Ich bin recht verstimmt und traurig; aus vielen Gründen; aus solchen die ich kenne und aus vielen anderen die ich nicht kenne, die aber sicher vorhanden sind und gegen die man noch machtloser ist als gegen die anderen. Von Mayer hatte ich dieser Tage Brief; er wollte Näheres von mir hören wann wir unsere Fußpartie machen würden. Am selben Tag habe ich einen Brief aus Wien erhalten, daß Professor Fuchs bei meinem Vater (– Dr. Beer –) grauen Staar diagnosticirte. Ich erhielt die Nachricht indirekt und wußte daher absolut nicht wie oder wo ich meinen Sommer verbringen würde. Habe daher an Mayer nur kurz geschrieben daß ich momentan nicht über meine Zeit disponiren könne. Inzwischen habe ich bessere Nachrichten von meinem Vater; es hat noch 1–2 Jahre eventuell Zeit mit einer Operation und sein moralischer Zustand ist kein schlechter. Sollten Sie Mayer sehen so besprechen Sie mit ihm das Nötige wegen

einer Fußtour; ich schließe mich an. Wann wollen Sie hieher kommen? Schreiben Sie mir früher damit ich Zimmer etc. versorge. Vielleicht hole ich Sie an irgend einer Bahnstation ab.
Bitte wie ist Pauls Adresse in *Frankfurt*? Grüßen Sie Schwarzkopf und Hugo. Von Herzen

Ihr Richard

Wien, 21. 6. 99.

Lieber Richard, ich habe gestern Abend mit Mayer gesprochen. Wir schlagen folgendes vor: dass wir etwa Mitte Juli zu Ihnen kommen und Sie von dort mitnehmen (etwa 5 Tage später). Wohin? Mir wäre ebenso wie Mayer eine Tour im südtirolischen am sympathischesten (eine Zusammenstellung hab ich); ich will nämlich dann, vielleicht mit Mayer, an irgend einem hohen Punkt (San Martino) 2–3 Wochen bleiben, auch länger und dort zu arbeiten versuchen. Denn ich fühle, dass mein Organismus nach Höhenluft verlangt. Ihrer wahrscheinlich auch. Man hat ja offenbar nie recht, einem Menschen zu sagen, er habe keinen Grund verstimmt zu sein; – aber dass es *mir* heuer sehr nahe liegt, *Ihnen* irgendwas in der Art zu sagen, werden Sie verzeihlich finden. Ich hoffe, Sie erholen sich – von was? – Mir kommt vor, ich wär an Ihrer Stelle so glücklich, dass mich schauern müsste, aber offenbar irr ich mich. Aber im Ernst, was haben Sie? – Mir scheint nun einmal, dass Sie selbst einfach durch Willen einiges dazu thun könnten, um wohl zu sein. Sie lassen sich gehn. Freilich, auch dagegen scheinen Sie keine Gewalt zu haben.
Was mich anbelangt, so fühle ich jenes Unglück mit jedem Tag tiefer; der Sommer hat so seine eigenen Qualen. – Zu arbeiten hab ich versucht. – Mit Hugo hab ich gestern eine schöne Radpartie gemacht: Edlacher Hof – Singerin – Gutenstein – Pottenstein – Vöslau.
Morgen Abend fahr ich nach Slavonien und wünsche in den letzten Junitagen wieder hier zu sein. Dann bleib ich etwa 10–12 Tage hier.
Paul Goldmanns Adresse einfach Frankfurter Zeitung.
Die tirolische Tour ist ungefähr; oder wäre:
Niederdorf – Schluderbach – Tre Croci – Cortina – Caprile – Fedaja – Karersee – Rollepass – Martino – Trient.
Einfacher: Bozen – Karersee u. s. w.
Leben Sie wohl, grüssen Sie Weib und Kind.

Herzlich der Ihre Arthur.

21. 6. 99

Nr. 2.
noch eins:
wie heissen diese Closete oder vielmehr Selbstschützer, die Sie mir neulich triumphirend gezeigt, und wo bekommt man sie?

Ihr A.

[Seeboden, 4. 7. 1899]

Lieber Arthur! Im Vorhinein mit Ihren Plänen einverstanden. Bitte verständigen Sie auch gelegentlich Mayer, dem ich übrigens auch schreiben werde. Das bewußte heißt »Sanitas« erhältlich in d. großen Papiergeschäft am Hohen Markt. Herzlichst R.

[Wien,] 6/7 99

Lieber, Mayer kommt ja keineswegs mit; hat ers Ihnen noch nicht geschrieben?
– Ich komme Mitte Juli nach Velden zu meiner Mama, besuche Sie dann gleich (oder Sie mich?) wir besprechen dann näheres. Eigentlich möchte ich am 31. Juli in Bayreuth zu Parsifal sein.
Es ärgert mich dass Sie mir mit keinem Wort schreiben was Sie thun oder nicht thun.
– Den Todten muss es sehr komisch vorkommen, was wir »Erleben« nennen. –

Herzlichst Ihr Arthur

Seeboden 11 Juli 1899.

Lieber Arthur! Theilen Sie mir mit wann Sie in Velden sind. Vielleicht sind wir dann Ende Juli ein paar Tage beisammen. Vielleicht. Von mir mag ich nicht schreiben. Ich bin heute dreiunddreißig Jahre alt. Ich grüße Sie herzlich.

Richard

Wien. 13/7 99

Lieber Richard, wenn Sie schon nichts von sich schreiben wollen, bitte sehr, es handelt sich auch ein bischen um mich. Sie schreiben heute, wir sind »vielleicht« ein paar Tage zusammen, während doch sowohl von einer gemeinschaftlichen Tour als von einem möglichen kurzen Aufenthalt meinerseits in Millstadt die Rede war. Also schreiben Sie freundlichst wenigstens so viel von sich, dass *ich* mich danach richten kann.
Noch *hieher*; aber gleich.

Herzlichen Gruss. Ihr Arth

Seeboden 14/VII 99

Lieber Arthur! Das »Vielleicht« konnte sich doch selbstverständlich nur auf die gemeinschaftliche Tour beziehen. Ich wünsche – aber das ist ja selbstverständlich, – ich hoffe mit einer Wahrscheinlichkeit von 75 % daß wir in den letzten Julitagen eine gemeinschaftliche Tour machen können. Vielleicht daß wir von hier aus am 25. oder 26. über die Tauern nach Salzburg gehen – dort 2 Tage bleiben (1 Tag davon muß ich nach Ischl od[er] Aussee) dann nach Bayreuth am 31., und von dort München Innsbruck Franzensfeste (– eventuell begleite ich Sie nach Bozen) zurück. Vorher möchte ich Sie gewiß gerne hier oder in Millstatt haben. Meine ganze Reserve im Ausdruck datirt nur aus der Nervosität Pläne zu machen, und aus der zweiten Nervosität ob ich bis zu Ihrer Ankunft fertig sein werde. Ihre Adresse in Velden haben Sie mir noch nicht angegeben. Von Herzen

Ihr Richard

Bitte sagen Sie Schwarzkopf daß ich zu verstimmt war um ihm zu schreiben – ich weiß schon, er wird sagen: »und wenn er nicht verstimmt ist schreibt er?« Aber ich lasse ihn herzlich grüßen und ich würde mich mehr – als er glaubt – freuen wenn er hieher käme.
– Ich habe geschrieben »verstimmt *war*«. Diese Vergangenheit ist unberechtigt.

[Wien,] 16/7 99

Lieber Richard, ich will Dinstag Früh in Velden, Pension Pundschu eintreffen. Schreiben Sie mir dann, wann Sie zu mir oder ich zu Ihnen

kommen soll. Wollen Sie früher mit Ihrer Arbeit fertig sein, so schreiben Sie mir eben, wann Sie fertig sind.
Bayreuth wird kaum was zu bekommen sein. Bin ich Ende Juli schon in jener Gegend, so komm ich kaum mehr nach Kärnthen, resp. Tirol zurück. Im übrigen all das läßt sich mündlich besser besprechen.

Herzlich Ihr Arth

Wassermann kommt Mittwoch nach Velden.

[Velden,] 20. 7. 99

Lieber Richard, telegr. Sie mir jedenfalls einen Tag früher, bevor Sie kommen. Bleiben Sie dann über Nacht hier? – Event. avisiren Sie auch Robert Hirschfeld (Krumpendorf) wann Sie hier sind? – An die Tauern glaub ich nicht, sind mir auch nicht sehr sympathisch. Meinen Sie den Übergang vom Millstättersee resp. Spital aus? – Ich habe andre Vorschläge zu unterbreiten. Wenn ich nur ahnte, ob wir 1 oder 2 oder 14 Tage zusammen bleiben? –
Wasserm. kommt erst heut Abend an. –
– Gestern hab ich eine Radtour gemacht, Faakersee, mit Ihrer Schwester und Ihrem Schwager – es war beinah ganz wie im vorigen Jahre – und –
– Es ist vergeblich ein Wort zu suchen.

Leben Sie wohl. Ihr Arthur.

Seeboden. 31/VII. 1899

Fertig.

[Ischl, 23. 8. 1899]

Sprach Singer einsendung Ihrer Novelle möglichst beschleunigen wenn Terminwünsche erfüllt werden sollen herzlichst

Arthur

[Sachsenburg,] 28 / VIII 99

Lieber Arthur! Wir – Paula, Mirjam und ich haben einen Ausflug hieher gemacht. »Die unseelige Mitgift« ist seit 3 Tagen begonnen. Herzlichst Ihr R.

[Ischl, 31. 8. 1899]

Gigant!

Arthur *Hugo*

[Seeboden,] 2 IX 99

Erst hab ich »Gigarl« gelesen, dann begriffen daß es »Gigant« heißen *muß.* Beflaggen wäre zu wenig gewesen. Von *6. Sept.* an ist meine Adresse *Sachsenburg Kärnten Gasthof »Fritz«.* Hugo und Sie grüßt herzl.

R.

Ischl. 9. 9. 99.

Mein lieber Richard,
Dinstag verlasse ich Ischl und fahre vorerst nach München. Ich möchte dort gern Mittwoch oder Donnerstag eine Nachricht von Ihnen *post. rest.* finden. Mir ist's mit meinem Stück momentweise gut, öfters mäßig gegangen, und ich habe es heute mit einem vorläufigen durchaus undefinitiven Abschluss bei Seite gelegt; – auf 1 – 2 – 3 Tage. Ich hoffe, Sie fühlen sich mit mehr Kraft Ihrem Stoff gegenüber als ich.
– Hugo ist schon wieder fort; ich bin sehr froh gewesen, dass er da war, Sie werden ihn wohl bald sehen. – Ich bin recht sehr gequält, durch allerlei; – durch das Ohr wohl am meisten und tiefsten augenblicklich.
Grüßen Sie Frau und Kinder.

Von Herzen Ihr
Arthur

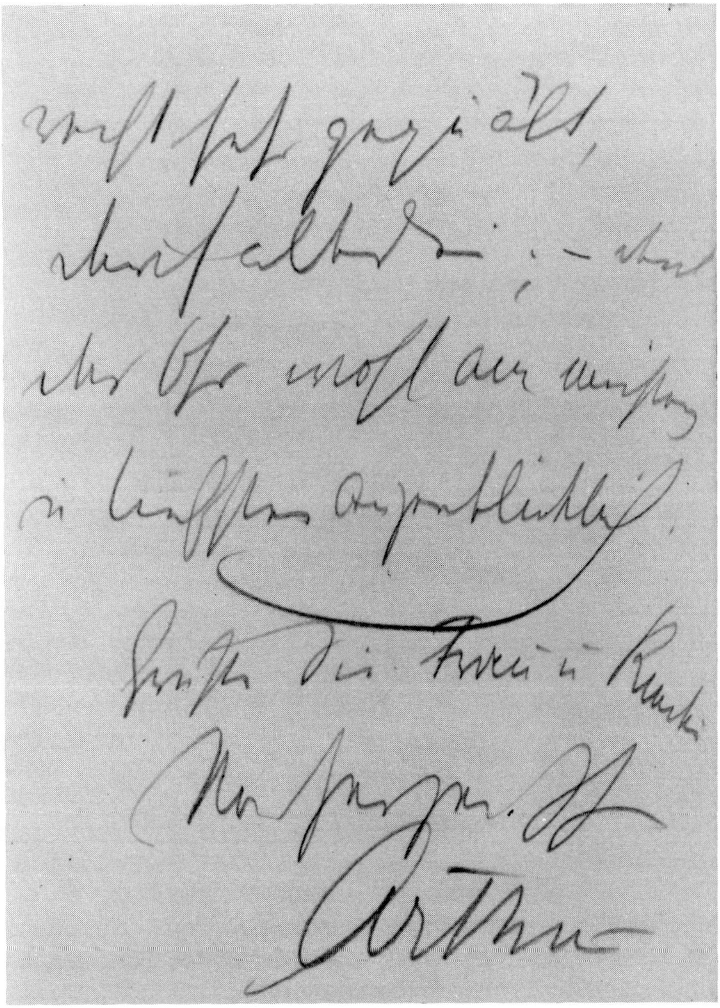
Arthur

Brief ASs vom 9. September 1899

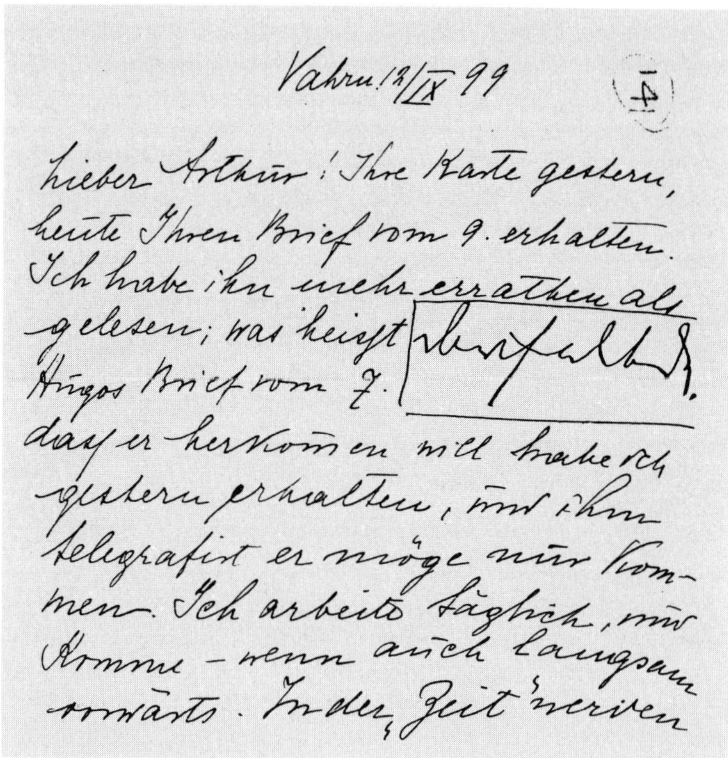
Vahrn 12/IX 99

4

Lieber Arthur! Ihre Karte gestern, heute Ihren Brief vom 9. erhalten. Ich habe ihn mehr errathen als gelesen; was heisst [illegible] Hugos Brief vom 7. dass er herkommen will habe ich gestern erhalten, und ihm telegrafirt er möge nur kommen. Ich arbeite täglich, und komme – wenn auch langsam vorwärts. In der Zeit werden

Brief RBHs vom 12. September 1899

Vahrn 12 / IX 99

Lieber Arthur! Ihre Karte gestern, heute Ihren Brief vom 9. erhalten. Ich habe ihn mehr errathen als gelesen; was heisst [durch allerlei.] Hugos Brief vom 7. dass er herkommen will habe ich gestern erhalten, und ihm telegrafirt er möge nur kommen. Ich arbeite täglich, und komme – wenn auch langsam vorwärts. In der »Zeit« werden voraussichtlich nur die ersten 2. Cap. erscheinen. Das Ganze würden sie in *10* Fortsetz. tranchiren müssen, und das Buch könnte erst Mitte Dez. erscheinen. Das wäre zu langweilig. Wer wird also auf dem Titel figuriren? Schon entschieden? Ich mache Sie aufmerksam: In München geht um 9.10 Nachts ein Zug ab, der um 4.36 Früh in Brixen ist. Von da 20 Minuten Wagen nach Vahrn. Außerdem ein N. S. Express, der um 9.55 Vorm von München abgeht, um 3.02 Nachm. in Franzensfeste ist (in Brixen hält er nicht). Von Franzensfeste mit dem Wagen – circa 9–10 Kilom. hieher. Es ist hier angenehm, ruhig, bei der table d'hôte nur Paula und ich inbegriffen *4* Personen. Abends, wie bei Petter, an separaten Tischen. Lärchen und Edelkastanienwald. Gegenüber Weingelände. Vielleicht kommen Sie? Man soll ja doch so spät als möglich nach Wien?

Herzlichst
Ihr
Richard

[Zirndorf, 17. 9. 1899]

Dass ich einmal hieher käme, hab ich nicht geahnt.
Schreiben Sie mir nach Frankfurt post. rest.

Vahrn 19 / IX 1899

Adolf Pichler Arthur S.
Dies wünschen Ihnen

Richard
Hugo

[St. Michael in Eppan, Ende September 1899]

Die x Fenster bewohnen wir. Die zwei rechts, ich (Historisch). Ich bin leider schon beim 420ten Vers angelangt und noch immer in der ersten Verwandl. des I. Aktes. Das wird ein den Abend überfüllendes Stück! Ihr R.

Wiesbaden 29. 9. 99.

Mein lieber Richard, wo ist das, St. Michael in Eppan? – Wie sind Sie auf die Idee gekommen? Wie lang bleiben Sie dort? – In welchem Akt sind Sie? Wie ist Ihre Laune? Warum sind Sie von Vahrn fort? – – Paul ist besser gestimmt als je (um Gotteswillen sagen oder schreiben Sie's ihm nicht). – Weil Wiesbaden grad in der Näh von Frankfurt, bin ich hergegangen, find es »eher« angenehm, würde Hugo sagen. Das Stück wird wieder einmal »vorläufig« fertig. – Ich arbeite nicht wenig, aber nicht eben viel – »wir« haben doch wenig Arbeitskraft im ganzen und großen. »Trotzdem« freu ich mich auf Ihr Stück. – Schreiben Sie mir nach Berlin Hotel Savoy, ich denke dass ich vom nächsten Dinstag 3. – bis Sonntag dort sein werde. Grüßen Sie Frau und Kinder.
Leben Sie wohl.

Herzlichst Ihr
Arthur

St. Michael in Eppan 3/X 1899

Lieber Arthur 1.) Von Vahrn bin ich fort weil es in dieser Höhe circa 670 m schon zu kühl ist. 2.) Dieses St. Michael liegt an der heuer eröffneten Überetscher Bahn – Bozen – Kaltern –, nur eine Wagenstunde von Bozen. Meistens kommen hier nur die Leute die auf die Mendel fahren durch; ständig wohnen hier wenig Fremde. In unserem »Hôtel« außer uns Niemand. 3.) Auf die Idee hieherzukommen hat mich ein Eisenbahnplakat gebracht. 4.) Ich dürfte nicht länger als 2 Wochen noch hierbleiben. 5.) Ich bin im I. Akt (der drei Abtheilungen hat), in der ersten Abtheilung im 5ten Versehundert. 433 Verse hats gebraucht bis ich den Helden auf die Bühne gelassen habe. 6.) Meine Laune wäre besser wenn ich mehr schlafen würde. Im übrigen hängt sie von der Arbeit ab. Viele Verse – gute Laune; wenig

Verse – schlechte Laune. O Gott! Was wird mir nicht Alles gestrichen werden. »Die Brillanten werden sie mer stehn lassen!« Antworten Sie höflich: »Also Alles!«. Ich grüße Sie herzlich

Ihr Richard

Grüßen Sie Brahm und Kerr. Dem Brahm bringen Sie um Gotteswillen keine bessere Meinung von mir bei! Bis auf Weiteres lassen Sie mich für ihn »Ein Herr mit einem Monocle« sein.

Berlin 8. X. 99.

Mein lieber Richard, das ist entsetzlich, was dieser Leo wieder durchmachen muss! Da kommen einem immer wieder diese alten Phrasen in den Mund, aber ich will sie unterdrücken. Wann kommen sie nach Wien? Paul Goldmann kommt, ebenso wie ich, Donnerstag oder Freitag in Wien an – pardon – *will* ankommen – ebenso wie *ich will*; er wird etwa 8 Tage bei mir wohnen. Ich denke, Sie werden auch nicht mehr lang da unten oder da oben bleiben? Nun jedenfalls richten Sie sichs wohl so ein, dass Sie Paul noch in Wien antreffen –? Ich habe gestern dem Brahm die Beatrice, mit guter Wirkung, glaub ich, vorgelesen. Er hat kaum gemerkt, wie viel ich noch dran zu machen habe. Die ungestrichene Aufführung würde fünf Stunden dauern.
Ihre Ermahnung kam zu spät – ich hatte Brahm schon eine »bessere Meinung« beigebracht. So grüßt er Sie also wieder, Kerr desgleichen.
– Hier friert man bereits und heizt ein und friert trotzdem.
Leben Sie wohl und erlauben Sie mir mich auf die unselige Mitgift zu freuen.

Herzlichst Ihr
Arthur

[Wien, 24. 11. 1899]

Also es bleibt bei Sonntag um 5. Sollten Sie etwa Lust haben sich den Korff in der Lbl. anzusehn? Herzlichst Ihr

Arthur.

[Wien, 24. 11. 1899]

Lieber Arthur! Der Stoff für die Weste liegt bei Grünbaum. Ich habe »etwa« Lust die »Lbl.« zu sehen. Von wo aus? Ihr R.

[Wien, 25.11.1899]

Rechts, 1. Galerie Nr. 5.

Herzlich Ihr
Arth

[Wien,] 24.12.99

Mein lieber Richard,
ich kann nur sagen, es ist geradezu feinsinnig, was diesmal keine Beleidigung bedeuten soll, und ich bin (wissen Sie kein andres Wort?) beschämt, befangen – und versuche mich mit einem Witz aus der Affaire zu ziehen – z. B. dass ich immer auf einen der 3 Einakter verzichten muss – bei Ihrem Geschenk auf die Gefährtin – aber ich will (was gleich ein zweiter Witz ist) die Schachtel selbst als Gefährtin ansehen da sie (dritter Witz) keine alte ist.
Also herzlichen Dank und Gruss; auf Wiedersehen morgen, wohl schon in der Josefstadt.

Ihr Arthur

Venedig 4/II 1900

»– – ihr Schwert vor sich
hin in den Boden stemmen«
Citat!!!
Von wem wirds denn sein?

Richard

Pegli 15/II 1900

Lieber Arthur! Ich möchte wissen, I. Was Sie machen. II. Wie Pauls Adresse ist. III. Ob sein Onkel Fedor M. heißt. IV. Ob Sie nach Italien gehen. Ich grüße Sie herzlich

Ihr Richard.

Andrea Mantegna,
Der Hl. Georg
(Galleria dell'Accademia,
Venedig)

[Wien,] 17. 2. 1900.

Mein lieber Richard, Paul wohnt Berlin, Hotel Saxonia, in der Königgrätzer Strasse; sein Onkel heißt Fedor, und ich komme nicht nach Italien. Was ich mache? - eine Novelle schreiben, an der ich zeitweilig Freude habe, meinem Ohrensausen zuhören und dem was es bedeutet, - mich meistens einsam, oder besser vereinsamt, oder noch besser - vereinsamend fühlen - Ihnen heut eine Beatrice geschickt haben - und Sie - ohne Neid - beneiden. -
Ich möchte aber auch wissen, was Sie machen, ob Sie sich wohl fühlen, ob sich Ihre Frau erholt hat, ob Sie was arbeiten, ob Sie

Menschen kennen gelernt haben, ob Sie schon eine Nachricht von Hugo haben. –
Seit Sie und Hugo weg sind, bin ich fast nie im Club. Wassermann, auch Leo sind beinahe allabendlich bei dem asthmatischen Naschauer; ich war 2mal dort und habe bei dieser Gelegenheit einmal 21, einmal Poker mit Herzl und den Naschauerinnen gespielt. –
Ein neues Buch, von dem dampfenden Jüngling Messer verfasst, werd ich Ihnen schicken, damit Ihnen auch in Pegli einmal übel wird. – Der Roman von Wolff ist sehr anständig intentionirt und ohne Geschmacklosigkeiten. Mit Vergnügen les' ich die »Kuh« Hebbel Biographie. Den Götterliebling heb ich mir auf einen Frühlingstag auf dem Land auf. Denken Sie, dass Ihr Buch erst vor 2 Tagen hier in den Buchhandlungen angekommen ist. Frau Elly Hirschfeld – um Ihnen nichts zu verschweigen – ist schon ganz, beinah ganz gesund, und Georg H. ist mir wieder viel sympathischer geworden. Frau Fulda ist seit ein paar Tagen in Wien, resp. Hietzing. – Schlenther hat die Bea. in im ganzen recht vernünftiger Weise zusammengestrichen und ist jetzt auch für Kainz Dichter, Reimers Herzog. Aber ich bin wieder schwankend geworden. – Über die Beatrice schreiben Sie mir nichts; vielleicht sagen Sie mir noch einiges, wenn Sie wieder zurück sind. –

Leben Sie wohl. Von Herzen Ihr Arthur

[San Remo,] *Hôtel de Rome* 18 / II 1900.

Lieber Arthur, kommen Sie mit Mayer doch her, wir gehen dann nach Florenz. – Ich weiß übrigens: weil Sie nichts in Wien hält, kommen Sie nicht fort. Herzlichst Ihr

Richard

Sanremo 22 / II 1900

Mein lieber Arthur! »Beneiden«! Mein Gott! Wissen Sie was »beneiden« heißt? »Das Andere nicht wissen.« Im übrigen, dieser demonstrative »Süden« mit »Nachtkastel=Palmen«, der um 5 Uhr Abends die Maske abwirft, ist recht traurig. Überhaupt versagt Italien zum erstenmal bei mir; vielleicht wirds in Florenz besser. Ich vertrage es offenbar nicht irgendwohin direkt des schönen Wetters halber zu gehen. Sofort fang ich an aufs Wetter aufzupassen, bemerke wenn es blufft, und finde schließlich daß es, wie alle Dinge wenn man ihnen auf die Finger sieht, auch »in seinem Fach ein Esel« ist, und gar nicht weiß wie schönes Wetter eigentlich sein soll. Man darf gar nichts genau ansehen wollen; vielleicht heisst das große Geheimnis eines erträglichen Daseins: Oberflächlichkeit. Unsereiner, der einmal zu graben begonnen hat, kann freilich nicht mehr zurück; aber vielleicht geht es an so tief zu graben bis man auf der anderen Seite wieder herauskommt; das ist dann unsere »Oberflächlichkeit«. Der nächste Weg ist das nicht! »Pollak wo hast Du Dein linkes Ohr?« Meine Frau hat sich bisher nicht erholt, ich habe hier einen Husten bekommen, die Einzige die sich wol fühlt ist Mirjam; bis sie größer sein wird, wirds schon besser werden. Frau Professor Döppler habe ich hier getroffen und mir von ihr vortratschen lassen, was sie amüsant und eifrig tat; Ideenassociation: Elly H. hat sich richtig, wie ich herzloser Weise schon vorher zu Meyer sagte, mit ihrer Krankheit eine Position bei uns gemacht; man kann nicht sagen daß es mit wenig Einsatz geschehen ist. Wenn ihr Mann jetzt noch kein Geld verdienen würde, wäre er ein Dichter – für uns – nur um nicht roh zu sein. Frau Professor D. hat ihn – sie findet ihn überschätzt – mit dem Zeichner *Allers* verglichen; wer von H.s Freunden ihr das beigebracht haben mag? Auf ihrem eigenen Mist ist das nicht gewachsen; ich glaube übrigens sie hat überhaupt keinen eigenen Mist. Daß Sie sich die Lektüre von Georgs Tod für einen Frühlingstag auf dem Land aufheben ist sicher für das Buch gut; ob auch für den Tag? Wenn Sie mir durchaus das Buch des »dampfenden Jünglings« schicken wollen, schicken Sie es nach Florenz, poste restante. Nicht vielleicht deshalb weil ich hier bin, sondern weil ich am 27. dort sein will. Ich arbeite natürlich nichts. Von Hugo habe ich keinerlei Nachricht. An Brandes habe ich heute mein Buch geschickt. Ich glaube nicht, daß er was damit anfangen kann. Auch Robert Hirschfeld der mich vor meiner Abreise becomplimentirte scheint keine Ahnung zu haben was der Inhalt des Buches ist. Was macht Gustav; während ich seinen Vornamen niederschreibe werde ich so verlegen, als sähe ich sein ungläubiges Lächeln zu dieser Intimität. Grüßen Sie ihn, dann à discretion die Übrigen, aber in gemessenen Distanzen. Wie ich meinen Brief überlese, finde ich daß er »*witzig*« ist. »Gott sei Dank er wird witzig!« Aber der Hofmarschall Kalb, der das sagt weiß nicht daß das für den Ferdinand ein schlechtes Symptom ist. Für mich auch.

Von Herzen Ihr
Richard

Edlacher Hof,
2. März 1900.

Mein lieber Richard, vorgestern Abend bin ich hier angekommen, ich wollte dem Frühling entgegenfahren – und seit gestern schneit und friert es. Immerhin ist es in den Mittagstunden schön. Heut sowohl als gestern bin ich nahezu 6 Stunden spazieren gegangen. Weniger lang schrieb ich an der Novelle, für die ich keinen Namen habe. Ihre hab' ich in 2 Etappen gelesen, die ersten 2 Capitel in der Eisenbahn, die letzten 2 gestern Abend auf meinem Zimmer (3. außer, 4. im Bett). Also glauben Sie mir: es ist ein wundervolles Buch. Man hat allerdings das Gefühl, als wenn die aneinandergereihten Edelsteine nicht auf einer Schnur, sondern auf einem Zwirnsfaden – oder gar nur in der Luft aneinandergereiht wären – aber man muss nicht alles als Kette um den Hals tragen können. Im vierten Kapitel steckt übrigens irgend wo ein frecher Schwindel – das dürfte Ihnen nicht unbekannt sein. Sie setzen sich sozusagen plötzlich an eine andre Orgel, die auch herrlich klingt – aber das beweist nichts. – Nicht überall scheint es mir geglückt, dass gegenwärtiges und erinnertes sich gegeneinander abhebt, wie es soll; dass man das Bedürfnis hat, das Buch wieder zu lesen ist ja sehr schön; aber dass man es entschieden 2–3 Mal lesen *muss*, ist vielleicht ein Fehler. Ihre Bilderpracht schreit nach Jamben und nach Drama. Ja, es verlangt mich geradezu, einige von Ihren Vergleichen in Ihren Stücken wiederzufinden und sie auf der Bühne sprechen zu hören. – Wunderbar ist, wie scheinbar belanglose Details zu ihrer Zeit ausgenützt und nachträglich voll Belang erscheinen. Das gibt den gewissen Schauer. Überhaupt: meiner Empfindung nach steckt viel mehr Dichterisches in dem Buch als, wie gewiss vielfach behauptet werden wird, Verstand. Sie wissen wie ich das meine. So gescheidt ist bald einer – aber die Dinge *so* sagen –! Um Goethe zu variiren: Alles gescheidte ist schon einmal gesagt worden: man muss nur versuchen, es – ganz anders zu sagen. Und »ma foi« das haben Sie gethan. – Während ich dieses schreibe, sitze ich allein im Speisesaal, abends 9 Uhr. Außer mir lebt hier nemlich nur ein (noch) älterer Herr. Montag fahr ich wohl wieder nach Wien. Ich sehn mich nach niemandem – niemand sehnt sich nach mir. Das ist nicht sentimental – sondern das ist eben so. Heut vor einem Jahr war alles noch so anders – und doch schwebte es schon über uns .. Ja ja, es schwebt immer ... »Zeit ist nur ein Wort –« Könnte von Ihnen, von Hugo und von mir (und etlichen andern) sein. Zufällig sagt es Beatrice. –

Wie lang denken Sie noch auf Reisen zu sein? Ich schicke diesen Brief nach Florenz, wo ich Sie, glücklicher und wenn Sie wünschen, weniger witzig als in Sanremo vermuthe. – Mirjam hoff ich so lustig als sie war und Ihre Frau so erholt, als man es von italienischer Luft erwarten sollte. –
Von Hugo weiss ich noch immer nichts, und Gustav hab ich von Ihnen gegrüßt. Thun Sie das gleiche von mir an Mayer, wenn er schon mit Ihnen zusammengestoßen ist (– was hoffentlich nicht weh gethan hat).
Leben Sie wohl!

Ihr Arthur

[Wien,] 19/6. 900.

Lieber Richard, es ist ziemlich unglaublich, dass Sie gar nichts absolut nichts von sich hören lassen. Ich möchte gern gegen Ende dieses auf 2–3 Tage nach Altaussee kommen, ist es Ihnen recht? Goldmann schreibt mir wegen einer event. Fußtour Anfang August, auch Kerr möchte sich anschließen, mir wäre die Zeit nach 20. Juli eigentlich lieber; auch darüber sprechen wir wohl. Mir geht es innerlich nicht gut. Denken Sie übrigens, dass Schlenther die Bea. *nicht* aufführen will. (Natürlich verblümt.) Näheres auch darüber mündlich. Ich war und bin noch wüthend drüber. – Meine Novelle ist fertig. Nicht schlecht. Einiges kleinere halbfertig. Zu größerm keine rechte Lust. – Hugo ist in der Brühl. Gustav auch.

Herzlichst Ihr
Arthur

Alt-Aussee 20 / VI 1900

Lieber Arthur! Natürlich sollen Sie herkommen. Schreiben Sie mir wann, und ob ich Zimmer (eins) für Sie bestellen soll. *Seewirth* oder Brunnthaler (wo Hugo wohnte). Übrigens ist es überflüssig da keine Überfülle von Fremden hier ist. Jedenfalls telegraphiren Sie. Ich arbeite erst sei 5 Tagen; mehr, wäre mehr. S. richtet sich danach, daß B. es nicht genommen hat (S = Schlenther, B = Brahm. Bemerk. des Herausgebers). Ich habe aber wirklich keinen Grund »Witze« zu machen. Ich halte meine Laune mit knapper Mühe auf arbeitsfähigem Niveau. Ende Juli könnte ich nicht mit. Je später im August, desto wahrscheinlicher; jedenfalls etwas Süden ins Programm nehmen. Im Juli werde ich vierunddreißig, – um Ihnen zum Schluß noch etwas Angenehmes zu sagen.

Von Herzen Ihr
Richard

Antonio Canova, Theseus-Gruppe
(Kunsthistorisches Museum Wien)

[Wien,] 21. 6. 900

Ein Citat aus der neuen Novelle. –

Herzlichst
Ihr Arth.

Im Vorstadtbeisel mit den geschmacklosen Tapeten und den kleinen Beamten am Nebentisch.

[Wien,] 26/6 900.

Lieber Richard, bitte bestellen Sie mir bei Brunnthaler ein Zimmer. Ich beabsichtige Donnerstag früh nach Ischl zu fahren, dort Hirschf.s zu besuchen und zu übernachten, *Freitag früh* spätestens Mittag in Altaussee zu sein, wo ich bis Sonntag früh bleibe. Weiteres mündlich. Auf Wiedersehn. Herzlichst

Ihr Arthur

[Reichenau,] 7. 7. 900.

Lieber Richard,
Danke für den nachgesandten Brief, hier die Revanche. Wie geht es Ihrer Frau? Schreiben Sie mir das hieher, Reichenau, Curhaus. Paul ist mit dem 15. August, Innsbruck einverstanden, Kerr wohl auch; wir könnten nun die Sache bald endgiltig fixiren. Ich sehe Sie wohl noch Anfang August, entweder in Ischl oder in Aussee; oder Salzburg. Hier bleibe ich wahrscheinlich 10–14 Tage. Dann? – Die paar Tage zwischen Altaussee und Reichenau waren ganz ansprechend. (Wir lieben die Frauen, die uns gleichgiltig sind etc.) – Ich entwerfe immerfort an dem Fünfactigen herum. (Die Entrüsteten wird es nicht heißen, da bisher kein Entrüsteter drin vorkommt; der beste Titel wäre eine Geste, mit dem Begleitton: Tz, – aber nicht so jüdisch, wie das letzte Capitel von Georgs Tod.) ((An dieser Stelle wird der Commentator unsres Briefwechsels irrsinnig werden.))
Leben Sie wohl.

Von Herzen Ihr
Arthur

Alt-Aussee 13 / VII. 1900

Lieber Arthur! Meiner Frau geht es augenblicklich etwas besser. Seit 8 Tagen kommt täglich der hiesige Doktor. Ob ein causaler Zusammenhang zwischen beiden Sätzen besteht? Von Hugo ein Brief aus Bad-Fusch; er will Ihre Adresse. Von Goldmann ein Brief wegen Fußtour. Wir fixiren also endgiltig (Schicksalsclauseln inbegriffen) den 10. August in Innsbruck. Für den Zeitungsausschnitt Dank. Zur Be-

ruhigung meines Papa's ganz gut. Meyer war zu Besuch von Ischl hier, er will die Tour mitmachen. Er hat eine Unvorsichtigkeit begangen. »Die Hochzeit der Beatrice« hab ich ihm – wogegen Sie nichts hatten – geborgt. Nun setzt sich der Unglückliche in Marienbad auf eine Bank, liest in dem Buch. Es erscheint: Minnie B., spricht M. an, erinnert ihn daß er sie eigentlich von einem Jour her kennen sollte, borgt sich das Buch aus; M. wird zweimal zum Speisen geladen. Weiter: Minnie hat aber – (verdächtig) das Buch bei ihrer Abreise nach Levico noch nicht zu Ende gelesen, und erhält von M. den Auftrag es nach Lesung mir zu schicken was sie noch nicht getan hat. M. wird nun in meinem Namen urgiren damit ich das Buch bekomme. Hoffentlich haben bis dahin noch nicht die versammelten irgendwie nennenswerthen Curgäste in Levico bemerkt daß Sie Ihre unveröffentlichten Stücke Minnie anvertrauen. O Nachtkastel-Motive. Bei alledem ärgert mich M.'s Dummheit in dieser Sache. Er argumentirt: Da Sie mit Minnie gut bekannt sind macht es nichts. Richtig muß es heißen: Da Sie gut bekannt sind und es ihr nicht geben, so wollen Sie eben nicht daß sie es hat. Außerdem ärgert mich: M. auf dessen Verstand, Takt, und Geschicklichkeit ich einige Hoffnung setzte enttäuscht mich. Ob es denn mir einfiele ein als Manuscript gedrucktes Ding jungen Mädchen in die Hand zu geben die – nach meiner Taxirung – gar kein wirkliches – außer persönliches – Interesse daran haben, und nur eine Primeurprotzerei damit anstellen wollen. Im Übrigen ist es wahrscheinlich nicht so wichtig.
Wenn Sie Minnie einmal – damit die Leut Recht behalten – doch heirathen sollten wird dieser Brief mich nicht beliebt machen. Ich arbeite. Man überschätzt wie Sie sehen immer noch die Menschen. Herzlich Ihr R.

Curhaus, Reichenau N. Oe. 14. 7. 900

Lieber Richard, es ist unglaublich, dass Sie mir keine Silbe schreiben. Haben Sie meinen Brief nicht erhalten? Ihr Arthur

[Payerbach, 15. 7. 1900]

Lieber Richard, eben kommt Ihr Brief, also nehm ich meine gestrige Karte zurück. – M. hat mir aus Lev. bereits vor 8 Tagen eine längere

begeisterte Sauce über B. geschrieben. Es ist wirklich ziemlich egal. Denken Sie doch nach, wie wir von Klösterle oder wie das heißt weiter kommen sollen. – Vielleicht fahren wir zusammen von Aussee resp. Ischl nach Innsbruck (über Svatek).
– Von der nächsten Zeit weiss ich noch immer nichts. (Es geht den meisten Menschen so.) – Herzlichst

Ihr A.

Alt-Aussee 2/VIII 1900

Lieber Arthur! Bei Durchsicht des Reisebuches stoße ich auf folgende Tour die ich Moserboden, Gerlos etc. vorziehen würde: Von Jenbach durchs Zillerthal nach Sterzing (11 Bahn-Minuten von Gossensass) Folgende Eintheilung:

Salzburg 7.28 Früh
Jenbach 12.28 Mittagessen
Post von Jenbach ab um 2.30
Über Zell im Zillerth. nach Mayerhofen 7.50
Mit Wagen also vielleicht 3 1/2–4 Stunden

In Mayerhofen übernachten – dann über den Zemmgrund, Schwarzensteingrund und das Pfitscher Joch nach Sterzing 16–17 Stunden = 2 Tage. Im Mayer II. Band pag. 229. Jedenfalls – nach dem Reisebuch – viel lohnender als Gerlos etc. Eventuell

I. Tag. Salzburg ab 3.12 Nachm.
Jenbach 8.45 Abends übernachten
II. Tag Jenbach ab. Post. 8.00 Früh
Mayerhofen. 1.30. Mittagessen
und bequemer Reitweg bis zum
Breitlahner (zu Fuß 5 1/2 Stunden)
III. Tag (nach Sterzing 10–11 Stunden)

Überlegen Sie, und schreiben Sie mir noch genau *wann* Sie in Salzburg sind. Gerlospass mißbillige ich. – Moserboden nicht.

Herzlichst Ihr
Richard

[Ischl,] 3. 8. 900.

Lieber Richard, ich kann den Vortheil Ihres neuen Vorschlags nicht einsehn. Das missliche daran ist: *doch* per Bahn nach Jenbach fahren müssen, dann wieder von Sterzing nach Innsbruck zurück müssen. Vergessen Sie nicht, unsre Absicht ist: von Zell a/See nach Innsbruck, auf einem neuen Weg, zu kommen. Überdies kostet Ihre Tour 1 Tag mehr, und Kerr möchte uns in Innsbruck treffen. Nach *meinem* Reisebuch bietet das Pfitscher Joch kaum mehr als Krimml und Gerlos, und die Sache ist weit bequemer. Ich schlage also vor:

Salzburg ab Montag (spätestens Dinstag) Nachmittag 3.12.
Ankunft Zell am See 5.43. Post Kesselfall
Übernachten.
Dinstag (resp. Mittwoch)
Spazierg Moserboden, zurück Kesselfall, bis Zell am See, Bahn (4.50 nach Krimml)

AS, Alfred Kerr und Paul Goldmann
am Schlappiner Joch, 19. August 1900

Übernachten
Mittwoch (resp Donn) Krimml Gerlos (Fußpartie – 4 Stunden)
Gerlos – Zell (Zillerthal) 4 Stunden
Zell – Jenbach (Wagen, abds Innsbruck, 4 Stunden)

Das Pfitscher Joch ist einfach »lohnend«, hat nicht einmal einen Stern! – und ist viel schwerer als Gerlos. –
Was nun die Schweiz anbelangt: Übergang direct nach Klosters dem Überg. nach Küblis vorzuziehn, da wir jedenfalls nach Klosters und von da nach Davos müssen; von da *Flüelapass* nach Samaden und Pontresina. (Fahrstrasse)
– Im übrigen werden wir keinen Richter brauchen, dagegen Träger. – Georg H. wird fast sicher *nicht* mitkommen, obwohl ich ihn auf den Knieen beschworen habe. Menschlicher Voraussicht nach (fassen Sie dieses »Mensch=« nicht falsch auf) werd' ich Sonntag den 12. in Salzburg sein. Ich bin sehr dafür, schon Montag abzufahren. Von Schwarzk. und Salten noch keine Nachricht. Auch von Paul G. nichts neues. –
Leben Sie wohl. –

Herzlichst Ihr
Arthur

Hugo hat mir geschrieben ist wohl schon in Salzburg bleibt bis 15. Er schrieb mir auch von seiner Verlobung.

[Altaussee, 14. 9. 1900]

komme hoffentlich heute vier uhr nachmittag an moechte dasz sye und paul mich um halb sechs abholen. erfahre soeben die merciertat des seehundes herzlychst = richard

[Schönberg,] 27. 6. 901.

Wallfahrt.

Ihr A.

Pörtschach 28 / VI 1901

Lieber Arthur! Es war Zeit daß Sie von sich hören ließen. Ich wußte nur durch die N. Fr. Pr. daß Sie in Tirol sind. Ich war – um mir Heiterkeit zu holen – 3 Tage in Venedig, gleichzeitig mit Hugo, doch wußten wir von einander nichts, und erst als ich zurückkam erfuhr ich daß er auch dort war. Ich habe mir aber keine Heiterkeit aus Venedig geholt.
Ich möchte wissen wann Sie herkommen, und ob und wann Paul hieherkommt. Ludassy und Alexander Engel habe ich hier gesprochen. – L. erklärte es unsicher daß Sie kämen. Hirschfeld (Robert) hat uns besucht. Was ist mit Salten und seinem bodenständigen Brettl; aber wichtiger: Was ist mit Ihnen? Ist Salzburg noch immer gegen Verstimmung gut? Von Herzen

Ihr Richard

St. Anton a / Arlberg
4. 7. 901.

Mein lieber Richard, ich war zuerst 14 Tage in Salzburg, österr. Hof, mit ihr, es war sehr schön. Dann 2 Tage Innsbruck (dass ich Schönberg aufgesucht habe, wissen Sie), dann fuhren wir nach Landeck, wo ihre Schwester kam, und nun sind wir in St. Anton – ich habe ein sehr behagliches Zimmer zu 60 Kreuzer in einem Privathaus, und es wäre sehr nett, wenn nicht das Wetter elend wäre. Wie lang ich hier bleibe, kann ich natürlich nicht sagen (daher bitte ich um Nachricht nach *Wien*), wahrscheinlich fahre ich von hier aus in die Schweiz. Anfang August soll ich dort Mama treffen (Flims von Reichenau – (Chur – Thurn) aus 3 Stunden) auf etwa 8 Tage. Der Wörthersee fiel ins Wasser, weil Scharlachgerüchte umgingen, und überdies wollte Mama nicht zu Pundschu, weil ich nicht wußte, auf wie lang ich hingehn würde. Nun bin ich so weit von dort, dass ich Sie heuer im Sommer kaum sehn werde, wenn Sie nicht mir, resp. mir und Paul Goldmann (von dem ich übrigens noch keine bestimmte Nachricht habe) irgendwie entgegenkommen. Haben Sie schon irgendwelche Augustpläne? Sie schreiben mir wenig, fast gar nichts über sich; was thun Sie? Arbeiten Sie? Wie gehts Ihrer Frau und den Kindern?
Salten ist auf Reisen, wie mir eine Karte von ihm flüchtig mittheilt, aus Brettlgründen. Ich schreibe ein 3aktiges Stück und glaube im Sommer

damit und auch mit 2 Einaktern fertig zu werden. – An Hugo und Gerty sauste ich (resp. wir) in Innsbruck in einem Einspänner vorüber. – [In] Innsbruck versucht ich diesmal Tiroler Hof. Ich warne Sie. Es ist schmierig und versnobt. Das schönste bisher war natürlich Hellbrunn. Heuer zum ersten Mal hab ich auch das Schloss gesehn, innen (nicht das »Monatsschlößel«, sondern das ununterbrochene.) – Leben Sie wohl und schreiben Sie bald.

Von Herzen Ihr
Arthur

Pörtschach 10 / VII. 1901

Lieber Arthur! Wir waren am 1., 2., 3. in Wien; seit 4. sind wir wieder hier mit Papa Hermann, dessen Frau am 1. gestorben ist. Da der Papa auch physisch sehr hergenommen ist, haben wir vorläufig mit ihm zu tun. Obgleich er nicht lange hierbleiben will, weiß ich doch nicht ob ich gegen Mitte oder Ende August Sie irgendwo werde treffen können.
Auch nicht ob ich Lust haben werde irgendwohin zu reisen, da ich endlich arbeiten möchte. Ich freue mich sehr daß Sie sich wol fühlen. Hoffentlich nimmt »man« Ihnen Ihre Grillparzergrämlichkeit der letzten Zeit. Schreiben Sie mir bald und viel.

Von Herzen Ihr
Richard

Vahrn, 22/7 901

Lieber Richard, von dem Tod Ihrer Stiefmama hab ich durch Schw. erfahren, noch eh Sie mir's schrieben, zu formeller Condolenz wars zu spät, bitte sagen Sie Ihrem Papa nachträglich, dass ich ihm meine herzliche Theilnahme also lieber durch Sie ausdrücken lasse. – Paul dürfte schon in den nächsten Tagen an den Wörthersee kommen, ist erbittert über Sie, will Sie gar nicht besuchen usw. Schreiben Sie ihm doch noch ehestens ein Wort. Vom Wörthersee kommt G. herunter, ich muss mir noch irgendwas höheres suchen, werde mich auf der Seiser Alpe und im Tierser-Thal umsehn. Machen Sie's doch möglich auch zu kommen. Die letzten Sommertage denk' ich Gardasee, ev. Torbole? –

Ich find es hier sehr angenehm, die Zimmer offenbar neu hergerichtet sehr hübsch, das Essen gut, wenig Leut, und warm. Ich schreibe (3a. Stück). An der Zerstörung der »Grämlichkeit« wird von berufener Seite mit Talent gearbeitet. Wenn mich etwas stört, ist es nur der Umstand, dass man in der betreffenden Familie Sie für den weitaus hervorragendsten von ... hm ... Alt-Wien hält, eine Meinung, die Sie hoffentlich durch Ihr ... wieder hm ... nächstes Stück endgiltig begraben werden.
– Schreiben Sie – wenn bald, dann noch hieher, sonst Wien.
Heute Ausflug Karersee, wo Julius und Frau.
Gehts den Ihren gut? Baden Sie viel? Sehn Sie die übrigen Rundwohner?

Von Herzen Ihr Arthur

Vahrn, 10. 8. 901.

Mein lieber Richard, am Montag fahren wir nach Bozen, wo Rendezvous mit Paul, den ich neulich in Welsberg sprach. Dann Trient. Freitag wollen wir in Welsberg (Pusterthal) sein, haben dort Zimmer genommen (Pens. Waldbrunn, entzückend gelegen, 1150 Meter, 20 Minuten von der Bahn) wollen dort die letzten 14 Tage ... ich meine die letzten 14 Tage vor Wien (kümmert man sich dort oben um meine »Meinung?«) verbringen. Es wäre wirklich hübsch von Ihnen, wenn Sie auch dorthin kämen. Ich will auch arbeiten. Nebstbei haben Sie's so nah. –
Wenn Sie mir *gleich* antworten, bitte Trient post. rest. (thun Sie das!) Leben Sie wohl und grüßen Sie Ihre Frau und Ihre Kinder, soweit sie es verstehen.

Herzlichst Ihr
Arth.

Welsberg, Waldbrunn
17. 8. 901

Mein lieber Richard, seit vorgestern bin ich hier und finde es unverständlich, dass dieser Ort nicht populärer ist: Waldbrunn liegt eine 1/4 Std. höher als Welsberg, hat einen schönen Ausblick und gleich hinter dem Hotel (Pension 3.50 alles wirklich gut) herrlichen Wald. Paul ist noch am Gardasee und kommt morgen. Es hätte keinen Sinn, wenn Sie nur auf ein paar Stunden kämen; würden Sie sich aber zu einem längern Aufenthalt (6–8 Tage) entschließen, so würde ich auch meinen Aufenthalt verlängern. Unter andern Umständen führe ich in etwa 10 Tagen von hier ab; ich würde Sie dann in Pörtschach besuchen (mit Paul denk ich) oder wir treffen uns in Villach? Aber das weitaus sympathischeste wäre doch, wenn Sie hieherkämen, die beiden jungen Damen, die mit mir zugleich hier sind, würden Sie gewiss nicht stören. Jedenfalls schreiben Sie mir gleich ein Wort hieher. Von Kerr hab ich keine Nachricht. Von Herzen

Ihr Arthur

Pörtschach 20 / VIII 1901

Lieber Arthur! Ich möchte mir gerne Waldbrunn für künftigen Aufenthalt (Schicksalsklausel) ansehn. Werde also, vor Ihrer Abreise (27. oder 28.?) auf ein paar Stunden hinkommen, was Sie und Paul nicht abhalten darf auf der Rückreise zu mir zu kommen. Ich arbeite endlich, – aber früher hätt' ich anfangen sollen! –
Die beiden jungen Damen, von denen die eine vorläufig – wie ich von Ihnen höre – meine »Gemeinde« bildet, und von deren Verständniß ich daher die ungeheuerste Meinung habe, würden mich nicht stören, aber ich brauche immer ein paar Tage um mich einzugewöhnen, und die 6–8 Tage wären verloren.
Herzliche Grüße an Paul.

Ihr
Richard

Pörtschach 21 / VIII 01

Lieber! Von Paul erhalte ich eben folgendes Telegramm:
»Bitte nicht dringend und morgen herzlichst Welsberg kommen. Drahtantwort erbeten Goldmann«.
»Zip-Zip«, oder »Was ist das?« Ich habe nach Toblach – da das Telegramm dort aufgegeben war – telegraphirt: »Telegramm unverständ-

lich«. Ist Paul nicht bei Ihnen? Oder ist er Vormittag nach Toblach spazieren gelaufen um von dort zu telegraphiren? Schreiben oder telegraphiren Sie bitte was denn los ist.

Von Herzen Ihr
Richard

Vorsichtshalber telegraphire ich an Sie auch unverständlich

[Wien, 30. 9. 1901]

Lieber Richard, wieso hört und sieht man nichts von Ihnen? Neulich war ich bei Ihnen, Sie waren in Rodaun. Wollen Sie heut mit mir zu *Hannah Jagert? Ich habe 2 Sitze.* Telephoniren Sie mir etwa 2, oder pneumatisiren Sie. (Rendezvous wäre im Foyer unten.)

Herzlichst Ihr
Arthur

[Wien, 30. 9. 1901]

Lieber Arthur! Vielen Dank! Aber wenn ich mich entschließe ins Theater heute zu geh'n so möchte ich mit Paula zu »König Lear«. Aber auch das nur, wenn ich nicht zu abgespannt bin. Schreiben Sie mir pneumatisch, wo Sie nachtmahlen. *Vielleicht* komme ich hin.

Herzlichst
Ihr Richard

[Wien,] 25. 11. 901

Lieber Richard.
Ich war heute Vormittag bei Hugo.
Wollen Sie, dass ich Ihnen beiden Mittwoch oder Donnerstag Nachmittag gegen 6 meine 4 Stücke vorlese? Wir (Sie und ich) könnten dann Abends zusammen hereinfahren. (Eventuell auch zusammen hinaus, wenn Sie nicht aus Wohnungsgründen früher draußen sein müssen.)

Also Mittwoch oder Donnerstag oder in dieser Woche gar nicht. Schreiben Sie mir, ich benachrichtige dann Hugo.

Herzlichst
Ihr
Arthur

[Wien, 26. 2. 1902] Mittwoch

Lieber Richard, ich bin vorläufig wieder nach Wien gezogen, habe noch keine »Villa«, bin sehr enervirt. Die Damen sind zu Schönberger gezogen, da es im Kurhaus auf die Dauer absolut nicht auszuhalten war. Ich weiss noch nicht, wann ich nach Rodaun komme, grüßen Sie bitte auch Hugo.

Herzlichst
Ihr A.

[Wien, 3. 3. 1902]

Lieber Richard, ich weiss nicht, ob Sie Sitze haben, jedenfalls lasse ich Ihnen bis Dinstag Mittag an der Carltheater Casse 2 Parkets reserviren. Holen Sie sie nicht, so werden sie anderweitig verkauft. – Sie haben sich also nicht weiter zu kümmern. –
Dem Hugo sagen Sie bitte, *aber sicher*, dass Brahm Dinstag *nicht* zu mir kommt.
– Ich hoffe übrigens Sonntag Vormittag Rodaun zu durchradeln.

Herzlichst Ihr
A.

Rodaun 8 / III 02

Lieber Arthur! Man sieht und hört nichts von Ihnen. Suchen Sie noch Wohnung? Wir müssen ja doch einmal etwas verabreden. Bitte fügen

Sie auf beiliegendem Couvert die nähere Adresse bei, und werfen Sie es dann in ein Postkastel. Was macht Gustav Schwarzkopf; sagen Sie ihm daß *ich* gekränkt bin.

Von Herzen Ihr
Richard

[Wien, 14. 6. 1902]

Lieber Richard, Sie wollten mit Paula in die Conserv. Vorstellung gehen, sagte mir neulich Gustav; Sie bekommen also Sitze geschickt (für Dinstag. Also denselben Tag, an dem ich Sie Vormittag zu sehen hoffe).

Herzlichen Gruss.
Ihr
A.

[Wien,] 29. X. 902

Lieber Richard, Sie sind beinah täglich in Wien und – von andern Möglichkeiten ganz abgesehen – sagen Sie einem nicht einmal, wo man Sie gelegentlich auf eine Viertelstunde sehen kann. Es ist wirklich nicht besonders schön von Ihnen.

Herzlichst Ihr
A.

[Rodaun,] 4 / XI 02

Lieber Arthur! Wir hatten und haben noch Alles in Ordnung zu bringen, da die Wohnung Papas geräumt werden muß. Wie ich nur ein wenig zur Ruhe komme, verabrede ich mit Ihnen wann wir uns treffen.

Von Herzen
Ihr Richard

[Wien,] 16. 11. 902

Lieber Richard, die nächste Zeit komm ich kaum nach Rodaun; die Vormittage sind zu kurz, Nachmittag arbeite ich. Könnte man sich denn nicht in Wien sehn? Sie kommen ja so oft herein. Das wär doch fürs erste viel einfacher. Herzlichst

Ihr A.

[Rodaun, 24. 12. 1902]

Anstatt der aus Pontresina zu tragen.
Von Herzen Ihr

[Wien,] 24. 12. 902

Lieber Richard, ich danke Ihnen. Es ist wunderschön. Man kann es gar nicht »anstatt« tragen. Ich bin ergriffen.
Grüßen Sie. Auf bald.

Herzlichst Ihr
Arthur

Salzburg, 14. 1. 903.
Österr. Hof. –

Lieber Richard, bei dem Badebesitzer Schaller in Rodaun, Liesingerstrasse, wohnt seit einigen Tagen unser Hund, Bern genannt. Sie wissen dass wir in Wien nichts mit ihm anfangen können, und dass wir deshalb jedenfalls auf seinen fernern Besitz verzichten müssen. Wenn Sie ihn daher (statt des Flirt zu tragen) von mir annehmen wollen, so erweisen Sie mir damit nur einen Gefallen. Überlegen Sie sichs; denn Eile hat die Sache in keiner Weise. Das Thier wohnt in Ihrer Nähe, warten Sie, bis ihm wieder die Haare gewachsen sind, und fragen Sie sich, ob Sie sich mit ihm befreunden können. – Wär ich auf dem Land wie Sie, ich behielte ihn gern; unter den gegebenen Umständen aber wäre mir der Gedanke, dass Bern in Ihren Besitz übergeht, der freundlichste. –
Ich bin mit Olga seit vorgestern hier; – und freue mich, inmitten des

beruhigenden Schneefalls und der winterlichen Stille, dass ich mich wenigstens zu diesem Entschlusse aufraffen konnte. Bis Ende der Woche hoffen wir zu bleiben.
Seien Sie herzlichst gegrüßt

Ihr
A.

[Hallein,] 16. 1. 903.

In Erinnerung an Fischers List und Glück und jenen schönen Wintertag vor fünf Jahren.

Herzl. Grüße
A.

Freundlichen Gruss! OG.

Rodaun 18 / I 1903

Lieber Arthur! Vielen Dank für Ihren Antrag. Ich kann mich aber nicht entschließen »Bern« in unsere Familie aufzunehmen. Abgesehen vom Großfolio-Format würde ich – wenn – nur einen *ganz jungen* Hund wieder nehmen damit er an die Kinder, und sie an ihn sich gewöhnen, und ich sein Inneres von seinen ersten Lebenswochen an bilden kann. Jedenfalls werde ich ihm aber demnächst einen Besuch abstatten. Um Salzburg beneide ich Sie natürlich. Ich arbeite (ja!) und Hugo ist mit dem Flohtheater beschäftigt – bestehend aus Ihren – Schwarzkopfs etc. Flöhen die ihm ins Ohr gesetzt wurden. Vielleicht sehe ich Sie Samstag (24.) Nachm. (Akad. Verein). Nochmals Dank und herzliche Grüße – auch an Mutter und Kind.

Ihr Richard

Hallein erhalten

[Rodaun,] *15/2 903.*

lieber Pornograph
wir denken es käme darauf an was für ein Verlag Ihr Schmutzwerk herausgibt. Ist es etwa Grimm in Buda-Pest? dazu würden wir nicht raten. Ist es aber ein ernster Verlag, die Ausstattung sehr ernsthaft und anständig (Illustrationen à la Coschell würden diese Cochonnerie zum Gelächter

Europas machen) dann geht es immerhin. Denn schließlich ist es ja Ihr bestes Buch, Sie Schmutzfink. Weder ist es so confus wie das Vermächtnis, noch so glatt wie die Liebelei, noch so snobish wie die Beatrice, noch so unsäglich langweilig wie Ihre läppischen Novellen, kurz, natürlich sollen Sie es herausgeben, unter dem Pseudonym Ludassy oder auch unter Ihrem eigenen Namen. Aber in einer anständigen Form. Das ist unsere Ansicht.

Sie müssen soviel Geld dafür bekommen (im *Vorhinein*, denn im Nachhinein wird es confisciert) daß Sie sich jedenfalls darüber mehr freuen, als Sie sich später über das Schwätzen der Leute ärgern. Viele Leute werden es als Ihr erectiefstes Werk bezeichen. Ob *ich* es an Ihrer Stelle herausgeben würde weiß ich nicht; jedenfalls würde ich *Sie* um Rat gefragt haben; geben Sie ihn mir also!

Ob ich es an Ihrer Stelle herausgegeben hätte? Unbedingt, gegen einen beträchtlichen Vorschuß und unter Ihrem Namen. (Der Vorschuß natürlich unter meinem Namen zahlbar.)
Verstehen Sie also, was wir Ihnen geraten haben?

Ernstlich: 1.) Summe
2.) Verlag entscheiden
3.) Ausstattung

1.) Sehr groß, 2.) Sehr ernst (die war's nicht, der's geschah) 3.) Würdig, d. h. Papier stark – wie Ihr Talent, Format einfach, und eher groß, ja nicht Taschenformat oder zierlich.

Genug. *Hugo*

Ja! Richard

Dieser Brief kann als Vorrede abgedruckt werden!

[Wien,] 20. 2. 903

Lieber Richard,
Ihnen und Hugo danke ich für das Gutachten und theile Ihnen mit, dass ich heute gegen vorherige Honorirung von 3 Auflagen mit dem Wiener Verlag abgeschlossen habe. Auch die Ausstattung wird Ihren Wünschen entsprechend ausfallen. –
Im übrigen reise ich morgen nach Berlin, *Palasthotel* woselbst ich also bis etwa 8. März zu bleiben denke.
Mein neues Stück in jetziger Fassung ist, nach theilweiser Mittheilung

an Olga und Schwarzkopf, meinem eigenen Antrag entsprechend, misbilligt und damit erledigt worden. Es ist ein siamesisches Zwilling; vielleicht hilft eine Operation, und Sie sehen, zur rechten und zur linken je einen Siam heruntersinken.
– Immerhin, – es ist eine »fertige Sach« – und somit bin ich besser gelaunt als alle diese letzten Tage ... Überdies, Frühling! Soll man daran glauben? ... Nun, genug. Ich hoffe, wir sehen uns alle, in 3 Wochen etwa, gesund wieder.

Grüßen Sie allerorten.
Herzlichst Ihr A.

Dr. Arthur Schnitzler Schleiermacher [Rodaun, 26. 3. 1903]

Lieber Arthur! Nro 12 rechts, II. Stock Burg, *Lear*, sind *wir* (Vers) Hugo mit Frau und ich mit Frau am Samstag. Vielleicht können Sie – als Gast – mitkommen? Man sieht und spricht Sie ohnehin viel zuwenig. (Für mich – und Sie.) Herzlich Ihr

Richard

[Wien,] 27./3. 903.

Mein lieber Richard,
Lear hab ich heuer schon einmal gesehen, übrigens sind fünf in einer Loge zu viel, und man hätte weder was von Shakespeare noch von einander.
Man könnte sich schon viel öfter sehen, wenn man nicht so schwerfällig wäre, was nicht nur auf Sie, sondern eigentlich viel mehr auf mich geht. Übrigens hab ich von Tag zu Tag irgend was telephonisches von Ihnen erwartet. Auch denk ich im Laufe der nächsten Woche einmal, Vormittags, vielleicht mit Olga, in Rodaun aufzutauchen.
Grüß Sie Gott und versichern Sie Hugo, dem begabten Adressenschreiber, das gleiche.

Der Ihrige, A.

1903

[Wien,] 13. 7. 903

Lieber, radeln Sie schon fleißig?

Herzlichst Ihr
A

[Wien, 23. 8. 1903]

Ich bitte Sie also Mittwoch halb eins Schopenhauergasse 37 als Beistand zu fungiren und die Sache durchaus als vertraulich zu behandeln
Herzlichst Ihr Arthur

Zeichnung RBHs (undatiert)

[Wien,] 23. 8. 903.

Lieber Richard, mein Telegr. ist eben an Sie abgegangen; ich füge brieflich den Vorschlag bei, dass Sie dann gleich bei uns in der Gentz-

gasse essen mögen. Vielleicht hat Ihre Frau am gleichen Tag etwas in Wien zu thun, und dann gilt das gleiche, ebenso herzlich, für sie. – Möchten Sie mir auch in Kürze mittheilen, wie Sie das s. Z. in Ihrem Fall mit Honoraren und Trinkgeldern (von den Taxen abgesehen) gehalten haben?
Ich verständige niemanden von dem Vorgang, ehe meine Mama wieder zurück ist der ich auch erst dann Mittheilung machen werde. Also sagen Sie bitte auch niemandem was davon. –
Meine Reise war sehr schön; das neue Hotel in Riva scheint angenehm zu sein: ich denke mit Olga Mitte September dorthin zu reisen. Vielleicht später Meran.

Herzlichst Ihr
Arthur

[Bozen, 14. 10. 1903]

Soeben mit heiligem Schauer mitangesehn wie von einem Durchreisenden ein Exemplar des »Reigen« in der Buchhandlung F. Moser (er hat noch ein zweites und drittes Ex.) gekauft wurde. Herzlichst Ihr Richard.

[Aussee,] 11 VII 04

Herzliche Grüße! Der arme Baron L.! Sigurd hat auf »Schlag treffen gespielt«! Und werden Sie gesund.

Ihr Richard

[Wien,] 28. 7. 904

Lieber Richard – ich hatte mir wirklich schon eingebildet – es könnte ein Brief sein – aber auch für den Theaterzettel mit Gruss und Spass danke ich Ihnen herzlich. Wir waren etwa 14 Tage (mit Mama) in

Reichenau, sind Samstag zurück; es war wunderschön, ich war im Naßwald und endlich sogar auf der Rax, habe etliches gearbeitet, und was meine Gesundheit anbelangt, so ist sie eigentlich kommt mir vor besser als *vor* der Gelbsucht. Nun bleiben wir wahrscheinlich (von Ausflügen von ein paar Tagen abgesehen) bis Ende August hier und fahren dann vielleicht auf 10–14 Tage nach Ischl bei welcher Gelegenheit ich Sie hoffentlich sehen und – als letzter unter den ... »Näheren« das Stück hören werde, von dem mir Salten vorgestern höchst begeistert sprach. Ich denke, Sie sind bald fertig? –
Schreiben Sie mir bald, wenn auch nur eine Zeile, auch wie es Ihnen allen geht. – Mein Balkon ist ein Luftkurort (heute übrigens beinah ein Sturmkurort).
Wir grüssen Sie Beide*) Beide**) Von Herzen

Ihr A.

*) Subjekt **) Objekt.

[Aussee, 17. 8. 1904]

Lieber Arthur! Ich freue mich:
I. Daß es Ihnen gut geht –
II. Daß wir Sie bald sehen werden.

Von Herzen Ihr
Richard

Aussee 3 / IX. 04 Morgens

Lieber Arthur! Ich bin seit gestern fertig, und habe nun nur noch mit Durchsicht, zum Theil Reinschrift einzelner Akte zu thun. Ich würde mich sehr freuen wenn Sie und Ihre Frau herüberkämen. Aber, bitte, dann für einen ganzen Tag, und kommen Sie rechtzeitig früh; 7 1/2 und 9 h gehen Züge von Ischl ab. Theilen Sie mir auch mit welche Tage den Luegern (von Lueg) gewidmet sind. Es hätte nicht viel Sinn für mich gerade an einem solchen Tag zu kommen. Ich freue mich wieder einmal mit Ihnen beisammen sein zu können, und grüße Sie von ganzem Herzen.

Richard

[Bad Ischl,] 3. 9. 904

Lieber Richard, vor allem gratulier ich Ihnen herzlich zum vollendeten Charolais. Ferner: wir fahren Montag nach Lueg und bleiben dort bis etwa Donnerstag Früh. Ich besprach heute eben mit Hugo, wie hübsch das wäre, wenn Sie auch herüber kämen. Thun Sie's doch jedenfalls. Hugo's fahren Mittwoch Abend nach Salzburg; Olga und ich würden dann von Lueg aus mit Ihnen nach Aussee fahren, wo wir etwa 2–3 Tage (Hotel Elisabeth wie man uns räth) wohnen wollen. (Unser weiteres Programm ist dann einige Tage Ischl, einige Tage Salzburg.) Jedenfalls, wenn Sie nicht selbst kommen, bitte um ein Wort Gasthof Lueg, bei St. Gilgen. Aber kommen Sie.

Herzlichst Ihr
A.

Aussee 13 / IX 04

Lieber Arthur! Wir sind beide stark erkältet und haben nun keine anderen Reisepläne als Rodaun. Vielleicht – nicht wahrscheinlich – passiren wir – wenn wir über Salzburg gehen – Lueg. – Bitte verständigen Sie mich wann Sie in Wien sind. Ich will am 18t. oder 19. zu Hause sein.
Herzliche Grüße an Sie beide.

Ihr Richard

Lueg, 14. 9. 904

Lieber Richard, eben kommt, wie ich im Begriff bin Ihnen zu telegrafiren, Ihr Brief. Wir möchten Samstag den 17. von hier nach Salzburg reisen und dort einige Tage bleiben. (Möchten diesmal versuchsweise Nelböck wohnen.) Ich schlage Ihnen nun vor, Freitag nach Lueg zu kommen und Samstag mit uns zu fahren, oder uns zu schreiben, wann Sie in Lueg durchkommen, so dass wir hier zu Ihnen einsteigen. (Der Zug, der Ischl 8.55 früh verläßt und 9.59 Lueg passirt, wäre mir der weitaus sympathischeste.) In Salzburg möcht ich bis mindestens 21.,

22. bleiben; von dort fahren wir aller Wahrscheinlichkeit direct nach Wien. Telegrafiren Sie bitte Ihre Entscheidung, ev. auch wo Sie in Salzb. zu wohnen gedenken, und ob Sie nicht vielleicht von Freitag bis Sonntag in Lueg bleiben und mir hier den Grafen von Ch. vorlesen möchten.
Für alle Fälle hoff ich sind wir noch ein paar Tage beisammen.

Herzlichst Ihr
A.

Grüße von Gasthof zu Villa.

Rodaun 30/X 04

Lieber Arthur! Ich bin seit gestern zurück. Können wir uns morgen – Montag um 7.43 in Hietzing – Ottakringer – treffen? Nicht später, da ich nicht zu spät nach Hause kommen möchte. Es wäre mir lieb morgen – schon um Ihnen ausführlich über den grünen Kakadu berichten zu können der in guten Händen ist und an dem man schon arbeitet.

Herzlichst Ihr
Richard

Bitte telegraphiren Sie oder telephoniren Sie!

[Wien,] 2.11.904

Lieber Richard, ich bekomme heute beiliegendes Telegramm. Mir sehr ärgerlich, weil auf mein Ersuchen im Volkstheater Freiwild-Première wegen meiner Berliner Première hinausgeschoben wurde und es jetzt erst recht zu einer Collision kommen dürfte. Ich nehme an, dass nun der Graf von Charolais gleich (vor Ruederer) drankommt (wobei ich allerdings noch immer nicht verstehe, weshalb er plötzlich meine Sachen nicht besetzen kann) – jedenfalls bitte ich Sie mir ein Wort zu schreiben sobald Sie aus Berlin eine Nachricht haben und mir auch dieses Telegr. zurückzuschicken.

Herzlichst Ihr
A.

Arthur Schnitzler um 1904

Rodaun 4 / XI 04.

Lieber Arthur! Bin vollständig ohne Nachricht von Berlin, werde Sie sofort verständigen, sowie ich etwas erfahre. »Verzögerung« scheint auf einen Aufschub von nur wenigen Tagen zu deuten. Hier, das Telegramm zurück.

Herzlichst Ihr
Richard

XVIII. Spoettelg. 7
8. 11. 904.

Lieber Richard, ich fahre voraussichtlich Samstag nach Berlin. Soll ich Ihnen dort irgendwas besorgen, so schreiben Sie mir ein Wort. Meine »Première« soll am 19. sein. –
– Hörte von dem echt jüdischen Vorgehen Ihres Hausherrn. Immerhin wäre es eine »fertige Sach« –.
Wie gehts Ihnen denn? Ich kann die Bemerkung nicht unterdrücken, dass es mir lieb wäre, wenn wir nicht so weit von einander wohnten. –
Herzlichst Ihr A.

Noch Rodaun 9. / XI. 04

Lieber Arthur! Ich bin selbstverständlich ohne jede Nachricht von Berlin. Werde morgen telegraphiren. Wenn erfolglos, werde ich Alles auf Ihre Schultern laden. Jedenfalls:
1) Wann fahren Sie – Samstag? (Stunde Bahnhof)
2.) Wo wohnen Sie in Berlin?
Mein Hausherr? »Arisch« »Bodenständig« »Deutsche Biederkeit« »Ehrliches Bürgerthum« »Gerader deutscher Sinn« »Abhold jeder Tücke« »Germanische Treue«. Sie – die Selcherin – hat einen Hausaltar – und die Kinder kommen nach Kalksburg.

Herzlichst Ihr
Richard

[Wien, 10. 11. 1904]

Meine Absicht: Samstag Abend Nord-Bahn (glaube 10 Uhr) abreisen, Bristol wohnen.

Herzlichst Ihr
A.

Rodaun 12 / XI 04

Lieber Arthur! Nach einer Berliner Zeitungsnotiz ist die Première von Ruederer am 15. Nov. – dann komme ich daran. Reinhardt grüssen Sie von mir und sagen Sie ihm daß ich ein Telegramm von ihm erwarte – es kann auch ein Brief sein – um abzureisen. Vielleicht auch die Nachricht ob ich »Bristol« oder »Carleton« (schreibt man das so?) wohnen soll. »Carleton« soll ganz neu, sehr gut, und noch näher v. Theater gelegen sein, und Reinhardt sagte, er würde es dieser Tage mit »Carleton« versuchen. *Moissi* behandeln Sie möglichst streng, arbeiten Sie persönlich – mit ihm – was Sie Ihrem »Henri« tun, tun Sie meinem »Philipp«. Kerr, Bie, Heimann – ausdrückliche Grüße – außerdem Grüsse à discretion – zum verteilen. Und schreiben Sie – zwei Zeilen – 2 – aus Berlin.

Herzlichst Ihr
Richard

[Berlin,] 15/11 904

Lieber Richard, Telegramm haben Sie wohl vom Theater aus bekommen: Freitag Samstag Arrangirprobe. Meine Première Dinstag; ich liess es Ihnen auch telegrafiren weil Sie am Ende, wenn es bei Freitag geblieben wäre, um einen Tag früher gekommen wären. – Carlton Hotel soll, wie mir Reinhardt, der dort wohnt, sagt, nichts rechtes sein; räth es Ihnen nicht.
Ich wohne Bristol, es befriedigt mich von allen Berliner Hotels doch am meisten. Hoffentlich auf Wiedersehen.
Moissi, den ich gestern zum ersten Mal im Kakadu proben sah, *eins der augenfälligsten Talente*, das mir in der letzten Zeit untergekommen ist. Als Henri kann er übrigens seine Fehler zu Tugenden ausnützen (was übrigens auch ein Talent ist). Für den Filipp dürfte ihm wohl das wie soll ich sagen Höfische fehlen; aber er ist sehr lenksam, und das absolute seiner Begabung innerhalb des hier (und anderswo) grassirenden Mittelmaßes müßte jedem Vernünftigen wohlthun. Seine Aussprache ist ja sehr fremdartig – aber sobald man sie gewöhnt, wirkt sie (auf mich wenigstens) beinah als ein Reiz mehr. Natürlich ist es denkbar, dass ihn das Publikum anfangs auslacht. Mit diesem Trost will ich schließen. Ihr A.

Wien, 28. 11. 904

Lieber Richard,
ich bitte Sie sehr Reinhardt nochmals in meinem Namen dringend zu ersuchen, er möge, ob nun Delorme freigegeben wird oder ob es

definitiv verboten wird, *absolut nichts* in die Zeitung geben und überhaupt *nichts verfügen*, ohne sich vorher mit mir in Verbindung zu setzen. –
Gern würde ich Ihre Meinung wissen, ob Sie es nicht auch für opportun hielten, selbst im Fall eines Erlaubtwerdens, die ev. Aufführung hinauszuschieben. An dieser Überfracht von unfreiwilliger Reclame und gespannten Erwartungen müsste meiner Empfindung nach auch ein stärkeres Stück zu Grunde gehen.
Theilen Sie mir mit wie es Ihnen und Ihren Proben geht, grüßen Sie mit mehrerem oder minderem Empressement. Alles gute an Reinhardt und noch etwas mehr an Sie.

Herzlichst Ihr
A.

[Wien, 23. 12. 1904]

dieser wunsch sei meinem freund geweiht dass in seinem sehr geliebten werke jeder alle weichheit alle staerke einer ungebrochenen menschlichkeit keiner den beruehmten bruch bemerke = arthur

[München, 10. 2. 1905]

Zur Première gehen weder Paula noch ich. Die Generalprobe war zu schön .. [»Das kleine Pferd«] ist kein Hoftheatermitglied. Richard

[Wien,] 23. 3 905

Lieber Richard, ich höre dass Sie krank waren, bitte um ein Wort, wie's Ihnen geht. Ferner hör ich und weiss ich dass Sie täglich in Wien sind und Wohnungen ansehen. Da Sie ja in unsrer Gegend suchen dürften, könnten Sie wirklich einmal mit Paula bei uns speisen.

Vielleicht nächste Woche. Oder mit uns bei meiner Mama. Nicht das Speisen ist mir übrigens die Hauptsache.
– Die Reise war sehr schön; die See beinah immer vollkommen still. Schreiben Sie mir ein Wort.

Herzlichst Ihr
A.

[Wien, 8. 5. 1905]

Gratulire von Herzen zum Schillerpreis freuten uns sehr möchte zur Charolaispremière zwei Sitze möglichst erste Reihe bitte Nachricht wann wo abholbar viele Grüsse von Haus zu Haus

Ihr Arthur

Wien, 9. 5. 905

Lieber Richard, heute erst erfahre ich dass Ihr Onkel gestorben ist. Meine herzlichste Theilnahme! Und hoffentlich auf sehr baldiges Wiedersehn.

Ihr
Arthur.

[Wien,] 23. 5. 905

Lieber Richard, ich bestätige den unerwarteten Empfang des Frischschen Buches; – bedeutet das vielleicht den Anfang der Übersiedlung? Haben Sie den Grund schon gekauft? Könnte man sich nicht wieder einmal, in Ruhe, sehen? Sprechen? Ihre Sommerpläne? Wir auf 3–4 Wochen Reichenau; mehr dürfte nicht herauskommen. –
Zum Charolais (nicht gerade zur Aufführung, in der ich nur Kayssler und Reinhardt hervorragend fand, – zunächst: Hartau) kann ich Sie immer wieder nur beglückwünschen. Gewisse Einwendungen bleiben bestehen; meine Liebe zu dem Werk erhöht und vertieft sich. Herzlichst Ihr

A.

Rodaun 25 / V 05

Lieber! Es bedeutet den Anfang. Sie haben es errathen. Ich *glaube*, Ende dieser Woche wird der Grund gekauft werden. Sommerpläne? Ich habe keine, ausser – so hoffe ich – Lido im September. Augenblicklich viel Unruhe – wir haben die arme alte Tante zu uns herausgenommen.
Ihre lieben Worte habe ich gut brauchen können, nach all dem Widerlichen und Lügenhaften das ich zu hören bekam. Immer wieder die Legende von meiner »zwölfjährigen« Arbeit, und immer wieder bei allen »Schule«, »Schüler«! Und *diese* Aufführung. Ihre Berechtigung war die Exaktheit der vier ersten Akte, der letzte wurde immer verschleppt. Und durch Neubesetzungen ging die Exaktheit verloren, auch durch Schlamperei. Blieben die Einzelleistungen!
Ich komme sehr bald zu Ihnen. Wir sehen dann zusammen den Grund an, sobald er mir gehört. Sehen Sie ihn dann mit dem selben gütigen Blick an, mit dem Sie seit so vielen Jahren alles ansahen was in jedem Sinne mein Eigen war. Ihr Richard

Wien 26. 5. 905

Lieber Richard, eigentlich hab ich mir gedacht, dass das viele Unverständige und Perfide, das sie nun lesen mußten (mußten?), Sie kühler gelassen hätte – aber es scheint wirklich: auf etwas gefasst sein hilft uns immer nur so lange als es nicht da ist. Mir war am zuwidersten Polgar, der mir nebstbei Talent zu haben scheint und gut schreibt, – und der sich zum Schluss, in seiner Sehnsucht nach dem gemeinen Kerl, so anmutig verräth. Er hat doch bisher so selten vergeblich gelechzt; – man dürfte ihm sagen: Warum in die Ferne schweifen? Ach das Gemeine liegt so nah. Auch er gehört übrigens zu denjenigen, denen man doch einmal Zeit gönnen sollte – meinetwegen 12 Jahre, damit sie ungestört ihren Grafen von Charolais oder auch nur die 10 schönen Verse dichten können – dann würde man doch sehen, was herauskommt ... mit Bildung und Fleiß und Willen ....
– Was mich nicht hindert, mich dem Wunsche mancher andrer anzuschließen, dass Sie bald was neues anfangen –; wohl aus andern Motiven wünsch ich das, als die manchen andern; aber ich wünsch es sehr. Vor allem darum weil Sie dann die Empfindung hätten, dass die

Leute, die über den Dichter des Charolais schreiben, eigentlich nicht mehr über Sie, sondern über einen andern schreiben, und es ist Einem, ich versichre Sie, ziemlich gleichgiltig, – was die Leute über einen andern schreiben.
– Heute erst hab ich wieder Ihren Grund bewundert. Frl. Erl, die mit uns war, sagte: Wieso ist er ihm noch nicht weggekauft worden? – Kommen Sie bald, vielleicht zu Tisch? Ich dictire jetzt manchmal Nachmittag also wärs mir lieb, wenn ich früher von Ihrem Kommen unterrichtet wäre. – Vormittag spielen wir 3mal Tennis, was mir enorm viel Vergnügen macht. Müssen Sie auch, sobald sie Währinger geworden sind.
Wir grüßen Sie beide und die Kinder. Olga war von Ihrem Brief so ergriffen, dass sie eine Thräne im Augenwinkel hatte. Ich sage nichts als: dos is e Dichter. Aber ich hab mich sehr gefreut. Warum »aber«?

Herzlichst Ihr
A.

[Fulpmes, Mitte August 1905]

Lieber Arthur! Wir sind da oben. In Kärnten fand ich keine Unterkunft. Dort – wie im Pusterthal alles furchtbar überfüllt, so dass ich froh war hier unterzukommen. Das Hôtel ist erst voriges Jahr eröffnet worden, noch nicht sehr bekannt und daher halbleer.
Wassermann, S. Fischer, Bella Wengerow, Schwester, Mutter, und Dr. Kaufmann sind hier. Paula hat kein Behagen an den kühlen Abenden und auch sonst an der Gegend – der Wald ist für sie – augenblicklich – zu weit vom Hôtel. Ich will also am 21. oder 22. von hier weg, und über Bozen, eventuell Gardasee, an den Lido. Hoffentlich tut ihr der Aufenthalt dort gut. Sie ist *sehr* blutleer, und hat recht miserable Nerven. Das Stück von Bahr blieb in Rodaun liegen, weil in Folge der Aufschrift »Eisenstein« nur Bücher darin vermutet wurden, mit denen es nicht eilig sei; ich lasse es mir heute nachschicken. Bitte sind Sie so gut und fügen Sie auf beiliegendem Brief die Adresse hinzu. Wer »A« sagt – –!
Hier hat sich das Gerücht verbreitet, Sie hätten dem Hugo zwei wunderschöne Stücke vorgelesen. Ich freue mich sehr im Oktober mehr davon zu erfahren. Von mir will ich nichts schreiben, ich ziehe es vor Ihnen mündlich vorzujammern – obgleich Sie mir dann bei physischen Dingen versichern werden Sie hätten dies alles seit Jahren.

Schreiben Sie mir, bitte, immer wo Sie sind – ich will es auch tun. Die Möglichkeit soll uns doch bleiben, uns etwas zu sagen. Viele Grüsse an Ihre Frau von mir und Paula.

Von Herzen Ihr
Richard

Bitte entschuldigen Sie mich gelegentlich bei Ihrer Schwägerin, und Steinrück. Ich hatte vor der Abreise zuviel zu besorgen. R.

Wien 14. 9. 905

Lieber Richard, ich habe erwartet, eine Nachricht von Ihnen zu bekommen, wenn Sie irgendwo gelandet sind, und da ich nicht weiss, ob Sie schon, noch, überhaupt am Lido sind und in welchem Hotel, richte ich diese Zeilen an Ihre Rodauner Adresse. Der Brief an Mir. Horwitz ist längst besorgt, übrigens kommt Adressatin morgen hier an (mit dem Roland von Berlin, was kein Liebhaber, sondern ein Cabaret ist). Ob und wann ich in diesem Herbst noch wegkomme, ist ungewiss, da ich wahrscheinlich sehr bald Burgtheaterproben haben dürfte. (Sie haben wohl gelesen; näheres mündlich, die Sache ist mir höchst angenehm; Schl. hatte sich über Brahm an mich gewandt.) Auch mit dem zweiten Stück, das zur Zeit der Vorlesung im 3. Akt noch höchst unsicher war, bin ich jetzt glaub ich leidlich fertig – oder kau nur immer wieder, was aufs gleiche herauskommt. – Wahrscheinlich kriegt auch das zweite der Brahm; mit Reinhardt und den Seinen ist einfach nicht zu verhandeln. Sie depeschiren einem von Briefen, die auf dem Wege sind – und die nie geschrieben wurden – und das ist noch nicht das ärgste. Auch darüber mündlich.
Sagen Sie mir doch ein Wort, wo Sie sind, wie lang Sie bleiben, wann Sie kommen, wie es Paula geht und den Kindern. Wir spielen täglich Tennis, und bald hoff ich wieder in ein geordnetes Arbeiten zu gerathen. Olga, die Sie alle herzlich grüßt, ist sehr wohl, Heinrich desgleichen – schreiben Sie bitte!

Von Herzen Ihr
A.

[Rodaun, 7. 10. 1905] Samstag

Lieber Arthur! Eine ganze Fülle widriger Dinge (Jammern mündlich) hat mich abgehalten Sie bis jetzt aufzusuchen. So warte ich bis nach der Première, da Sie wol jetzt in den Proben stecken. Hugo sagt mir wegen der Sitze. Wenn es geht, möchte ich am liebsten erste Reihe rechts – (2 Sitze) haben. Wenn nicht – so gute Sitze als Sie bekommen.

Von Herzen Ihr
Richard

[Wien,] 7. 10. 905

Lieber Richard, warum so spät? Hugo hat mir nur wegen Sitzen für sich, und nicht Ihretwegen geschrieben. Ich mußte meine Wünsche bis heut Mittags 1 an Rosenbaum mittheilen. Sitze werd ich nun kaum mehr für Sie kriegen können, vielleicht aber krieg ich eine 2. Stock Loge, wär Ihnen damit gedient? Jedenfalls erfahr ich erst Dinstag woran ich bin.

Herzlichst Ihr
A.

[Wien,] 30. 1. 906

Lieber Richard,
dieser Tage hab ich die Bühnenexemplare des »Ruf« bekommen, hier ist eines, bitte sagen Sie niemandem, dass ich Ihnen eins geschickt habe, es wollen zu viele Leute eins haben.
Es wär denkbar, dass ich Samstag auf ein paar Tage (Arrangirproben, Brahm's 50. Geburtstag) nach Berlin fahre; dann will ich wieder zurück (hoffentlich), und am 17. komm ich mit Olga hin, zur Première am 24. –
Wie gehts Ihnen? Und Paula? Und den Kindern?

Herzlichst, mit Grüßen von uns beiden
Ihr
A.

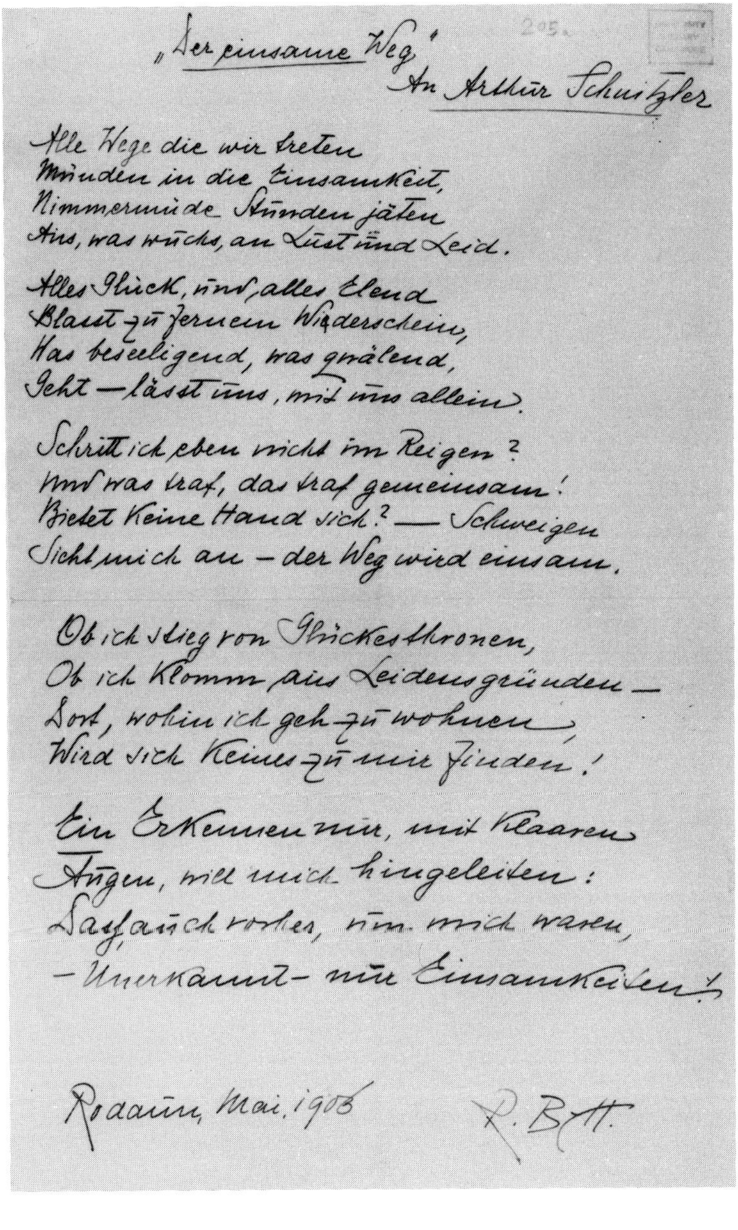

„Der einsame Weg"
An Arthur Schnitzler

Alle Wege die wir treten
Münden in die Einsamkeit,
Nimmermüde Stunden jäten
Aus, was wuchs, an Lust und Leid.

Alles Glück, und alles Elend
Blasst zu fernem Widerschein,
Was beseligend, was quälend,
Geht — lässt uns, mit uns allein.

Schritt ich eben nicht im Reigen?
Und was traf, das traf gemeinsam!
Bietet keine Hand sich? — Schweigen
Sieht mich an — der Weg wird einsam.

Ob ich stieg von Glückesthronen,
Ob ich klomm aus Leidensgründen —
Dort, wohin ich geh zu wohnen,
Wird sich keines zu mir finden!

Ein Erkennen nur, mit klaaren
Augen, will mich hingeleiten:
Dass auch vorher, um mich waren,
— Unerkannt — nur Einsamkeiten!

Rodaun, Mai. 1906 R. B-H.

RBH an AS, Mai 1906

»Der einsame Weg«
An *Arthur Schnitzler*

Alle Wege die wir treten
Münden in die Einsamkeit,
Nimmermüde Stunden jäten
Aus, was wuchs, an Lust und Leid.

Alles Glück, und alles Elend
Blasst zu fernem Widerschein.
Was beseeligend, was quälend,
Geht – lässt uns, mit uns allein.

Schritt ich eben nicht im Reigen?
Und was traf, das traf gemeinsam!
Bietet keine Hand sich? – Schweigen
Sieht mich an – der Weg wird einsam.

Ob ich stieg von Glückesthronen,
Ob ich klomm aus Leidensgründen –
Dort – wohin ich geh zu wohnen,
Wird sich keines zu mir finden!

Ein Erkennen nur, mit klaaren
Augen, will mich hingeleiten:
Dass, auch vorher, um mich waren,
– Unerkannt – nur Einsamkeiten!

Rodaun, Mai, 1906 R. B-H.

Marienlyst, Kurhaus, 3 / 7. 906

Wunderschön hier. Dürften längre Zeit bleiben. Habe gestern Brandes besucht, der im Commune Hospital wieder mit seiner Venenentzündung krank liegt aber frisch ist wie je. Lassen Sie von sich und den Ihren hören. Herzlichst,

Ihr A. *O. S.*

Charolais wird im Herbst in Kopenhagen aufgeführt.

[Heiligenkreuz,] 13 / VII 06

»Lang ist es her«
spielt ein Kind
auf dem verstimmten Klavier
»Es ist ein alter Klimperkasten
wahrscheinlich war er's damals schon!«

Richard

[Helsingfors, 17. 7. 1906]

Ihre Heiligenkreuzerkarte bekommen. Herzlichen Dank und Gruss. Wohin gehn Sie? Oder bleiben Sie? Wir dürften noch 3 Wochen hier verweilen; ich arbeite. Sind mit Natur, Kunst und Küche sehr zufrieden. Heini zeichnet täglich einen Block voll. Lassen Sie was von sich hören. Eine Karte, auf der die Hälfte von mir ist, genügt mir nicht. Herzlichst Ihr A.

Viele Grüße von uns allen an Sie alle.

Das Haus der Beer-Hofmanns in Währing

[Semmering,] 14. 11. 906

Grüaß Gott! Ihr liabn Nachbarsleutln!
»D'r Turl« *»D'Olga«*

Is Ihnen scho besser? –

A.

Ich brauche wohl nicht zu bemerken, dass dieser A. mir alle Hendln wegisst. Herzlichen Gruss jedennoch. Brahm.

[Wien,] 20/2 907

Lieber Richard, erlauben Sie mir Ihnen Herrn Dr. Feuchtwang vorzustellen, resp. ihn Ihnen in Erinnerung zu bringen.

Herzlich grüßt
Ihr Arthur

Welsberg-Waldbrunn,
14. 7. 907

Mein lieber Richard,
eben lese ich in der Zeit die Anzeige vom Tod Ihres Vaters. Gerade um die Stunde, da ich Ihnen diese Zeilen schreibe, wird er zu Grabe getragen. Im Herzen bin ich bei Ihnen und drücke Ihnen die Hand, so wie Sie wissen.
Sie haben meine Karten wohl erhalten. Hier in Welsberg Waldbrunn denken wir möglichst lange zu bleiben, bis Mitte, vielleicht Ende August. Heini ist mit uns. Später wollen wir, Olga und ich, südlicher, Meran vielleicht. Ich hoffe sehr, dass der Sommer nicht zu Ende geht, ohne dass wir einander in schöner Landschaft begegnen. Lassen Sie bald, sehr bald von sich hören, wär es auch nur ein paar Zeilen. Von Olga an Sie, Paula, die Kinder, ebenso wie von mir, alles Herzliche, Theilnehmende, Gute.

Ihr
Arthur.

Maria-Schutz 26. / VII. 07.

Lieber Arthur! Ihren lieben Brief vom 14. habe ich erhalten. Am 4. Abends sind wir hier angekommen, am 6. bin ich nach Wien zurück, am 7. wieder hieher um Paula zu holen, und von 8. an bis zum 11. waren [wir] wieder in Wien, die letzten zwei Tage davon in Purkersdorf. Ich habe für lange, ich glaube für sehr lange, einen recht bittern Geschmack im Munde.
Wir bleiben bis 3. / VIII. hier, gehen dann nach Wien. Zwischen 14. und 19. August wollen wir nach Villach, um an irgendeinem Kärtnersee für 8 Tage unterzukommen. Dann Südtirol, womöglich Gardasee. Waren Sie im Lido-Hôtel in Riva zufrieden? Und hat das Hôtel eine wirkliche Bade*anstalt*? Mit Schwimmeister? Ist vielleicht Hôtel du Lac (Witzmann) zu empfehlen? oder Torbole? Da Sie Ende August in Bozens Umgebung sein wollen, so rechne ich damit Sie um diese Zeit irgendwo sehen zu können. Ich würde mich sehr freuen. Ich glaube, es wird ganz leicht gehen, wenn Sie mich rechtzeitig verständigen. Von Kärnten nach Bozen *möchte* ich über die neue Dolomitenstrasse. Ich grüsse Sie, Olga und Heini herzlichst. Paula tut dasselbe.

Ihr
Richard

[Waldbrunn,] 29. 7. [190]7

Lieber Richard,
im Lidohotel, Riva, war ich ein oder zwei Tage, vor 4 Jahren. Ende August, mit Goldmann; es war ein comfortables, sogar elegantes Hotel, das Essen damals mäßig; eine Badeanstalt wenn ich mich recht erinnere im Park. Würde wohl wieder dort absteigen. Gerühmt wurde mir s. Z. (weiß nicht mehr von wem) »Hotel Riva«. Hotel du lac kenn ich nicht. Torbole kenn ich nur ausflugs- nicht aufenthaltsweise.
Auch wir haben Dolomitenstraßenpläne, Pordoi, Karersee – wollen in Meran einige Zeit verweilen, vielleicht auch am Gardasee. Vielleicht fügt es sich, dass wir zusammen paßwandern? Wir sind hier (denk ich) bis nach dem 20.–25. etwa – wenn Sie von Ihrem Kärthnersee kommen, könnten Sie hier, in Welsberg ein paar Tage Station machen; vielleicht daß wir gemeinsam aufbrechen, südwärts –?
Hugo's waren 10 Tage da, wie Sie schon wissen; es sind wirklich schattenlos angenehme gewesen. – Wir fühlen uns alle hier recht

wohl; ich arbeite nicht unfleißig und hoffe mit dem Roman, eh wir von hier abfahren, recht, sehr weit zu gedeihen. Waldspaziergänge lassen sich täglich neue entdecken; das Essen ist gut, mein Zimmer ein von mir längst gesuchtes Ideal; Balkon, Blick ins Freie, vom Hotel nichts zu sehn (so vorgebaut); die Gesellschaft indifferent, da man sich absolut nicht umeinander kümmert.
Lassen Sie sehr bald von sich hören; dass wir Hoffnung haben, Sie beide unter[m] Reisehimmel, und wenn sich alles gut fügt, für nicht gar zu kurze Zeit wiederzusehen, freut uns riesig.
Von Herzen, mit Grüßen von Höhe zu Höhe, Haus zu Haus

Ihr
Arthur

Maria Schutz 30. / VII 07.

Lieber Arthur! Zwischen 14. und 19. August wollen wir von Wien abreisen, das ergibt, mit der Woche Kärnten, ein Passiren des Pustertales zwischen 23.–28. August.
Wir sind aber müde, verprügelt, keine übermässig heitere Gesellschaft, und ich glaube nur mit Vorsicht zu gebrauchen wenn wir nicht wider unsern Willen andere verstimmen sollen.
Freilich hoffe ich auf bessere Tage; wenn noch ein wenig Elastisches in uns ist, müssen wir wol nach so vieler Depression doch irgendeinmal wieder aufschnellen. Einen Brief an Hugo habe ich dieser Tage nach Waldbrunn geschickt; fragen Sie, bitte, gelegentlich nach, ob er nachgeschickt wurde.
Sie verständigen mich von Ihren Reise- oder Abreiseplänen?

Herzlichst Ihr
Richard

An Frau Olga von uns Beiden herzliche Grüsse.

[Waldbrunn,] 19. 8. 907

Lieber Richard; wir bleiben hier bis 26. (27., 28.?). (Donnerstag kommt vielleicht Goldmann.) Dann Dolomitenstraße (wahrscheinlich Grödner Thal – Grödner Joch – Pordoj – Vigo – Karersee, – Bozen). Dann

Meran, eventuell Gardasee, zurück zwischen 5. und 10., mit event. Aufenthalt (Innsbruck, Salzburg). Auf Wiedersehen hoffentlich.

Herzlichst Ihr

A.

Schreiben Sie ein Wort! Viel Grüße über die Lande.

Velden 23 / VIII 07

Lieber Arthur! Ihre Karte vom 19. erhalte ich heute nachgeschickt – nach Villach, wo ich bis heute Früh war. Wir sind am 20. von Wien weg, haben Veld*es* angesehen, dann doch aber hier – bei Wahliss – Wohnung genommen. Wollen hier acht Tage ungefähr bleiben, wenn uns kühles Wetter nicht vorher südlich treibt. Dann – bei schönem Wetter über ein Stück der Dolomitenstrasse nach Bozen – schliesslich Lido – bei kühlem Wetter direkt an den Lido! Immerhin ist ziemliche Wahrscheinlichkeit vorhanden dass wir zwischen 2. – und 5. September in Bozen oder Bozens Nähe sind.
Wenn Sie gelegentlich Ihren Aufenthalt mir melden, eventuell auch mir sagen wohin ich restante Briefe oder Telegramme richten soll, können wir uns vielleicht doch treffen – was sehr schön wäre.
Wenn Sie Goldmann sehen, sagen Sie ihm, bitte, dass ich ihm sehr für seine lieben Zeilen danke, dass ich ihm als Mamroth starb, nicht schrieb, weil ich um diese Zeit den Kopf mit der beabsichtigten Operation an Papa – die dann unterblieb – voll hatte, und ruhigere Tage abwarten wollte um ihm zu schreiben. Ich will mich aber nie mehr selbst auf »ruhige« oder »ruhigere« Tage vertrösten, ich entdecke – vielleicht ein bischen zu spät – daß es keine gibt, – nie gibt, für Leute wie ich *bin!* zumindest nicht.
Geht Goldmann mit Ihnen dann sagen Sie mir wie lange er mit Ihnen bleibt, vielleicht kann ich es (wenn es sich nur um 1–2 Tage handelt) so einrichten, daß ich ihn noch treffe. Geht er aber Wienwärts, so liegen wir an seiner Route und erwarten ein Telegramm »*Wahliss – Velden*« wann er hieher kommt. Alles Herzliche Ihnen und Frau Olga.

Ihr Richard

Welsb.-Waldbr. 25. 8 907

Lieber Richard,
wir fahren morgen 26. von hier fort. (Heini direct nach Wien.) Olga und ich (höchstwahrscheinlich) Waidbruck, übernachten. Dann

durchs Grödner Thal, Grödnerjoch, Corvare – Arabba – Pordoj – Vigo – Karersee – Bozen. Manches zu Fuss, manches zu Wagen; Modificationen nicht ausgeschlossen. Höchstwahrscheinlich Samstag oder Sonntag sind wir in Bozen, wollen aber von dort direct nach Meran weiter, um dort, in dem uns lebhaft empfohlenen parkumgebenen Palasthotel etwa 8 Tage zu bleiben. Dann wohl (vielleicht mit Aufenthalt in Bozen (Mendel) – Innsbruck (Theodorich) – Salzburg (Salzburg)) nach Wien. –
Ein Telegramm Donnerstag Karersee post. rest. hat Chance uns zu erreichen. Vielleicht entschließen Sie sich auch zu Meran. Gardasee werden wir diesmal (diesmal ...!) wohl nicht mitnehmen. In dem Karerseetelegr. vermerken Sie vielleicht, wenns geht, wo Sie Samstag und Sonntag telegr. zu erreichen sind. –
Goldmann ist mit Mutter in Gossensass verblieben, wie er mir auf mündl. Weg ausrichten liess. –
Leben Sie wohl, seien Sie alle gegrüßt und lassen Sie mich hoffen, dass wir einander bald wiedersehen.

Herzlichst Ihr
A.

Velden 29 / VIII 07

Lieber Arthur! Wir haben überlegt: Es wäre mit drei Kindern und der Christine – (6 in einem Wagen) nicht schön 4 Tage im Wagen bis Bozen zu fahren. Auch für das täglich Aus- und Einpacken – täglich wo anders übernachten – sind bessere Nerven nötig, als Paula augenblicklich hat. Sie hat nur den Wunsch viel zu schlafen, ruhig zu sitzen, und in sehr heisser Sonne zu braten. So drängt Alles nach dem Lido, den wir in nicht ganz sieben Stunden von hier erreichen können. Ich reise also Samstag hier ab – bin es – wenn Sie dies lesen hoffentlich schon – übernachte in Villach und fahre Sonntag Früh nach Venedig, – vorläufig Bauer-Grünwald, bis wir Zimmer auf dem Lido bekommen. So werde ich Sie erst wieder in Wien sehen, ausser Sie wählen den Rückweg über Venedig – was ja auch einiges für sich hätte. Im Herbst erhoffe ich mir ein paar schöne Tage mit Spaziergängen mit Ihnen – hier folgt eine Schilderung Wiens im Herbst – von Ihnen besser besorgt als von mir. Von Herzen

Ihr Richard.

Grüsse an Frau Olga von Paula und mir

[September 1907]

Auf das Feuilleton von Berger über Arthur.

Wie das Schicksal es auch füge, –
Alfred kann nichts mehr passieren!
Wahrheit mischt er hold mit Lüge –
Schreibt Kritik mit Hintertüren.

Vorn ist's eine Ruhmespforte
Hinten wirds ein Hochgericht,
Rückversichert sind die Worte –
Alles sagt er – und sagt's nicht!

Wird es eine Ehrenkette?
Flicht er Ihnen einen Strick?
Selber weiss er's nicht – ich wette –
Dieser Janus der Kritik.

Doch im ganzen, ungefährlich
wird die Sache – wie mir scheint –
Danken Sie ihm nur *so* ehrlich,
Als er's selbst mit Ihnen meint.

Alfreds Lob, und Alfreds Tadel
Rührt Sie ja nicht! – Gott sei Dank!
– Doch – welch hoher Seelenadel,
Spricht aus Alfreds Lotterbank!

R. B-H.

[Wien,] 10. X. 907

Lieber Richard,
Bahr bittet mich Ihnen sein Stück zu schicken. Hier ist es. Herzlichst

Ihr

A.

Burckhard liegt bei Loew, mit einer (durch Hajek endlich gestillten) schweren Nasenblutung. Ich geh jetzt hin

[Wien, 10. 10. 1907]

Lieber Richard, was ich Ihnen heute hinsichtlich Hofr. B. schrieb, niemandem sagen, er bat mich eben darum

Herzlich
Ihr
A.

Einladung RBHs,
19. Oktober 1907

[Wien,] 19 / X 07

Lieber Arthur! Wollen Sie heute Abends – anstatt [Fledermaus] und [Altenberg] – – das höchste!! [–] bei uns essen? (Leo kommt auch) um halbacht?
Es wäre sehr schön. Herzlich

Richard

[Wien,] 6/12 907

Lieber Richard,
Olga liegt mit ihrer Halsentzündung – so ist also morgen nichts. Ich erwarte Ihre Entscheidung ob Sie Sonntag oder Montag 1/2 6 kommen.

Herzlichst Ihr
Arthur

[Wien, 7. 12. 1907]

Lieber Arthur! Montag um halbsechs – wenn es Ihnen so recht ist. Bitte sagen Sie dem Mädchen das die Karte bringt, wie es Frau Olga geht.

Herzlichst
R

[Wien,] 7/12 907

Lieber Richard – Olga gehts nicht gut; Verdacht auf Scharlach (Hände mit Lysoform gewaschen, eh ich diesen Brief schrieb). Also Montag nicht.

Von Herzen
Ihr
Arthur

[Wien, 11. 12. 1907] Mittwoch

Lieber Arthur! Paula hat vorgestern bei Ihrer Mama angefragt und – (allerdings nicht direkt durch Ihre Mama) erfahren, dass es ein leichter Scharlachfall ist, und daß das Fieber zurückgeht. Heute habe ich telephonisch mit Ihrer Mama selbst gesprochen, und erfahren daß *Sie* selbst beunruhigt sind weil trotz des Zurückgehens des Fiebers noch immer Deliriren vorhanden ist. Ihre Mama versichert mich, daß der behandelnde Arzt erklärt hat, daß trotz dieser unangenehmen Begleiterscheinung *kein* Anlass zu Besorgnis ist. Ich schreibe Ihnen dies

Alles, weil ich nicht weiss ob Sie dem Arzt glauben. *Mir* gegenüber ist kein Grund zum Schönfärben vorhanden. Ich wünsche vor Allem von ganzem Herzen daß es bald und rasch besser geht, dann daß Sie sich nicht in nutzlosem Schwarzsehen verzehren. Ich weiss ich weiss – ich habe leicht reden – aber vielleicht beruhigt es Sie doch ein *ganz klein* wenig, daß man mir den Krankheitsverlauf, als unangenehm, – als überflüssig complicirt – aber *nicht* als gefährlich dargestellt hat.
Nur darum schreib ich Ihnen, und weil ich denke, daß mitten unter Wichtigerem, dies kleine unwichtige – dass ich und Paula oft im Tage an Sie Beide denken, und starke und gute Wünsche für Sie im Herzen haben – weil es vielleicht doch für eine Sekunde Ihnen angenehm sein könnte.

Von Herzen wie immer
Ihr Richard

[Wien, 17. 1. 1908] Freitag

Lieber Arthur! Ich freue mich von ganzem Herzen – besonders nach dem letzten Gespräch das wir hierüber hatten. Ob Minors Motivirung eine Perfidie, oder ein ungeschicktes Compliment war, wird sich kaum feststellen lassen.
Auch die N. Fr. Pr. war wieder einmal recht herzig.
Bitte lassen Sie doch von sich hören – hören, wörtlich genommen – ich kann nichts dazutun. Naëmah, Bubi haben Influenza gehabt, sind noch zu Bett, wir Andern noch nicht. Herzlichst

Ihr Richard

[Semmering,] 13. 2. 908

Es ist jetzt so schön hier, dass ichs Ihnen doch noch einmal sagen muss. Wir bleiben noch etwa 8 Tage. Niemand mehr da (außer Grethe Kainz). Entschließen Sie sich und kommen Sie mit Paula.

Herzlichst Ihr Arthur

Es ist unglaublich schön, ich möchte gar nicht nach Hause kommen. Ihr seid Euch sehr im Licht, wenn Ihr nicht kommt. (Strahlendes Sonnenlicht.)
Herzlichste Grüsse, Olga.

[Semmering,] 18. 2. [1908]

Lieber Richard, wir wollen Donnerstag in Wien sein. Schade dass Sie nicht heraufgekommen sind. Ich bitte Sie dringend, lesen Sie nun nicht am Ende den »Weg« in Fortsetzungen weiter, sondern warten auf das Buch.

Herzlichst Ihr
A.

Bleistiftzeichnung von RBH, 28. April 1908

[Garmisch,] 11. 5. 08

Wir sind im Autonachtmobilkastl von München hieher gefahren und grüßen herzlichst!

Ihr Arthur
Olga.

Lido Hôtel des Bains [August? 1908]

Lieber Arthur! Ich war still, da ich nicht jammern wollte. Paula hatte Hals- und Rippenfellentzündung. Wir wollen nach 15. hier weg, über Südtirol nach Hause. Hoffentlich schickt man die Karte Ihnen nach. Wir grüssen Sie Beide herzlich.

Richard

[Wien,] 16. 9. 08

Lieber Richard, gestern hab ich auf dem Umweg über Aussee – wo es Dr. Rudi Kaufmann der Agnes Speyer erzählt hat, vernommen, dass man Paula von der überstandenen Krankheit überhaupt nichts mehr ansieht – so darf man also hoffen, dass alle Jammergründe verschwunden sind. Ihre Karte, aus Seis nachgeschickt, fand ich vorgestern Montag früh bei unsrer Ankunft aus München vor. Haben Sie unsere Karte aus Martino bekommen? – Wir sind mit dem Auto – einem Postauto, also keinem Nachkastl von Bozen hin und wieder zurückgefahren. In München war das interessanteste, was wir gesehen haben, die Faust Inscenirung von Erler im Künstlerischen Theater. Auch das Zwischenspiel hab ich erlebt, im Residenztheater, aber es ist mir schon besser. Von meinem Roman kommt eben die 14.–20. Auflage. Ich werde trotzdem nicht irre an ihm ... Angefangen habe ich manches in Seis; darüber mündlich. Wann kommen Sie –? Ich schicke den Brief an Ihre Wiener Adresse, da Sie schon am 15. Venedig verlassen. Ich wünsche von Herzen .. ebenso wie Olga .. nun Sie wissen es Beide. Grüßen Sie auch die Kinder.

Ihr
Arthur.

[Wien, 5. 11. 1908] *Donnerstag*

Lieber Richard, wir haben uns plötzlich entschlossen auf den Semmering zu fahren für ein paar Tage; reisen morgen Vormittag ab. Thun Sie desgleichen. Wir bleiben wohl über den Sonntag.

Herzlichst
Ihr
A.

Und telegrafiren Sie vorher, wenn ja, so dass man sich freuen*) kann.

*) doppelt mein ich.

[Wien,] 18. 11. 08

Lieber Richard,
ich komme morgen um 12 zu Ihnen. Ferner bitten wir Sie und Paula am Freitag bei uns zu nachtmahlen. Ernst Hardt und Frau, beide angenehm, kommen und außerdem fordre ich Saltens auf.

Herzlichst Ihr
Arthur

[Wien, 19. 11. 1908]

Lieber Richard, hier der Tantris. Bringen Sie ihn bitte morgen gleich mit, auf dass er eventuell zur Hand wäre.
Mir fiel noch als Mann der Wissenschaft Hofrat Prof. Oser ein; als Grossindustrieller Gutmann von Gelse!

Herzlichst Ihr A.

[Wien,] 28/11. 08

Lieber Richard,
wenn Kerr jetzt bei Ihnen ist (er war gegen 1 bei mir ohne mich zu treffen), so fragen Sie ihn bitte, wie lang er hier bleibt und arrangiren Sie es womöglich, dass wir morgen nach der Heine Sache mit ihm – allein (bei Meissl) nachtmahlen. Und wenn Sie ev. heute Abends mit ihm sind, schreiben Sie mir ein unverbindl. Wort (wir sind im

Concert Dohnanyi). Montag fahren wir aller Wahrscheinlichkeit nach Semmering – auf 2–3 Tage, vielleicht kommt Kerr hinauf!
– All dies an Sie, verzeihen Sie, weil Kerr behauptet hat, noch keine Adresse zu haben.

Herzlichst Ihr
A.

Auch heute nach 5 bin ich zu Hause.

[Wien,] Sonntag 28. 11 08

Lieber Richard,
wir fahren nicht auf den Semmering, hingegen erlaube ich mir folgenden Vorschlag. Wollen Sie nicht Kerr statt Mittag morgen Abend laden, wir (oder ich allein, (denn Olga ist nicht sehr wohl, (daher auch möchte ich die morg. Einladung vereinen))) kämen nach dem Nachtmahl hinüber –
Sie sagen mirs Abend im Concert,

herzlichst Ihr
A.

Wie gehts Noëmi?

II. [Wien,] 28. 11. [1908]

Eben schrieb ich Ihnen den beiliegd Brief. Bleibt also nichts andres übrig als den morgigen Abend abzuwarten. Falls Kerr bei Ihnen schriftlich anfrägt, so schlagen Sie vielleicht auch für morgen Abend Meissl vor. Den ganzen Tag über hab ich morgen »geschäftliche« Besprechungen (Dohnanyi, Straus, Herzmansky).

Ihr
A.

1909

[Wien, 7.1.1909]

Einlad[un]g zur *Generalprobe im Johann Strauss Theater Samstag den 9. 1.* für Dr. Richard Beer-Hofmann und Frau Gemahlin.

[Wien,] 7.1.09.

Dies, lieber Richard genügt und eigentlich brauchen Sie auch das nicht. Beginn (angeblich) 10. Eingang Bühnenthürl. Herzlichst Ihr Arthur.

[Semmering,] 26.1.09.

Es ist schon wieder schöner als man geahnt hätte. Diese Sonne, diese Luft, diese Farben! –
Aber Sie kommen ja doch nicht.

Herzlichst Ihr A.

[Wien,] 26/VI 09

Lieber Arthur! Sie waren vorgestern Abends bei uns als wir schon im Türkenschanzpark waren. Wir waren in bewusster, Ihnen odioser, Gesellschaft. Wir gehen heute wieder hinüber, haben dort Rendezvous mit Leo, Bella Wengeroff, Kaufmann; vielleicht kommen Sie doch? (Ich bemerke soeben dass »doch« keinen Sinn hat.) Also »auch«! Wir reisen (– nein, *wollen* reisen – nein reisen *sicher*, nein – Schicksal mach *Dir* selber den »Dreh« der *Dir* passt) Dienstag Früh.

Herzlichst
Richard

[Edlach,] 6/7 09

Lieber Richard, sehr schön hier – und wir würden uns ganz wohl fühlen, wenn wir den Buben schon heraußen hätten (den ich heute und gestern in Wien besucht habe). Wie behagen Sie sich? Kommen Sie doch nachher auch hier her, ich glaube es gefiel Ihnen Allen.

Herzlichst Ihr Arthur

Ja, das wäre wunderschön! An die Paula will ich nächstens einen längern Brief schreiben. Hoffentlich geht es Euch allen sehr gut.

Herzliche Grüsse! Olga.

[Pichl am Mondsee] 12. / VII 09

Lieber Arthur! In 12 Tagen, 9 Regentage. Der Regen hält an, 5° Wärme (?) am Nachmittag. Wir wollen schon am 15. an den Lido, und sehnen uns nach Hitze. Vielleicht sind wir von 1.–15. Aug. in Wien. Herzliche Grüsse Ihnen und Ihrer Frau.

Ihr Richard.

Edlach, Edlacher Hof,
31. 7. 09,

lieber Richard, Ihnen allen innig theilnahmsvollen Gruß und Händedruck, auch von Olga. Wir wissen, wie gern Sie diese Frau gehabt haben; es müssen traurige Tage für Sie sein. Schreiben Sie mir doch bald ein Wort, wie lange Sie in Wien bleiben werden. Möchten Sie sich nicht doch entschliessen hieher zu kommen? Wir würden uns so sehr freuen und ich glaube, für Sie alle wäre die Luft hier, trotz gelegentlicher Mittagsschwüle (Abends immer kühl) sehr angenehm. Die Spaziergänge charmant, vielfältig, jeder Art von Ansprüchen gemäß. – – Wir denken bis Ende August zu bleiben, doch wäre es sehr möglich, daß ich in der zweiten August Hälfte auf ca. 8 Tage nach München gehe (aus praktischen Reinhardt Gründen).
Lassen Sie doch recht bald hören, wie's Ihnen Allen geht. Bei uns gut; der Bub schon ganz gesund.

Herzlichst Ihr
Arthur.

Wien 4. / VIII. 09.

Lieber Arthur! Dank für Ihren Brief. Es war nicht schön; man prügelt uns zu oft.
Wir wollen am 9. hier weg, in Villach übernachten, am 10. am Lido. Paula braucht Wärme, und Sonne, und die haben wir – hoffe ich – doch sicher da unten – am Lido meine ich. Sonst wären wir sehr gerne mit Ihnen beisammen gewesen. Von Leo hörte ich, dass es Ihnen Allen gut geht. Ich dachte daran auf einen Tag zu Ihnen zu kommen, aber es ist zu viel Hetze und wir sind so müde.

Des Medardus Schicksal hat mich sehr gefreut. Wann werde ich ihn kennen lernen. Herzliche Grüsse Ihnen, Ihrer Frau und dem Buben.

Ihr
Richard

[Wien,] 14. 9. 09

Gestern Abend ein Mädl, Lili. Alles wohl.

Herzlichst Ihr
Arthur

[Wien,] 21 / IX 09

Lieber Arthur! Wir waren Sonntag – als Heini und Sie kamen in Rodaun (Dr. Wolf), Paula und ich kommen nicht zu Ihnen weil wir Beide fürchten Ihnen Schnupfen mitzubringen, und Keuchhusten wegzutragen. Hoffentlich geht Alles gut und glatt, und Sie schauen bald – irgendeinmal auf dem Weg zum Tennis, – bei uns nach. Herzliche Grüsse Ihnen und Ihrer Frau von uns Beiden

Ihr Richard

[Wien, 27. 10. 1909]

Montag ersten, Nm. 5 1/2 möcht ich Medardus vorlesen. Bitte Mittheilung, recht bald, ob's Ihnen passt.

Herzlichst Ihr
Arthur

[Wien,] 30 / XI 09
10 3/4 Nachts

Lieber Arthur! Poldi Andrian geht eben weg; er ist – Felix Oppenheimer ist vor dem Leichenbegängnis seines Vaters – Hugo auf dem Semmering – von der Bahn aus – ohne in einem Hôtel gewesen zu sein, zu mir gefahren. Irgend eine – hoffentlich – wiederum nur hypochondrische Sache – – diesmals Zungenkrebs – hat ihn ganz verstört. Er möchte dass Sie ihm rathen zu wem er gehen soll – vielleicht sogar mit ihm hingehen. Er will – um Sie sicher zu treffen – morgen – Mittwoch – um 10^{h} Vorm. zu Ihnen kommen, und bat mich Sie zu verständigen – was ich hiemit tue –

Herzlichst Ihr
Richard

Lili die bei uns vorfuhr hat die Kinder – durch ihr elegantes und energisches Lutschen – sehr entzückt.

[Wien,] 6/12 09.

Lieber Richard, ich höre von verschiedenen Seiten dass im Apollo-Theater ein Plagiat des Kakadu »nach dem Französischen« gespielt wird; es liegt mir daran die Sache so bald als möglich zu sehen – wollen Sie Beide heute mit uns eine Loge nehmen? Herzlichst Ihr

A.

[Wien,] 9./XII. 09

Lieber Arthur! Soeben überfällt mich folgendes Telegramm: »Bin morgen, Freitag 2. Wien wäre sehr dankbar wenn mich 3 Uhr Hasenauerstr erwarten und mir baldmöglichst consultation Arthur Schnitzler ermoeglichen wollten herzlichst poldi andrian«. Ich sehe Sie ja morgen Vorm. (– hoffentlich) schreibe Ihnen aber jetzt, damit Sie es sich einteilen können. Entweder – dass ich ihn zu Ihnen hinüberschicke, oder dass Sie zu mir herüberkommen. Grossvater Giacomo's Nerven?

Herzlichst
Richard

Eintritt zur Generalprobe
am 10.12.09
für Dr. Richard Beerhofmann

Richard Beer-Hofmann 1909

[Wien, 11./12. 12. 1909]

DAS ECHO DES LEBENS.
Ein Epilog zur Generalprobe des Stückes
»Der Ruf des Lebens«.

Am Tage der Aufführung. Vier Uhr Nachmittags. Da es der 11. Dezember ist, dämmert es bereits merklich. Der Vorhang ist hochgezogen. Die Bühne trägt die Dekoration des 2. Aktes. Die Figuren des Stückes, die noch vor kurzem, in der unmateriellen Wirklichkeit, die ihnen die Worte ihres Schöpfers gaben, bewegt aufrecht standen – lehnen nun, in der materiellen Unwirklichkeit, die ihnen gestern – bei der Generalprobe – die Schauspieler gaben, etwas blass und müde an den Wänden umher. Nur »der alte Moser« liegt von rechts nach links, die ganze Bühne überquerend, wie ein Schlagbaum am Boden. Auf dem Fensterbrett scheint der Oberleib des Obersten zu stehen. Man kann augenblicklich nicht erkennen, ob er einen Unterleib besitzt. Irene, die man befragen könnte, liegt neben dem alten Moser auf dem Boden. Falls Max sie fragen sollte, wird sie es verneinen.
Vorne, hart am Souffleurkasten, ist eine dünne, frisch gestrichene grüne Barriere aufgestellt, wohl, um zu verhindern, dass die Personen des Stückes dem Publikum zu nahe gehen. Der Souffleurkasten scheint besetzt – nach der Unruhe, die in ihm herrscht; (als sässe jemand darinn, dem er zu eng ist).
Eine Pause.
Dann, eine ungeduldige Stimme aus dem Souffleurkasten:
So fangen Sie doch an!
MARIE: (mit etwas starren Augen, leise, und ein wenig verlegen) Verzeihen Sie, Herr – – – ich weiss gar nicht, wie ich Sie nennen soll – –
SOUFFLEUR: Souffleur! Nennen Sie mich nur so. Für Sie bin ich es augenblicklich – was ich sonst bin, kommt hier nicht in Betracht. Fangen Sie doch an!
MARIE: Verzeihen Sie, Herr Souffleur – aber – – ich bin vielleicht nicht ganz berechtigt, Sie das zu fragen – aber wieso sind wir da?
KATHARINA: Ja! Wieso sind wir da?
DER OBERST: Sie fragen nach den letzten Dingen – liebe Marie! Nach unserem Dasein.
MAX: (zu Albrecht leise) Der Oberst ist ein gar zu witziger Kopf!
DER OBERST: Die Fragen nach den letzten Dingen, für den letzten

Akt, liebe Marie! Vorher, ist jede Tiefe eine Grube, die sich der Dichter gräbt.

SOUFFLEUR: (ärgerlich) Dann graben Sie doch nicht, Herr Oberst!

MARIE: Aber ich habe ja nur ganz unschuldig gefragt – – –

DIE OBERSTIN: (hebt den Kopf, sehr hart) »Unschuldig«? Sie? (Sie lacht auf, und lässt den Kopf wieder sinken.)

KATHARINA: Auch ich habe nur leichthin – – –

DIE OBERSTIN: (wie vorhin) »Leichthin«? *Das* passt für Sie. »Leichthin«.

SOUFFLEUR: (ärgerlich zur Oberstin) Fangen Sie nicht wieder an – –!

UNTEROFFIZIER SEBASTIAN: (sehr militärisch, aber mit eingefetteter Stimme) Melde gehorsamst, wir sollen doch anfangen!

SOUFFLEUR: Reden Sie nichts drein – Sie – wie heissen Sie, Unteroffizier, ich habe Ihren Namen vergessen.

SEBASTIAN: Melde gehorsamst, Herr Soffleur, Sebastian!

SOUFFLEUR: Anfangen!

DER ARZT: Herr Souffleur, ich kann Fräulein Marie nicht Unrecht geben – – –

OBERST: *Das* haben wir gemerkt!

DER ARZT: – – es ist doch für uns alle – sozusagen – eine Lebensfrage, zu wissen, wieso wir da sind?

DER ADJUNKT:
MAX: } (gleichzeitig) Fräulein Marie hat Recht.

SOUFFLEUR: Gut, ich will versuchen – – –

DER OBERST: Der Dichter ist unser Schöpfer! Ich will versuchen es Ihnen zu sagen. Geben Sie Acht!

DER ALTE MOSER: (hebt den Kopf) Acht? Nein neunundsiebzig Jahre bin ich alt – –

DER ARZT: Sie irren sich, Herr Moser, Sie sind jetzt gar nicht mehr alt; Sie sind ganz jung tot.

DER ALTE MOSER: Ich will nicht tot sein.

DER ARZT: Herr Moser! Ich bin Ihr Arzt – Sie müssen tot sein! Sie sind dazu verpflichtet. Nicht nur sich selbst gegenüber – – –

SOUFFLEUR: Passen Sie auf, Sie werden mich nicht verstehen! Wissen Sie, wie lange die kleinen Teilchen im Resonanzboden einer Violine nicht zur Ruhe kommen und noch fortschwingen, wenn für unser Ohr der Bogenstrich, der sie erschütterte, längst verklungen ist?

ALBRECHT: Wir reiten morgen in den Tod, Herr Souffleur – und Sie – prüfen uns Physik?

SOUFFLEUR: Es war nur eine rhetorische Frage – – –
(Der Hintergrund wird durchsichtig; im hellen Sonnenlicht erblickt man ein Dorf, lieblich an Hängen gelagert. Eine tiefsinnige Stimme sagt:)
Rhetorisch! Ja!
EINE FRAUENSTIMME: (wiederholt in kurzen Atemstössen, ekstatisch) Rhetorisch! Ja, das ist er!
(Die Landschaft entschwindet.)
ARZT: War das Grünau, Herr Adjunkt?
ADJUNKT: Nein, lieber Doktor: Grinzing!
SOUFFLEUR: Nun sehen Sie: Von allen Worten, die Sie gestern auf der Generalprobe sprachen, schwingt noch die Luft; sie hallen noch von den Mauern und den gemalten Leinenwänden wieder, und wer feine Ohren hat, kann sie hören.
ARZT: Aber Herr Souffleur, das würde ja nur erklären, wieso unsere Stimmen da sind; aber woher nehmen Sie denn unsere Leiber?
SOUFFLEUR: Ich könnte sagen: »Von die zwei Gulden!« Aber Sie würden mich nicht verstehen, und es würde, überdies, vielleicht mein Inkognito lüften.
DER ALTE MOSER: (hebt den Kopf) Nicht lüften! Sind Sie toll, ich kann den Tod davon haben. (Er legt sich wieder hin.)
ARZT: (energisch) Herr Moser, ich ordiniere Ihnen tot zu sein. Wenn Sie meine Verordnungen nicht befolgen, stehe ich für nichts!
SOUFFLEUR: Ihre Leiber also, Herr Arzt? Nun denn: Wenn Sie einen Gegenstand, zum Beispiel das Fensterkreuz dort – – –
MAX: Hier ist keines, Herr Souffleur! Sonst bleibt der Herr Oberst beim Hereinspringen hängen!
SOUFFLEUR: Lassen Sie mich ausreden!
OBERSTIN: (höhnisch) *Wir* – *Sie?* Haha!
SOUFFLEUR: Wenn Sie ein Fensterkreuz fest ins Auge fassen, und dann den Blick von ihm abwenden, so werden Sie – wenn Sie genau beobachten – noch einen Augenblick lang, vor sich in der Luft, das Bild des Fensterkreuzes sehen. Ich sage: »Das Bild«! Aber wissen wir, ob es mehr oder weniger Bild ist, als das Fensterkreuz, das wir vorhin sahen – nicht? – – Sagen Sie doch: »Jo«! – Von der Leiblichkeit, die gestern auf der Probe Schauspieler den Worten des Dichters liehen, schweben die Formen noch durcheinander in diesem Raum, und haben – eine Weile – eine Art von Leiblichkeit.
SEBASTIAN: Herr Souffleur, melde gehorsamst, dass doch seither die gestrige Abendvorstellung – ganz ausverkauft – hier war!

SOUFFLEUR: (nach einer Pause) Sie haben recht – aber ich fange an zu zweifeln, ob Sie wirklich »Sebastian« heissen!
SEBASTIAN: Melde gehorsamst: So soll ich le– – (abbrechend zu Max) Fürchten Sie nichts, Herr Leutnant – auch wir haben einander zugeschworen, auch wir sind totgeweiht!
OBERST: Wie kommt es, Unteroffizier, dass ich gar niemanden vom Regiment erblicke?
OBERSTIN: (höhnisch) Weil Du mit dem Rücken gegen den Kasernhof stehst!
OBERST: Aber es sollten doch Kürrassiere unseres Regimentes vorbeigehen und grüssen, und ich sollte »Gute Nacht« wünschen – – – wo sind denn Alle – – Unteroffizier!
SEBASTIAN: Melde gehorsamst: Das ganze Regiment ist nach Hause gefahren um Abschied zu nehmen, und wir haben einander zugeschworen, dass keiner zurückkommt. Wir sind alle blaue Kürrassiere.
KATHARINA: (gerührt zu Sebastian) Geben Sie mir Ihre Hand, Sebastian!
SEBASTIAN: (gibt die Hand nicht)
KATHARINA: Abschied nehmen ist süss!
SEBASTIAN: Melde gehorsamst, es kann auch eine Woche dauern!
KATHARINA: Ich dachte, Du seist ein lustiger Bursche?
SEBASTIAN: Zu Befehl! Auch lustig bin ich, aber dann sag ich nicht »Abschied nehmen«.
MARIE: (kommt nach vorne, bückt sich zum Souffleurkasten) Ich danke Ihnen, Herr Souffleur – jetzt versteh ich mein Dasein! (sie wendet sich und tritt der Oberstin auf ihr Kleid)
OBERSTIN: (wütend) Jetzt treten Sie mir noch die Schleppe ab! *Das* ist zu viel! Sie – Sie – Hyäne des Schlachtfeldes!
MARIE: (sanft) Was habe ich Ihnen getan, Frau Oberst?
OBERSTIN: Sie fragen noch? Mein Mann erschiesst mich, und an meiner Leiche hängen Sie sich an den Hals meines Geliebten?
ALBRECHT: (zu Max) Das sind *Deine* Zusammenhänge, Max!
MARIE: Und *mein* Schicksal vergessen Sie? Ich habe mich ihm hingegeben, und aus meinen Armen ist er gegangen, sich umbringen für eine Andere? Was bin denn dann ich ihm gewesen?
OBERST: (hebt den Kopf wie ein altes Schlachtross, das bekannte Signale hört) Was sind *das* für Töne?! Herr Leutnant!
MAX: Zu Befehl, Herr Oberst!
OBERST: Ich komme um eine Kleinigkeit zu holen.

MAX: Herr Oberst?
OBERST: Mein Frau hat sich gestern bei Ihnen vergessen!
MAX: Herr Oberst scherzen.
OBERST: (stark) Sie *hat* sich vergessen.
SEBASTIAN: Melde gehorsamst, Herr Oberst, da liegt sie *noch*. (Er will sie aufheben.)
OBERST: Lassen Sie! (zu Max) Ich will, dass man sie später bei Ihnen finde!
MARIE: (will auf Max zueilen) Max!
DER ALTE MOSER: (hält sie am Fuß fest) Geh nicht weg von mir, Marie! Ich hab dich gequält; ich bin ein alter kranker Mann von neunundsiebzig Jahren! Vergib mir!
MARIE: (sanft) Ich vergebe Dir!
OBERSTIN: (wild) Sie vergibt *Ihnen*, Sie vergibt *Sie*, sie vergibt in allen Fällen! Ein sanftes Mädchen, Ihre Tochter! Und Sie, Herr Rittmeister, sollten sich auch schämen! Hören Sie auf mich zu zwicken! Sonst steh ich auf!
OBERST: Irene!? Welcher Rittmeister zwickt dich?
MAX: Herr Oberst, wir sind beide vom Regiment der Geweihten.
OBERSTIN: Der Herr Moser!
OBERST: Woher weisst Du, Irene, dass er Rittmeister ist?
SEBASTIAN: Melde gehorsamst: Am Zwick, Herr Oberst!
KATHARINA: Stecken Sie mir die Locken auf, Sebastian!
(Sebastian fängt an, sie zu frisieren.)
OBERST: Herr Rittmeister, Sie werden diesen Mord (auf Irene weisend) auf sich nehmen und sich morgen Früh standrechtlich erschiessen lassen. (bitter höhnend) Es wird Ihnen nicht schwer fallen, Sie sind ja das Sterben gewöhnt!
DER ALTE MOSER: Ich bin ein alter Mann von neunundsiebzig Jahren – –
OBERST: Und erst Rittmeister?
KATHARINA: Noch diese Locke, Sebastian!
OBERST: Wo haben Sie gedient, Herr Rittmeister?
DER ALTE MOSER: Wir sind alle blaue Kürrassiere!
OBERST: Oh, über die verschlungenen Schicksalswege! So sind Sie der Rittmeister Moser, den ich erfunden habe?
KATHARINA: Noch eine Locke hier, Sebastian!
SEBASTIAN: (eine Locke aufsteckend) *Noch* ein Dreh!
OBERST: Da wären Sie ja an allem Schuld, was uns heute trifft!
DER ALTE MOSER: Wenn Sie mich aber erfunden haben!

OBERST: (bitter) Das hat Sie nicht gehindert wirklich zu sein.
ARZT: Jetzt erkennen wir es, Herr Moser! Sie sind an allem schuld! Und an Ihrem eigenen Tod trifft Ihre arme Tochter kein Verschulden. Sie selbst haben sich umgebracht. Wären Sie damals, anstatt feige davonzulaufen, den Heldentod gestorben – Sie hätten nie geheiratet, hätten nie eine Tochter (die Sie notgedrungen vergiften musste) gehabt – und wären heute, – mit Ausnahme kleiner Altersbeschwerden frisch und gesund!
SEBASTIAN: (eine neue Locke aufsteckend, sehr begeistert) *Noch* ein Dreh!
OBERSTIN: Um Ihretwillen, Sie alter Feigling, muss mein Mann sterben!
OBERST: Um Ihretwillen, Herr Rittmeister, ist ein ganzes Regiment totgeweiht!
DER ARZT: Sie sind an allem schuld, Herr Moser!
DER ALTE MOSER: Jetzt ist's zu viel und vor allem, Herr Doktor, sagen Sie nicht Herr Moser, sondern Rittmeister zu mir. *Mein* Davonlaufen ist an allem schuld? Ja, dann ist mein Vater daran schuld, weil er meine Mutter geheiratet hat, und so fort, bis auf Adam und Eva! Muss ich alter Mann von neunundsiebzig Jahren Ihnen sagen, dass man sich nicht auf Kausalitäten einlassen soll, weil sonst eine Konfusion herauskommt!
SOUFFLEUR: Es *gibt* keine Kausalitäten!
DER ALTE MOSER: Lassen Sie mich ausreden!
SOUFFLEUR: Sie wären der Erste, dem *ich* das gestattet hätte! Es gibt keine Ursachen, und keine Wirkungen! Eine Wirkung ist eine Ursache, die noch lebt, sonst könnte sie nicht mehr wirken!
SEBASTIAN: (selig frisierend): *Noch* ein Dreh!
DER ALTE MOSER: Das versteh' ich nicht! Aber, zum Teufel, merken Sie denn nicht, dass Sie Alle meinem Davonlaufen Ihr Leben verdanken? Glauben Sie, mein Heldentod hätte den Dichter interessiert?
SEBASTIAN: (jubilierend) *Noch* ein Dreh!
OBERST: Ihr Davonlaufen, ist doch überhaupt eine witzige Erfindung von *mir*! *Ich* kann darauf stolz sein, dass Sie davongelaufen sind, aber doch nicht *Sie*.
SEBASTIAN: (dem Wahnsinn nah) *Noch* ein Dreh!
ARZT: Nun, Herr Oberst, wenn Sie sich aber gar so viel einbilden auf das Elend, das Sie mit Ihrer witzigen Erfindung angerichtet haben, so muss ich Ihnen schon sagen: *wir* haben keinen Grund Ihnen dankbar zu sein. Ertrinkende sind keine Menschen für ein Drama. Und in dem

Stück sind fast alle am Ersaufen. Katharina und der Herr Moser und die beiden Herrn Leutnants und Sie auch, Herr Oberst. Für das, was einer tut, der weiss, dass er morgen sterben soll, kann man ihn nicht mehr zur Rechenschaft ziehen; das ist kein Lebender mehr. Der hat nicht mehr freien Willen, den kommandiert nur seine Todesangst, und wo es nicht freien Willen gibt – gibt es kein Drama!

OBERST: Schade, dass Ihre Weisheit so kurzen Atem hat, wie der Herr Moser. Es *gab* keines – aber es *gibt* eines: Sie selbst spielen ja darin!

SEBASTIAN: (entrüstet) *Den* Dreh mach' ich nicht mit!

ARZT: So werde ich Ihnen nach der Vorstellung sagen – – –

OBERST: Das können Sie nicht! Sie sind nur *in* der *Vorstellung*!

SEBASTIAN: (schreit) Aufhören!

ARZT: So werde ich Ihnen sagen, dass Tod und Leben Voraussetzungen sind – nicht Stoffe. Tod und Leben sind unverantwortlich und stehen niemandem Rede; und dass einer Dichter ist, heisst nur, dass er manchmal – nicht zu oft – nach ihnen fragen darf. Fragen! Ohne Antwort zu bekommen! Und schön muss er fragen – sehr schön!

OBERST: Sie wollen mich wohl belehren, Herr Doktor? Schweigen Sie endlich!

ARZT: Herr Oberst haben Ihrem Regiment zu befehlen – nicht mir!

OBERST: Sie irren, mein Lieber! Auch Ihnen! Sie sind – wie ich selbst – von *meinen* Gnaden! (Er springt ins Zimmer, die Maske fällt ab – der Dichter steht da.)

SEBASTIAN: (wimmernd in die Knie sinkend) *Kein* Dreh mehr! Keiner mehr! Wenn *ich* schon nicht mehr mit kann!

DICHTER: (nach vorne kommend, zündet sich eine Virginia an, und sagt zum Souffleur, in den Kasten hinunter, scharf) Die letzte Rede des Arztes haben doch *Sie* souffliert!

SOUFFLEUR: Ja mein Lieber – ebenso wie Ihre Reden!

(Sebastian wimmert auf, der Arzt unterstützt ihn und fühlt ihm den Puls.)

DICHTER: Wieso? Ja so! Natürlich! Aber hören Sie auf, Sie sehen doch, der Mann stirbt bereits an Ihren Drehs!

SOUFFLEUR: An meinen? Doch auch an Ihren!

DICHTER: Ja, ja! Aber nach dem Nachtmahl ist mir das zu anstrengend. (Er will sich auf die Barriere setzen.)

SOUFFLEUR: (aufschreiend) Nicht auf die Barriere! Das ist keine, das ist der letzte Akt: grün und stark gestrichen! Auf den wird sich die Kritik setzen!

DICHTER: Keine Witze jetzt! Sagen Sie übrigens: Es ist ja sehr ehrenvoll für mich, aber – haben Sie wirklich nichts anderes zu tun als sich meine Figuren herzunehmen, und mit ihnen Schindluder zu treiben? Fischer würde sagen: »Ein ausgeruhter Kopp!« Bei Ihnen kann man sich ja nicht einmal revanchieren. Bis zu Ihrer Generalprobe bin ich bestenfalls so alt wie der alte Moser! Warum verschwenden Sie soviel Geist – –
ARZT: (um Sebastian bemüht) Ein Glas Wasser, bitte.
DICHTER: (fortfahrend) – – da sehen Sie – so viel Geist an fertige Figuren, die ihn wirklich nicht brauchen? Geben Sie Ihren davon – ich meine den noch unfertigen! Bei einer Pentalogie kann man nie davon genug haben! Übrigens, mir fällt ein: Sie könnten eine Familienfideikommisstiftung aus der Pentalogie machen. Immer der älteste Sohn hat daran zu schreiben, und wenn einer Ihrer Nachkommen sie wirklich fertig macht, so wird er enterbt – weil er aus der Art geschlagen ist! Wissen Sie: *Wenn* Sie schon ein Stück kritisieren wollen, gestalten Sie nicht an meinen Gestalten herum – sondern schreiben Sie einen Essay für die »Rundschau« – das wird wenigstens klarer und deutlicher sein.
SOUFFLEUR: Deutlicher vielleicht – aber das war nicht meine Absicht!
DICHTER: Hetzen Sie doch nicht den Satz zu Tode – er ist sehr gut!
SOUFFLEUR: Eigentlich, lieber Arthur, ist es recht unfreundlich von Ihnen, mir das von der Pentalogie – wenn auch im Scherze – so vor allen den Leuten zu sagen! Sie hätten mir das auch unter vier Augen sagen können – das wäre liebenswürdiger gewesen.
DICHTER: Liebenswürdiger vielleicht! Aber das war nicht meine Absicht!
SOUFFLEUR: Hetzen Sie doch den Satz nicht zu Tode! Er ist sehr gut!
DICHTER: Übrigens, das, was Sie den Arzt da sagen lassen, von der Kausalität – ist recht couragiert von Ihnen. Sie spielen den Krieg in Feindesland! *Sie* – als Verteidiger der Kausalität! Wissen Sie, was Sie sind??
SOUFFLEUR: Meiner Bescheidenheit, lieber Arthur, ist es wohl zuzutrauen, dass ich weiss, was ich bin!
DICHTER: Sie sind: »Grachi de seditione quaerentes«! Bombenwerfer, die über Knallbonbons sich beklagen! *Sie* verlangen Kausalität in einem Drama! Ich krieg ordentlich eine Wut, wenn ich mir das vorstelle! (Er bricht erbittert ein Stück von seiner Virginia, die nicht

brennt, ab.) Ausgerechnet *Sie* machen mir Vorwürfe! *Sie*, der Sie – – Sie – (wütend auflachend) *Sie*, *Sie*: »Es geschah« Sie!
SEBASTIAN: (interessiert aufhorchend) Eschkenasi? Von welchem Eschkenasi sind Sie – –
SOUFFLEUR: (milde) Bestehen Sie noch immer darauf, dass Sie »Sebastian« heissen?
SEBASTIAN: (hat sich aufgerichtet; respektlos, in herzlicher Gemütlichkeit, fraternisierend) Sind Sie nicht bös, Herr Dichter – und Herr Eschkenasi – wir sind alle blaue Kürrassiere!

Der Vorhang fällt.

[Wien, 12. 12. 1909] Sonntag

Liebe Beer-Hofmanns, morgen Abend kommen Kaufmann, Leo und wahrscheinlich auch Saltens zu uns, wir würden uns sehr freuen und das Gefühl von 2 aufgesetzten Kronen haben, wenn Ihr auch kämet. Herzliche Grüsse! Olga.
Bitte früh kommen!

[Wien,] 16. 12. 09

Lieber Richard, heute Abend kann ich Poldi nicht erwarten, gehe eben, längst geladen, mit Olga zu Speidels; morgen früh .. doch eben seh ich, dass er schon morgen früh abreist. Nun, für alle Fälle; von 1/2 10–10 bin ich zu Hause. (Aber, wenn nicht dringend gewünscht, sagen Sie's nicht.) Gratulire herzlich zu Ihrem Telephon.

Herzlichst
Ihr
A.

Der Einfachheit wegen könnten Sie eigentlich telephoniren, Ihre Karte habe uns nicht mehr zu Haus getroffen.

[Wien, 6. 3. 1910]

Lieber Arthur!
Hans Sch. bittet mich teleph. bei Ihnen anzufragen, ob er heute um 7 1/2 mit dem Cellisten Barczanski zu Ihnen kommen kann. Herzlichen Glückwunsch

Ihr
Richard

Sie sind doch Abends eingeladen bei T.?

[Wien,] 6. 3. 10

Lieber Richard,
wir sind, wie Sie wissen, thatsächlich geladen. Und wenn Sie glauben es thun zu können so telephoniren Sie Hans dem Unglaublichen bei dieser Gelegenheit, daß wir überhaupt keine Lust haben, neue Leute kennen zu lernen, deren Namen wir noch dazu niemals vernommen haben.
Es thut mir leid, dass Sie unseretwegen telephonisch incommodirt werden.

Herzlichst
Ihr
A.

[Wien,] 14 / V 10

Und lest ihr: »H. Meister«,
Und ruft ihr: »So heisst er
Ja nicht, dem man's schenkt!«

So sag ich: »Voreilig erscheint das Gekrittel,
Ist's auch nicht sein Name, so ist's doch ein Titel,
Der wol ihm gebührt – dies, Krittler, bedenkt!«

R.

[Wien, 17. 5. 1910]

Lieber Arthur!
Unerwarteterweise ist Nachmittags die Heims (und Reinhardt junior) zu uns gekommen. Jetzt – im Momente Ihrer Abreise – wollen wir nicht mehr hinüber zu ihnen – also schriftlich – alles Gute und Schöne mit auf Ihren Weg.

Von Herzen
Richard

[Wien,] 19 / VI 10

Lieber Arthur! Naëmah ist heute Früh gefallen und hat sich am Kinn verletzt – die Wunde reicht bis auf den Knochen – so dass wir bei Ihrem Bruder im Spital waren der die Wunde vernähte. Es ist hoffentlich nichts Bedeutendes trotzdem möchte aber Paula bei dem Kind bleiben. Ist auch unruhig wenn ich zu Ihnen hinübergehe, da sie die Association: Scharlach – Wunde – septisch etc. nicht los wird. Verzeihen Sie also wenn wir heute nicht kommen, und so spät absagen. Herzliche Grüße Ihnen und Ihrer Frau.

Richard

[Wien, 26. 6. 1910]

Lieber Richard, Montag Abend Medardus Conferenz im Burgth.; – so muss ich die Vorlesung auf Mittwoch 29. Abends 1/2 7 Uhr verschieben (Dinstag unmöglich) – werden Sie noch da sein? Ich hoffe! Herzlichst Ihr

A.

[Wien,] 29. 6. 1910

Lieber Richard,
würd es Ihnen Mühe machen mir geschwind eine Abschrift von »Mirjams Wiegenlied« zu senden, um das ich von Paul Marx dringend gebeten wurde und das ich nicht besitze?
Hoffe Sie wohl am Ort! Herzlichst

Ihr A.

Ischl 7. / VII. 10

Lieber Arthur!
Ihr Brief ist mit seiner neuen Adressirung gestern angelangt. Nun weiss es der Briefträger – glaube ich – auch schon wo »Steinfeld 6« ist. Hier, die gewünschte Abschrift des »einen schönen Verses« aus der »Welt i. d. m. sich langweilt«. Bitte, lassen Sie die Verse vielleicht von Fräulein Pollak abtypiren, und schicken Sie mir die Abschrift zurück; ich brauche sie, um sie dem Übersetzer ins Ungarische (dem ich sie vor Monaten versprach) zu schicken.
»Das weite Land« habe ich auf der Fahrt mit vieler Freude gelesen. Es hat den denkbar schlanksten Aufbau, und das bewusste Nichtverkleiden des Constructiven wirkt am Ende – wo einem die Führung klar wird – wie ein neuer Reiz. Sie haben, – glaube ich – bisher noch nie so straff die Zügel aller Ihrer Figuren gehalten, und man empfindet alles, was feinfühlige Kritiker »Beiwerk« nennen, als woltuend, um scharf Gespanntes ein wenig zu lockern. Schon im »Medardus« schien mir die Richtung erkennbar, nach der Sie sich nun wenden.
Es scheint, als genügte es Ihnen nicht, und wäre nicht in Ihren Absichten gelegen, die stärksten Wirkungen von den einzelnen Menschen Ihres Stückes und ihren Schicksalen ausgehen zu lassen, sondern als strebten Sie, bewusst, dahin, Einzelschicksale derart miteinander zu verknoten, dass jedes Theilschicksal nur ein sich unterordnender Zug, eine Runzel, ein Grinsen, ein Blick einer einzigen Schicksalsmaske würde, deren Ausdruck, am Ende des Stückes, *das* wäre, was einem als Wesentlichstes haften bliebe. Sie können freilich sagen, – dahin ginge endlich alles dramatische Gestalten. Nur, scheint mir jetzt – ich möchte sagen – die Art Ihres Vortrags, Ihre Stimme zärtlicher und liebender zu sein, wenn es um Verschlingungen von Schicksalen geht, als um das Fühlen der Einzelnen.
Übrigens ist die Figur des »Hofreiter« so stark herausgekommen, dass es mir wie Kindern geht, denen die Bösewichte des Stückes nie genug geprügelt werden. Den »Hofreiter« an den Sie dachten, kenne ich nur sehr oberflächlich, aber dieser »Charmeur« war mir in seiner halb frechen, halb minaudirenden Koketterie immer unerträglich. Alles was er sagte und tat, war ein Versuch einen zu beschwätzen, oder zu brutalisieren. Ich glaube immer die Art, wie er seine Liebe an die Frau bringt, muss ein Mittelding zwischen der Energie eines Handlungsreisenden und eines Erpressers sein. Für Menschen dieses Schlages wäre eine Hölle leicht zu erfinden: der Ort, wo alles um seiner selbst willen

gesagt und getan wird, und wo nichts sich spiegeln kann. Ich begreife, dass Frauen die Existenz von Hofreiters als eine einzige grossartige Reverenz vor ihrer Sexualität empfinden, aber ich verarge – Ihnen, lieber Arthur – sehr, dass Frau Genia ihn liebt. Ich glaube immer, Sie haben, aus gemeinsamer Jugend her, noch mehr Sympathie für Herrn Fried – – – rich Hofreiter als er verdient. Wenn schon – dann ziehe ich die Aigners vor. Bei denen ist es animalischer, mehr um der Sache selbst willen, und, wie Alles Sachliche, zuletzt, nicht hässlich.
Übrigens ist das »Und man kann doch nicht Jeden – – – « Hofreiters, in der letzten Scene, prachtvoll. Hier wirkt er doch grösser, und hat ein anderes Gesicht als die kleinlich verknitterten Züge einer lüsternen Maus (über die, von den klein sich kräuselnden Haaren, ein Schatten Judenthums fällt) – an die mich das Original immer erinnerte. Missrathenes Halbblut, das einen – nicht mich – nachdenklich machen könnte!
Eine einzige Stelle im Stück würde ich gerne vermissen: Ende des III. Aktes. Die Worte Ernas: »Und ich ahne, es gibt noch schönre Stunden, als die dort oben war auf dem Aignerturm.«
Hier – noch dazu in Association mit der Table d'hôte – wirkt das nicht wie ruhige Offenheit, sondern es wird daraus ein komisch-pedantisches sich an den Tisch der Liebe Setzen, und auf den letzten Gang Freuen.
Als ich hier ankam, und vor dem »Hôtel Post« auf mein Gepäck wartete, war Ihr »Gustl Wahl« das erste bekannte Gesicht das ich sah. Er wird meine grosse Heiterkeit bei seinem Anblick nicht verstanden haben.
Lieber Arthur: Ich danke Ihnen für die schöne Nachmittagsvorstellung die Sie mir verschafften, bin sicher, dass Sie noch sehr viel Freude an Ihrer Tragikomödie haben werden, habe Ihnen noch eine ganze Menge darüber zu sagen: (hoffentlich kommen Sie bald hieher) – und grüsse – mit Paula zusammen – Sie und Ihre Frau herzlichst.

Ihr
Richard

Wien, 12. 7. 1910.

Mein lieber Richard, wir waren ein paar Tage auf dem Semmering – Mama's Geburtstag, englische Verwandte, Brahm, Kainz – und Ihr Brief erwartete mich, als ich unsere schon in Zerstörung begriffene

Wohnung wieder betrat. Ich freu mich sehr, dass Sie das Stück gut finden und glaube auch gern Ihrer Voraussage, dass ich noch Freude an meiner Tragikomödie haben werde – nur bin ich nicht sicher, ob das schon bei Gelegenheit der ersten Aufführung sein wird, was ebensowohl mit Publikumspsychologie als mit Schauspielerconstellation zusammenhängt. Über all dies, – auch über die Liebe der Genia's zu den Hofreiters (die vorkommt! öfters als die zu edlern Exemplaren!) näheres, hoffentlich, noch in diesem Sommer. Vorläufig bin ich etwas gerührt und fast etwas beschämt, dass Sie mir einen so langen und schönen Brief geschrieben haben. (Wenn es aber als Ausrede benützt werden soll, dass Sie im »Traum« nicht weiter gekommen sind, so wasch ich meine Hände in Unschuld.) Morgen kommen meine Bücher in die Sternwartestrasse; und wir hoffen Samstag oder Sonntag zum ersten Mal drüben zu schlafen. Ihr Mirjam-Gedicht (für dessen Sendung ich herzlich danke) kann ich jetzt von der braven Frieda nicht abschreiben lassen, weil sie in Alt-Aussee Salzberggasse 46 lebt, ohne Schreibmaschine. Aber ich will nächste Woche, wenn wir so weit sind, ihre Vertreterin kommen lassen.
Und wie geht es Ihnen? Sind Sie mit Wohnung und allem übrigen zufrieden? Und Paula? Und die Kinder?
Wir grüssen Euch alle vielmals.

Herzlichst Ihr Arthur.

[Aussee, 20. 7. 1910]

Lieber Arthur, wir sind auf 2 Stunden – ohne irgendwelche Besuchsabsichten hier. Das Erste was wir erblicken: Rothe Zettel »Das Repertoirestück des k.k. Hofburgtheaters ›Liebelei‹«. Herzliche Grüße, Sie Repertoirebeherrscher!

Richard

XVIII. Sternwartestr. 71
[Wien, 23. 7. 1910]

Mein lieber Richard,
hier sende ich Ihnen Ihr Gedicht sammt Abschrift, von der Sommerremplacantin der braven Frieda. –
Wir sind leidlich in Ordnung und freuen uns des neuen Heims. Ich

fahre Dinstag wieder auf ein paar Tage auf den Semmering, zu Brahm und Kainz, der vom Hofreiter sehr angethan ist und ihn gleich spielen will. Erster Besuch in diesem Hause: Baron Berger, aus solchem Grund. Aber die Sache ist, aus mannigfachen Gründen, noch nicht ganz sicher. – Ins Salzkammergut, wenn alles in Ordnung, hoffen wir nach 20. August zu reisen. Ich hoffe es geht Ihnen allen so wie wirs wünschen.

Von Herzen Ihr
A.

[Partenkirchen,] 23. 8. 1910

Herzliche Grüße! A.

Heute wurde am Krankenbett meiner Schwester viel von Ihnen gesprochen. Sie sagt immer wieder: »B.-H. ist von Euch allen der merscht Begabte!« Von hier fahren wir nicht nach Ischl, sondern Frankfurt Liebelei Opern-Premiere, vorher Heidelberg.

Herzlichste Grüsse Ihnen Allen! O.S.

[Wien,] 23 / X 910.

Lieber Richard,
heute Abend (1/2 8) sind Bruder und Schwägerin (sonst niemand) bei uns, mit denen Sie (= Ihr) schon immer so gern beisammen sein wollten; sie, und wir (und hoffentlich auch Sie), würden sich, uns (und sich) sehr freuen, wenn Sie (= Ihr) kämen.

Herzlichst
Ihr
Arthur

[Wien,] 23 / X. 10

Lieber Arthur!
Wir kommen sehr gerne. Sehr überrascht über *unsern* (Paulas) raschen Entschluss Ihr

Richard

[Wien,] 3. November 1910

Lieber Arthur! Leo – den ich gestern sah, – bittet um Folgendes: Eine Frau Moller (etwas Snob), Schülerin von ihm, will einen Autorenabend zu Gunsten des Vereines »Mutterschutz« machen. Möchte dass Sie – gegen von Ihnen zu bestimmendes Honorar – lesen. Ausser Ihnen nur »würdige Entourage«. Salten soll principiell nichts dagegen haben. Im Kl. Musikvereinssaal. Leo frägt bei Ihnen an, um Ihnen – und Frau M. den Besuch eventuell zu ersparen. Er bittet mich, Ihnen zu sagen, dass *er* gar nichts bei der Sache zu tun hat, Sie sich um seinetwillen nicht mehr Freundlichkeit i. d. Absage (oder Annahme) auferlegen sollen, als Ihnen passt. Er hat nur Frau M. zugesagt Sie vorerst zu fragen, da im Falle Ihrer princip. Abgeneigtheit jede weitere Belästigung für Sie entfällt.
Er erwartet – durch mich – von Ihnen nur ein »Ja« oder »Nein«; Mit Motivirungen sollen Sie Sich nicht mühen – bitte noch heute um Antwort. Herzlichst

Ihr Richard

[Wien,] 3/11 910

Lieber Richard, für den »Mutterschutz« kann ich nicht lesen – weil ich sonst auch für so und soviel andre Vereine lesen müßte, die mich schon aufgefordert haben und noch auffordern werden; und weil ich überhaupt in Wien nicht gern lese. Leo nimmts mir gewiss nicht übel.

Herzlichst Ihr
A.

[Wien, 22. 12. 1910]

Lieber Arthur!
Berger – der ehrliche – fragt teleph. an, ob Sie auf die kleine Roccococommode reflectiren, da sonst eine Dame – die auf Antwort wartet – sie möchte. Bitte um Antwort, und Trauer dass Sie uns heute Vorm. verfehlten. Ihr R

[Wien,] 22/12 910

Lieber Richard,
wir reflectiren *nicht* auf die Commode. (Ich kann nichts dafür, dass Berger Sie um unsretwillen telephonisch behelligt – entschuldigen Sie!)
Auf Wiedersehen.

Herzlichst Ihr
A.

[Wien,] 27/12 [1910]

Lieber Richard,
wenn irgend möglich werd ich gegen 6 ins Pucher kommen. Herzl. Dank. Ich sage immer man soll entweder kein Telephon oder keine Freunde haben.

Ihr A.

[Wien,] 15/6 911

Lieber Richard,
wollen Sie heute nach dem Nachtmahl, so um 9 etwa, mit Ihrer Frau herüberkommen so würde es uns freuen. Sie werden, bereits gesättigt, Rosenbaum (nicht den vom Berg (Semmering), sondern den vom Berger) samt Towska vorfinden; der erstere sehr nett, die zweitere mir noch wenig bekannt.
Und wann reisen Sie? Wir gegen 26. – Seis.

Herzlichst
Ihr
A.

[Wien,] 15 / VI 11

Lieber Arthur! Ich komme gerne – (ich wollte morgen kommen – mich verabschieden – ich reise – (will reisen) Montag) und Paula kommt auch wenn sie nicht zu müde ist (Sie raunzt seit drei Tagen ununterbrochen).

Herzlichst
Richard

[Bad Aussee?, September 1911]

bitte uebermitteln sye ihrem bruder u ihrer schwester mein aufrichtigstes bejlejd sye selbst lieber arthur wiszen denke ich dasz ich heute wie immer an allem was sye an gutem und boesem trifft von herzen antejl nehme richard

[Wien,] 9 / X. 11.

Lieber Arthur! Möchten Sie heute Abends zwischen 7 und 8 zu uns kommen und mit uns nachtmalen? Bitte, schicken Sie uns gleich die Nachricht, weil wir – wenn Sie diesen Brief erhalten – in der Stadt sein werden, und telephonisch anfragen werden, was für Nachricht von Ihnen da ist. Also mündliche Nachricht, bitte, damit es Andere auch lesen können!

Herzlichst
Richard

Ein fürstliches:
Gansleberragout
Königliche:
Perlhühner
Päbstliche:
kleine Bäckerei
Göttliche Gesellschaft!
Der Koch. –
nein – Küchen-Chef

[Wien,] 14./II. 12.

Lieber Arthur! Ich möchte gerne Stuckens die eben bei mir waren sprechen. Da sie – wie ich weiss – bei Dr. Rosenbaum – zu Tische sind könnte ich sie dort anrufen, – wenn ich die Telephonnummer wüsste. Sie steht nicht im Telephonbuch. Wissen *Sie sie* (Styl des Dichters G.H.)? Oder können *Sie sie* leicht erfahren?

Herzlichst
Richard

[Wien,] 14. 2. [1912]

Lieber Richard, Rosenbaums Privat-Teleph. Nummer mir unbekannt, will mich auch im Burg-Th. nicht erkundigen, da ich einen Refus fürchte – oder feurige Kohlen. Stucken's wohnen Hotel Regina. Sie kommen Samstag gegen 5 Uhr zum Thee zu uns und wir bitten Sie mit Paula gleichfalls zu erscheinen.

Herzlichst Ihr
A.

[St. Moritz,] 16. / VII. 12.

Lieber Arthur! Wir haben hier – (siehe Rückseite) Wohnung gefunden (seit 13 / VII) – *ganz am Walde* und abseits von allem Lärm. Können aber nur bis 10. Aug. hier bleiben, da unsere Zimmer von da an besetzt sind. Wir wollen dann über den Bodensee (Bregenz? Konstanz? wo wir 2–3 Tage bleiben wollen) nach Nordtirol oder Salzkammergut. Herzliche Grüsse von uns Allen an Sie Alle! Richard.

[Wien,] 19. 7. 912.

Lieber Richard, viel Dank für Ihre Karten, aus denen ich allerdings nicht mehr entnehme als dass Sie dort sind und wieder wegreisen werden. Aber ich hoffe Sie sind alle wohl und (verzeihen Sie) vergnügt und wir hören mehr von Ihnen nach *Brioni* bei Pola, wohin wir morgen absegeln. Herzlichst mit allseitigen Grüßen Ihr A.

(My house is my Nachtkastl)

Das Haus der Schnitzlers in Währing

[Wien, 29. 11. 1912]

freuen uns herzlich mit ihnen des grossen erfolges hoffen dass bernhardi mindestens drei monate haft im kleinen theater erhaelt – richard und paula

[Wien,] 23.7.913

Lieber Richard,
heute fahren wir nach Brioni, Lili ist schon seit ein paar Tagen dort – schreiben Sie mir doch ein Wort dahin. Es war eine etwas unruhig-ruhige Zeit. Sie haben wohl kein schönes Wetter gehabt bis heut – nun wirds hoffentlich besser, – überall.
Wir grüßen Sie alle herzlichst

Ihr
A.

(von links nach rechts) Samuel Fischer, der Tenor Hermann Jadlowker, Alexander Moissi, Mirjam, Paula und Richard Beer-Hofmann, Olga und Arthur Schnitzler (Grand Hotel am Lido, 23. August 1913, Photographie von Hedwig Fischer)

[Lido, 10.8.1913]

Lieber Arthur! Dies ist nun unsere Nordsee! Brioni würde ich gerne sehen – mit Ihnen als Staffage – aber es würde die kurze Zeit die ich hierbleibe zersplittern. Bubis wegen – der Aufnahmsprüfung in die III. machen und dazu vorbereitet werden muss, soll ich schon am 1. Sept. in Wien sein. Wann sind Sie zurück?
Ihnen, Ihrer Frau und d. Kindern herzliche Grüsse von uns Allen!

R.

[Cap d'Ail, 5. 4. 1914]

Seit Freitag haben wir hier definitiven (?) Aufenthalt für 14 Tage (?) genommen. Herzliche Grüsse von uns Allen

Richard
Paula

[Wien,] 9. 4. 914.

Herzliche Grüße. Wir freuen uns dass es Ihnen wohl gefällt und gut geht; und wagen es ohne Fragezeichen, die auch nichts nützen, ein gutes Wiedersehen zu erhoffen.

Ihr Arthur.
Olga

[Genua, 13. 5. 1914]

Herzliche Grüße!

Ihr Arthur

Morgen ab. nach Algier

Haben in Florenz in einem Varieté besonders heftig Ihrer gedacht – was Sie nun neugierig machen möge!

Herzlichst Olga.

[Celerina,] 2. 8. 914.

Wir sind – und bleiben vorläufig hier – (Bahnverkehr in der Schweiz nur für Militär zulässig); – lassen Sie uns wissen wie es Ihnen geht; – hier wäre es wundervoll – wenn man ruhiger sein könnte. Das Engadin wie ausgestorben. Hier im Hotel kaum noch 20 Gäste. Wir grüßen herzlichst.

Ihr Arthur

[Weissenbach,] 10 / VIII. 14

Lieber Arthur! Ich war für zwei Tage – getrieben von Unruhe – in Wien und sah dass es zwecklos wäre *jetzt* dorthin mit den Kindern zurückzugehen. So bleibe ich noch – wie lange? – hier. *Zu* weit vom Schuss sein ist auch unerträglich. Was ists mit Kaufmann, Leo, Bella?

Alles Herzliche von uns!

Richard

Ischl, 22/8 914

Lieber Richard,

wir sind recht reisemüde nach dieser höchst unbequemen überlangen Fahrt – wollen hier eigentlich nur ein paar Tage ausruhn und nicht mehr hin und her radeln. Vielleicht entschliessen Sie sich mit Paula, Montag oder Dinstag herüberzufahren? Es wäre sehr schön! Wir dürften Mittwoch oder Donnerstag heimfahren. Wie lange bleiben Sie überhaupt noch?

Wir grüssen Sie alle herzlichst!

Ihr Arthur

Vielleicht machen Sie etwas mit Saltens ab, dem ich in ähnlichem Sinne schreibe.

Wien, [September?] 1914.

Lieber Richard – bleiben Sie nur in den Bergen, so lang Sie wollen und können. Ich wüsste absolut nicht, was Sie (vorläufig) hier machen sollten. Nachrichten gibt es kaum früher als bei Ihnen – Gerüchte vielleicht – aber die glaubt man sowieso nicht. Die Spannung in den letzten Tagen war ungeheuer – heute ist man etwas ruhiger. Lassen Sie sichs wohl ergehen, grüssen Sie Paula und die Kinder von uns allen.

Herzlichst Ihr Arthur.

[Bad Ischl,] 29 / VI 15

Lieber Arthur! Ich wollte zu Ihnen, aber Kaufmann sagte mir, Sie wären auf dem Semmering. So wünsche ich Ihnen und Olga den schönsten Sommer – bringt er Sie nicht doch noch hieher? Bitte schreiben Sie mir gelegentlich Dr. Reiks Adresse ich muss ihm noch für einen zugesandten Aufsatz danken

Wien, [Juli?] 1915.

Lieber Richard, Dr. Reik wohnt in Wien XVIII. Lazaristengasse 2. – Auf dem Semmering wars sehr schön (das Essen leider unmöglich, und lächerlich theuer), seit Montag sind wir zurück und seither reg-net's. Dass wir Ende Juli nach Ischl kommen (auf circa 10–14 Tage) ist nicht unwahrscheinlich. Lassen Sie sichs wohl ergehen, und all den Ihren. Wir grüssen herzlichst. Ihr Arthur.

Alt-Aussee. 14. 7. 16
Fischerndorf 79
An[n]erl Haus

Lieber Richard, wir sind in unserm Haus sehr gut installirt und durchaus gut (daheim und beim Seewirth) versorgt. Die Lage unsrer Wohnung ist wundervoll. Die Landschaft behagt mir sehr, ich fliege viel aus und arbeite – weniger. Im übrigen bin ich mit der Welt wenig zufrieden. Wird man Sie bald hier sehen? Sie haben (wirklich!) bessere Verbindung als wir, wegen Zurückfahrens. Jedenfalls lassen Sie möglichst bald von sich hören. Herzliche Grüße von uns allen zu Ihnen Allen! Ihr A.

[Bad Ischl, 19. 7. 1916]
Tel. 154 / VIII. Villa Kupferschmid

Lieber Arthur! Auch unsere Zugsverbindung ist nicht hervorragend, ich hoffe aber doch – im Laufe des Sommers zu Ihnen hinüber zu kommen. Herzliche Grüsse Ihnen Allen von uns Allen! Ihr

Richard

Altaussee, Fischerndorf 79
20. 8. 1916

Lieber Richard, darf ich Sie um die große Gefälligkeit bitten, uns für Mittwoch oder Donnerstag Mittag zwei einbettige Zimmer (womöglich nebeneinander) in der Kaiserkrone – event. Post reserviren zu lassen? Lieber Mittwoch als Donnerstag und lieber Kaiserkrone als Post.*) Ich komme bei schönem Wetter zu Fuss hinüber, ev. über Koppen oder Pötschen, wohl erst Nachmittag. Am Abend des Ankunfttages hoffen wir mit Ihnen beim S.-schein zu nachtmahlen, vorher kommen wir natürlich (wenn's Ihnen passt) zu Ihnen. Am nächsten Tag Aschau und Retourfahrt nach Aussee. Für telegraf. Verständigung – welcher Tag welches Hotel wären wir sehr dankbar!
Von Herzen Ihr

Arthur

*) aber im Grunde gleichgiltig, insbesondre ob Mittwoch oder Donnerstag.

Altaussee,
23. 8. 1916

Lieber Richard, vielen Dank für Ihre Bemühungen und das Telegramm – nun kommen wir doch nicht nach Ischl (*dem Kreuz hab ich natürlich schon abtelegrafirt*) – nicht so sehr wegen des Wetters, als weil sich Steiners gerade für Freitag bei uns angesagt haben.
– Von meiner Schwägerin kommen etwas bedenkliche Nachrichten; es ist sehr möglich, dass Olga (wenn sie das Passvisum bekommt) auf 8–12 Tage nach Partenkirchen fährt, – auch ich bemühe mich um ein Visum, – warte aber jedenfalls, wenn Olga reist, ein Telegramm von ihr aus Partenk. ab, ehe auch ich hinfahre. So wäre es also denkbar, dass wir gegen Ende des Monats in Salzburg wären, wohin ich O. jedenfalls begleiten würde; vielleicht haben Sie auch noch einen Salzb. Abstecher vor, und man könnte dort zusammen sein? Nach Ischl also kommen wir in den nächsten Tagen kaum. Von allem weitern verständige ich Sie. Hören Sie was von Arthur Kaufmann? Kommt er nach Ischl?
Herzlichst Ihr

Arthur

Wien, 29. 6. 1917

Lieber Richard, ich nehme an es wird Sie interessiren, näheres über Arthur Kfm. zu erfahren. Vorgestern war Prof. Redlich bei ihm; er stellte die Diagnose (ich wohnte bei), die wir schon nach den 2 Briefen, die ich von A. K. nach Gastein erhalten hatte, höchst wahrscheinlich war: (acute) *Manie*, »Hypomanie« wie er hinzusetzte – eine leichtere Form (Paranoia – keine Spur!). Im 19. Lebensjahr hat K. einen ähnlichen Anfall gehabt, – damals trat die Krankheit als schwere Melancholie auf; – da der Zwischenraum ein so langer war – ist die Prognose günstig – wenn auch natürlich eine Wiederkehr in absehbarer Zeit keineswegs ausgeschlossen erscheint. Subjektiv befindet sich A. wohl – nicht mehr *zu wohl* – wie uns beim ersten Besuch in Purkersdorf beinah vorkam; kein zwanghaftes Denken mehr, kein Grübeln, – er *will* gesund werden, möglichst bald und vollkommen, – vor allem um sein Werk in aller Ruhe schreiben zu können. Wir wollen hoffen – und ich halte es für sehr möglich – daß er gerade in der Hauptsache gar nicht verrückt war – denn wer sollte die Philosophie weiter bringen können als er – insbesondre, da er die schöne Absicht hat sie überflüssig zu machen. Uns gehts recht gut, Gastein war sehr erholend, ich arbeite und wünschte ähnliches und andres auch von Ihnen zu hören. Wir grüßen Sie herzlichst Ihr Arthur

Ischl 18 / VII 17

Lieber Arthur! Ich habe Ihren Brief erwartet. Ich hatte mit Absicht Ihnen nicht geschrieben, ich wollte wissen, wie Sie – unbeeinflusst durch meinen Bericht – die Sache ansehen. Ich war durch den akuten Anfall, den ich ja durch 3 Stunden mit ansah (K. hatte nach mir verlangt) sehr erschreckt. Sie selbst sahen ja nur einen Zustand, der vom Normalen nicht so weit abzuliegen schien. Ich aber verbrachte auch die dem Anfall folgenden Tage, bis zu seiner Abreise ins Sanatorium, in einer unaufhörlichen Anspannung, da ich mich – es war ja niemand, als seine Schwester da – irgendwie verantwortlich fühlte. Auch betonte Dozent K. ja immer sein Laie-Sein in derartigen Dingen, sah aber recht schwarz und ich mit ihm. Was mich bestürzte, war, dass es nicht eine Steigerung oder Über-Spannung seiner sonstigen Art zu denken war, sondern ein vollständiges Anders-Sein, Reden, »Philosophiren«, wie es ihm sein Lebtag verhasst und lächerlich erschienen war. Niederschreiben mag und kann ich das Alles nicht, und nun – da

es ja wieder gutgeht, hätte es ja auch nicht viel Sinn, es festzuhalten. Ich bin von Herzen froh, dass es so – und nicht anders – ausging. Von uns ist nichts zu berichten, als dass wir eine schlechte Woche mit Schufterl verbrachten, der fast zwölf Jahre mit uns lebte, und nun im Garten der Villa begraben wurde. –
Werden wir Sie im Sommer im Salzkammergut sehen?
Alles Herzliche Ihnen, Frau Olga und den Kindern! Ihr

Richard

Wien, 23. 7. 1917

Lieber Richard – man wird so leicht unbescheiden! Da Sie mir einen Brief geschrieben haben, so wär es mir natürlich sehr erfreulich gewesen, darin auch etwas über Sie, die Ihren, Ihr Leben, Ihr Arbeiten, und was es eben so von Ischl nach Wien zu berichten gibt vorzufinden, und ich hoffe, dass Sie in der Antwort auf diesen hier einiges nachtragen werden. Ich will Ihnen heute nur sagen, daß es Arthur K. völlig gut geht und daß er Mittwoch in seine Wiener (übrigens definitiv gekündigte) Wohnung wiederkehrt. Vorgestern fügte es sich, daß er mir seine Ideen (über die er mir schon manches vorher andeutungsweise mitgetheilt) – in einer Art von Zusammenhang vortrug. Meine Vorbildung in der Philosophie ist zu wenig exact und ausgreifend, als daß ich mir ein Urtheil zu bilden vermöchte, ob die merkwürdigen Dinge, die K. eingefallen sind einen Schritt vorwärts bedeuten in der Geschichte des menschlichen Denkens: für mich handelt es sich hier um wunderschöne Gedankenspiele (nicht -spielereien), in einer beträchtlichen und sehr reinen Höhe, an denen ich ein Wohlgefallen empfinde, in dem intellectuelle, ästhetische und auch moralische Elemente vorhanden sind. Mir wär es wahrscheinlich nicht anders gegangen, wenn mir Kant oder Schopenhauer ihre geistigen Entdeckungen zum ersten Mal vorgetragen hätten; – meine Ansichten über Philosophie als Wissenschaft sind überhaupt etwas ketzerisch; nicht daß ich die Philosophie »unterschätzte« – ich rangire sie nur anderswo ein, als ihre Adepten es im allgemeinen zu thun pflegen. Und mir scheint als wenn mir gerade aus manchem was K. ausspricht, Bestätigungen für meine Auffassung – oder sagen wir Empfindung – entgegenkämen. Über die Krankheit selbst, und über die Ärzte wollen wir uns mündlich unterhalten. Wann? Salzkammergut nicht sehr wahrscheinlich. Ende August gedenken wir (wenns nicht gar zu unbequem) nach Par-

tenkirchen zu meiner Schwägerin, ev. halten wir uns in Salzburg auf. – Hier ist es ganz erträglich, ich mache (fast immer allein) schöne Spaziergänge im Wiener Wald, (den Sie kennen lernen sollten) – entdecke immer neue Gegenden, mit neuen Schönheiten. Im übrigen arbeite ich – es ist, neben dem Spazierengehen, die einzige Art, über das Grauen, die Sinnlosigkeit und die Abgeschmacktheit dieser Zeit gelegentlich wegzukommen. Sinnlosigkeit? – Oder sollte es doch einen Sinn haben? Dann müßte man erst recht verrückt werden. – Nehmen Sie unser Beileid zu Schufterls Hinscheiden; bei uns hat sich nun auch so ein kleines Thierchen einquartiert, das eigentlich der Wucki gehört, die jetzt mit ihm auf Urlaub ist – in Oberhollabrunn. Die Rückkehr beider erwarte ich mit Fassung.
Wir grüßen Sie Alle herzlichst.

Ihr Arthur

Wien, 12. 4. 18

Mein lieber Richard, Sie sind wieder zu Hause und ich höre daß es viel besser geht, jedenfalls so gut – daß keinerlei Grund mehr zu irgend einer Beunruhigung vorliegt. Ich will Sie weder durch einen telefonischen Anruf, noch gar durch einen Besuch stören und bitte Sie nur mich auf irgend eine Weise wissen zu lassen, wann Sie die Zeit für ein Wiedersehen, Wiedersprechen gekommen erachten. Für heute nur so viel, daß wir in diesen schweren Tagen mit all den herzlichen Gefühlen bei Ihnen und Paula waren, die Sie kennen, und sehr froh sind den Buben auf dem Wege rascher Besserung zu wissen. Und so hoff ich, sind Sie auch sich selber bald gänzlich zurückgegeben! Seien Sie mit Paula und den Kindern von Olga und mir viele Male und von Herzen gegrüßt.

Ihr
Arthur

[Wien,] 12. 8. 18

Lieber Richard, es wäre nicht undenkbar, daß ich mich auf der Reise nach Bayern in Salzburg aufhielte. Bitte schreiben Sie mir ein Wort, ob sie in der nächsten Woche (etwa um 22., 23., 24.) dort sind – da Sie doch, wenn ich gut unterrichtet bin, um des Leopoldskroner Schloßherrn willen hinzufahren gedenken. Ich hoffe, Sie fühlen sich, nach der unfreiwilligen Unterbrechung, wohler als vorher, – auch das Wetter scheint sich ja besinnen zu wollen. Alles übrige sieht freilich nicht nach Besserwerden aus. Grüßen Sie die Ihrigen. Von Herzen Ihr

Arthur

Bad Ischl 13. VIII. 18

Lieber Arthur! Der »Leopoldskroner Schlossherr« wird vielleicht um diese Zeit in Ischl sein, – ich hoffe aber – rechtzeitig verständigt – an einem der erwähnten Tage (22., 23., 24.) nach Salzburg kommen zu können (ohne Übernachten). Von Herzen Ihr

Richard

[Wien, 26. 8. 1918]

Lieber Richard, aus Salzburg ist nun doch nichts geworden; ich fahre morgen, möglichst direct München – Partenkirchen; es scheint meiner Schwägerin wieder schlechter zu gehn. Bitte um ein Wort nach P. (Haus Tannenberg.) Hat der Herzog von Leopoldskron Ihnen einen bestimmten Termin gegeben? Ihnen ev. auch etwas über den Termin der »Schwestern« verrathen? Herzlichst Ihr

A.

Bad-Ischl 28. VIII. 18.

Lieber Arthur! Schade, dass Sie nicht nach Salzburg kamen. Über meinen Aufführungstermin wurde erst – nachdem wir 10 Tage beisammen waren, gesprochen, da ich nicht fragte. Fest steht nur (wenn es fest steht!): Als erstes: »Wie es Euch gefällt«. Als zweites »Jaakobs Traum«. Alles andere noch unbestimmt. Wann wollen Sie wieder in Wien sein? Ich dürfte 16. oder 17. Sept. kommen. Herzliche Grüsse Ihnen und Ihrer Frau, und auch Ihrer Schwägerin und Steinrück. Ihr

Richard

[Berlin, 27. 10. 1919]

Lieber Arthur! Bisher habe ich 3mal versucht mit Reinhardt über Ihre Angelegenheit zu sprechen. – Vergeblich! Es wird sich alles entscheiden, – meint er – sobald man weiss – was mit dem Circus ist, d. h. wann man ihn eröffnen kann (November). Bis dahin sind die Repertoirefragen in Schwebe. In Eile, aber von Herzen

Richard

Bad Aussee 12. VII. 20

Lieber Arthur! Eben erhalte ich von S. Fischer die Mitteilung von einem 25 % Teuerungszuschlag – der »*tantièmenfrei*« sein soll. Wie stellen Sie sich dazu? Wie Hugo der ja noch in Wien ist? Bitte schreiben Sie mir zwei Zeilen was Sie tun. Ich finde es unerhört! Tatsächlich bekommt der Autor 15 oder 16 % des Ladenpreises, der Sortimenter mindestens 50 wozu noch sein privater 25 % Teuerungszuschlag kommt. Muss man sich das gefallen lassen?

Herzlichst Ihr
Richard

Wien 16. 7. 1920

Lieber Richard,
über den Vorschlag Fischer denk ich wie Sie, daß uns unter den augenblicklichen Verhältnissen kaum was übrig bleiben wird als anzunehmen, ist klar. Gegen all das wird man sich erst wehren können, wenn eine völlige in jeder Hinsicht gewährleistete und gesetzlich geschützte Solidarität der Schriftsteller bestehen wird – und ob nicht sogar dann die Unternehmersolidarität den Sieg davontragen wird, bleibt fraglich. Hugo war gestern bei mir; er ist ungefähr der gleichen Ansicht. Ich bin eben wieder in einer »scharfen« Correspondenz mit Fischer begriffen, wegen meiner »Gesammelten«, ich »reagiere ab« aber sonst kommt nicht viel dabei heraus. –
Unsre Sommerpläne sind noch immer so vag als möglich. Frau Lucy von Jacoby wohnt jetzt bei uns; wahrscheinlich wird Olga mit ihr nach

Salzburg oder Bayern fahren, und es ist möglich, dass man sich etwa am 15. August irgendwo trifft. Abtenau (Curhaus) wird in Erwägung gezogen.
Lassen Sie sichs wohl ergehen mein lieber Richard grüßen Sie die Ihren

Von Herzen Ihr
Arthur

29. 1. 1921

General-Probe Reigen

8. 8. 21. Altaussee, Seewirth

Lieber Richard, ich hoffe, diese Grüße erreichen Sie und treffen Sie wie die Ihren in guter Gesundheit und Stimmung an. Ich behage mich hier ganz leidlich, und manchmal mehr als das; man führt heuer ein Bad- und Strandleben, als wär man an der Adria, aber auch das steht dem Altausseersee ganz gut. Die Kinder sind seit 10 Tagen in Possenhofen bei O., ich werde wohl zwischen 25. und 30. ev. mit Aufenthalt in Salzburg hinfahren.
Schreiben Sie mir bitte ein Wort.

Von Herzen Ihr
A.

Haag, 4. 5. 1922.

Herzliche Grüsse! Ich habe hier angenehme bewegte Tage verbracht, in Rotterdam, Haag, Amsterdam mit Erfolg (in jeder Hinsicht) gelesen, fahre Samstag 6. aufs Land nach Osterbeck zu Brevees, circa am 8. nach Berlin weiter; dürfte zwischen 18. und 20. in Wien sein. Grüssen Sie Paula und die Kinder! Ihr A.

[Celerina,] 18. 8. 24

Lieber Richard, ob dieser Gruss Sie noch in Wien finden mag? – Hier ist's so herrlich wie nur je; Ende der Woche fahre ich weiter, – Luzern? Berner Oberland? Lugano? – Heute besuchen mich Fischers (aus Flims). Lili und Olga sind in Zuoz (nah von hier), Heini schon abgereist. Alles Herzliche Ihnen und den Ihrigen

Ihr Arthur

[St. Moritz,] 23. 1. 25

Herzlichste Grüße. Klangs Ihnen neulich nicht im Ohr – wir sprachen in Zürich so viel von Ihnen, der steinerne Herbert und Bodmer. – Es war ganz schön – gegen Schluss, – 6. und 7. Vorlesung Gallen und Zürich, gings nicht ganz ohne Erkältung ab. – (Kunst, im Winter). Ihr A.

[Hamburg,] 12. Oktober [192]6

Verehrter, lieber Doktor Schnitzler!
Wie sehr es mir Wunsch und Bedürfnis gewesen wäre, mich von Ihnen zu verabschieden, so war es mir doch schließlich zeitlich unmöglich. Trotz aller Vorbereitungen war meine Abreise doch überstürzt. –
Ich hätte Sie, lieber Herr Doktor, wie auch ganz besonders gerne Lily noch einmal gesehen. –
Nach ein paar Tagen Berlin und drei kalten und verregneten Tagen in Hamburg, fahre ich morgen mit der »Thurinigia« nach New-York. Zwölf Tage Seefahrt – wie sehr habe ich mir dies – seit Jahren – gewünscht und jetzt wird es Erfüllung – wie ein Traum zauberhaft und unglaublich – Ich habe leider nicht die Adresse (Venedig) von Lily. Es ist doch nicht unbescheiden, wenn ich Sie, lieber Herr Doktor bitte, Lily sehr schön und herzlich von mir zu grüssen. Ich will ihr gleich von drüben schreiben.
Inzwischen, Ihnen, lieber Doktor Schnitzler und der lieben Lily, alle guten Wünsche für die nächste Zeit

von ganzem Herzen Ihr
Gabriel Beer-Hofmann

Berlin 8. 6. 27

Liebster Arthur!
So war ich wieder in Wien und Du warst nicht da und wenn Du in Berlin bist, hab' ich Dich auch nur höchstens die Rückfahrt von Michaelis und das sind höchstens 15 Minuten. Was soll man da machen? Und ich hätte Dir oft viel zu sagen und will es Dir halt jetzt schreiben. Ich freue mich sehr, dass Lily heiratet und Du damit zufrieden bist und ihren Mann gern hast. Das hat man mir erzählt und zwar von glaubwürdiger Stelle, so dass ich es annehme und Dir doch darüber schreiben darf. Weisst Du, es ist sehr gut, wenn man sehr jung heiratet, es bleibt einem unendlich viel erspart. Ich weiss zwar nicht, wann Lily heiratet, jedenfalls aber sag' ihr schon heute viel Liebes von mir. Und Dir wünsch' ich immer, auch ohne Gelegenheit nur viel Schönes und Frohes.
Kommst Du nicht wieder nach Berlin?

Innigst
Deine Mirjam

Viele herzliche Grüsse und Wünsche von meinem Mann.
Der Brief ist nur für Dich, denn Dir gegenüber bin ich doch nie erwachsen & geniere mich daher Dir zu sagen, wie lieb ich Dich habe.

Wien, 17. 7. 927

Lieber Richard, wollen Sie heute mit Paula bei mir nachtmahlen? (8 Uhr) Ich würde mich sehr freuen. »*Nach* dem Nachtmahl« wird nicht acceptirt, da ich in diesem Falle selbst außer Haus ginge. Sagen Sie ja, so würde ich auch Frau Dr. Menczel bitten lassen. (Er ist schon fort, nicht wahr?) Auf Wiedersehen hoffentlich,

herzlichst Ihr
Arthur

Arthur Schnitzler 1928

Wien 28. VIII. 29.

Lieber Arthur! Ich *hoffe* am 6. VIII. schon in Marienbad zu sein. Jedenfalls werde ich F. S. telegraphieren – geschrieben habe ich ja für Zsolnays ›Almanach‹. Blumen? – Nein! Irgend eine kleine Gabe? –

Ich will mich nach Ihnen richten. Eigentlich: Bei einem Andern wäre all das kein Problem. Aber bei F. S.! Er ist mistrauisch, grundsätzlich leicht verletzt, immer witternd, man schätze ihn nicht genug, dabei – in seiner Eigenschaft als Kritiker – zu leicht der Ansicht zugeneigt, man tue etwas um ihn bei guter Laune zu erhalten – sogar *bei uns*, glaube ich, vielleicht von Argwohn befallen, und sich sagend: »Ich habe weder Blumen noch sonst was geschickt als B.-H. 60. wurde – na – wer weiss, was wäre, wenn ich *nicht* Kritiker wäre – –« Schwer mit ihm! Also: Telegramm – keine Blumen – irgendeine Aufmerksamkeit *später*, wenn *Sie der Ansicht sind*!

– – –

Was das Hôtel unter Ihrem Fenster anlangt – vor 31 Jahren waren Sie mit Hugo dort – »in den nächsten 31 Jahren wird es wol auch noch unter diesem Fenster sein« – Wäre ich der Hôtelbesitzer würde ich auf diese – Ihre – Äusserung hin, *hoch* versichern. Bei Schnitzler pflegen solche Hôtels draufhin höhnisch abzubrennen. – *Ich* bin in den Wehen des IV. – d. h. jetzt IV. + V. Bildes – ich wittere, dass aus geheimnisvollen rhythmischen Gründen die VII Bilder auf V sich zurückbilden werden!
Gutes Wetter! Gute Laune – soviel ein besserer Mensch – ohne sich etwas zu vergeben – aufbringen kann, und alles Liebe von Paula und mir! Ihr

Richard

Grüsse, und gute Wünsche für Frau P.
Format dieses Zettels nicht Geiz – sondern weil Ducki den obern Rand meines letzten Brief-Kartels, während ich schrieb – be-siegelte.

[Bad Ischl,] 14. IX. 31

Wir sind seit 1. von Wien weg, seit 2. – hier und werden in 2–3 Tagen wieder in Wien sein. Wir haben 10 Tage schönes Wetter gehabt – müssen also zufrieden sein. Auf allen Wegen sind hier Erinnerungen, wehmütige, aber auch schöne! Herzlichst Ihr

Richard.

Arthur Schnitzler im Juli 1931

Kommentar

19. 5. 1891

HÔTEL NEUHAUSER: in Brünn, wo sich RBH zu einer Waffenübung aufhielt. Hier war RBH bei seinem Onkel Alois Hofmann (1830–1907) und dessen Frau Berta (1840–1891) aufgewachsen.

»DIE SONNE«, »DIE SONNE«: die letzten Worte Osvald Alvings in Henrik Ibsens Schauspiel ›Gespenster‹ (1881).

SCHWARZKOPF: Gustav Schwarzkopf (1853–1939), Schriftsteller und Kritiker. Besonders eng mit AS befreundet, der dessen Hinweise zu seinen Manuskripten häufig berücksichtigte.

LORIS: Hugo von Hofmannsthal (1874–1929). Veröffentlichte seine frühen Texte unter den Pseudonymen Theophil Morren und Loris. Wurde durch Gustav Schwarzkopf, den er im Sommer 1890 in Bad Fusch kennengelernt hatte, im darauffolgenden Herbst in den Schriftstellerkreis des »Jung-Wien« eingeführt. Mit AS und RBH verband ihn zeitlebens eine enge, wenn auch nicht immer ungetrübte Freundschaft; von 1901 bis 1906 wohnten er und RBH nicht weit voneinander entfernt in Rodaun.

SALTEN: Felix Salten (1869–1945), Schriftsteller. Seine freundschaftliche Beziehung zu beiden Autoren wurde durch seine Tätigkeit als Kritiker gelegentlich beeinträchtigt.

23. 5. 1891

GISELASTRASSE: 1868 war die Familie Schnitzler von der Jägerzeile 16 (heute Praterstraße) im 2. Wiener Bezirk in die Giselastraße 11 (heute Bösendorferstraße) im 1. Bezirk übersiedelt, 1871 auf den Burgring 1. Von 1889 an hatte AS wieder eine Wohnung im Haus Giselastraße 11.

30. 5. 1891

JAHRGÄNGE DER »BLAUEN DONAU«: ›An der schönen blauen Donau‹. Belletristisch-musikalische Zeitschrift (1886–1896), herausgegeben von Fedor Mamroth (1851–1907).

LORIS' GEDICHTE: 1890 erschien Hofmannsthals erstes Gedicht, ›Frage‹, in der ›Schönen blauen Donau‹ (5. Jahrgang, 12. Heft, 15. 6. 1890); in diesem Jahrgang erschienen ferner ›Was ist die Welt?‹, ›Für mich ...‹ und ›Gülnare‹; im Jahrgang 1891 ›Denkmal-Legende‹.

VON PAUL DIE »BLEISOLDATEN«: Paul Goldmann (1865–1935), Journalist und Kritiker, Neffe des Fedor Mamroth und Mitredakteur von dessen ›Schöner blauer Donau‹; 1890 Theaterkorrespondent der ›Neuen Freien Presse‹ in Berlin, ab 1891 Korrespondent der ›Frankfurter Zeitung‹ in Brüssel und Paris. Später Theaterkritiker in Berlin. – Mit RBH und AS zunächst gut befreundet; 1896 trafen AS und RBH im Sommer in Dänemark mit ihm zusammen, 1897 verbrachte AS seinen Aufenthalt in Paris mit ihm. Um die Jahrhundertwende kühlte vor allem die Beziehung zu AS, der sich von Goldmanns Kritiken mehrfach verletzt fühlte, ab; bei späteren Begegnungen ließ sich diese Entfremdung nicht mehr beseitigen. – ›Bleisoldaten. Novelle‹ erschien im 24. Heft des 3. Jahrgangs der ›Schönen blauen Donau‹ von 1888 und ist die Geschichte eines Träumers namens Arthur, der sein Mädchen wie ehemals sein Kinderspielzeug – eben Bleisoldaten – liebt und von ihm abgewiesen wird.

GEDICHTE, »EPISODE« UND »ALKANDI«: 1886 erschien ASs Gedicht ›Wie wir so still an einem Tische saßen‹ im »Briefkasten« der ›Schönen blauen Donau‹; 1889 folgten ›Am Flügel‹, ›Der Blasierte‹, ›Liebesgeständnis‹, ›Lieder eines Nervösen‹; 1890 ›An die Alten‹, ›An gar Manche‹, ›Der And're‹, ›Intermezzo‹, ›Wildenstein‹, alle unter dem Pseudonym »Anatol«. – ›Episode‹, den ersten Einakter aus dem ›Anatol‹-Zyklus, druckte die Zeitschrift 1889 ab, ›Alkandis Lied. Dramatisches Gedicht in einem Aufzug‹ 1890.

6. 6. 1891

EDI = KAFKA: Eduard Michael Kafka (1868–1893) war Herausgeber der ab 1. 1. 1890 in Brünn erscheinenden Monatsschrift ›Moderne Dichtung‹; ab 1. 4. 1891 wurde sie in Wien unter der Mitherausgeberschaft von Jacques Joachim als ›Moderne Rundschau‹ bis November 1891 weitergeführt. Beiträger waren u. a. AS, Hofmannsthal, Salten und Hermann Bahr.

AUS DER KAFFEHAUSECKE: Dieser Plan kam nicht zustande. Zwei eigene Skizzen ASs, ›Gespräch in der Kaffeehausecke‹ und ›Gespräch, welches in der Kaffeehausecke nach Vorlesung der »Elixiere« geführt wird‹ (1890), erschienen aus dem Nachlaß (EV 33–37, 38 f.).

11. 8. 1891

ISCHL: an der Traun im Salzkammergut; gewöhnlich Sommeraufenthalt des Kaisers Franz Joseph.

STROBL: am Wolfgangsee im Salzkammergut.

12. 8. 1891

LEO FAN-JUNG: Leo Van-Jung (1866–1939), Mathematiker und Musiker. Sowohl mit AS als auch mit RBH eng befreundet.

21. 8. 1891

KRAFT-EBING: Richard von Krafft-Ebing (1840–1902), ab 1889 Professor für Psychiatrie in Wien; seine ›Psychopathia sexualis‹ (1886) klassifizierte sexualpathologisches Verhalten. – Im 5. Heft des Jahrgangs 1891 der von seinem Vater herausgegebenen ›Internationalen Klinischen Rundschau‹, deren Redakteur AS war, rezensierte dieser Krafft-Ebings 1890 erschienene ›Neue Forschungen auf dem Gebiete der Psychopathia sexualis‹: »das ethisch Bedeutungsvolle an den auch wissenschaftlich so reichen Untersuchungen *Krafft-Ebings* liegt offenbar darin, daß sie auf die falsche Stellung hinweisen, welche das Gesetz noch immer gegenüber diesen in ihrem sexuellen Empfinden kranken Individuen einnimmt«. – Ferner besprach AS die 8. Auflage der ›Psychopathia sexualis‹ (1893) sowie Krafft-Ebings ›Hypnotische Experimente‹ (1893), ›Eine experimentelle Studie auf dem Gebiete des Hypnotismus‹ (3. Auflage 1893) und ›Der Conträrsexuale vor dem Strafrichter‹ (1894) (jetzt in MS 239–241, 318 f., 326). – Auf RBHs Anfrage erwiderte AS, Krafft-Ebing komme erst am 20. 9. wieder nach Wien.

22. 9. 1891

HALLE: AS wohnte der 64. Versammlung der »Gesellschaft deutscher Naturforscher und Ärzte« in Halle bei und berichtete darüber in der ›Internationalen Klinischen Rundschau‹, 5. Heft, 1891 (jetzt MS 250-260): Halle sei »eine Stadt, freundlich zum Ansehen, sie gehört zu jenen, die am Ufer eines Flusses ›lieblich hingestreckt‹ liegen, zeigt in einzelnen Straßen ein wohlerhaltenes altdeutsches Gepräge, und weiß dafür in anderen ein höchst neuzeitiges Wesen zur Schau zu tragen, so daß uns eine eigentümliche Atmosphäre umgibt, die nach vermodernden Gebäuden und neuangestrichenen Häusern duftet, und so schön sich auch die alte Saalestadt in ihr heiteres Festkleid drapiert hat, so lustig die Flaggen wehen, so gastesfroh die Hallenser uns Fremden entgegenlächeln – eine untrügliche Ahnung sagt uns, daß wir hier durch eine jener kalten deutschen Städte wandeln, die aller Glanz der Gelehrsamkeit und aller Reiz des Studentenlebens und alle Süßigkeit der Volkslieder von dem Nebel der Langeweile nicht befreien kann, der über ihren Mauern lasten muß –, wenn nicht gerade innerhalb dieser Mauern eine Naturforscherversammlung abgehalten wird.«

16. 12. 1891

HERMANN BAHR: 1863–1934, Schriftsteller und Kritiker. War nach einem Aufenthalt in Paris 1890 Mitherausgeber der ›Freien Bühne‹ in Berlin, kehrte 1891 nach Wien zurück; setzte sich als Kritiker für die Gruppe »Jung-Wien« ein, ab 1894 auch als Mitherausgeber der Zeitschrift ›Die Zeit‹. AS, RBH und Hofmannsthal lernten ihn im April 1891 kennen.

REICHER: Emanuel Reicher (1849–1924), Schauspieler am Berliner Lessingtheater.

MÄRCHEN: ›Das Märchen. Schauspiel in drei Aufzügen‹ erschien 1894 bei Pierson in Leipzig. Die Aufführung in Berlin kam nicht zustande; uraufgeführt wurde das Stück am 1. 12. 1893 am Deutschen Volkstheater in Wien.

BLUMENTHAL: Oskar Blumenthal (1852–1917), Publizist und Schriftsteller; gründete 1888 das Berliner Lessingtheater und leitete es bis 1897.

18. 1. 1892

BEI GERICHT: 1890 hatte RBH sein Jura-Studium mit dem Doktorat abgeschlossen; bis 1891 praktizierte er am Landesgericht für Strafsachen, bis Februar 1892 am »Landesgericht in Civilrechtssachen« in Wien.

Februar 1892

DÖRMANN: Felix Dörmann (1870–1928), Schriftsteller. Großes Aufsehen erregten seine Lyrikbände ›Neurotica‹ (1891) und ›Sensationen‹ (1892). – Am 2. 1. hatte er ›Sensationen‹ vor AS, Hofmannsthal, Salten und einigen anderen vorgelesen; »Kein Fortschritt gegenüber Neurotica«, vermerkte AS (TB).

10. 3. 1892

VORSTELLUNG: Nach dem Vorbild der Berliner »Freien Bühne« war am 7. 7. 1891 die Wiener »Freie Bühne, Verein für moderne Literatur« gegründet worden; Friedrich Michael Fels war Obmann, AS, Salten, Hofmannsthals Vater u. a. waren Ausschußmitglieder. Ein erster »geselliger Abend« fand am 28. 10. 1891 statt; hier wurden auch Gedichte ASs vorgetragen. Am 2. 5. 1892 kam im Rahmen dieser Vereinigung eine Aufführung von Maurice Maeterlincks (1862–1949) ›L'Intruse‹ (1891) im Josefstädter Theater zustande.

KAFFKA: Eduard Michael Kafkas Zeitschrift war nach dem 5. Heft des 4. Bandes (November 1891, vgl. Anm. zum Brief ASs v. 6. 6. 1891) in der Berliner ›Freien Bühne‹ aufgegangen.

VON DER »FREIEN BÜHNE«: Ab 29. 1. 1890 erschien in Berlin die Zeitschrift ›Freie Bühne für modernes Leben‹ im Verlag S. Fischer unter der Redaktion von Otto Brahm; die ab 1894 als ›Neue deutsche Rundschau‹ und ab 1904 unter der Redaktion von Oscar Bie als ›Die neue Rundschau‹ weitergeführte Zeitschrift verhalf in Deutschland dem Naturalismus zum Durchbruch und blieb über Jahrzehnte eines der einflußreichsten literarischen Publikationsorgane im deutschsprachigen Raum. Arbeiten von Bahr, AS und später Hofmannsthal erschienen regelmäßig.

»CAMELIAS«: RBHs 1891 verfaßte Novelle erschien nicht in der ›Freien Bühne‹, sondern zusammen mit ›Das Kind‹ 1893 im Berliner Verlag Freund & Jeckel.

»FRANKFURTER«: Ein Artikel RBHs in der ›Frankfurter Zeitung‹ ist nicht nachgewiesen.

CONFISCATION HARDENS: Maximilian Harden (1861–1927), Schauspieler und Publizist; Mitbegründer der ›Freien Bühne‹ in Berlin; gründete 1892 die Wochenschrift ›Die Zukunft‹. – Das Morgenblatt der ›Frankfurter Zeitung‹ vom 2. 3. 1892 war wegen eines Feuilletons von Harden, ›Gekrönte Worte‹, das sich gegen eine Rede Kaiser Wilhelms richtete, beschlagnahmt worden.

JULIUS BAUER: 1853–1941, Schriftsteller und Kritiker.

CAGLIOSTRO: Alessandro Graf von Cagliostro (1743–1795), berühmter Abenteurer, als Hexenkünstler verschrieen.

11. 3. 1892

VEREINSABEND: am 3. 3. 1892.

BAHR'S »TREUE ADELE«: Hermann Bahrs Skizze ›Die treue Adele‹ (1888 in Paris entstanden) war 1891 in der Sammlung ›Fin de siècle‹ erschienen, die polizeilich konfisziert worden war.

MEIXNER: Julius Meixner (1850–1913), Schauspieler am Deutschen Volkstheater in Wien.

PARABELN VON KAFKA: möglicherweise aus den 1890 veröffentlichten ›Hieroglyphen. Moderne Märchen‹.

LILIENCRON: Detlev von Liliencron (1844–1909), Lyriker; zuletzt waren ›Der Haidegänger und andere Gedichte‹ erschienen (1890).

POLLAND: Max Pollandt (1861–1905), Schauspieler am Deutschen Volkstheater in Wien.

KAFFEEHAUS VON SALTEN: Ein Text dieses Titels von Felix Salten wurde nicht ermittelt.

KORFF: Heinrich von Korff (1868–1938), Publizist.

DIE ERST- UND ZWEITGRADIGEN: eine im Freundeskreis übliche Wendung zur Angabe von Qualitätsunterschieden.

MEIN NEUES STÜCK: ›Familie. Schauspiel in drei Akten‹. Von AS nicht veröffentlicht; jetzt in EV 97–150. AS schloß es am 24. 1. 1893 ab.

MEINER NOVELLE: ›Sterben‹, entstanden vom 4. 2. bis 27. 7. 1892. Erschien in Fortsetzungen in der ›Neuen Rundschau‹ von Oktober bis Dezember 1894, als Buchveröffentlichung bei S. Fischer 1895.

FONTANE: Der ›Anatol‹-Zyklus wurde, wie AS am 18. 6. 1892 im Tagebuch vermerkt, von den Verlagen Pierson (Leipzig), S. Fischer, Fontane (Berlin), Minden

(Dresden) und Weiss (Wien/Leipzig) zurückgewiesen. AS ließ ihn 1892 vom Bibliographischen Bureau in Berlin verlegen; 1895 nahm ihn S. Fischer doch in sein Verlagsprogramm auf.

»AVEUGLES«: s. Anm. zum Brief RBHs v. 10. 3. 1892. Die von Hofmannsthal übersetzten ›Aveugles‹ Maurice Maeterlincks wurden nicht gegeben, sondern nur ›L'Intruse‹ mit einer Einleitung von Hermann Bahr.

PANTOMIME: RBHs Pantomime ›Pierrot hypnotiseur‹. Erstmals abgedruckt im Anhang zu: Rainer Hank: Mortifikation und Beschwörung. Zur Veränderung ästhetischer Wahrnehmung in der Moderne am Beispiel des Frühwerkes Richard Beer-Hofmanns. Frankfurt: Peter Lang 1984 (= Tübinger Studien zur deutschen Literatur 7), S. 261–309.

ABSCHIEDSSOUPER: Einakter aus dem ›Anatol‹-Zyklus; zum vollständigen Zyklus gehörten außerdem ›Die Frage an das Schicksal‹, ›Weihnachtseinkäufe‹, ›Episode‹, ›Denksteine‹, ›Agonie‹, ›Anatols Hochzeitsmorgen‹.

PANTOMIMEN- UND LUSTSPIELABEND: kam nicht zustande.

CAFÉ GRIENSTEIDL: Das Kaffeehaus auf dem Michaelerplatz war häufiger Treffpunkt der Gruppe und wurde fast zum Synonym für »Jung-Wien«. Sein Abbruch 1897 veranlaßte Karl Kraus zur Satire ›Die demolierte Literatur‹.

TAINE, ANCIEN RÉGIME: Hippolyte Taine (1828–1893), Kulturphilosoph. Der erste Teil seines Werks ›Les Origines de la France contemporaine‹ (1876–1894) erschien 1875 unter dem Titel ›L'Ancien régime‹.

DU PREL, PHILOSOPHIE DER MYSTIK: Carl Du Prel (1839–1899), Schriftsteller; seine ›Philosophie der Mystik‹ erschien 1885.

RESTIF DE LA BRETONNE, L'AMOUR À 45 ANS: Nicolas Edmé Restif de la Bretonne (1734–1806), Romancier. ›Sara, ou l'Amour à quarante-cinq ans‹, eine Episode aus ›Monsieur Nicolas‹ (1883–1884), erschien separat 1885.

KRETZER, DIE BETROGENEN: Max Kretzer (1854–1941), Schriftsteller. Der Roman ›Die Betrogenen‹ erschien 1881.

11. 8. 1892

AS reiste am 11. 9. von Ischl ab und über Bozen nach Riva; vom 17. bis 22. 9. hielt er sich in Venedig auf; RBH nahm an der Reise nicht teil.

19. 8. 1892

FRAU FLEGMANN: Bertha, geb. Menkes (geb. 1852). Sie versuchte den Freundeskreis literarisch zu unterstützen.

»*DAS* GEDICHT«: ASs ›Anfang vom Ende‹ erschien am 15. 7. 1892 im 8. Heft der damals in Stuttgart erscheinenden ›Deutschen Dichtung‹ von Karl Emil Franzos (jetzt in FG 65):

Anfang vom Ende

Daß all das Schöne nun längst zu Ende
Wie könntest Dus verstehn?
Ich hab ja die lieben süßen Hände
Geküßt beim Kommen und Gehn.

Und hab in Deinem dämmrigen Zimmer
Mit dir gekost und gelacht.
Und hab auch geplaudert mit dir wie immer,
Bis spät, bis spät in die Nacht.

Im Heimgehn wieder durch stille Gassen
Schlich's über mich so bang,
Daß ich mein armes Mädel verlassen,
So lange schon, ach wie lang.

Doch daß ich so einsam von Dir gegangen,
Wie käm's Dir denn zu Sinn
Und daß ich von Deinem Arm umfangen
So endlos fern Dir bin?

Ich will ja morgen wiederkommen
Mit lächelndem Gesicht
Und daß ich längst Abschied von Dir genommen
Mein Mädel, Du weißts ja nicht.

VOM KLEINEN KRAUS: Karl Kraus (1874–1936), hatte ab Herbst 1891 Kontakt mit dem Griensteidl-Kreis. Äußerte sich zunächst sehr positiv über die Arbeiten seiner Mitglieder, lehnte später zunächst Bahrs Aktivitäten, schließlich die ganze Gruppe ab.

TRAURIGE NACHRICHTEN: Rudolf Schwarzkopf (geb. 1861), Schriftsteller, der Bruder Gustav Schwarzkopfs, war erkrankt; er starb am 13. 10. 1893.

22. 8. 1892

KÄRNTHNERRING 12: Das Haus Giselastraße 11 und Kärtnerring 12 gehörten zum selben Häuserblock.

PAUL ... FRKF. ZEITUNG: Paul Goldmanns Feuilleton ›Spanisches Strandleben‹ war am 19. 8. 1892 in der ›Frankfurter Zeitung‹ erschienen.

24. 8. 1892

LEOPOLD ... ELISABETH: »Hôtel-Pension« Rudolfshöhe und Hotel Kaiserin Elisabeth in Ischl im Salzkammergut.

19. 9. 1892

Café Kremser: am Kärnterring im 1. Bezirk.

1. 10. 1892

Ausstellung: Im Rahmen des »Internationalen Ausstellungs-Theaters« im Prater spielte an diesem Abend das Ensemble des Budapester Nationaltheaters ›Bánk bán‹ (1821) von Joszef Katona (1791–1830).

Torresani: Karl Ferdinand von Torresani (1846–1907), Offizier und Schriftsteller. Seine ›Schwarzgelben Reitergeschichten‹ erschienen 1892.

1. 10. 1892

Ausstellung: Am 3. 10. 1892 wurde im Ausstellungstheater im Prater als Gastspiel des königlich ungarischen Nationatheaters ›A nagymama‹ (1891) von Gergely Csíky (1842–1891) gespielt.

zu den »gefallenen Engeln«: ›Gefallene Engel‹. Volksstück in drei Aufzügen (1892) von Richard Nordmann (Ps. für Margarete Langkammer, 1866–1922), wurde am Deutschen Volkstheater gespielt.

14. 10. 1892

»Cameliendame«: Laut Tagebuch besuchte AS an diesem Abend nicht die Aufführung von ›La dame aux Camélias‹ (1852) von Alexandre Dumas fils im Carltheater, bei der Sarah Bernhardt als Marguerite Gautier zu sehen gewesen wäre, sondern das »Orpheum«, ein Vergnügungslokal in der Roßau (9. Bezirk), wo an diesem Abend unter anderem die siamesischen Zwillinge Rosa und Josepha auftraten, und notierte »Neid auf die Trapezkünstler«.

9. 11. 1892

ein Onkel von mir: nicht ermittelt.

Musotte: Schauspiel in drei Akten von Guy de Maupassant und Jacques Normand (1891). Die Premiere am Wiener Deutschen Volkstheater fand am 12. 11. 1892 statt.

1. 12. 1892

BERATON: Ferry Bératon (Ps. für Fritz Perathoner, 1859–1900), Journalist und Maler.

DEN SITZ: Laut Tagebuch besuchte AS das Matzleinsdorfer Theater oder Sulkowskitheater in der Matzleinsdorfer Straße (heute Wiedner Hauptstraße im 4. Bezirk), das hauptsächlich als Versuchstheater fungierte. 1895 wurde es aufgelassen.

ELISABETHBRÜCKE: über den Wienfluß, verband die Kärtnerstraße mit der Wiedner Hauptstraße. 1897 wurde die Brücke infolge der Wienflußregulierung gesperrt.

14. 12. 1892

SINGERS: Alexander Singer (1841–1906) war Chef-Administrator des ›Neuen Wiener Tagblatts‹. Singers Tochter Jenny mache ihm den Hof, notierte AS am 25. 11. 1892 (TB).

RDLFSH: Das Theater in Rudolfsheim oder »Schwenders Vergnügungsetablissement« in der Schönbrunnerstraße, heute Mariahilferstraße im 15. Bezirk, vereinte Kaffeehaus, Restaurant, Ball- und Theatersäle; das Theater wurde häufig als Versuchsbühne benützt. 1897 wurde es aufgelassen. – Die ›Frage an das Schicksal‹ wurde am 10. 1. 1893 von Josef Jarno als Privataufführung im Salon eines Berliner Rechtanwalts gegeben; Jarno (1866–1932) war Schauspieler am Residenztheater in Berlin und 1899–1923 Direktor des Wiener Theaters in der Josefstadt. Bei der ›Anatol‹-Uraufführung spielte er den Max, Emanuel Reicher den Anatol. Am 14. 7. 1893 inszenierte er die erste öffentliche Aufführung eines ›Anatol‹-Einakters, des ›Abschiedssoupers‹, im Sommer-Theater in Ischl.

2. AKT: des Schauspiels ›Familie‹.

JÜDIN VON TOLEDO: Ein Besuch der Hofburgtheater-Vorstellung von Franz Grillparzers Trauerspiel (1872) an diesem Abend ist im Tagebuch nicht vermerkt.

27. 12. 1892

DER SITZ: möglicherweise für die Burgtheateraufführung von ›Faust I‹ am 29. 12. mit Adolf Sonnenthal in der Titelrolle.

HORN: Paul Horn (1867–1936). Gehörte dem Freundeskreis um AS an.

11. 1. 1893

ZU DEN »RÄUBERN« IN RDLFSHEIM: Am 14. 1. 1893 fand eine Aufführung von Schillers Schauspiel (1781) im Rudolfsheimer Volkstheater mit Karl Kraus als Franz Moor und Max Reinhardt (1873–1943) als Spiegelberg statt;

Ende Januar 1893

Schnitzler fand Kraus »fürchterlich« (TB v. 14. 1. 1893), Kraus ließ Schnitzler wissen: »Soll gewiß nimmer vorkommen« (vgl. Reinhard Urbach: Karl Kraus und Schnitzler. Eine Dokumentation. In: Literatur und Kritik 49 (1970), S. 515).

GRILLPARZERSTRASSE: Am 15. 10. 1892 war AS in die Grillparzerstraße 7 im 1. Bezirk gezogen.

LÖBL: Emil Löbl (1863–1942), Journalist.

MONGODIN: Am 1. 2. sah AS die Premiere des Schwanks ›Madame Mongodin‹ von Ernest Blum (1836–1907) und Raoul Toché (1850–1895) im Carltheater.

Ende Januar 1893

WOLLZEILE: Im Herbst 1892 war RBH in das von Alois Hofmann gekaufte Haus Wollzeile 15 im 1. Bezirk übersiedelt.

5. 3. 1893

QUISISANA: Pension in Abbazia, s. Brief RBHs v. 10. 3. 1892.

SCHWESTER ROSENTHAL'S: Marie Rosenthal (1869–1945?), Malerin; Schwester des Pianisten Moriz Rosenthal (1862–1946).

SOPHIE LINK: 1860–1900; AS hatte im Laufe des Jahres eine Beziehung zu ihr.

LOVRANA UND VOLOSKA: Lovrana und Volosca, Orte in der Nähe von Abbazia, dem heutigen Opatija in Istrien.

NOVELLETTE: ›Die kleine Komödie‹; abgedruckt im 6. Heft der ›Neuen Deutschen Rundschau‹ von 1895. Zu ASs Lebzeiten gab es keine weiteren Drucke.

IHRE NOVELLE: ›Das Kind‹, erschien im selben Jahr zusammen mit ›Camelias‹ bei Freund & Jeckel in Berlin. RBH las sie am 11. 6. vor (TB).

BEFINDEN SEINES BRUDERS: Rudolf Schwarzkopf (s. Anm. zum Brief RBHs v. 19. 8. 1892).

8. 3. 1893

SITZ INS VOLKSTHEATER: zu ›Aus der Vorstadt‹, Volksstück mit Gesang in drei Akten von C. Karlweis und Hermann Bahr (1893); »bei einem erbärmlichen Stück von Karlweis und Bahr« vermerkte AS am 12. 3. 1893 (TB).

KEIN LEERER WAHN: »Und die Treue, sie ist doch kein leerer Wahn«: Friedrich Schiller, Die Bürgschaft, Vers 137.

18. 3. 1893

MEINEN PAPA: Prof. Dr. Johann Schnitzler (1835–1893), Laryngologe; Begründer und Leiter der Wiener Allgemeinen Poliklinik.

»KIND«: s. Anm. zum Brief ASs vom 5. 3. 1893.

12. 4. 1893

HYPNOSE: Von 1888 bis 1893 war AS Assistent seines Vaters an der Allgemeinen Poliklinik. Hier führte er auch Serien hypnotischer Versuche durch; ein Ergebnis ist seine Schrift ›Über funktionelle Aphonie und ihre Behandlung durch Hypnose und Suggestion‹, erschienen im 3. Heft der ›Internationalen Klinischen Rundschau‹ von 1889 (jetzt in MS 176–209).

Ende April 1893

WEGEN PAPA: Im Tagebuch vom 28. 4. 1893 vermerkte AS: »Papa hat *Erysipel. fac.*«. Erysipelas faciale ist Wundrose im Gesicht. Johann Schnitzler starb am 2. 5. 1893.

FELS: Friedrich Michael Fels (geb. 1864), Journalist; Obmann der Wiener »Freien Bühne«; wurde von AS häufig finanziell unterstützt.

FISCHER: Dr. Robert Fischer (1860–1939), Rechtsanwalt; Schriftführer der Wiener »Freien Bühne«.

SPECHT: Richard Specht (1870–1932), Journalist und Musikkritiker, veröffentlichte 1892 ›Sündentraum‹, 1893 ›Gedichte‹ und ›Das Gastmahl des Plato‹.

ZUM LEDIGEN HOF: ›Der ledige Hof‹. Volksschauspiel in fünf Akten (1877) von Ludwig Anzengruber (1839–1889), wurde am Carl-Theater gespielt.

Juni 1893

JARNO HIER A. G.: Josef Jarno war »als Gast« und Regisseur am Ischler Sommertheater.

TARTAGLIA: Figur der Commedia dell'arte; ein eingebildeter Dummkopf. Wen RBH hier meint, ist nicht feststellbar.

22. 6. 1893

MAMA: Louise Schnitzler, geb. Markbreiter (1840–1911).

23. 6. 1893

WEISSE: die Gemischt- und Galanteriewarenhandlung Theodor Weisse am Neuen Markt im 1. Bezirk.

RIEDHOF, CENTRAL, SACHER, CAFFÉE IMPÉRIAL: Der Riedhof in der Wickenburggasse im 8. Bezirk wurde gerne von Ärzten, Offizieren und Beamten besucht; das Café Central, in der Herrengasse im 1. Bezirk, im Gebäude der von Heinrich Ferstel erbauten Österreichisch-Ungarischen Bank, galt als Literatencafé und wurde vor allem durch den Besuch von Karl Kraus, Peter Altenberg und Egon Friedell berühmt. Das Hotel Sacher, 1. Bezirk, Augustinerstraße, war 1874 erbaut worden; das Hotel Imperial am Kärntnerring, 1865 als Palais Württemberg in italienischer Renaissance erbaut, wurde ab 1873 als Hotel genützt.

BYCICLE: Der neue Sport des Fahrrad(Bicycle-)fahrens begeisterte besonders AS und fand um die Jahrhundertwende zahlreiche Anhänger im gehobenen Bürgertum.

»WREDEN«: Grethe Wreden, Schauspielerin; war im August 1892 bei AS in Behandlung gewesen. Freundin Paul Horns.

P. H.: Paul Horn, s. Anm. zum Brief ASs v. 27. 12. 1892.

18. 7. 1893

NOVELLE: ›Das Kind‹.

DEVRIENT: Max Devrient (1858–1929), Schauspieler; 1882–1929 Mitglied des Wiener Burgtheaters.

BAUERS NOTIZ: Julius Bauer (s. Anm. zum Brief RBHs v. 10. 3. 1892); die ›Neue Freie Presse‹ brachte am 18. 7. unter ›Theater- und Kunstnachrichten‹ die Notiz: »Aus Ischl, 14. Juni, schreibt man uns: Gestern [!] hat im hiesigen Theater die Aufführung des Lustspiels: ›Abschiedssouper‹ von Arthur *Schnitzler* vor sehr gut besuchtem Hause mit glänzendem Erfolg stattgefunden. Der geistvolle Dialog des reizenden Einacters, der dem bekannten, schon vor längerer Zeit im Druck erschienenen Cyclus ›Anatol‹ entnommen ist, zeigt von feinem, dramatischem Talent. [...]«

»BÖRSENCOURIR«: s. Anm. zum Brief ASs v. 29. 7. 1893.

LAUTENBURG: Sigmund Lautenburg (1852–1918), ab 1887 Direktor des Berliner Residenzthaters; ab 1894 am Theater am Schiffbauerdamm, ab 1897 Leiter des Neuen Theaters in Berlin.

22. 7. 1893

IN DER ALTEN PRESSE ÜBER ABSCH.S.: zur Rezension von ›Abschiedssouper‹ s. Anm. zum Brief RBHs v. 29. 7. 1893.

ALLGEM. ZEITUNG: In der ›Wiener Allgemeinen Zeitung‹ erschien am 18. 7. 1895 ein ›Ischler Brief‹ von »Stefan«, in dem es heißt: »Minder glücklich gestaltete sich jedoch das ›*Abschiedssouper*‹ eines jungen Wiener Dichters der naturalistischen Schule, das am Freitag – ein Unglückstag – zum erstenmale auf der hiesigen Bühne gegeben wurde. Der Autor – Herr Dr. Arthur *Schnitzler* – ist zweifellos ein literarischer Gourmand, der an den Erzeugnissen der französischen Kunst ganz besonderen Gefallen zu haben scheint. Zumindest erinnert das einactige ›Abschiedssouper‹ an manches Capitel von Henri Murger's ›Zigeunerleben‹. Der Stoff ist ein ähnlicher, nur an den Ingredienzen, über die Murger verfügt: Esprit und Humor, fehlt es. Zum Malheur war das Stück auch schlecht einstudirt, so daß die Pointen absolut unverstanden blieben.«

MURGER: Henri Murger (1822–1861), Schriftsteller. Sein berühmtestes Werk waren die ›Scènes de la vie de Bohême‹ (1851).

OSTEN: Heinrich Osten (1856–1931), Schriftsteller und Journalist; Mitherausgeber der ›Neuen Revue‹.

BÖRSENCOURIER: s. Anm. zum Brief ASs v. 29. 7. 1893.

MEINEM SCHWAGER: Markus Hajek (1861–1941), Laryngologe; seit 1889 verheiratet mit ASs Schwester Gisela (1867–1953).

BENEDIKT'S: die Familie des Industriellen Markus Benedict (1834–1909).

GÖTTERLIEBLING: Arbeitstitel von RBHs Novelle ›Der Tod Georgs‹, erschienen bei S. Fischer 1900.

FREUND: Carl Freund, Verleger.

DER FL.: Bertha Flegmann (s. Anm. zum Brief RBHs v. 19. 8. 1892).

DAS STÜCK: ›Abschiedssouper‹.

DIE GRIEBL: Karoline Gribl (geb. 1867), Schauspielerin; Schwiegertochter von Carl Adolph Friese.

DIE ALTE FRIESE: die Frau des Schauspielers und Regisseurs Carl Adolph Friese (1831–1900). – Am 10. 7. 1893 hatte AS im Tagebuch notiert: »Jarno: Friese ist entrüstet über das Abschiedsouper. Man schläft dabei ein oder läuft davon. Seine Frau (diese alte Stabscanaille, setzt Jarno hinzu) hat sich beim Lesen geschämt. –«

ISCHLER WOCHENBLATT: In dieser Zeitung ist keine Besprechung des ›Abschiedssoupers‹ erschienen; ungeklärt, welchen Artikel AS hier meint.

25. 7. 1893

TOMASELLI: berühmtes Kaffeehaus am Ludwig-Viktor-Platz (heute Alter Markt) in Salzburg.

ALTE PRESSE, VON FREITAG »ISCHLER BRIEF«: In ›Die Presse‹ vom 21. 7. 1893, erschien ein Feuilleton von e. l. [= Emil Löbl], ›Aus Ischl‹: »[...] Das literarische Jung-Wien nämlich, das sonst hinter den Fenstern eines berühmten Cafés in der Herrengasse seine Lockenköpfe zusammensteckt, hat im Salzkammergut seine Sommerfiliale errichtet. Dieser Tage feierte Einer aus der Gilde sein Debut auf der Bühne des Ischler Stadttheaters und das festliche Ereigniß versammelte hier eine stattliche Zahl der jungen Stürmer und Dränger, von denen eine ebenso geistvolle als spitzige Ischler Curgastin behauptet, sie hätten sehr viel Talent, nur könne man nicht lesen, was sie schreiben. [–] Bei Arthur Schnitzler's ›Abschieds-Souper‹ [...] trifft das schnöde Wort keinesfalls zu. Im Gegentheile. Die amusante Bluette, aus deren raschbewegtem Dialoge jeden Augenblick ein neuer Funke aufsprüht, liest sich sehr gut. In unserer Zeit der formlosen Vielschmiererei verdienen solche Bijoux feinfacettirter literarischer Detailarbeit Anerkennung und Aufmunterung. Der Verfasser hat sich aber an dem Danke des Lesepublicums nicht genügen lassen und dabei übersehen, daß solche dialogisirte Feuilletons mit ihrem Minimalgehalte an Handlung auf der Bühne, wenn überhaupt, nur bei der erlesensten Darstellung volle Wirkung zu üben vermögen, bei einer Darstellung, die nicht nur die Intention des Dichters ganz zum Ausdruck bringt, sondern womöglich noch aus der Individualität des Schauspielers heraus neue Lichter aufsteckt. Solche Anforderungen können aber an eine Sommerbühne billigerweise kaum gestellt werden. Die Liebesabenteuer von Schnitzler's Anatole sind ja gewiß sehr interessant, aber bei aller Anatoleranz möchten wir sie doch lieber in die Enge des Buches gebunden wissen. Schon darum, weil manches Verfängliche sich in der intimen Unterhaltung zwischen Dichter und Leser vorbringen läßt, was auf der Bühne nur schwer gesprochen, kaum agirt und am allerwenigsten gehört und gesehen werden soll. [...]«

FRAU WALD[TUR]: nicht ermittelt.

M. B . . . . . . T: Minnie Benedict (1871–1928); Tochter des Industriellen Markus Benedict; tatsächlich stand sie AS nahe.

IN DEN BÄDERN: Die »böhmischen Bäder« waren Franzensbad, Karlsbad und Marienbad.

DAUPHINÉE: Dauphiné, Landschaft in Südost-Frankreich.

28. 7. 1893

FRAU F.: Bertha Flegmann.

VON BEN.: (Minnie?) Benedict.

BÖRSENCOURIR: s. Anm. zum Brief ASs v. 29. 7. 1893.

MAMROTH ZITIRT (TOLSTOI): Im Tagebuch vom 10. 3. vermerkte AS: »Mamroth refus. die Novelle, stellt sie colossal hoch (Tolstoi)«. Bei der abgelehnten Novelle handelte es sich um ›Sterben‹.

FRAU KALBEK: Julie Kalbeck, geb. Freund, die Frau des Journalisten Max Kalbeck (1850–1921).

FRAU LION: eine Schwägerin aus erster Ehe Julie Kalbecks.

WENGRAF HIRSCHFELD: Edmund Wengraf (1860–1933), Schriftsteller und Journalist; mit Heinrich Osten Herausgeber der ›Neuen Revue‹ (1893–1898); Robert Hirschfeld (1857–1914), Journalist und Kritiker. – Es handelte sich um einen Artikel Hirschfelds, ›Zwei Freunde Burckhards‹, gegen Bahr und Wengraf in der ›Wiener Sonn- und Montags-Zeitung‹ v. 24. 7. 1893. Max Eugen Burckhard (1854–1912), Jurist und Schriftsteller, war 1890–1898 Direktor des Wiener Burgtheaters. Hirschfeld hatte seine Amtsführung kritisiert und war deshalb von den »von maßlosem Eigendünkel geblähten Herren« angegriffen worden. Er schoß heftig zurück: »Hermann Bahr, der in seinen Feuilleton-Schaufenstern alle Arten von Gesinnung ausgebreitet hat, wagt es, die Gegner der jetzigen Burgtheaterleitung der Unehrlichkeit zu zeihen. Hermann Bahr als Apostel ehrlicher Gesinnung! [...] Edmund Wengraf ist eben [...] ein Charakter fin de siècle.«

LÖBL: Emil Löbl (s. Anm. zum Brief ASs v. Ende Januar 1893).

29. 7. 1893

MAGAZIN: Die Notiz erschien im ›Magazin für Litteratur‹ v. 22. 7. 1893.

»LUSTIGE« NOVELLE: ›Die kleine Komödie‹.

COUSINE: Adele von Suppé (geb. 1880?), Tochter von Pauline (1851–1923) und Peter von Suppé (1844–1894); Pauline war die Schwester von ASs Mutter Louise. Adele starb am 4. 8. 1893.

NOTIZ IM B. B.: im ›Berliner Börsen-Courier‹ v. 25. 7. 1893: »Man schreibt uns aus *Ischel*[!]: Auf der hiesigen Sommerbühne gelangte dieser Tage einer der begabtesten unter den Jüngern der wiener naturalistischen Gemeinde, Arthur *Schnitzler*, zum Worte. Aus des genannten Cyklus ›Anatol‹, der dem literarischen Berlin durch die Recitationen Reicher's bekannt geworden, wurde das ›Abschiedsouper‹ mit durchschlagendem Erfolg aufgeführt. Schnitzler führt uns in scharf beobachtete, schlechte Gesellschaft. Anatol, seiner leichtfüßigen und leichtlebigen Ballettdiva überdrüssig, dürstet nach einem anspruchslosen, unverdorbenen Mädchen aus der Vorstadt und hat es auch bereits gefunden. Sein Herz wäre allenfalls breit genug um nebst der Ballerina auch noch seinem neuen Ideal ein Plätzchen einzuräumen, nicht aber sein – Magen; der Aermste mußte täglich zweimal soupieren, einmal im Sacher, mit der Ballerina, das andere Mal im Vorstadtrestaurant, um mit seiner kleinen Modistin nicht ›aus dem Stil‹ zu fallen. Während er noch darüber nachdenkt, wie er der Ballerina seinen Entschluß, sie zu verabschieden, beibringen könne, stellt sich heraus, daß sich diese – ›zuvorkommend‹ wie alle Frauen – bereits selbst mit einem neuen amant du coeur versehen habe. Mit einer etwas schrillen Dissonanz schließt die gelungene Momentaufnahme und mit lauter Entrüstung aber gleichzeitig wohl still vergnügt, verläßt der Bourgeois das Theater. Die Hauptrolle spielte Herr *Jarno* vom berliner ›Residenztheater‹ mit Eleganz und gutem Humor und erntete verdientermaßen lebhaften Beifall.«

IM SZEPS: Moriz Szeps (1834-1902), Herausgeber des ›Neuen Wiener Tagblatts‹. Dieses berichtete in dieser Zeit weder positiv noch negativ über AS.

[Abschrift] 3. 8. 1893

MIEDERSTELLE: steht im Zusammenhang mit der Anstrengung des Helden, sich selbst zu stilisieren: »Er trat ins Schlafzimmer und begann sich vor seinem großen Toilettespiegel zu entkleiden. Er streifte mit einem Fuß den Lackhalbschuh von dem andern, ließ die Hose heruntergleiten, trat heraus, zog das Hemd über den Kopf – und stand jetzt da, im Mieder, den kurzen Piquethosen und den langen schwarzen Seidenstrümpfen. Langsam, vorsichtig öffnete er das Mieder und athmete tief auf – wie das wohlthat! – schlüpfte aus dem fleischfarbenen Seidenleibchen, das er unter dem Mieder trug und warf beides auf ein Fauteuil.« (Novellen 101)

HARTLEBEN: Otto Erich Hartleben (1864–1905), Schriftsteller; ›Die Erziehung zur Ehe. Eine Satire‹, erschien 1893.

BRIEFNOVELLETTE: ›Die kleine Komödie‹.

11. 8. 1893

FREUND UND JÄCKEL: Verlag Freund & Jeckel (s. Anm. zum Brief ASs v. 18. 3. 1893).

ABENDPOST: In der ›Wiener Abendpost‹, der Beilage zur ›Wiener Zeitung‹, v. 3. 8. 1893 erschien unter dem Titel ›Literatur‹ eine Rezension von Bruno Walden zu ASs ›Anatol‹ und Moritz Goldschmidts ›Bunter Reihe‹. Goldschmidt sei jedenfalls der »weit geistvollere« Autor. AS wird »crüder Cynismus« vorgeworfen, »der sich in der Schlußszene zum Höhenpunkte [!] des Anwidernden potencirt. [...] Die introspectiven Grübeleien – ein echt deutscher Zug – dieses Anatol, der sich so ver--zweifelt interessant vorkommt, sind es, die einer Leichtfertigkeit, welche einzig in unbewußter Lebensüberschäumung eine Raison d'être aufzuweisen vermag, einen so anwidernd perversen Zug aufdrücken. Das entrüstete Freundeswort seines so langmüthig verständnisvollen Vertrauten in der Schlußscene ›Anatols Hochzeitstag‹ [!]: ›So was thut man nicht!‹ läßt sich für dieselbe dahin variiren: So was schreibt man nicht.«

19. 8. 1893

CAFFÉE EUROPE: Das Café de l'Europe am Stephansplatz, von Wilhelm Fränkel 1874 erbaut, existierte bis 1945.

ZNAIM: RBH nahm in Znaim an einer Waffenübung teil.

27. 8. 1893

PIEVE DI CADORE: Am 22. 8. verließ AS Wien und reiste nach Toblach, von wo aus er am 24. 8. mit dem Rad Pieve di Cadore besuchte und Tizians Geburtszimmer besichtigte. Am 27. fuhr er, ebenfalls mit dem Rad, nach Pörtschach am Wörther See. Über Klagenfurt, Graz und den Semmering kehrte AS am 31. 8. nach Wien zurück.

VERFASSER VON TIZIANS TOD: Hugo von Hofmannsthal hatte AS den ›Tod des Tizian‹ am 21. 3. 1892 vorgelesen, eine weitere Lesung vor AS, RBH, Salten und Van-Jung fand am 23. 10. 1892 statt. Der Erstdruck erschien in Stefan Georges ›Blättern für die Kunst‹, Heft 1, Oktober 1892.

FRL. ANNA HILLER: 1874–1937, später verheiratet mit dem Industriellen Leopold Kupelwieser.

13. 9. 1893

REICHENAU: an der Rax in Niederösterreich.

VERTRAG MIT DEM DTSCH. VOLKSTH.: Die Uraufführung von ›Märchen‹ fand am 1. 12. 1893 im Deutschen Volkstheater mit Adele Sandrock in der Rolle der Fanny Theren und Robert Nhil als Fedor Denner statt; sie war ein Mißerfolg, das Stück wurde nach der zweiten Aufführung abgesetzt.

25. 10. 1893

WANDEL: Julius Meixner (s. Anm. zum Brief ASs v. 11. 3. 1892) spielte in der Aufführung von ›Märchen‹ die Rolle des Adalbert Wandel, der im Stück die »alte« Moral vertritt.

15. 11. 1893?

UNSER +++: Möglicherweise handelte es sich um den Abend am 15. 11., an dem Hofmannsthal bei RBH die Skizze ›Licitation‹ vorlas, AS den ›Abendspaziergang‹ (der Text erschien unter dem Titel ›Spaziergang‹ in der ›Deutschen Zeitung‹ v. 6. 12. 1893; jetzt in EV 152–156); hinterher folgte ein Besuch der Klabriaspartie, eines Jargon-Kabaretts des Souffleurs und Schriftstellers Josef Philippi (1851–1921).

[Visitenkarte] 31. 12. 1893

DER AUTOR DES »BEGRÄBNISSES«: Laut Tagebuch hatte Salten am 18. 5. 1893 RBH, AS, Hofmannsthal und G. Schwarzkopf die Skizze ›Begräbnis‹ vorgelesen; sie erschien 1900 im Sammelband ›Der Hinterbliebene‹.

FSCHIK: Friedrich Schik (geb. 1857), Journalist und Kritiker.

April 1894?

CLUB: AS gehörte seit 1893 der »Radfahrer-Union ›Vorwärts‹« an, die ihr Clublokal in der Unteren Augartenstraße 28 hatte. Ab Oktober 1893 war eine Clubzeitung erschienen; sollten die »Statuten« mit den hier (Jg. 2, Nr. 4 v. 1. 5. 1894, S. 2 f.) abgedruckten »Winken und Rathschlägen« übereinstimmen, so lautete Pkt. 5 (für RBH): »*Achte immer auf das Decorum*! Es ist Deine *Pflicht*, Alles zu unterlassen, was das Ansehen der Wiener Radfahrerschaft in dem Urtheil der Oeffentlichkeit herabsetzen könnte«, Pkt. 15 (für Bahr): »*Vorsicht beim Bergabfahren!*« – RBH trat 1895 dem Club doch bei.

30. 4. 1894

DONNERSTAG PARTIE: Am 3. 5. unternahm AS mit Salten einen Radausflug in den südlichen Wienerwald.

15. 5. 1894

FELS: s. Anm. zum Brief ASs v. Ende April 1893.

31. 5. 1894

MÜNCHEN: AS hielt sich vom 3. 6. bis 8. 6. in München auf und traf dort mit RBH zusammen.

BRANDES: Georg Brandes (1842–1927), berühmter dänischer Literaturkritiker. Am 26. 5. hatte er an AS, der ihm ›Anatol‹ und ›Das Märchen‹ geschickt hatte, geschrieben: »Aber für das Märchen *muß* ich Ihnen danken. Es ist eine so gute und gediegene Arbeit, wie ein Kritiker sie selten empfängt. Sie haben hier eine viel höhere Stufe erreicht, als in Ihrem früheren Buch. Die Frauengestalten sind alle sehr fein und richtig gezeichnet und die Handlung des Stücks ist gut und logisch geführt.« AS bedankte sich am 12. 6.: »Ihre Worte, hochverehrter Herr, sind mehr als Anerkennung, Lob, Ermuthigung – ich betrachte sie als Würde, die mir verliehen ist.« Auf der Nordlandreise 1897 lernten AS und RBH Brandes dann persönlich kennen; mit AS verband ihn danach eine jahrzehntelange (Brief-)Freundschaft (vgl. Georg Brandes und Arthur Schnitzler. Ein Briefwechsel hrsg. v. Kurt Bergel. Bern: Francke 1956).

LOU SALOMÉ: Lou Andreas-Salomé (1861–1937), Schriftstellerin und Psychoanalytikerin. Traf 1895 mit AS und seinem Kreis zusammen.

30. 6. 1894

AN F.: Friedrich Michael Fels; AS hatte RBH mehrmals gebeten, ihn finanziell zu unterstützen.

GRATULIRT MAN IHREM BRUDER: Julius Schnitzler (1865–1939), später Professor für Chirurgie und Primararzt des Wiedner Spitals, heiratete am 8. 7. 1894 Helene Altmann (1871–1941).

CACHENEZ: Halstuch, Schal.

STOLL + UHLIG: Schneider und Herrenartikelhandlung am Kohlmarkt im 1. Bezirk.

KAPPERS: Fritz Kapper (1861–1939), Arzt, Schul- und Studienkollege von AS. Seit 1890 verheiratet mit Adele Cohn (1870–1941).

PAUL SCHULZ: 1860–1919, Ministerialbeamter.

J. OPP...: Josef Oppenheim (1839–1900), Journalist.

TH. HERZL: Theodor Herzl (1860–1904), 1891–1895 Pariser Korrespondent, ab 1896 Feuilletonredakteur der ›Neuen Freien Presse‹; begründete mit seiner Schrift ›Der Judenstaat‹ (1895) den Zionismus. Briefwechsel mit AS, der ihn unter anderem bei der Vermittlung seines Dramas ›Das neue Ghetto‹ unterstützte, und mit RBH. Den praktischen Zielen des Zionismus stand vor allem AS distanziert gegenüber.

2. 7. 1894

FRANKGASSE: Nach dem Tod des Vaters bezog die Familie Schnitzler eine Wohnung in der Frankgasse 1 im 9. Bezirk.

LOBKOWITZPLATZ: Die Familie Altmann wohnte auf dem Lobkowitzplatz 1 im 1. Bezirk.

FUSCH: Im Juli 1894 hielt sich Hofmannsthal in Bad Fusch im Fuschertal auf.

5. 7. 1894

KYRIAZI: Zigarettenfirma in Kairo; importiert wurden die Marken »Jockeyclub«, »Imperatore« und »Elite«.

Juli 1894

HENRI BECQUE: 1837–1899, Schriftsteller; galt als Vorläufer des naturalistischen Dramas. 2 Bände ›Théâtre complet‹ waren 1889 in Paris erschienen.

[Telegramm] 30. 7. 1894

RBH traf in Salzburg mit AS, Hofmannsthal und Gustav Schwarzkopf zusammen.

SUENDENTRAUM: ›Dichtung‹ von Richard Specht (1892).

29. 8. 1894

Eglmoos 22: RBHs Ferienadresse in Ischl.

Adele Sandrock: 1863–1937, Schauspielerin. Ab 1889 am Deutschen Volksthater, 1895–1898 am Burgtheater. Später unternahm sie hauptsächlich Gastspielreisen und verarmte; eine zweite Karriere gelang ihr als »komische Alte« im Film der zwanziger Jahre. In ASs ›Märchen‹ spielte sie die Rolle der Fanny und hatte anschließend ein turbulentes Verhältnis mit AS (vgl. Dilly. Adele Sandrock und Arthur Schnitzler. Geschichte einer Liebe in Briefen, Bildern und Dokumenten. Zusammengestellt von Renate Wagner. Wien: Amalthea 1975).

7. 9. 1894

Bolgar: Franz von Bolgár (1852–1923), ungarischer Publizist und Politiker; ›Die Regeln des Duells‹ erschienen ungarisch 1880, deutsch 1884 und erreichten zahlreiche Auflagen.

Schenker u. Co: ein Speditionsgeschäft in der Neutorgasse 17 im 1. Bezirk.

À Discretion: nach Belieben.

»Zeit«: Ab Oktober 1894 erschien die Wochenschrift ›Die Zeit‹, Herausgeber waren außer Bahr Heinrich Kanner und Isidor Singer. Bahr übte diese Funktion bis 1901 aus.

9. 9. 1894

Der Artikel der Marholm: Laura Marholm (1854–1905), Schriftstellerin. Ihr Beitrag erschien unter dem Titel ›Ein Märchen‹ in der ›Zukunft‹, Bd. 8, 25. 8. 1894, S. 368–371. Marholm deutet den Titel auf das »Märchen von der freien Liebe« um und bespricht zunächst die literarische Verarbeitung dieser Frage in Skandinavien und Deutschland: »Im Norden war sie unter den Händen unbändiger Dichter ein theoretisch begründeter Anachronismus des Bluts, in Berlin war sie ein durch besonnene Menschen, aber unbesonnene Schriftsteller ordentlich klassifizirtes und etiquettirtes Vernunftsprinzip geworden« (S. 369). In Wien hingegen hätten die Schriftsteller eine »bewegliche, komplizirte Sensibilität, die leicht in Müdigkeit und Ekel ausläuft; gar nichts von der ›Kraftnatur‹, die es so nahe zur Stupidität hat«. Sie würden »auf einmal ganz individuell stark und unbegreiflich empfindende Persönlichkeiten, Menschen mit sehr subjektiven inneren Gesetzen und Traditionen, mit denen sie nicht nur nicht brechen wollen, sondern die sie als ihren eigensten, intimsten Werth empfinden und festhalten«. Schnitzlers Stück schließlich sei »ein sehr feines und anscheinend auch sehr bühnenwirksames Stück Individualpsychologie« (S. 370 f.), das dem Märchen von der freien Liebe »hart auf den Leib« rücke; der Aufsatz schließt: »Es ist aus, das Märchen von der freien Liebe.«

September 1894

AUF DER ROUTE NACH ITALIEN: »Im Herbst nach Italien (bis Capri) – Nach Briefen und Postkarten: 15. September Franzenshöhe – 17. September Bellagio, Comer See – 19. September Luino – 23. September Mailand, Grand Hôtel Milano – 2. Oktober Florenz – 14. Oktober Neapel, Hôtel Haßler (bis ca. 25. Oktober) – Nach 2. Oktober Rom – 26. Oktober Venedig« (Daten).

10. 9. 1894

BELLAGIO: Sommerfrische am Comer See.

PALLANZA: Kurort am Lago Maggiore.

[Ansichtskarte Franzenshöhe] 15. 9. 1894

[Abschrift] 29. 9. 1894

LÉON UND WALDBERG: Victor Léon (Ps. für Victor Hirschfeld, 1858–1940), Dramaturg und Schriftsteller; verfaßte u. a. das Lustspiel ›Man sagt‹ zusammen mit dem Schriftsteller Heinrich von Waldberg (1860–1942).

BLUMENTHAL UND KADELBURG: Oskar Blumenthal (s. Anm. zum Brief RBHs v. 16. 12. 1891). Verfaßte viele Lustspiele und Operettenlibretti (z. B. ›Großstadtluft‹, 1891; ›Zum weißen Rössl‹, 1898) zusammen mit dem Lustspielautor Gustav Kadelburg (1851–1925).

BROCINER UND GERHARD: Marco Brociner (1852–1942), Journalist und Schriftsteller; Leo Gerhard (Ps. für Leo Geiringer, 1851–1900), Dramaturg und Schriftsteller. – Möglicherweise eine Vertauschung; Brociner hatte das Schauspiel ›Die Hochzeit von Valeni‹ (1891) zusammen mit Ludwig Ganghofer (1855–1920) verfaßt.

ERÖFFNUNG JOSEFSTADT: Das Theater in der Josefstadt wurde nach einem Umbau (und der Einleitung des elektrischen Lichts) am 28. 9. durch eine Wohltätigkeitsvorstellung von ›Toto-Tata‹, einem Vaudeville in drei Akten von Bilhaud und Barré, Musik von Antoine Banès (dt. von F. Zell und Victor Léon), eröffnet.

MEIN STÜCK: ›Liebelei‹. Am nächsten Tag begann AS den dritten Akt; am 4. 10. wurde es beendet, am 31. 10. von Max Burckhard für das Burgthater angenommen; Premiere war am 9. 10. 1895; Adele Sandrock spielte die Christine.

»FLIESST DIE ARBEIT MUNTER FORT?«: »Wenn gute Reden sie begleiten, / Dann fließt die Arbeit munter fort«: Friedrich Schiller, Das Lied von der Glocke, Vers 10 f.

FLOH, BOMBE, WIENER WITZBLATT: Anspielung auf die »Leutnants-Witze« in den satirisch-humoristischen Wochenblättern ›Der Floh‹ (1869–1919), hrsg. v. Joseph Frisch; ›Die Bombe‹ (1871–1925), hrsg. v. Julius Weiss (ab 1888–1897); ›Neues Wiener Witzblatt‹ (vorher: ›Saphir's Styx‹ und ›Wiener Witzblatt‹; 1869-1908), hrsg. v. D. Weiss (ab 1893).

2. 10. 1894

GUERCINO: Giovanni Francesco Barbieri (1591–1666), Maler. Laut Olga Schnitzler hing in ASs Behandlungszimmer eine Kopie eines Guercino (vgl. Spiegelbild der Freundschaft. Salzburg: Residenz 1962, S. 25).

5. 10. 1894

»LÜBKE«: Wilhelm Lübke (1826–1893), Kunsthistoriker. Sein ›Grundriß der Kunstgeschichte‹ erschien 1860, in 11. Auflage 1892.

PLOETZ: Karl Ploetz (1819–1881). Sein ›Auszug aus der alten, mittleren und neueren Geschichte‹ erschien 1863, in 10. Auflage 1891.

SCHWESTERN RONDOLI: ›Les soeurs Rondoli‹, Novellensammlung von Guy de Maupassant (1884).

LUDASSY: Julius Gans von Ludassy (1858–1922), Schriftsteller. Er war mit einer Cousine ASs verheiratet.

WR. ALLG. ZTG.: Die ›Wiener Allgemeine Zeitung‹ existierte von 1880 bis 1934, gegründet von Theodor Hertzka (1854–1924).

»SCHMETTERLINGSSCHLACHT«: Komödie in vier Akten (1895) von Hermann Sudermann (1857–1928).

»MAN SAGT«: s. Anm. zum Brief ASs v. 29. 9. 1894; Premiere war am 29. 9. im Deutschen Volkstheater.

ROSENKRANZ, DIDEROT: Carl Rosenkranz (1805–1879), Philosoph. ›Diderots Leben und Werke‹ erschien 1866.

KELLER, MUSIKGESCHICHTE: Otto Keller (1861–1928), Musikschriftsteller. Heiratete 1896 eine Cousine Schnitzlers. Seine ›Geschichte der Musik‹ erschien 1893.

PHRYNE VON LEO EBERMANN: Leo Ebermann (1863–1914), Schriftsteller. Das Drama wurde unter dem Titel ›Die Athenerin‹ 1896 im Burgtheater aufgeführt.

15. 10. 1894

»DES GOTTES VOLL«: »Aus Rhegium, des Gottes voll«: Friedrich Schiller, Die Kraniche des Ibykus, Vers 8.

15. 10. 1894

DIESES LINKE OHR: Vom Lehrer gefragt, wo sein linkes Ohr sei, zeigt der kleine Moritz mit der rechten Hand hinter dem Kopf herum auf das linke Ohr. »Verwendet als Illustration einer Redeweise, die den Sinn eines Satzes in sein Gegenteil verkehrt« (B I, 791).

MEIN STÜCK: ›Liebelei‹.

EINEN EINAKTER: ›Paracelsus‹, Versspiel in einem Akt; AS arbeitete seit dem 11. 9. daran. Wiederaufgegriffen und erstmals veröffentlicht 1898; im Burgtheater 1899 uraufgeführt.

HUGO ... ALS DRAGONER: Hofmannsthal absolvierte seinen Militärdienst als Einjährig-Freiwilliger beim Dragoner-Regiment 6 zuerst in Brünn, dann in Göding in Mähren.

SALTEN ... SUDERMANN: Das Interview ›Bei Hermann Sudermann‹ erschien in der ›Wiener Allgemeinen Zeitung‹ v. 13. 10. 1894. Allerdings: »Sein Kopf ist schön, und wäre es selbst ohne den reichen vollen Bart. Denn seine Stirn steigt über energischen Augenbrauen in feinem Bogen zu den Haarwurzeln, und ist so blaß wie die Frauen eine Denkerstirn nur lieben. Dazu hat er dunkle zärtliche Augen, und durch seinen schwarzbraunen Bart schimmern rothe volle Lippen, die weich und anmuthig geschwungen sind.«

PAUL VON SCHÖNTHAN: Paul Schönthan Edler von Pernwald (1853–1905), Schriftsteller.

SAUBERMANN: ›Die Saubermänner‹ waren eine Künstlervereinigung, der u. a. AS, Paul von Schönthan, Julius Bauer und Marco Brociner angehörten. Der Verein existierte von 1893 bis 1894.

JULIAN STERNBERG: geb. 1868, Journalist.

18. 10. 1894

»Musenalmanach — Herodot«: Kraus hatte im Jänner 1894 (Der Zuschauer 2/1) Otto Julius Bierbaums ›Modernen Musenalmanach‹ (München 1894) rezensiert, wie schon im Jahr zuvor den ›Modernen Musenalmanach auf das Jahr 1893‹. Beide Male warf er Bierbaum vor, den »Großen« der modernen Literatur zuwenig Beachtung zu schenken. – In Herodots ›Historien‹, die in neun nach den Musen benannte Bücher eingeteilt sind, heißt es: »Denn die voralters groß waren, von denen sind viele klein geworden, und die groß sind zu meiner Zeit, waren früher klein. Da ich nun weiß, daß der Menschen Glück und Herrlichkeit nicht besteht, so will ich des einen wie des andern gedenken.« (I, 5)

»Ikarus Ikarus, Jammers genug«: »Ikarus! Ikarus! / Jammer genug«: Johann Wolfgang von Goethe, Faust II, 3. Akt, Verse 9901 f.

S. Fischer: Samuel Fischer (1859–1934), Gründer und Leiter des S. Fischer Verlags in Berlin. Verlegte von 1895 an (›Sterben‹, ›Liebelei‹) die Werke ASs und ab 1900 (›Der Tod Georgs‹) auch die RBHs. Die freundschaftliche Beziehung zwischen ihm und den Autoren wurde gelegentlich durch Tantiemenverhandlungen gestört.

19. 10. 1894

Mein Stück: ›Liebelei‹.

Sterben: s. Anm. zum Brief ASs vom 11. 3. 1892.

20. 10. 1894

Bajae: Bajä, Badeort mit heißen Schwefelquellen am Golf von Neapel. Im Altertum sprichwörtlich wegen des ausschweifenden Badelebens.

Bauer und Grünwald: Hotel in Venedig.

»Abonnent«: In der ersten Nummer der ›Zeit‹ v. 6. 10. 1894 hatte Hermann Bahr unter dem Pseudonym »Caph.« eine Glosse unter dem Titel ›Der Abonnent‹ (S. 6 f.) veröffentlicht; darin hieß es: »Der Abonnent [...] gilt vielen als der Herr der Presse. Immer wird nur gefragt: Was sagt der Abonnent? Seine Laune zu treffen und ihr in gefälligen Formen zu dienen, gilt als die ganze Kunst der Zeitung. [...] Da es nun unsicher ist, wie der Abonnent in neuen Fragen denkt, die eben die Zeit erst bringt, werden sie lieber, bis man seine Neigung kennt, so lange ängstlich verschwiegen. [...] Die Presse sagt heute, was der Abonnent gestern gedacht hat, und sie wird morgen sagen, was er heute denkt. [...] Sie ist ein Arsenal aller gestrigen Gedanken.« Daraus ergibt sich ein Programm der neuen ›Zeit‹: »Ein Blatt der neuen Gattung, die nicht aus den Abonnenten schallen, sondern in die Abonnnenten rufen will, wird hier versucht. Einige Leute, die anders denken als die Menge von heute und sich schmeicheln, dass morgen alle Welt so denken wird, wollen hier ihre Meinungen sagen, unbekümmert, ob sie gefallen. Sie dürfen bei aller Bescheidenheit Muth und Hoffnung haben, weil sie sich nicht als einsame Neuerer, sondern als der Wiener Posten jenes großen Bundes fühlen, den Nietzsche die guten Europaer getauft hat.«

»Burgtheater« (Burkhard): Hermann Bahr, ›Burgtheater‹, ›Die Zeit‹, Nr. 1 v. 6. 10. 1894, S. 9 f.: Bahr lobt darin Burckhard, der im fünften Jahr seiner Amtszeit als Direktor des Burgtheaters war, für seine administrativen Leistungen und für seine Besetzungspolitik, kritisiert aber das Zusammenspiel der Darsteller und das Repertoire: »Hat der Director erst aus seinen neuen Kräften einen neuen Stil gewonnen, dann sorge er sich nicht um neue Stücke: er braucht dann nur die alten zu spielen und alle werden plötzlich neu sein.«

gegen den deutschen Schulverein: »Deutscher Schulverein in Österreich«, gegründet 1880 in Wien zum Zweck der Errichtung deutscher Schulen in den Ländern Österreichs, besonders an den Sprachgrenzen, mit sich verschärfender deutsch-nationaler Tendenz.

Maupassant: Guy de Maupassant (1850–1893), berühmt durch seine Novellen (s. Anm zum Brief ASs v. 5. 10. 1894) und Romane, v. a. ›Ein Leben‹ (1883) und ›Bel Ami‹ (1885); sie wurden später häufig als Vorbilder von Schnitzlers Prosa genannt.

Dora: Hermann Bahrs ›Dora. Drei Novellen‹ erschien 1893.

20. 10. 1894

Schmetterlingsschlacht: s. Anm. zum Brief ASs v. 5. 10. 1894. AS hatte Sudermanns Stück am 17. 10. im Burgthater gesehen.

Ehre: ›Die Ehre‹. Schauspiel in vier Akten (1890).

Sodom: ›Sodoms Ende‹. Trauerspiel in fünf Akten (1891).

Heimath: Schauspiel in vier Akten (1893).

Rosi: Die siebzehnjährige Rosi, Erfinderin wunderschöner Schmetterlingsmuster für Fächermalerei, vertritt im Drama Tugendhaftigkeit, liebt den Verlobten ihrer weniger sittlichen Schwester und wird entsprechend belohnt und versorgt.

Bahr ... seine Kritik: erschien unter dem Titel ›Burgtheater‹ in der 2. Nummer der ›Zeit‹ v. 13. 10. 1894, S. 26; Bahr stellte die ›Schmetterlingsschlacht‹ über Sudermanns andere Stücke, da sie menschliche Schwächen nicht mehr mit polemischer naturalistischer Einseitigkeit, sondern mit verstehendem Humor darstelle; er ziehe sie sogar »allen deutschen Stücken der letzten Jahre vor: denn man geht aus ihr mit einer philosophischen Heiterkeit heim, die keinen Groll mehr gegen die Welt erlaubt und Muth, das Leben zu bestehen, gibt«.

Komödianten: Komödie in vier Akten von Edouard Pailleron (1834–1899), im Deutschen Volkstheater aufgeführt.

MEINEN LETZTEN AKT: von ›Liebelei‹.

RAIMUNDTHEATER: 1893 eröffnet; Leiter war Adam Müller-Guttenbrunn (1852–1923).

HEDING: Edmund Heding (1867–1939), Sänger.

NERZ: Ludwig Nerz (1867–1938), Schauspieler.

23. 10. 1894

RUDOLF LOTHAR: 1865–1943, Schriftsteller und Kritiker. Sein Märchenspiel ›Der Wunsch‹ hatte am 7. 1. 1894 am Burgtheater Premiere.

BUCH HIOB: ›Das Buch Hiob‹. Schauspiel in einem Akt (1891) nach H. Hölty von Leopold Adler (1850–1919); wurde am 16. 12. 1893 am Burgtheater aufgeführt.

LA MARTIRE (SAMARRA): ›La Martire‹ (1894), Vertonung des Komponisten Spiro Samara (1863–1917) der gleichnamigen »novella scenica« von Luigi Illica.

MEDICI: ›I Medici‹ (1893), Oper von Ruggiero Leoncavallo (1857–1919).

ENNEMICO DEL POPOLO: ›Ein Volksfeind‹ (1882), Schauspiel in fünf Akten von Henrik Ibsen.

PUPPENFEE LA FATA DEL[LE BAMBOLE]: Die Puppenfee. Ballettpantomime in einem Akt von Josef Haßreiter und Franz Gaul, Musik von Josef Bayer (1888, ital. 1893, ›La Fata delle bambole‹).

26. 10. 1894

»STERBEN«: Der Fortsetzungsdruck in der ›Neuen Deutschen Rundschau‹ hatte im Oktober begonnen, s. Anm. zum Brief ASs v. 11. 3. 1892.

MIT DES GEISTES FLÜGELN: »Ach! zu des Geistes Flügeln wird so leicht / Kein körperlicher Flügel sich gesellen«: Johann Wolfgang von Goethe, Faust I, Verse 1090 f.

COMÖDIANTEN: s. Anm. zum Brief ASs v. 20. 10. 1894; AS besuchte die Vorstellung am 20. 10.

KABALE UND LIEBE: Schon im Jahr zuvor hatte AS zu Schillers Trauerspiel (1784) notiert: »Im Volksth. bei Kabale und Liebe – schrecklich! –« (TB v. 5. 10. 1893).

»LEBT WOHL, IHR BERGE«: »Lebt wohl ihr Berge, ihr geliebten Triften«: Friedrich Schiller, Die Jungfrau von Orleans, Prolog, 4. Auftritt, Vers 383.

DEN KOMÖDIANTENROMAN VON SCARRON: ›Le roman comique‹ (1851–1857) von Paul Scarron (1610–1660) erschien 1887 neu übersetzt unter dem Titel ›Der Komödiantenroman‹.

28. 10. 1894

DEN KLEINEN ANDRIAN: Leopold von Andrian zu Werburg (1875–1951), Schriftsteller und Diplomat. Besonders mit Hofmannsthal gut befreundet. Aufsehen erregte sein 1895 erschienener ›Garten der Erkenntnis‹. Litt unter schwerer Hypochondrie und zog AS häufig deswegen zu Rate.

MORITZ MAYER: nicht ermittelt.

14. 11. 1894

GENRE ULTZMANN: Robert Ultzmann (1842–1890), Urologe, Abteilungsleiter der Poliklinik und Professor für Chirurgie.

FÜR *PAPA*: Alois Hofmann.

28. 1. 1895

RAIMUNDTHEATERABEND: Am 29. 1. wurde hier zum 25. Mal das Volksstück mit Gesang ›Bruder Martin‹ von Carl Costa, Musik von Max von Weinzierl, in Anwesenheit des Verfassers gegeben.

28. 1. 1895

MEIERISCHE STROHHUTHANDLUNG … FREISINGERGASSE: Die k. u. k. Hof-Strohhut-Fabrik J. Mayer hatte nur eine Niederlassung in der Wiedner Hauptstraße im 4. und eine in der Freisingergasse im 1. Bezirk.

[Visitenkarte] 17. 2. 1895

DES HERRN HUND'S: 1892 kaufte Alois Hofmann »den kurzhaarigen Terrier ›Flirt‹, laut Pedigree ›Bullterrier neuerer Züchtung‹«. (Daten) – RBHs Tierliebe war notorisch.

27. 2. 1895?

LOGE NR. EILF: im Burgtheater, wo Ibsens Schauspiel ›Klein Eyolf‹ Premiere hatte. Adele Sandrock spielte die Rita Allmers.

ZUR REPARTIRUNG: zum Ausgleich.

QUALLE, SCHWESTER: Laut TB soupierte AS nach der Aufführung mit Adele Sandrock, Salten und RBH im Riedhof. – Adele Sandrocks Schwester war Wilhelmine Sandrock (1861–1948).

26. 3. 1895

FAUST: ›Faust, 2. Teil‹ sah AS am 27. 3. im Burgtheater mit Sonnenthal als Faust.

»KARLSSCHÜLERIN«: ›Die Karlsschülerin‹. Operette in drei Akten von Hugo Wittmann, Musik von Karl Weinberger. Gespielt wurde sie am Theater an der Wien.

»TOURISTEN«: ›Wiener Touristen‹. Posse mit Gesang in drei Bildern von Karl Lindau und Friedrich Antony, wurde am Theater in der Josefstadt gespielt.

HUBERMANNCONCERT: Den Violinvirtuosen Bronislaw Huberman (1882–1947) hörte AS am 29. 3. im Großen Musikvereinssaal; nachher soupierte er mit Herzl und RBH im Riedhof. »Kann in H.s Gesellschaft nicht wirklich warm werden; mich eigentlich nicht einmal annähernd wohl fühlen.« (TB)

GOLDSCHMIDT: Buchhandlung und ›Wiener Zeitungs-Bureau‹ Hermann Goldschmiedt, Wollzeile 6.

MÜNCHNER ALLGEMEINE: In dieser Zeitung erschien am 23. 3. ein Bericht über einen Vortrag des Philosophen Theodor Lipps (1851–1914), mit antinaturalistischer Tendenz: »Der Dichter stellt nicht Menschen dar, die ihren Gedanken und Empfindungen in Versen Ausdruck geben, sondern er stellt menschliche Gedanken und Empfindungen dar, und er thut dies in Versen. [...] Das Kunstwerk, das die Aufgabe hat, Wirkliches wiederzugeben, hat zugleich die nicht minder wichtige Aufgabe, Elemente des dargestellten Wirklichen künstlerisch zu negiren.«

CARLOS SCHNABL: möglicherweise die Wiener Dissertation von Carolus Schnabl ›De antiquissimis incolis terrae Chanaan‹ (1887). Karl Schnabl (1846–1912) war ab 1873 Rektor des österreichischen Pilgerhauses in Jerusalem und ab 1887 Hofkaplan.

17. 5. 1895

Laut Tagebuch besuchte AS an diesem Tag mit RBH und Lou Andreas-Salomé das Café Habsburg.

29. 5. 1895

DR. G. N.: Gábor Nobl (1864–1938), Jugendfreund ASs, später Vorstand der dermatologischen Abteilung der Allgemeinen Poliklinik. – RBH fürchtete, sich mit einer Geschechtskrankheit angesteckt zu haben.

N. A. LIEUT. IM K-K. LANDW. INF. RGMT. CASLAU NO 12: Als »nicht aktiver« Leutnant nahm RBH vom 31. 5. bis 16. 6. an einer Waffenübung des kaiserlich-königlichen Landwehr-Infanterie-Regimentes Nr. 12 in Časlau in Böhmen teil.

7. 6. 1895

CONTRACT: Am 5. 6. 1895 hatte Samuel Fischer an AS geschrieben: »Ihre ›kleine Comödie‹ hat mir sehr gut gefallen und ich bin sehr gern bereit, sie in hübscher Ausstattung als Buch zu bringen. Ich würde Ihnen vorschlagen, das Buch in der ›Collection Fischer‹ (mit Umschlagbild) erscheinen zu lassen [. . .]. Wir würden auch gern die Novelle im Augustheft unserer Zeitschrift abdrucken, was sicher der späteren Verbreitung des Buches nur vortheilhaft wäre. [. . .] Beigehend sende ich Ihnen den üblichen Contract, der Ihnen den großen Vortheil bietet, daß Ihr Honorar nicht erst nach Deckung der Kosten beginnt, sondern nach Maßgabe des Absatzes sogleich in Erscheinung tritt. Der Tantiėmensatz ist für alle Autoren in Deutschland wie in Frankreich 20 % von Gerhart Hauptmann bis zu Felix Hollaender.« (s. Fischer)

HAUPTMANN: Gerhart Hauptmann (1862–1946) war seit 1890 Autor des S. Fischer Verlags.

COLLECT. FISCHER: Die »Collection Fischer« existierte 1894/95 und 1897–1899; ein Abdruck der ›Kleinen Komödie‹ in dieser Reihe kam nicht zustande.

ZASCHE'SCHEN ILLUSTR.: Theo Zasche (1862–1922), Zeichner und Maler, war von AS als Illustrator selbst vorgeschlagen worden; Fischer hatte wegen der hohen Kosten Bedenken gegen die Illustration.

IN DER FREIEN BÜHNE: Im Augustheft der inzwischen unter dem Titel ›Neue Deutsche Rundschau‹ erscheinenden Zeitschrift erfolgte der Abdruck der Novelle.

N.: Gábor Nobl, s. Anm. zum Brief RBHs v. 29. 5. 1895.

DEM HUGO'SCHEN MÄRCHEN: Hugo von Hofmannsthals ›Märchen der 672. Nacht‹ erschien am 2., 9. und 16. 11. 1895 in der ›Zeit‹. Auf der Ebene symbolischer Vorausdeutungen wird das Ende des Helden, des Kaufmannssohns, einer Verkörperung der ästhetischen Existenz, immer schon vorweggenommen: er stirbt an einem Hufschlag seines Pferdes.

KRITIK SOKALS ÜBER STERBEN: Clemens Sokal (geb. 1867), Journalist; die Kritik ›Sterben‹ erschien in der ›Neuen Revue‹, Nr. 22 v. 29. 5. 1895, S. 689–692: »Dieses Buch konnte nur jemand schreiben, der das Leben sehr liebt und vom Sterben nichts anderes zu sagen weiß, als daß es eine traurige Sache ist. In dieser naiven und vielleicht auch ein wenig trivialen Lebenslust spricht sich zugleich das Wienerische des Buches und der Jugend seines Autors aus. Arthur Schnitzler hat in seiner literarischen Physiognomie bisher überhaupt weniger persönliche Züge gezeigt, als solche, die an sein heimatliches Milieu erinnern. [. . .] Diesmal verbindet er mit jenen Eigenschaften eine gereiftere Kunst der Darstellung, welche uns die Monotonie seines Themas nirgends empfinden läßt. Er ist ein feiner Beobachter und es steckt vielleicht einige Bosheit darin, daß er in Allem, was er bisher geschrieben, an einem und demselben Helden von echt heimischem Gepräge festhält und ihn der Reihe nach in Situationen bringt, denen er nicht gewachsen ist. Denn der schwindsüchtige Held dieser düsteren psychologischen Skizze ist noch immer der liebenswürdig frivole, sentimental egoistische Anatol, den wir einst von der heiteren Seite her kennen lernten und der, unter der Wucht eines tragischen Schicksals kläglich erdrückt, so unliebenswürdig werden kann, seine Geliebte erwürgen zu wollen.« (S. 691 f.) – Zu Osten und Wengraf s. Anm. zum Brief RBHs v. 28. 7. 1893.

AN EINEM STÜCK: ›Freiwild‹, Schauspiel in drei Akten. Schnitzler arbeitete seit Oktober/November 1894 daran und schloß es am 5. 6. 1896 ab. Die Uraufführung fand in Berlin am 3. 11. 1896 statt.

15. 6. 1895

DIE KRITIK VOM KLEINEN KRAUS: in der ›Neuen Freien Presse‹ vom 12. 6. 1895.

GRÖGER: Fanny Gröger (1869–1936), Schriftstellerin. ›Adhimukti‹ erschien 1895. – Kraus hatte geschrieben: »In unser junges Oesterreich, wo die Talente so dicht an einem Kaffeehaustisch zusammensitzen, daß sie einander gegenseitig an der Entfaltung hindern, wird Fräulein Gröger eine willkommene Abwechslung bringen. Während ihre literarischen Altersgenossen, aus Furcht, ›ein Spiel von jedem Druck der Luft‹ zu werden, sich längst in das Schneckengehäuse ihres vorgeblichen Ich zurückgezogen haben und nur zeitweise heraustreten, um dessen kokette Windungen zu betrachten, scheint sich Fräulein Gröger *trotz* ihrer Jugend ein offenes Auge erhalten zu haben.« (Fanny Gröger war 26, Kraus 21 Jahre alt.) »Sind wir ein Spiel von jedem Druck der Luft?«, ein Zitat aus Faust I, Vers 2724, war das Motto zu RBHs Novelle ›Das Kind‹. Hofmannsthal übernahm das Motto ebenfalls für sein 1897 entstandenes, 1899 in Georges ›Blättern für die Kunst‹ erschienenes Gedicht ›Der Jüngling und die Spinne‹.

FRAUENLOB VON HRN. LOTHAR: Rudolf Lothar (s. Anm. zum Brief RBHs v. 23. 10. 1894). Sein ›Frauenlob‹ wurde am Deutschen Volkstheater aufgeführt.

BURCKH.: Burgtheaterdirektor Burckhard nahm ›Liebelei‹ am 9. 10. 1895 definitiv zur Aufführung an.

EINEN GROBEN BRIEF: S. Fischer antwortete am 15. 6.: »Anstatt sich zu ereifern hätten Sie unser Anerbieten einfach ablehnen sollen [...]. Es ist nicht unsere Schuld, daß wir Ihnen ein höheres Honorar nicht anbieten können, denn es wird Ihnen nicht unbekannt sein daß die guten Qualitäten eines Blattes in umgekehrtem Verhältniß zu der Abonnentenzahl zu stehen pflegen«, bot ihm am 19. 6. aber doch 50 Mark für die Novelle an, worauf der Abdruck zustande kam. (s. Fischer)

AN MEINEM STÜCK: ›Freiwild‹.

DIE BÖHM. BÄDER: Die Reise von Prag nach Karlsbad, Marienbad und Franzensbad unternahm AS zwischen 3. 7. und 14. 7.

MEIN RECHTES OHR: Ohrengeräusche und zunehmende Schwerhörigkeit quälten AS bis zu seinem Tod.

22. 6. 1895

SEIN VATER: Hugo August Hofmann Edler von Hofmannsthal (1841–1915), Bankdirektor, unterstützte die literarische Tätigkeit seines Sohnes nach Kräften und war beispielsweise Ausschußmitglied der Wiener »Freien Bühne« gewesen.

EIN STÜCK: ›Freiwild‹.

BURCKHARD: Laut Tagebuch fand das Gespräch mit Burckhard, der im selben Haus wie AS wohnte, am 16. 6. statt.

SONNENTHAL: Adolf Ritter von Sonnenthal (1834–1900), Schauspieler, Mitglied des Wiener Burgtheaters von 1856 bis 1900. Bei der Uraufführung der ›Liebelei‹ spielte er den alten Weiring, Christines Vater.

MITTERWURZER: Friedrich Mitterwurzer (1844–1897), Schauspieler; 1871–1880 und 1894–1897 Mitglied des Wiener Burgtheaters. Die Episodenrolle des »Herrn« in der ›Liebelei‹ übernahm er tatsächlich.

DEN »ALTEN DICHTER«: Die ›Geschichte von einem greisen Dichter‹, an der AS von März bis Mai 1894 gearbeitet hatte, blieb unpubliziert.

23. 6. 1895

ZLEB: an der Doubrava, 10 km östlich von Časlau.

NEU-BIDSCHOW: Stadt an der Bahn zwischen Prag und Königgrätz.

BENATEK: Eines von mehreren böhmischen Dörfern dieses Namens lag im Kreis Časlau.

LUEGER: Karl Lueger (1844–1910), Gründer des »Christlichsozialen Vereins«, der 1893 zur »Christlichsozialen Partei« geworden war. Fand auch aufgrund antisemitischer Propaganda eine breite Anhängerschaft vor allem im Kleinbürgertum. 1897 wurde er gegen den Widerstand des Kaisers Wiener Bürgermeister; seine Leistungen für die Verwaltung und den Ausbau der Stadt sind unbestritten.

24. 6. 1895

LANDPARTIE: Am 23. 6. unternahm AS mit seiner damaligen Freundin Marie Reinhard (1871–1899) einen Ausflug in die Wachau.

LOU SALOMÉ: Im Mai hatte sich Lou Andreas-Salomé in Wien aufgehalten und war häufig mit AS und RBH zusammengetroffen. Im August verbrachten sie gemeinsam einige Tage in Salzburg; Anfang September fand eine Zusammenkunft in München statt, an der auch Paul Goldmann teilnahm.

LESSING — EVA KÖNIG: Der ›Briefwechsel zwischen Lessing und Eva König‹ war als Ausgabe der »Cotta'schen Bibliothek der Weltliteratur« 1892 neu erschienen.

CANDIDE: Von Voltaires ›Candide‹ (1759) war 1894 eine Neuausgabe in der »Petite bibliothèque omnibus« erschienen.

»GELÄCHTER« VON DÖRMANN: ›Gelächter‹. Gedichte (1895).

»HISTORIETTEN«: ›Der Empfindsame. Eine Burleske‹ kam erst aus dem Nachlaß in der ›Neuen Rundschau‹ (1932) zum Druck; ›Die Frau des Weisen‹, an der AS bis 1896 arbeitete, erschien zuerst im Januar 1897 in der ›Zeit‹.

»DER EISBRECHER«: nicht ermittelt.

9. 7. 1895

»DER RABENVATER«: ›Ein Rabenvater‹. Schwank in drei Akten von Hanns Fischer und Josef Jarno, erschien 1895.

IN BERLIN: ›Liebelei‹ hatte am 4. 2. 1896 in Berlin Premiere. Jarno spielte den Theodor.

NHIL: Robert Nhil (1858–1938), Schauspieler; ab 1892 am Deutschen Volkstheater, ab 1900 am Hamburger Schauspielhaus. – Hatte in der Uraufführung von ›Das Märchen‹ den Fedor Denner gespielt.

24. 8. 1895

MÄRCHEN VON LORIS: s. Anm. zum Brief ASs v. 17. 6. 1895.

DIE PARTIE: AS war mit Salten von Salzburg aus per Rad nach Lofer und St. Johann gefahren.

LE CANIF: frz. Federmesser; Anspielung nicht aufgeklärt.

JENES KLEINE WESEN: Irma Fabiani (1876–1931), Schauspielerin. »Gefällt mir wohl, scheint ein Luder zu sein. Wehmut mit Verachtung prophezeit Richard.« (TB 9. 8.)

10. 9. 1895

FRAU LOU: Lou Andreas-Salomé verbrachte, anschließend an den Aufenthalt in München, ein paar Tage mit RBH in Schönberg im Stubaital. Die Beziehung zu RBH fiktionalisierte sie in der Erzählung ›Jutta‹ (1933); hier arrangiert die Ich-Erzählerin den Abschied von »Florian«, um »sich aus der Gefahr zu retten« (vgl. Ernst Pfeiffer: Nachwort [...]. In: Lou Andreas-Salomé: Amor. Jutta. Die Tarnkappe. Drei Dichtungen. Aus dem Nachlaß hrsg. v. E. P. Frankfurt: Insel 1981, S. 163).

GUSTI: nicht ermittelt.

12. 9. 1895

DIE TRAG.: Die »Tragödin« Adele Sandrock, die in der Aufführung der »Novität« ›Liebelei‹ die Christine spielen sollte, machte – nach dem Bruch mit AS Ende Januar 1895 – zunächst Schwierigkeiten und behauptete, nicht auftreten zu wollen.

15. 9. 1895

LESEPROBE: Im Tagebuch vom 18. 9. notierte AS: »Leseprobe. Die S. kam nach mir, als letzte, ignorirte mich. [...] Dilly teleph. Ich gratulire dir zum Erfolg. – Ich war um 2 bei dir. Freue mich dass du so gut aussiehst. – Ich: Du bist dir heut wohl sehr großartig vorgekommen. Sie: Du hast mich ja nicht begrüßt. –«

IHRER RUSSISCHEN FREUNDIN: Olga von Golovin.

BESECNY: Josef Freiherr von Bezecný (1829–1904), Jurist, 1885–1898 Intendant der Wiener Hoftheater.

J. J. DAVID: Jakob Julius David (1859–1906), Schriftsteller. Seine erste Burgtheateraufführung (›Neigung‹) fand erst 1898 statt.

SPEIDEL: Ludwig Speidel (1830–1906), Theaterkritiker.

ALTE WIENER: Volksstück mit Gesang in vier Akten von Ludwig Anzengruber (1879). AS sah die Aufführung am 7. 9.

BÖSE ZUNGEN: Schauspiel in fünf Akten (1868) von Heinrich Laube. Laube (1806–1884), Dramatiker, war 1849–1867 Direktor des Burgtheaters und gründete 1871 das Wiener Stadttheater. AS sah die Aufführung am Deutschen Volkstheater am 14. 9.

DIE ELTERN HUGOS: Hofmannsthals Mutter war Anna Maria Josefa, geb. Fohleutner (1849–1904).

TEGETHOFFMONUMENT: Das Monument des Admirals Wilhelm von Tegetthoff (1827–1871) wurde 1886 von Karl Hasenauer und Carl Kundmann am Wiener Praterstern errichtet.

BRUCK: die damalige Garnisonsstadt Bruck an der Leitha; zu Hofmannsthals Militärdienst vgl. Anm. zum Brief ASs v. 15. 10. 1894.

GOLD: Alfred Gold (geb. 1874), Schriftsteller und Kritiker; bis 1901 Redakteur der ›Zeit‹.

SEINE FRAU: Rosa Joël (geb. 1871), Schauspielerin, 1895–1909 mit Bahr verheiratet.

BRION: Louise Brion (1870–1942). Mitglied des Burgtheaters von 1896 bis 1899.

AN DER KLEINEN KOMÖDIE: Die Pointe dieser Erzählung besteht eben darin, daß sich Held und Heldin, ein Herr von Wilmers und eine »grande marque Cocotte«, voreinander als armer Dichter und als Kunststickerin ausgeben und sich als solche ineinander verlieben.

17. 9. 1895

VIELLEICHT VERONA: RBH kehrte vom Gardasee früher zurück, da sein Adoptivvater erkrankt war.

GOETHES ITALIENISCHER REISE: »Den Brenner hinauf sah ich die ersten Lärchenbäume, bei Schönberg den ersten Zirbel«: Johann Wolfgang von Goethe, Italienische Reise, Karlsbad bis auf den Brenner.

MEYER: Deutsche Alpen. Tl. 1. Leipzig: Bibliographisches Institut, 3. Aufl. 1890 (Meyers Reisebücher), zum alten Schönberg, »dessen Zirben schon Goethe in seiner ›Italienischen Reise‹ erwähnt«, S. 202.

19. 9. 1895

L.: ›Liebelei‹.

21. 9. 1895

KALLINA: Anna Kallina (1874–1948), Schauspielerin; am Burgtheater von 1888 bis 1933. Spielte in der ›Liebelei‹ die Rolle der Mizi Schlager.

GIACOSA: Giuseppe Giacosa (1847–1906); ›Rechte der Seele‹ (1894) wurde zur ›Liebelei‹ gegeben.

LAUBE: In Sprottau, dem Geburtsort des Schriftstellers Heinrich Laube (s. Anm. zum Brief ASs v. 15. 9. 1895), fand am 18. 9. die Enthüllung eines Denkmals in Anwesenheit des amtierenden Burgtheaterdirektors Burckhard statt.

FRÄULEIN DANDLER: Anna Dandler (1864–1930), Schauspielerin, berühmtes Mitgied des Münchener Hoftheaters.

»PELIKAN«: Die Aufführung des Schauspiels ›Der Pelikan‹ (1863) von Émile Augier (1820–1889) sah AS am 20. 9. im Burgtheater.

ERÖFFNUNG DER JOSEFSTADT: Nach einer Renovierung wurde das Theater mit der Premiere des Vaudevilles ›Die Doppelhochzeit‹ von Victor Léon und Heinrich von Waldberg, Musik von Josef Hellmesberger, eröffnet.

DEPESCHE: nicht erhalten.

23. 9. 1895

»MOURIR«: die französische Übersetzung von ›Sterben‹ von Gaspard Valette.

PERRIN: ›Mourir‹ erschien bei Perrin in Paris 1896.

RED. DER SEM. LITT.: die Redaktion der ›Semaine littéraire‹, in der ›Mourir‹ in Fortsetzungen von April bis Juni 1895 erschienen war.

24. 9. 1895

Hekuba: sprichwörtlich für »gleichgültig«, nach Hamlet: »Und alles das um nichts! / Um Hekuba!« (II, 2); hier wohl auch Anspielung auf die Klage der Hekuba (um ihren vor Troja gefallenen Sohn Hektor).

Plato: »Alles enführet die Zeit. Die flüchtigen Jahre verändern / Namen und äußre Gestalt und die Natur und das Glück«: Platons 23. Epigramm (in der Übersetzung von Friedrich Schleiermacher).

26. 9. 1895

die Tragödin: Adele Sandrock, s. Anm. zum Brief ASs v. 12. 9. 1895.

Don Carlos: Schillers ›Dramatisches Gedicht‹ (1787) wurde am 5. 10. aus dem Repertoire mit Adele Sandrock als Eboli gegeben.

ein Stück: ›Paracelsus‹, wurde erst 1898 wieder aufgenommen.

wie Ibsen: Nach den Triumphen von Henrik Ibsens (1828–1906) Gegenwartsdramen ›Nora‹ (1879), ›Ein Volksfeind‹ (1882), ›Gespenster‹ und ›Wildente‹ (1884) wurde sein Alterswerk (›Baumeister Solneß‹ (1892), ›Klein Eyolf‹ (1894)), das wieder auf symbolistische Tendenzen seiner Anfänge zurückgriff, nicht nur von AS kritisch rezipiert. Zu ›Wenn wir Toten erwachen‹ (1899) hat AS seine Einwände niedergelegt (AB 470).

Paul Lindau: (1839–1919), Schriftsteller; 1895–1899 Hofintendant in Meiningen, 1899–1902 Leiter des Berliner, 1904–1905 des Deutschen Theaters in Berlin. Berühmt als Kritiker und als Herausgeber der Zeitschriften ›Die Gegenwart‹ und ›Nord und Süd‹; seine späteren Romane und Dramen galten lediglich als Unterhaltungsliteratur.

Hänsel und Grethel: ›Hänsel und Gretel‹ (1893), Märchenoper von Engelbert Humperdinck (1854–1921). Anspielung auf die Worte der Hexe zu Hänsel: »Na, schlaf nur brav, du gutes Schaf, / Bald schläfst du deinen ewigen Schlaf« (3. Bild, 3. Szene).

Tini: Christine Schönberger, geb. 1875, war Tochter einer Gastwirtin in der Brühl bei Mödling und stand v. a. Hugo von Hofmannsthal nahe.

Liebling der Götter: ›Der Götterliebling‹, RBHs Novelle ›Der Tod Georgs‹.

[Abschrift] 27?. 9. 1895

zu einer Insel: Auf der Isola di Garda soll im Jahr 1220 der heilige Franziskus selbst auf den Trümmern eines Jupitertempels ein Kloster errichtet haben, das bis 1797 existierte.

B...: Hermann Bahr.

POSIDIPPUS: Poseidippus von Pella, griechischer Epigrammatiker.

»MÄRCHEN«- UND »ELIXIRE«-SCHMERZEN: ASs Schauspiel ›Das Märchen‹, s. Anm. zum Brief RBHs v. 16. 12. 1891, und ›Die drei Elixiere‹, erschienen im ›Modernen Musenalmanach‹ (München 1894), jetzt in ES I, 79–83; es handelt sich um Eifersuchtsschmerzen.

PAUL HÖRNE: RBHs Plural von Paul Horn, s. Anm. zum Brief ASs v. 27. 12. 1892 und den Brief ASs v. 15. 9. 1895.

VERHEIRATHETE FRAUEN: bezieht sich auf ›Weihnachtseinkäufe‹ aus dem ›Anatol‹-Zyklus, erstmals erschienen in der ›Frankfurter Zeitung‹ v. 24. 12. 1891.

DIENSTMÄDCHEN IM »KIND«: Pauls Geliebte und Mutter des »Kinds« in RBHs Novelle ist das Dienstmädchen Juli.

RUFINUS: von Samos, griechischer Epigrammatiker des 2. Jahrhunderts.

DIE BORROMÄISCHEN: Inselgruppe im Lago Maggiore.

BOEKLIN: Arnold Böcklin (1827–1901) malte zahlreiche Meer-, Küsten- und Inselbilder nach italienischen Landschaften.

CAP MANERBA: an der Westküste des Gardasees.

DIE, DIE SIE LIEB HABEN: Marie Reinhard.

16. 12. 1895

ROSÉ: Arnold Rosé (1863–1946), 1881–1938 Leiter des Hof-, später Staatsopernorchesters; gründete 1882 ein Streichquartett, dessen Konzerte Schnitzler häufig besuchte.

17. 12. 1895

HALBE: Max Halbe (1865–1944), Schriftsteller.

31. 1. 1896

AS traf am 29. 1. zu den Proben der ›Liebelei‹ an Brahms Deutschem Theater in Berlin ein. Die Premiere fand am 4. 2. statt.

WESTMINSTER HOTEL: Auch RBH war im Februar 1894 hier abgestiegen.

STÜMKE: Heinrich Stümcke (1872–1923), Schriftsteller und Journalist.

EHRENZWEIG: vermutlich Adolf Ehrenzweig (1837–1900), Redakteur der ›Österreichischen Versicherungszeitung‹.

JÜDIN VON TOLEDO: Grillparzers Trauerspiel (1873) wurde an Brahms Deutschem Theater gegeben.

SORMA: Agnes Sorma (1865–1927), Schauspielerin; 1894–1898 am Deutschen Theater, dann vielfach auf Gastspieltourneen.

KAINZ: Josef Kainz (1858–1910), 1883–1889 und 1892–1899 am Deutschen Theater, dann am Wiener Burgtheater.

BRAHM: Otto Brahm (1856–1912), Mitbegründer der Berliner »Freien Bühne« (1889) und der ›Freien Bühne für modernes Leben‹ (1890); ab 1894 Leiter des Deutschen Theaters. Führte ASs Stücke in Berlin ein und blieb ihm bis zu seinem Tod (er starb während der Uraufführung von ›Professor Bernhardi‹ 1912) freundschaftlich verbunden (s. AS/Brahm).

KIND DER KATHARINA BINDER: Die Rolle der Nachbarstochter Lina Binder, die in der ersten Szene des dritten Aktes der ›Liebelei‹ einen ganz kurzen Auftritt hat, wurde von Brahm gestrichen.

HERRN JULIUS BAUER: s. Anm. zum Brief RBHs v. 10. 3. 1892.

VOR 8 JAHREN: Im April 1888 war AS in Berlin gewesen, er besuchte dort einen Kurs bei dem Laryngologen Bernhard Fränkel (1836–1911) und nahm Kontakte zu Theaterleitern, Schauspielern und Schriftstellern auf; unter anderem lernte er im Haus des Herausgebers der ›Deutschen Rundschau‹, Julius Rodenbergs, Josef Kainz kennen.

PAULA: Paula Lissy (1879–1939), die spätere Frau RBHs, die er am 5. 12. 1895 kennengelernt hatte: »Donnerstag, den fünften Dezember, Abends, sehe ich zum erstenmal Paula. ›Incipit vita nova.‹« (Daten)

STAGLÉ: Helene Staglé, Schauspielerin am Theater in der Josefstadt, 1896–1899 am Deutschen Theater in Berlin.

IM »ZERBROCHNEN KRUG«: Kleists Lustspiel (1811) wurde zusammen mit der ›Liebelei‹ neu einstudiert gegeben.

KÖNIG CHILPERICH: Operette von Florimond Roger Hervé und Paul Ferrier (1896), wurde im Theater Unter den Linden gegeben.

SI VOUS CROYEZ ...: Wenn Sie glauben, daß das komisch ist!

14. 5. 1896

LILIENCRONCOMITÉ: In diesen Jahren wurde der notleidende Detlev von Liliencron mehrfach unterstützt, u. a. 1896 durch eine Zuwendung der Deutschen Schillerstiftung, 1897 durch eine von einem Berliner Komitee, dem auch Theodor Fontane angehörte, veranstaltete Sammlung.

4. 6. 1896

SÜDBAHN: Südbahnhof-Restaurant im 10. Bezirk.

z. E.: zum Exempel.

27. 6. 1896

Am 7. 7. trat AS von Hamburg aus seine Nordlandreise an; er erreichte am 11. 7. Bergen, am 15. 7. Trondheim, am 19. 7. das Nordkap, am 24. 7. Christiania, das heutige Oslo.

2. 7. 1896

PAUL: Am 5. 8. holte AS, der am 2. 8. mit RBH und Paula Lissy in Kopenhagen zusammengetroffen war und mit ihnen in Skodsborg Zimmer genommen hatte, Paul Goldmann von Kopenhagen ab.

[Telegramm] 22. 7. 1896

28. 7. 1896

KLAMPENBORG ... SKODSBORG ... VEDBAEK: Seebäder nördlich von Kopenhagen.

BRANDES: RBH lernte Brandes, eingeführt durch eine Karte ASs, bereits vor dessen Ankunft kennen; am 18. 8. besuchten ihn AS und RBH gemeinsam; AS notierte: »Brandes (das Gespräch ging französisch) erzählte hundert amüsante Dinge in einem leichten, schmerzlichen, ironisirenden, feinen Ton; während er die Augen selten ruhig auf einem von uns weilen liess; meist sah er vorbei; er sitzt vorn auf einem Stuhl, den Körper nach vor gebeugt und unruhig, die Finger in einander verschlungen, zuweilen mit der rechten Hand durchs Haar fahrend. – Welttratschen hat ihn, glaub ich, Brahm einmal genannt. Aber da sich das anekdotische, das er vorträgt, meist auf sehr große Menschen bezieht und durch alles sein eignes sehr eigentümliches Wesen vorblinkt, hat man nie den Eindruck des Kleinlichen; ja es ist vielmehr, als machte er so die Leute erst recht lebendig, von denen er spricht. –« (TB) Ein zweites Zusammentreffen zwischen Brandes, Goldmann und AS fand am 21. 8. statt.

[Abschrift] August 1896

Zum gemeinsamen Aufenthalt in Skodsborg vermerkte AS: »Die Zeit vergeht mit Spazierengehn im Wald, Plaudern mit Richard, Paula, und Paul [...], Schwimmen, Essen, Arbeiten, Lesen recht angenehm. – Sehnsucht mäßig. – Stimmung gut, aber nicht hoch. Körperlich gut, aber nie höheres Wohlgefühl. –« (TB 8. 8.) – Ausführlich schilderte RBH eine Bootsfahrt auf die Insel Hveen in ›Paula. Ein Fragment‹ (GW 796 ff.).

7. 9. 1896

Sorma und Gemahl: Agnes Sorma war mit Demetrius Mito von Minotto (1856–1920) verheiratet; AS traf am 8. 9. und 10. 9. mit ihnen zusammen.

Brahm, ders aufführen darf: ›Freiwild‹ wurde am 3. 11. 1896 am Deutschen Theater uraufgeführt.

13. 9. 1896

Mödling: an der Südbahnstrecke, ca. 15 km südlich von Wien.

Alland: westlich von Stift Heiligenkreuz im südlichen Wienerwald.

Neuhaus: nördlich von Weißenbach an der Triesting.

Pottenstein: südwestlich von Baden.

Antonsgasse 4: Wohnung von Alois Hofmann in Baden.

Franzensgasse 54: Wohnung RBHs in Baden.

Doctor Schwarzkopf: Max Schwarzkopf (1857–1928), Rechtsanwalt, Bruder Gustav Schwarzkopfs.

14. 9. 1896

Flirt: RBHs Hund, s. Anm. zum Brief RBHs v. 17. 2. 1895.

19. 9. 1896

Raimundtheater: Anstelle von Dörmanns ›Sein Sohn‹ wurde dort am 24. 9. die Posse ›Die Näherin‹ von Ludwig Held, Musik von Karl Millöcker, gegeben.

6 Akte: ›Liebelei‹: 1. Akt: Fritz Lobheimer, eben bei einem Souper mit seiner Geliebten Christine, Freund Theodor und dessen Mizi, wird von einem »Herrn« (in der Aufführung von Friedrich Mitterwurzer gespielt), einem betrogenen Gatten, zum Duell gefordert. 2. Akt: Fritz besucht Christine, die ihn aufrichtig liebt. Ihr Vater (gespielt von Adolf Sonnenthal) ist Violinist am Josefstädter Theater. 3. Akt: Christine erfährt, daß Fritz im Duell für eine andere gefallen ist. – ›Freiwild‹: 1. Akt: Paul Rönning ohrfeigt den Oberleutnant Karinski, der Anna Riedel, Schauspielerin in einem »kleine[n] Badeort«, nahegetreten ist. 2. Akt: Von Karinski zum Duell gefordert, beharrt Paul auf seiner Freiheit, die Forderung abzulehnen. 3. Akt: Da sich Paul nicht stellt, erschießt ihn Karinski.

»Gruppe«: offenbar Adele Sandrocks Ausdruck für eine »Ensemblekonfiguration« am Ende eines Dramas: »Nacht bei Dilly. – Ihr Dramenstoff. Sie denkt darüber nach, wenn sie früh im Bett liegt und keine Lust hat, dass das Leben schon anfangt. – Erster Akt: Frau und Stubenmädchen decken im Försterhaus den Tisch; Marie soll Robert heiraten, den Förstersohn. – Vor allen Gästen bekennt diese, dass sie die Geliebte des jungen Grafen ist. Aktschluss. Im 4. Akt kommt der junge Graf und fleht Robert an er soll das Mädchen heiraten; dann geht er hinaus und erschießt sich. – Ich: Und was macht Robert? Heiratet er sie? – Nein. Er fühlt nur grenzenloses Mitleid und dann – ist Gruppe. – Ich heulte. –« (TB 27. 12. 1894)

21. 9. 1896

SEIN SOHN: Drama von Felix Dörmann (s. Anm. zum Brief RBHs v. 19. 9. 1896).

RANZENBERG: Hugo Ranzenberg (geb. 1854), war von 1893 bis 1896 Schauspieler am Raimundtheater; er starb am 21. 9. 1896.

STÜCK IN 9 AKTEN: ›Das Märchen‹: Die Schauspielerin Fanny Theren – die Wohnung ihrer Mutter ist Schauplatz des 1. und 3. Aktes – liebt Fedor Denner, der, obwohl er sich gegen das »Märchen von den Gefallenen« auflehnt, selbst nicht darüber hinwegkommen kann, daß Doktor Witte ein Geliebter Fannys war. – Moritzki ist ein Theateragent, der Fanny für Petersburg verpflichten will; Schneider heißt in ›Freiwild‹ der Direktor des Sommertheaters, an dem Anna Riedel spielt.

DIE ATHENERIN: Drama von Leo Ebermann (s. Anm. zum Brief ASs v. 5. 10. 1894). AS sah die Aufführung am 19. 9.

BAUER: vermutlich Julius Bauer, s. Anm. zum Brief RBHs v. 10. 3. 1892.

17. 10. 1896

DEN MÜTTERN: AS sah die Premiere von Georg Hirschfelds Schauspiel ›Die Mütter‹ (1896) im Deutschen Volkstheater und soupierte anschließend mit Hirschfeld, RBH, Paula Lissy, Brahm, Hofmannsthal sowie Gustav und Max Schwarzkopf.

HIRSCHF.: Georg Hirschfeld (1873–1942), Dramatiker.

23. 10. 1896

RAIMUNDTHEAT.: Am 24. 10. hatte hier Nestroys Posse ›Zu ebener Erde und erster Stock‹ (1835) Premiere.

PREMIÈRE SCHON AM 31.: Die Berliner Premiere von ›Freiwild‹ fand am 3. 11. 1896 statt.

1896/97

[Telegramm] 4?. 11. 1896

SCHWARZE KOEPFE: Gustav und Max Schwarzkopf.

LEON UND BRUDER: Victor Léon und dessen Bruder, Leo Hirschfeld (Ps. Leo Feld, 1869–1924), Schriftsteller.

DOKTOR ENGL: vermutlich Alexander Engel (1868–1940), Journalist, Schriftsteller.

11. 1. 1897

DEM BERÜHMTEN 2. CAPITEL: von ›Georgs Tod‹. Das ganze zweite Kapitel bildet ein Traum des Helden, der in der Vision eines syrischen Opferkultes gipfelt.

24. 3. 1897

VORLESUNG: Am 24. 3. lasen Georg Hirschfeld und AS vor RBH, Bahr, Schwarzkopf und Karlweis; AS las den 1. Akt von ›Freiwild‹ und »2 Scenen aus dem Liebesreigen«, dem späteren ›Reigen‹, aus dem er schon in der Woche zuvor vorgetragen hatte.

10. 4. 1897

AS reiste am 7. 4. nach München, wo er mit Marie Reinhard zusammentraf, am 10. 4. nach Zürich und von dort nach Paris, wo ihn Paul Goldmann erwartete.

IM DTSCH. TH. FREIWILD: Am 9. 4. war die letzte Vorstellung.

DER HEUTIGEN »LIEBELEI«: Am 10. 4. war die letzte Vorstellung am Deutschen Theater.

21. 4. 1897

ZACCONE: Ermete Zacconi (1857–1848), italienischer Schauspieler; reiste ab 1894 mit eigener Truppe. – Karl Kraus hatte über dessen Gastspiel am Carl-Theater in Wien geschrieben: »Was Zacconi selbst anlangt, so erscheint mir der Enthusiasmus, der hier zulande jetzt losbricht, wenn man nur diesen Namen nennt, stark übertrieben. Es ist ein Schauspieler, der den allen Italienern angeborenen Verismus zu einer unerhörten Technik entwickelt hat.« (Breslauer Zeitung v. 18. 4. 1897)

26. 4. 1897

AS hielt sich mit Marie Reinhard einen Monat in Paris auf.

BOUQUINERIEN: Bücherstände mit meist antiquarischen Büchern entlang der Seine.

EMAUX: Emaillearbeiten.

GUIMET: Musée Guimet, 1879 in Lyon gegründet und 1885 nach Paris überführt, berühmte Sammlung fernöstlicher Kunst.

ALTENBERG: Peter Altenberg (Ps. für Richard Engländer, 1859–1919), Prototyp des »impressionistischen« Schriftstellers. In späteren Jahren stand ihm AS auch mit medizinischer Hilfe bei. 1896 war ›Wie ich es sehe‹ bei S. Fischer erschienen.

WIE GEHT ES PAULA?: Paula Lissy und Marie Reinhard waren beide im fünften Monat schwanger.

GRAF: Max Graf (1873–1958), Kritiker.

FLUCHT AUS WIEN: In der Breslauer Zeitung v. 18. 4. war ein ›Wiener Brief‹ von Karl Kraus erschienen, in dem er von der »Sehnsucht nach Wien« sprach, die norddeutsche Dichter (gemeint war Georg Hirschfeld) befalle.

LUXEMBURG: Musée du Luxembourg, dem Werk lebender französischer Künstler gewidmet.

»LA BORDINIÈRE«: La Bordinière, ein sogenanntes »théâtre à côté« in der Rue St. Lazare.

LAVEDAN: Henri Léon Emile Lavedan (1859–1940), Schriftsteller; berühmt waren seine Gesellschaftskomödien.

COURTELINE: Georges Courteline (1860–1929), Erzähler und Dramatiker.

»ROULOTTE«: La Roulotte, ein »cabaret artistique« in der Rue de Douai.

12. 5. 1897

IHREM SCHWAGER: Markus Hajek.

P.: Paula Lissy.

EGLMOOS: Im Mai nahm RBH für Paula Lissy eine Wohnung in Ischl; Anfang bis Mitte Juni verbrachte er mit Alois Hofmann in Ischl, Eglmoos 22, wo er schon im Sommer 1894 und 1895 gewohnt hatte.

BRANDUNGLÜCK: Am 5. 5. fielen einem Brand in einem Wohltätigkeitsbazar in der Rue Jean Goujon über hundert Menschen zum Opfer.

»Ihrige«: RBH meint vermutlich die Erzählung ›Der Andere. Aus dem Tagebuch eines Hinterbliebenen‹, die 1889 in der ›Schönen blauen Donau‹ erschienen war.

20. 5. 1897

Felix Markbreiter: 1855–1914, Kaufmann, ein Bruder von ASs Mutter Louise. AS reiste am 24. 5. nach London und hielt sich dort bis 1. 6. bei dessen Familie auf.

c'est une gentille petite ville: Das ist eine nette kleine Stadt.

»Mourir«: die französische Übersetzung von ›Sterben‹, s. Anm. zum Brief ASs v. 23. 9. 1895.

Ihr: Marie Reinhard.

Biebitz: Name des Dichters aus ›Reigen‹.

20. 5. 1897

»Ein *guter* Mensch in seinem — — — —«: »Ein guter Mensch in seinem dunklen Drange / Ist sich des rechten Weges wohl bewußt«: Faust, Prolog im Himmel, Verse 328 f.

Tiergarten: Im Tiergarten in Schönbrunn waren zu dieser Zeit Neger aus Guinea als Ausstellungsobjekte zu besichtigen. In ›Ashantee‹ (S. Fischer, 1897) stellte Altenberg seine Eindrücke von der Natürlichkeit der Schwarzen der »Cultur« der Zeitgenossen gegenüber.

5. 6. 1897

Herr Leopold: Leopold Petter (1850–1917), Hotelier.

G. Hirschf.'s Stück: ›Agnes Jordan‹ (1897), Schauspiel in vier Akten von Georg Hirschfeld. – Als ›Agnes Jordan‹ 1899 am Wiener Burgtheater aufgeführt wurde, verfaßte AS stellvertretend für den erkrankten Jakob Wassermann pseudonym eine Kritik der Aufführung für die ›Frankfurter Zeitung‹ v. 25. 10. 1899 (s. Jakob Wassermann 1873–1934. Ein Weg als Deutscher und Jude. Hrsg. v. Dierk Rodewald. Bonn: Bouvier 1984 [= Schriften des Arbeitskreises selbständiger Kultur-Institute 3], S. 31 ff.).

12. 6. 1897

Grethel: Margarethe Mandl (geb. 1880), eine Tochter von Irene Mandl, einer Schwester Louise Schnitzlers.

BAYREUTH: Die Reise kam nicht zustande.

PARSIFAL: (1882), wurde neben dem ›Ring des Nibelungen‹ in diesem Sommer achtmal im Bayreuther Bühnenfestspielhaus gegeben.

KOMÖDIENPLAN: ›Die Entrüsteten‹; ging später in den Roman ›Der Weg ins Freie‹ ein.

FREIWILD IN PRAG ... FÜR DEN FALL, DASS BAYERN: Offenbar hatte das Deutsche Landestheater in Prag die Aufführung von ›Freiwild‹ aus Zensurgründen davon abhängig gemacht, daß das Stück nicht in Österreich-Ungarn, sondern in Bayern spielen solle (vgl. B I, 329).

»MIT AHNUNGSVOLLER GEGENWART«: Faust I, Vers 3793.

LAMBACH: ca. 20 km nördlich von Gmunden.

GMUNDEN: am Nordende des Traunsees.

22. 6. 1897

DURCHHAUS IN DER WOLLZEILE: die Tierhandlung Findeis, Wollzeile 25 (das Durchhaus, eine Passage, führt auf den Universitätsplatz).

DURCHHAUS GRABEN GOLDSCHMIDTGASSE: Neupert O. Nachf., Graben 29 – das Durchhaus ist der sogenannte »Trattnerhof« – führte »Gummi- und Guttaperchawaren«.

23. 6. 1897

INCONNUE: Marie Glümer (1873–1925), Schauspielerin. ASs Beziehung zu ihr begann 1889 und endete 1893 durch ein Eifersuchtsdrama. 1897 hatte AS wieder ein vorübergehendes Verhältnis mit ihr.

PETTER: s. Anm. zum Brief ASs v. 5. 6. 1897.

25. 6. 1897

ONKEL, TANTE: Sigmund (1826–1905) und Agnes Beer, geb. Hofmann (1833–1909); sie war eine Schwester von Alois Hofmann, Sigmund Beer war ihr Vetter mütterlicherseits.

[Visitenkarte] 20. 7. 1897

HALLSTADT LOEBS (DIE MIT DER BAHN): Am 20. 7. fuhr AS mit der Familie des Bankiers Louis Loeb (1842–1921) nach Hallstatt; er selbst nahm mindestens auf der Rückfahrt das Rad. Clara Katharina Loeb (1875–1951), eine der Töchter, hatte 1896 eine Szenenfolge ›Mimi. Schattenbilder aus einem Mädchenleben‹, quasi als Pendant zu ›Anatol‹, geschrieben, zu der Hofmannsthal einen

Prolog dichtete und die 1897 in S. Fischers ›Neuer Deutscher Rundschau‹ erschien; sie heiratete 1898 den Industriellen Otto Pollaczek (1873–1908) und wurde ab 1923 die Gefährtin ASs.

GMUNDEN ... *FREIWILD*: Am 22. 7. wurde ›Freiwild‹ in Gmunden als österreichische Erstaufführung gegeben, »mit jenen Einschränkungen natürlich, welche die Zensur für nothwendig erachtet hat« (›Fremden-Blatt‹ v. 19. 7. 1897).

CAVAR: Alfred Cavar (1859?–1920), Theaterleiter.

4. 8. 1897

FRAU F.: Rosa Freudenthal (?–1905), geb. Peretz, verh. mit dem Rechtsanwalt Hermann Freudenthal; AS hatte im Juni mit ihr ein Verhältnis gehabt.

[Telegramm] 5. 8. 1897

[Telegramm] 7. 8. 1897

25. 9. 1897

DAS TRAURIGE: Am 24. 9. kam ASs und Marie Reinhards Kind tot zur Welt.

[Abschrift] 4. 10. 1897

HEILIGENST.: Heiligenstadt, nördlich von Wien, 1892 dem 19. Bezirk eingemeindet.

20. 10. 1897

NOTAR: offenbar zur Legitimierung Mirjam Beer-Hofmanns, die am 4. 9. zur Welt gekommen war. AS und Leo Van-Jung waren auch Zeugen bei der Trauung von RBH und Paula Lissy am 14. 5. 1898.

27. 10. 1897

HUGO ... LIEST VOR: Hofmannsthal las am 28. 10. bei RBH vor ihm und AS ›Madonna Dianora‹, ›Der weiße Fächer‹ und ›Die junge Frau‹ vor; »Viel Schönes«, vermerkte AS im Tagebuch. ›Madonna Dianora‹ war der ursprüngliche Titel von ›Die Frau im Fenster‹; die Uraufführung fand am 15. 5. 1898 durch den Verein »Freie Bühne« in Berlin statt; im November 1898 erschien der Erstdruck im ›Pan‹. ›Der weiße Fächer‹ wurde zuerst in Fortsetzungen in der ›Zeit‹ (im Januar und Februar 1898) abgedruckt. ›Die junge Frau‹ war ein früherer Titel von ›Die Hochzeit der Sobeide‹, zuerst im Theaterverlag A. Entsch in Berlin 1899 erschienen.

PNEUMATISCH: via Rohrpost: aus einem Rohrleitungssystem bestehende, mit Druckluft arbeitende Postbeförderungsanlage.

27. 10. 1897

DREIKREUZERWEG: Drei Kreuzer waren die gültige Frankierung einer Korrespondenzkarte.

17. 12. 1897

»DIE TODTEN SCHWEIGEN«: ASs Erzählung war im Oktober im 12. Heft von ›Cosmopolis‹ erschienen.

ARZT DES VERFASSERS DES GARTENS DER ERKENNTNIS: AS behandelte Leopold von Andrian, dessen ›Garten der Erkenntnis‹ 1895 erschienen war, häufig wegen seiner Hypochondrien, s. Anm. zum Brief RBHs v. 28. 10. 1894. Am 18. 11. 1897 hatte AS ihm geschrieben: »[...] lassen Sie allen wohlthuenden und freundlichen Empfindungen, lassen Sie allem Lebensgefühle nur Muße, sich in Ihrer Seele auszubreiten und wehren Sie alle thörichten Gedanken von Kranksein oder Schwäche ab. Sie haben, als ein gesunder, wenn auch überflüssigerweise von Angstzuständen gepeinigter, junger Mann, so viel Recht als irgend Einer sich des Daseins zu freuen; haben Sie nur den Muth, sich wohl zu fühlen!« (s. Andrian)

27. 12. 1897

MEIN STÜCK: ›Das Vermächtnis. Schauspiel in drei Akten‹ erschien 1899 bei S. Fischer. AS las es am 28. 12. vor RBH, Hofmannsthal, Salten und Schwarzkopf, wobei der 2. und der 3. Akt kritisiert wurden.

30. 12. 1897

2. AKT: Am 29. 12. hatte AS den 2. Akt von ›Vermächtnis‹ umgearbeitet.

PUCHER: Das Café Pucher befand sich am Kohlmarkt 10 im ersten Bezirk.

7. 1. 1898

MEIN NOVELLETTENBUCH: ›Die Frau des Weisen. Novelletten‹ erschien 1898 bei S. Fischer (enthielt außer der Titelnovelle ›Ein Abschied‹, ›Der Ehrentag‹, ›Blumen‹ und ›Die Toten schweigen‹).

KAISERHOF: Restaurant in der Ebendorferstraße 2 im 1. Bezirk.

Februar 1898

Die genannten Novelletten wurden nicht in die Anthologie aufgenommen.

Der Andere: s. Anm. zum Brief RBHs v. 12. 5. 1897. Die von RBH beanstandeten Stellen (»Auf dem Grabe meiner Gattin!«, »Wer aber ist dieser blonde, schöne, junge Mann?«) noch in ES I, 44.

Amerika: ›Amerika. Skizze‹ war 1889 in der ›Schönen blauen Donau‹ erschienen. Jetzt – mit den inkriminierten Stellen – in ES I, 15 ff.

»mein *Freund Ypsilon*«: ›Mein Freund Ypsilon. Aus den Papieren eines Arztes‹, die Geschichte eines Autors, der sich bis zum Wahnsinn in seine Figur verliebt, war 1889 in der ›Schönen blauen Donau‹ erschienen.

»Die kleine Komödie«: vgl. Anm. zum Brief ASs v. 7. 6. 1895.

26. 2. 1898

Braut von Messina: AS sah die Aufführung von Schillers Trauerspiel (1803) im Burgtheater mit Hedwig Bleibtreu als Donna Isabella und Stella Hohenfels als Beatrice.

Resid.-Hotel: Das Residenz-Hotel befand sich in der Teinfaltstraße 6 im 1. Bezirk.

2. 6. 1898

Ossiacher See: RBH hielt sich seit Ende April in Steindorf am Ossiacher See auf.

Annenheim: am Ossiacher See.

Kramer: Leopold Kramer (1869–1942), Schauspieler. Darsteller des Anatol in der Uraufführung am Deutschen Volkstheater 1910.

Lavantthal: Die Fahrt durch das Kärntner Lavanttal kam nicht zustande.

5. 6. 1898

Am 5. 6. waren AS und Kramer mit dem Rad vom Semmering durch das Mürztal nach Krieglach gefahren.

15. 6. 1898

des Gedichtes: ›Schlaflied für Mirjam‹, 1897 entstanden, 1919 bei S. Fischer erschienen, jetzt in GW 654; RBHs berühmtestes Gedicht.

SCHLENTHER: Paul Schlenther (1854–1916), Mitbegründer der Berliner »Freien Bühne«, war seit 26. 1. 1898 Direktor des Wiener Burgtheaters und blieb es bis 1910.

[Das Gedicht in der handschriftlichen Abschrift ASs, die Unterschrift von RBH]

[Abschrift] 17. 6. 1898

WR. NEUSTADT: Am 10. 6. war AS vom Ossiacher See über Villach nach Wien zurückgereist.

SIE: Marie Reinhard.

IHRER SCHWESTER SOWIE SCHWAGER IN GR.: Am 11. 7. fuhren AS und Marie Reinhard nach Graz, wo sie mit deren Schwester Caroline Burger (1869–1959) und ihrem Mann Rudolf Burger (geb. 1866) zusammentrafen; sie blieben dort bis zum 17. 7.

TEGERNSEE: In Tegernsee, wo sich Marie Reinhards Familie aufhielt, verbrachte AS die Woche vom 1. 8. bis 8. 8.

VIERWALDSTÄDTERSEE: AS fuhr anschließend in die Schweiz, wo er sich u. a. in Basel, Lausanne, Genf und Luzern aufhielt; der gemeinsame Aufenthalt mit seiner Mutter am Vierwaldstätter See kam nicht zustande.

DURCHS AMPEZZO PER RAD NACH VENEDIG: Diese Fahrt über die östlichen Dolomiten kam nicht zustande; AS reiste am 28. 8. von Luzern nach Mailand, dann nach Parma, Bologna, Ferrara, Padua und Verona und kam am 3. 9. nach Wien zurück.

Der Briefwechsel enthält undatiert ein Blatt mit ASs handschriftlichen Korrekturen für das ›Schlaflied‹:

Strophe I
Zeile 2 nach Sieh ,
Zeile 3 – fort!
Zeile 5 nach ; ein –

Strophe II
Zeile 2 statt – lieber ,
4 das *auch* stört nicht.
Zeile 6 lieber kein – [doch]

Strophe III
Zeile 1 – fort!
Zeile 2 ebenso.
Zeile 7 ist ein Beistrich; an den gleichen Stellen Str I u II fehlt er – eins von beiden! –

Strophe IV
Zeile 4 lieber , statt –
Zeile 6 der erste – fort.
Zeile 7 der letzte –

Ferner existiert unter Beer-Hofmanns Briefen ein undatiertes Typoskript von drei Strophen des Gedichts mit leicht abweichender Interpunktion:

Schlaflied für Mirjam.

Schlaf mein Kind – schlaf, es ist spät!
Sieh, wie die Sonne zur Ruhe dort geht,
Hinter den Bergen stirbt sie im Rot.
Du – du weisst nichts von Sonne und Tod,
Wendest die Augen zum Licht und zum Schein;
Schlaf, es sind soviel Sonnen noch dein,
Schlaf mein Kind – mein Kind, schlaf ein!

Schlaf mein Kind – der Abendwind weht;
Weiss man, woher er kommt – wohin er geht?
Dunkel, verborgen die Wege hier sind,
Dir, und auch mir, und uns allen mein Kind!
Blinde – so gehn wir, und gehen allein,
Keiner kann keinem Gefährte hier sein –
Schlaf mein Kind – mein Kind, schlaf ein!

Schlaf mein Kind und horch nicht auf mich!
Sinn hat's für mich nur, und Schall ist's für dich;
Schall nur, wie Windeswehn, Wassergerinn,
Worte – vielleicht eines Lebens Gewinn!
Was ich gewonnen, gräbt mit mir man ein,
Keiner kann Keinem ein Erbe hier sein –
Schlaf mein Kind – mein Kind, schlaf ein.

Richard Beer-Hofmann.

18. 6. 1898

UNSERE ZUSAMMENKUNFT: Nach dem Aufenthalt in Graz besuchte AS Hofmannsthal in Fusch und hielt sich vom 27. 7. bis 29. 7. zusammen mit RBH in Salzburg auf.

DER ZUDRINGLICHE MIME: offenbar Kramer, der RBH zusammen mit AS am Ossiacher See getroffen hatte.

MACH (POPULÄRWISSENSCH. VORLES.): Ernst Machs (1838–1916) ›Populärwissenschaftliche Vorlesungen‹ waren 1896 in erster, 1897 in zweiter Auflage bei Barth in Leipzig erschienen.

28. 6. 1898

DIE EINAKTER: ›Paracelsus‹, ›Die Gefährtin‹, ›Der grüne Kakadu‹; s. Anm. zum Brief ASs v. 6. 7. 1898.

SAGE FEMME: Hebamme.

ROHRERHÜTTE: Wirtshaus am Exelberg nordwestlich von Wien.

WEIDLINGAU: Villenort im Wiental an der Westbahn.

3. 7. 1898

EBENSEE: Markt am Traunsee in Oberösterreich.

N. FR. PRESSE VON HEUTE: Die ›Neue Freie Presse‹ gab eine Inhaltsangabe der Nr. 16 der ›Wiener Rundschau‹ v. 1. 7. 1898, die unter anderem die Skizze ›Diese ist sein‹ von Peter Altenberg enthielt. Möglicherweise vermutete der jungverheiratete RBH einen polemischen Angriff Altenbergs; dieser Verdacht war unbegründet.

[Telegramm] 4. 7. 1898

6. 7. 1898

EISENSTEIN: Jacques Eisenstein (1856–1933), der Besitzer von Buchhandlung und Antiquariat in der Währingerstraße 2 und 4 im 9. Bezirk.

PARACELSUS, DIE GEFÄHRTIN, DER GRÜNE KAKADU: ›Paracelsus. Versspiel in einem Akt‹ hatte AS 1894 begonnen und im März 1898 wieder aufgegriffen; der Erstdruck erschien in ›Cosmopolis‹ 1898; ›Die Gefährtin. Schauspiel in einem Akt‹ hatte AS von 1896 an mehrmals bearbeitet; zusammen mit ›Paracelsus‹ las er den Text am 28. 7. Hofmannsthal vor. ›Der grüne Kakadu. Groteske in einem Akt‹ war im Februar 1898 begonnen worden und wurde in der ›Neuen Deutschen Rundschau‹ im März 1899 abgedruckt. Die drei Einakter erschienen zusammen 1899 bei S. Fischer.

CZORTKOW: Hofmannsthal absolvierte im Juli 1898 eine Waffenübung in Czortków in Ostgalizien.

MEIN NEUES STÜCK: ›Der Schleier der Beatrice‹; »Der Shawl gestaltet sich zu einem Stück aus der Renaissance in 5 Akten. –« (TB 5. 7.)

[Ansichtskarte] 18. 7. 1898

KEINE ANDERN: als Ansichtskarten; RBH hatte im Brief v. 12. 7. 1898 aber »Correspondenzkarten – ohne Ansicht« verlangt.

24. 7. 1898

ELEKTR.-HOTEL: Elektrizitäts-Hotel am Makartplatz in Salzburg.

»SICHERHEIT IST NIRGENDS«: berühmtes Zitat aus dem Schlußmonolog des Paracelsus im gleichnamigen Einakter ASs (DW I, 498).

13. 8. 1898

AS war am 11. 8. in Basel mit Hofmannsthal zusammengetroffen und reiste mit ihm eine Woche per Rad durch die Schweiz.

5. 9. 1898

GRÖSSEREN THURM: Ende August hatte sich AS in Bologna aufgehalten, wo sein Drama ›Der Schleier der Beatrice‹ spielen würde; Wahrzeichen Bolognas sind zwei schiefe Türme, Asinelli (97, 6 m) und Garisenda (48 m). Am 31. 8. schrieb er Hofmannsthal eine Ansichtskarte: »– Hier send ich Ihnen die zwei schiefen Türme; der eine gehört dem Richard (er kann wählen)«. Von Lugano reisten RBH und Hofmannsthal nach Bologna; am 2. 10. schrieb Hofmannsthal: »Ich war bei den Türmen, von denen sie mir einen geschenkt haben«. (HvH/AS)

»SECOLO«: ›Il secolo‹, Mailänder Tageszeitung.

4. 11. 1898

»POSSE«: Am 6. 11. las Hofmannsthal den 2. Akt von ›Der Abenteurer und die Sängerin‹ vor RBH und AS. Der Erstdruck erfolgte im Aprilheft 1899 der ›Neuen deutschen Rundschau‹, die Uraufführung zusammen mit der ›Hochzeit der Sobeide‹ am Deutschen Theater in Berlin und am Wiener Burgtheater am 18. 3. 1899.

INS THEATER: Am 5. 11. sah AS im Carltheater ›Die gute Partie‹, ein »Zeitbild in drei Akten« von Victor Léon und Paul von Schönthan. Marie Glümer spielte die Rolle der Olga.

MEISSL & SCHADEN: Meißl & Schadn, Hotel am Neuen Markt 2 im 1. Bezirk.

16. 12. 1898

SEIN NEUES STÜCK: Am 19. 12. las (der Berliner) Georg Hirschfeld das Lustspiel ›Pauline‹ (1899) vor AS, Wassermann, Hofmannsthal, Salten und Schwarzkopf; »viel Güte, Humor, glänzende Charakteristik« (TB).

[Abschrift] 23.12.1898

NOEMI: RBHs zweite Tochter Naëmah (1898–1971) war am 20.12. zur Welt gekommen.

24.12.1898

»CLEMENT MASSIER. GOLF ST. JUAN BEI NIZZA, REFLÊT METALLIC (QUE?)«: Clément Massier (1844–1917), französischer Keramiker; hatte ab 1881 seine Ateliers in Golf Juan, einem Badeort an der Côte d'Azur; er war berühmt für seine Fayencen mit metallischer Glasur, »à reflets métalliques«.

5.1.1899

HOTEL STEFANIE: in der Taborstraße 12 im 2. Bezirk.

KÜNSTLER=GESELLSCHAFT: Am 7.1. besuchte AS die Budapester Orpheumsgesellschaft – Volkssänger, die im Hotel Stefanie auftraten – mit RBH und Schwarzkopf.

7.2.1899

FREITAG: An diesem Tag (10.2.) sah AS im Volkstheater das Lustspiel ›Unser Käthchen‹ (1899) von Theodor Herzl.

STUPPEN: von »stupfen« in der Bedeutung von »jemanden anstoßen, um dessen Aufmerksamkeit zu erregen«.

28.4.1899

ELSBETH MEYER-FÖRSTER: 1868–1902, Schriftstellerin.

IHRE STÜCKE: Am 29.4. hatten ASs Einakter ›Die Gefährtin‹, ›Der grüne Kakadu‹ und ›Paracelsus‹ am Deutschen Theater in Berlin in ASs Anwesenheit Premiere.

KERR: Alfred Kerr (1867–1948), Berliner Literaturkritiker; besprach auch häufig und später nicht immer zu deren Vorteil die Werke ASs und RBHs.

ARTIKELS ÜBER SUDERMANN: ›Hirschfeld, Halbe, Sudermann‹. In: ›Neue Deutsche Rundschau‹ 10 (1899), S. 439–446. – Wie schon im Feuilleton ›Sudermann‹ (Freie Bühne 7 (1896)) läßt Kerr an ihm kein gutes Haar: »Er zeigt, wie man auch das Tiefe seicht behandeln kann. Wenn er nicht zum Tiefsinn vordrang, so kam er doch bis zur Unverständlichkeit« (S. 442).

[Übergroße Ansichtskarte von Villach] 29. 5. 1899

1. 6. 1899

FROZELGRUSS: frozzeln: aufziehen.

TRAURIG — IMMER TRAURIGER: Am 18. 3. war ASs Freundin Marie Reinhard an einer Sepsis gestorben.

KAMPTHAL UND WACHAU: Am 28./29. 5. unternahm AS mit Hofmannsthal diese Fahrt durch das Kamptal im nördlichen Niederösterreich und nach Melk an der Donau.

DIREKTOR SCHLESINGER: Emil Schlesinger (1844?–1899), Generalsekretär der anglo-österreichischen Bank, Vater von Hofmannsthals späterer Frau Getrude Schlesinger.

ROHRERHÜTTE: AS besuchte das Wirtshaus (s. Anm. zum Brief ASs v. 28. 6. 1898) mit Hofmannsthal am 19. 5.

»VERMÄCHTNIS«: Am 8. 10. 1898 hatte ASs Schauspiel am Deutschen Theater Premiere gehabt; die Wiener Uraufführung hatte am 30. 11. 1898 am Burgtheater stattgefunden.

KALTENLEUTGEBEN: Ortschaft im Tal der Dürren Liesing südwestlich von Wien; AS besuchte Otto Brahm, der sich einer Kur an der dortigen Wasserheilanstalt unterzog, am 8. und 13. 6.

»RICHTER VON ZALAMEA«: AS besuchte die Aufführung von Calderóns Versdrama (1642) im Burgtheater zusammen mit Hofmannsthal am 27. 5.

BAUMEISTER: Bernhard Baumeister (1828–1917), Schauspieler.

LEO HIRSCHFELD: s. Anm. zum Telegramm RBHs v. 4.? 11. 1896.

OSKAR FRIEDMANN: 1872–1929, Dramatiker.

KARLWEIS: C. Karlweis (Ps. für Karl Weiß, 1850–1901), Schriftsteller.

16. 6. 1899

»ICH BIN EINE WITTWE«: Couplet aus der Duo-Szene ›Ein ruhiger Gast‹ des Klabrias-Kaberettisten Josef Philippi (s. Anm. zum Brief ASs v. 15. 11. 1893?).

MAYER: Oskar Mayer (1876–1915), Beamter, Schriftsteller.

PROFESSOR FUCHS: Ernst Fuchs (1851–1930), Professor für Augenheilkunde und Vorstand der Augenklinik.

BEI MEINEM VATER: Hermann Beer (1835–1902), Hof- und Gerichtsadvokat.

[Abschrift] 21. 6. 1899

SAN MARTINO: Der längere Aufenthalt in Südtirol kam nicht zustande, wohl aber die Fußtour, an der nicht Mayer, sondern Jakob Wassermann teilnahm.

EDLACHER HOF — SINGERIN — ...: AS war mit Hofmannsthal am 19. 6. von Gloggnitz im Schwarzatal nach Edlach bei Reichenau an der Rax, durchs Höllental nach Singerin, von dort ins Piestingtal gefahren.

SLAVONIEN: Von 22. 6. bis 28. 6. hielt sich AS in Belisce bei der Familie des Industriellen Edmund von Gutmann-Gelse (1841–1918), in Orahovica – beides kleine Orte in Slawonien – und anschließend in Pest auf.

DIE TIROLISCHE TOUR: Die Fußtour fand im wesentlichen nach der von AS vorgeschlagenen Route statt.

CLOSETE: Gemeint sind vermutlich Papierauflagen zur Toilettenhygiene.

4. 7. 1899

PAPIERGESCHÄFT: die k. u. k. Hoflieferanten J. Lustig & Comp. am Hohen Markt im 1. Bezirk.

6. 7. 1899

VELDEN: In Velden am Wörthersee hielt sich AS vom 18. 7. bis 28. 7. auf.

BAYREUTH: Die Reise nach Bayreuth kam wieder nicht zustande.

13. 7. 1899

MILLSTADT: Statt in Millstatt hielt sich AS in Velden auf.

14. 7. 1899

DIE GEMEINSCHAFTLICHE TOUR: Vom 5. bis 15. 8. unternahmen AS, RBH und Jakob Wassermann eine Fußtour durch Südtirol, über Bozen nach Innsbruck und Salzburg. Die Manuskripte von ›Der Schleier der Beatrice‹, ›Der Tod Georgs‹ und Wassermanns ›Die Geschichte der jungen Renate Fuchs‹ (alle 1900) wurden mitgetragen.

FERTIG: mit der Novelle ›Der Tod Georgs‹.

16. 7. 1899

PENSION PUNDSCHU: in Velden am Wörther See; AS verbrachte dort den Aufenthalt mit seiner Mutter.

WASSERMANN: Jakob Wassermann (1873–1934) kam am 20. 7. nach Velden und begleitete am 31. 7. AS nach Toblach und anschließend auf die Fußtour. Wassermann war 1898 als Berichterstatter der ›Frankfurter Zeitung‹ nach Wien gekommen; er blieb AS freundschaftlich verbunden.

20. 7. 1899

ROBERT HIRSCHFELD (KRUMPENDORF): Am 22. 7. traf AS Robert Hirschfeld in Krumpendorf.

ÜBERGANG: Tatsächlich wurde die Tour nicht in die Tauern, sondern wie ursprünglich geplant in die Dolomiten unternommen.

MIT IHRER SCHWESTER UND IHREM SCHWAGER: Caroline und Rudolf Burger, s. Anm. zum Brief ASs v. 17. 6. 1898.

31. 7. 1899

Nach der Fußtour mit AS und Wassermann reiste RBH am 4. 9. nach Vahrn bei Brixen und anschließend nach St. Michael in Eppan.

[Telegramm] 23. 8. 1899

SINGER: Isidor Singer (1857–1927), der Herausgeber der ›Zeit‹; die ›Zeit‹ brachte im November 1899 das gekürzte 2. Kapitel von ›Der Tod Georgs‹ (Nr. 266 ff.).

28. 8. 1899

SACHSENBURG: östlich vom Millstätter See, am Fuß der Kreuzeckgruppe.

»DIE UNSEELIGE MITGIFT«: Das spätere Trauerspiel ›Der Graf von Charolais‹ erschien bei S. Fischer 1905. Den Stoff des Stückes bildete das Drama ›The Fatal Dowry‹ (1632) von Philip Massinger (1583–1640) und Nathaniel Field (1587–1633).

9. 9. 1899

MÜNCHEN: Vom 12. 9. bis 16. 9. hielt sich AS in München auf, wo er im Residenz-Theater die drei Einakter (›Gefährtin‹, ›Kakadu‹, ›Paracelsus‹), dann die Premiere von ›Vermächtnis‹ sah.

MIT MEINEM STÜCK: ›Der Schleier der Beatrice‹.

12. 9. 1899

WER WIRD ALSO AUF DEM TITEL FIGURIREN?: In Nummer 262 der ›Zeit‹ v. 7. 10. 1899 wurde auf dem Titelblatt mitgeteilt, daß Hermann Bahr als Herausgeber und Redakteur der Zeitschrift ausgeschieden und daß ab 1. 10. Max Burckhard Herausgeber für das Ressort Literatur und Theater, Richard Muther Redakteur für bildende Kunst sei.

17. 9. 1899

ZIRNDORF: ›Die Juden von Zirndorf‹ (1897) war der erste Roman Wassermanns, der großes Aufsehen erregt hatte; dessen Hauptfigur, Agathon Geyer, tritt am Ende der ›Geschichte der jungen Renate Fuchs‹ wieder auf.

[»Künstler-Postkarte«] 19. 9. 1899

ADOLF PICHLER: 1819–1900, Schriftsteller, Verfasser patriotischer und tirolisch-bodenständiger Werke.

[Ansichtskarte des Eppaner Hofs in Eppan, von RBH irrtümlich auf 1/X 1899 datiert] Ende September 1899

IN DER ERSTEN VERWANDL.: »erste Verwandlung« in ›Der Graf von Charolais‹.

29. 9. 1899

BERLIN: AS hielt sich vom 3. 10. bis 11. 10. in Berlin auf, las Brahm am 7. 10. die fertiggestellte ›Beatrice‹ vor und traf auch mit S. Fischer zusammen.

3. 10. 1899

ÜBERETSCHER BAHN: Die Bahn führte von Bozen über Eppan nach Kaltern.

MENDEL: Der Mendel-Paß führt von Kaltern ins Val di Non.

8.10.1899

LEO: Leo Hirschfeld hatte sich mit der Schriftstellerin Olga Wohlbrück (1867–1943) verlobt.

PAUL: Paul Goldmann hielt sich vom 13.10. bis 21.10. in Wien auf.

24.11.1899

KORFF: 1899 übernahm Arnold Korff (1868–1944) die Rolle des Fritz in der ›Liebelei‹, die vor ihm Victor Kutschera und Max Devrient innegehabt hatten.

LBL.: AS besuchte die Aufführung der ›Liebelei‹ im Burgtheater am 25.11.

24.11.1899

GRÜNBAUM: Heinrich Grünbaum, berühmter Schneider am Graben 26 im 1. Bezirk.

24.12.1899

AUF EINEN DER 3 EINAKTER VERZICHTEN: Otto Brahm hatte die Einakter schon Mitte 1898 für das Deutsche Theater angenommen; am 26.8. verbot die Zensur die Aufführung des ›Kakadu‹. Den Plan Brahms, ›Kakadu‹ zusammen mit der ›Gefährtin‹ als Vorstellung der »Freien Bühne« zu geben, akzeptierte AS nicht. Im März 1899 erfolgte dann die polizeiliche Genehmigung des ›Kakadu‹, und die Premiere aller drei Stücke am Deutschen Theater fand am 29.4. statt. – Am Wiener Burgtheater hatte der Zyklus am 1.3. Premiere gehabt; auf Intervention des Hofes gegen ›Kakadu‹ wurde der Zyklus in der neuen Spielzeit nicht mehr angesetzt. Nach Protesten ASs erhielt er das Verfügungsrecht über ›Kakadu‹ zurück; am 19.12. wurden ›Paracelsus‹ und ›Gefährtin‹ dann zusammen mit Franz Grillparzers ›Esther‹ gegeben, wobei Kainz erstmals als Paracelsus brillierte.

JOSEFSTADT: Im Theater in der Josefstadt sah AS am 25.12. ›Gläubiger‹ und ›Mondscheinsonate‹ von Ludwig Wolff.

[Ansichtskarte A. Mantegna: S. Giorgio] 4.2.1900

CITAT!!!: Im ersten Kapitel von ›Der Tod Georgs‹ wird ein Mädchen folgendermaßen geschildert: »Wenn ihre schlanke knabenhafte Gestalt, von einem enganliegenden Kleid umschlossen, ruhig dastand, den Kopf leicht zur Seite gewandt, die

Hand vor sich hingestreckt auf dem zu hohen Griff des Schirmes ruhend, mußte er an Bilder denken, auf denen Erzengel in stählernem goldtauschiertem Panzer ihr Schwert vor sich hin in den Boden stemmten.« (GW 525)

15. 2. 1900

Im Februar unternahm RBH eine Reise an die Riviera und hielt sich in Venedig, Mailand, Pegli, San Remo und Florenz auf.

FEDOR M.: Fedor Mamroth.

17. 2. 1900

EINE NOVELLE: die zuerst ›Jugendliebe‹ genannte ›Frau Berta Garlan‹, die von Januar bis März 1901 in der ›Neuen Deutschen Rundschau‹ und noch im selben Jahr als Buchausgabe bei S. Fischer erschien.

SEIT SIE UND HUGO WEG SIND: Von Februar bis Mai 1900 hielt sich Hofmannsthal in Paris auf.

CLUB: Schachclub, den RBH und AS besuchten.

LEO: wohl Leo Van-Jung.

BEI DEM ASTHMATISCHEN NASCHAUER: Paul Naschauer (1866–1900), der Schwager Theodor Herzls; AS besuchte ihn am 4. und 12. 2.

21: Vingt-et-un, Würfelspiel mit dem Ziel, die Augenzahl 21 zu erreichen, aber nicht zu übertreffen.

DEN NASCHAUERINNEN: Ella Naschauer (1875–1939) und Julie Herzl, geb. Naschauer (1868–1907), die Frau Theodor Herzls.

MESSER: Max Messer (1875–1930), Rechtsanwalt und Schriftsteller; die ›Wiener Bummelgeschichten‹ erschienen 1900 im Wiener Verlag.

WOLFF: Ludwig Wolff (geb. 1876), Schriftsteller. ›Im toten Wasser. Ein Wiener Roman‹ war 1899 mit einem Vorwort von Jakob Wassermann bei Reissner in Dresden erschienen.

DIE »KUH« HEBBEL BIOGRAPHIE: Die ›Biographie Friedrich Hebbels‹ von Emil Kuh (1828–1876) war 1877 bei Braumüller in Wien erschienen.

ELLY HIRSCHFELD: geb. Lesser (1874–1965), in erster Ehe mit Julius Hirschfeld (gest. 1898), in zweiter mit dessen Bruder Georg Hirschfeld verheiratet.

FRAU FULDA: Ida Fulda, geb. Theumann (1870–1926), verheiratet mit dem Schriftsteller Ludwig Fulda (1862–1939).

SCHLENTHER: Paul Schlenther hatte am 13. 2. ›Beatrice‹ mit Streichungsvorschlägen zurückgeschickt und als Besetzung Georg Reimers (1860–1936) für den Herzog und Josef Kainz für den Filippo Loschi vorgeschlagen.

22. 2. 1900

»POLLAK WO HAST DU DEIN LINKES OHR?«: s. Anm. zum Brief ASs v. 15. 10. 1894.

FRAU PROFESSOR DÖPPLER: wohl die Frau des Historienmalers Emil Doepler (1855–1922), Professor am Kunstgewerbemuseum in Berlin.

MEYER: Oskar Mayer, s. Anm. zum Brief RBHs v. 16. 4. 1899.

ALLERS: Christian Wilhelm Allers (1857-1915), Zeichner und Maler. Galt als humoristisch-oberflächlicher Schilderer des Bürgertums im realistischen Genre.

»GOTT SEI DANK ER WIRD WITZIG!«: »FERDINAND [der eben den Hofmarschall Kalb zum Duell gefordert hat]. Wie er dasteht, der Schmerzenssohn! – Dasteht, dem sechsten Schöpfungstag zum Schimpfe! Als wenn ihn ein Tübinger Buchhändler dem Allmächtigen nachgedruckt hätte! [...] HOFMARSCHALL. O! Gott sei ewig Dank! Er wird witzig.« (Friedrich Schiller, Kabale und Liebe, 4. Akt, 3. Szene)

2. 3. 1900

EDLACHER HOF: in Edlach am Fuß der Rax.

AN DER NOVELLE: ›Frau Berta Garlan‹.

EIN FRECHER SCHWINDEL: Im letzten Kapitel von ›Georgs Tod‹ findet der Held Paul, dessen Bewußtsein bis dahin von ästhetischen Erlebnissen bestimmt war, zurück zur Geschichte seiner Väter und zum Erbe des Judentums (»Und von ihrem Blute war auch er«, GW 622).

UM GOETHE ZU VARIIREN: »Alles Gescheite ist schon gedacht worden; man muß nur versuchen, es noch einmal zu denken.« (Maximen und Reflexionen)

»ZEIT IST NUR EIN WORT —«: »Ja, wahrlich, Zeit ist nur ein Wort, nicht mehr!«: Der Schleier der Beatrice, 2. Akt (DW I, 602).

19. 6. 1900

SCHLENTHER: Nach viermonatiger Wartezeit hatte sich AS bei Schlenther nach dem Stand der Aufführungsmöglichkeiten der ›Beatrice‹ erkundigt; Schlenther erwähnt daraufhin in einem Brief vom 17. 6. die dramaturgischen Schwierigkeiten des Stücks und vertröstet AS aufs nächste Frühjahr.

MEINE NOVELLE: Am 16. 4. notierte AS im Tagebuch den Abschluß von ›Frau Berta Garlan‹.

EINIGES KLEINERE: Im Februar 1900 war ›Andreas Thameyers letzter Brief‹ entstanden (Erstdruck in der ›Zeit‹, 1902). Am 24. 5. hatte Schnitzler den Abschluß von ›Ein Erfolg‹ vermerkt (Erstdruck posthum in der ›Neuen Rundschau‹, 1932). Auch für ›Wohltaten, still und rein gegeben‹ (Erstdruck posthum im

›Neuen Wiener Tagblatt‹ v. 25.12.1931) und ›Legende‹ (Erstdruck posthum in ›Die kleine Komödie. Frühe Novellen‹, Berlin 1932) wird als Entstehungszeit 1900 vermutet.

20. 6. 1900

Seewirth oder Brunnthaler: Gasthöfe Seewirth und Brunthaler in Altaussee. Dort verbrachte RBH mit Familie den Sommer.

B.: Otto Brahm hatte die Aufführung der ›Beatrice‹ von vornherein abgelehnt.

[Ansichtskarte vom Stiegenaufgang des Kunsthistorischen Museums, Wien] 21. 6. 1900

Ein Citat: aus ›Frau Berta Garlan‹ (ES I, 455): »Das Museum liegt vor ihr. Nun über die Stufen, durch den Eingang, und sie steht in der großen, kühlen Vorhalle, sieht die mächtige Treppe vor sich, und dort, wo sie sich nach rechts und links scheidet, das ungeheure Mamorstandbild des Theseus, der den Minotaurus erschlägt.«

Im Vorstadtbeisel: Zitat aus dem ›Abschiedssouper‹; Anatol sagt dort über seine neue Liebe: »Für die ist das Vorstadtbeisel, das gemütliche – mit den geschmacklosen Tapeten und den kleinen Beamten am Nebentisch!« (DW I, 70) – An diesem Abend besuchte AS mit Marie Glümer den Gasthof »Glocke« in der Gumpendorferstraße 19 im 6. Bezirk.

26. 6. 1900

AS kam am 29. 6. in Altaussee an und traf dort mit RBH sowie Georg und Elly Hirschfeld zusammen.

7. 7. 1900

AS war vom 3. 7. bis 5. 7. mit dem Rad von Altaussee nach Admont und von dort nach Reichenau an der Rax gefahren.

die Sache: die gemeinsame Tour mit Goldmann und Kerr.

Wir lieben die Frauen, die uns gleichgiltig sind: Leopoldine Müller (1873–1946) hatte AS auf der Radtour begleitet.

an dem Fünfactigen: ›Die Entrüsteten‹; an dem Plan arbeitete AS noch bis Oktober. Ab 1902 begann sich der Stoff zum Roman ›Der Weg ins Freie‹ zu gestalten (1908), in dem AS ein Panaroma der jüdischen Gesellschaft Wiens gibt.

13. 7. 1900

FUSSTOUR: AS traf RBH am 12. 8. in Salzburg; die Fußtour wurde am 17. 8. von Schruns aus begonnen.

ZEITUNGSAUSSCHNITT: nahm offenbar Bezug auf die Erkrankung Paula Beer-Hofmanns; an Hofmannsthal schrieb RBH am 15. 7., daß der »hiesige Arzt [...] uns die Wahl zwischen drei oder vier Diagnosen, darunter auch Darmsachen, gelassen« habe (HvH/RBH).

MINNIE B.: Minnie Benedict.

LEVICO: östlich von Trient im Suganatal.

15. 7. 1900

KLÖSTERLE: im Klostertal; möglicherweise meint AS Klosters im Prätigau.

SVATEK: Wenzel Swatek (1847–1914), Antiquar in Salzburg, wo RBH, Hofmannsthal und AS einzukaufen pflegten (s. auch ›Das weite Land‹, DW II, 271).

2. 8. 1900

Die vorgeschlagene Tour in die Zillertaler Alpen kam nicht zustande.

MAYER II. BAND PAG. 229: Deutsche Alpen. 2. Tl. Leipzig: Bibliographisches Institut, 5. Aufl. 1897 (Meyers Reisebücher), enthält die beschriebene Route S. 229–234.

3. 8. 1900

Die von AS vorgeschlagene Tour ins Kaprunertal bis zum Moserboden am Großglockner wurde am 13./14. 8. durchgeführt; Leo Van-Jung nahm daran teil. – Die Tour vom Salzachtal über den Gerlos-Paß ins Zillertal kam nicht zustande. – Am 16. 8. traf man in Innsbruck mit Alfred Kerr und Paul Goldmann zusammen; AS, RBH, Goldmann und Kerr fuhren am 17. 8. nach Schruns, wanderten von da nach Gargellen (18. 8.), über das Schlappiner Joch nach Klosters und fuhren nach Chur und Thusis (19. 8.); von dort nach Pontresina (20. 8.).

GEORG H.: Georg Hirschfeld.

VERLOBUNG: Am 27. 7. hatte Hofmannsthal an AS geschrieben: »[...] und so will ich denn, wie vor einigen Tagen dem Richard, auch Ihnen gern sagen, daß ich die Gerty im Lauf des nächsten Frühjahrs heiraten werde« (HvH/AS); am 8. 6. 1901 fand die Hochzeit mit Gertrude Schlesinger (1880–1959) statt.

[Telegramm] 14. 9. 1900

MERCIERTAT DES SEEHUNDES: Auguste Mercier (1833–1921) war 1893–1895 französischer Kriegsminister; er brachte Alfred Dreyfus vor das Kriegsgericht, das den Unschuldigen 1894 verurteilte. – Paul Schlenther trug einen buschigen Schnurrbart. Anspielung darauf, daß Schlenther, als AS zu Beginn der neuen Spielzeit nochmals wegen ›Beatrice‹ eine Entscheidung verlangte, am 2. 9. die Aufführung definitiv ablehnte. Am 14. 9. erschien daraufhin in allen größeren Zeitungen ein Protest von Bahr, Julius Bauer, J. J. David, Robert Hirschfeld, Salten und Ludwig Speidel, in dem sie die Willkür und Verzögerungstaktik Schlenthers kritisierten.

28. 6. 1901

RBH verbrachte diesen Sommer mit seiner Familie – sein Sohn Gabriel war am 9. 1. zur Welt gekommen – in Pörtschach am Wörthersee, Villa Arnstein.

N. FR. PR: Am 21. 6. 1901 meldete die ›Neue Freie Presse‹ im Leitartikel das Urteil des militärischen Ehrenrates, das AS seiner Charge als Regimentsarzt der Reserve für verlustig erklärte, weil er mit seiner Novelle ›Lieutenant Gustl‹, die in der Weihnachtsnummer 1900 dieser Zeitung erschienen war, die Ehre des Offizierstandes verletzt habe; die ›Kleine Chronik‹ informierte über ASs Anwesenheit in Tirol. – AS fuhr nach Aufenthalten in Salzburg, Berchtesgaden und Innsbruck am 28. 6. nach Landeck und anschließend nach St. Anton am Arlberg.

SALTEN UND SEINEM BODENSTÄNDIGEN BRETTL: Felix Salten übernahm die künstlerische Leitung der Kabarettbühne »Zum lieben Augustin«, die am 16. 11. 1901 in einem von Koloman Moser gestalteten Bühnenraum im Theater an der Wien eröffnet wurde; u. a. trat dabei Frank Wedekind auf.

SALZBURG: Im eben im Entstehen begriffenen Einakter ASs ›Lebendige Stunden‹ sagt der Schriftsteller Heinrich über Salzburg: »Das ist nämlich ein Ort, wo ich mich sonst immer wohl gefühlt habe. Eine Stadt des Trostes, wahrhaftig.« (DW I, 694)

4. 7. 1901

MIT IHR: Olga Gussmann (1882–1970), seit November 1900 ASs Freundin; am 10. 5. hatte sie ein erwartetes Kind verloren.

EIN 3AKTIGES STÜCK: Der Arbeitstitel war ›Junggeselle‹. 1902 arbeitete es AS unter dem Titel ›Egoisten‹ um. Anfang 1903 teilte sich der Stoff in ›Der einsame Weg‹ und den späteren ›Professor Bernhardi‹. ›Der einsame Weg‹ erschien 1904 bei S. Fischer.

MIT 2 EINAKTERN: ›Lebendige Stunden‹ beendete AS am 28. 7., ›Die Frau mit dem Dolche‹ am 3. 8.; er las sie, wie auch den Einakter ›Literatur‹, der im Jahr zuvor entstanden war, am 24. 8. RBH, Goldmann, Olga und ihrer Schwester Liesl Gussmann (1885–1920) im Wald bei Welsberg vor. Zusammen mit ›Die letzten Masken‹, die am 22. 9. 1901 abgeschlossen wurden, erschienen die Einakter 1902 unter dem Titel ›Lebendige Stunden‹ bei S. Fischer.

TIROLER HOF: galt als Innsbrucker Gasthof »ersten Ranges«.

HELLBRUNN: Schloß Hellbrunn, südlich von Salzburg, 1613 von Marcus Sitticus erbaut, Fresken von Donato Mascagni.

»MONATSSCHLÖSSEL«: ›Monatsschlößchen‹ (weil in einem Monat erbaut), bei Hellbrunn.

10. 7. 1901

DESSEN FRAU: Rosa Beer, geb. Goldstein, die zweite Frau Hermann Beers.

22. 7. 1901

SCHW.: wohl Gustav Schwarzkopf.

G.: Paul Goldmann traf AS am 7. 8. in Welsberg; ab 18. 8. hielt er sich länger in Welsberg auf.

TIERSER-THAL: ein Seitental der Eisack südlich des Schlern.

3A. STÜCK: der ›Junggeselle‹, s. Anm. zum Brief ASs v. 4. 7. 1901.

JULIUS UND FRAU: Seinen Bruder und seine Schwägerin traf AS am 23. 7. 1901.

10. 8. 1901

Von 12. 8. bis 14. 8. unternahm AS die Reise nach Bozen und Trient und traf in Bozen am 13. 8. Paul Goldmann. Ab 15. 8. hielt er sich in Welsberg auf; RBH besuchte ihn am 22. 8.

17. 8. 1901

DIE BEIDEN JUNGEN DAMEN: Olga und Liesl Gussmann.

21. 8. 1901

Tasächlich traf RBH am nächsten Tag in Welsberg ein.

30. 9. 1901

Hannah Jagert: ›Hanna Jagert‹ (1893), Komödie von Otto Erich Hartleben, wurde am Deutschen Volkstheater gespielt.

30. 9. 1901

»König Lear«: wurde mit Sonnenthal als Lear im Burgtheater gespielt.

25. 11. 1901

meine 4 Stücke: Erst am 14. 12. las AS bei Hofmannsthal ihm und RBH die vier Einakter und ›Der Puppenspieler‹ vor; die ›Studie in einem Aufzug‹ erschien zuerst in der ›Neuen Freien Presse‹ v. 31. 5. 1903 und dann innerhalb des Zyklus ›Marionetten‹ bei S. Fischer 1906.

aus Wohnungsgründen: Um Weihnachten übersiedelte RBH nach Rodaun, Liesinger Hauptstraße 2, und war von da an ein »Nachbar« Hofmannsthals, der im sogennannten »Fuchsschlössel« in Rodaun wohnte.

26. 2. 1902

Schönberger: Wirtshaus in der Brühl. Olga Gussmann war wieder schwanger, ihre Schwester begleitete sie. Olga Gussmanns und ASs Sohn Heinrich (1902–1982) wurde am 9. 8. geboren.

Kurhaus: in Mödling bei Wien, wo sich Olga und Liesl Gussmann vom 3. 2. an aufgehalten hatten.

3. 3. 1902

Carltheater: Am 4. 3. wurde hier die Operette ›Das süße Mädel‹ von Alexander Landesberg und Leo Stein, Musik von Heinrich Reinhardt, gespielt.

14. 6. 1902

Conserv. Vorstellung: Als Vorstellung des Konservatoriums wurde am 17. 6. ›Liebelei‹ mit Liesl Gussmann als Mizi aufgeführt. Am Vormittag hatte AS Hofmannsthal und RBH in Rodaun besucht.

29. 10. 1902

Tatsächlich sahen sich AS und RBH erst am 20. 12. wieder. Am 4. 12. notierte AS: »Richard B.-H. kümmert sich seit geraumer Zeit nicht um mich. Persönliche Empfindung, dass O. ihm antipathisch ist. –«

4. 11. 1902

DIE WOHNUNG PAPAS: Schon seit dem Sommer war RBHs Vater Hermann Beer schwer erkrankt. Er starb am 3. 10. 1902.

16. 11. 1902

AS arbeitete zu dieser Zeit intensiv an dem Schauspiel ›Der einsame Weg‹, damals noch unter dem Arbeitstitel ›Egoisten‹, das sich aus dem ehemaligen ›Junggesellen‹ entwickelt hatte, und an der Novelle ›Die Hirtenflöte‹ (Arbeitstitel: ›Verlockung‹), die im September 1911 in der ›Neuen Rundschau‹ veröffentlicht wurde.

[Visitenkarte] 24. 12. 1902

ANSTATT DER AUS PONTRESINA: Es handelte sich möglicherweise um eine beim gemeinsamen Aufenthalt 1900 gekaufte Schweizer Uhr, die durch RBHs Weihnachtsgeschenk ersetzt werden sollte.

14. 1. 1903

BADEBESITZER SCHALLER: Am 14. 4. wird der Hund »Bern« im Tagebuch ASs das erstemal erwähnt; der Hund muß im Oktober ins Tierschutzhaus, im Dezember ins Tierspital gebracht werden. – RBHs Terrier »Flirt« war 1902 an Tollwut gestorben. – Vom 12. 1. bis 19. 1. hielt sich AS mit Olga Gussmann in Salzburg auf.

16. 1. 1903

VOR FÜNF JAHREN: Am 11. 2. 1898 war AS mit RBH in Hallein gewesen.

18. 1. 1903

FLOHTHEATER: Am 6. 1. hatte Hofmannsthal in Rodaun ›Das gerettete Venedig‹ vorgelesen; anwesend waren u. a. Salten, Wassermann und Gustav Schwarzkopf, der »sehr kluge Notizen« über das Stück hatte (TB 9. 1.).

Akad. Verein: AS besuchte die Veranstaltung des Akademischen Vereins, der am 24.1. unter der Regie von Josef Lewinsky Goethes ›Prometheus‹, ›Elpenor‹ und ›Der Bürgergeneral‹ uraufführte, nicht.

[Text nach HvH/RBH] 15. 2. 1903

Grimm in Budapest: Es ging um die Herausgabe des ›Reigen‹, den S. Fischer nicht selbst verlegen wollte und der 1900 in einem Privatdruck von 200 Exemplaren herausgekommen war. – Der Verlag Gustav Grimm in Budapest, gegründet 1876, führte neben Ausgaben von Zola, Maupassant und Strindberg in erster Linie Erotica.

Coschell: Moritz Coschell (1872–1943), Maler. Coschell hatte die 1901 erschienene Buchausgabe des ›Leutnant Gustl‹, sowie eine Sonderausgabe des ›Anatol‹, ebenfalls 1901, beide bei S. Fischer, illustriert.

Ludassy: s. Anm. zum Brief ASs v. 5.10.1894.

die war's nicht, der's geschah: »Und sprich, woher kommt Liebe? – / ›Sie kömmt und sie ist da!‹ / Und sprich, wie schwindet Liebe? – / ›Die war's nicht, der's geschah!‹« (Friedrich Halm, ›Mein Herz, ich will dich fragen‹, 2. Strophe)

20. 2. 1903

Wiener Verlag: Das Buch erschien noch 1903, mit Buchschmuck von Berthold Löffler, im Wiener Verlag, und erreichte im selben Jahr das 40. Tausend; 1914 ging der ›Reigen‹ an Benjamin Harz, Berlin, über (100. Auflage 1923). Über Schwierigkeiten mit beiden Verlagen hatte AS jahrelang zu klagen; S. Fischer, den er schließlich doch für die Aufnahme des Werks interessieren konnte, verzögerte die Herausgabe aus Furcht vor einem Wiederaufflammen der antisemitischen Propaganda, die anläßlich der beiden ›Reigen‹-Aufführungen in Wien und Berlin 1920/21 gegen den Autor getrieben wurde. Erst im Herbst 1931 erschien das Buch bei S. Fischer und wurde 1933, zusammen mit den anderen Werken ASs (außer ›Der Weg ins Freie‹), verboten.

Berlin, *Palasthotel*: Vom 22. 2. bis 9. 3. hielt sich AS in Berlin auf, wo am 7. 3. die Premiere von ›Der Schleier der Beatrice‹ stattfand, die erste Inszenierung seit der mißglückten Uraufführung in Breslau (1900). Am Wiener Burgtheater wurde das Stück erst 1925 gegeben.

Mein neues Stück: Am 19.2. hatte AS Olga Gussmann und Gustav Schwarzkopf das umgearbeitete Drama ›Die Egoisten‹ vorgelesen: »Ganz wie ich vermuthete: 2 Stücke; in jetziger Fassung unmöglich« (TB).

ein siamesisches Zwilling: Am 18.4. überdachte AS das »entzwei gefallene Junggesell- und Aerztestück« (TB). Im Sommer 1903 arbeitete er es als ›Der einsame Weg‹ um, der 1904 erschien.

[Adresse von Hofmannsthal] 26. 3. 1903

Schleiermacher: Anspielung auf die Schicksalsverfallenheit der Figuren in ›Der Schleier der Beatrice‹, mit der der Begriff der »schlechthinnigen Abhängigkeit«, wie der evangelische Theologe und Philosoph Friedrich Schleiermacher (1768–1834) religiöse Erfahrung definiert hatte, parodiert wird.

Lear: Am 28. 3. zeigte das Burgtheater als Repertoirevorstellung ›König Lear‹ mit Sonnenthal in der Titelrolle.

[Telegramm] 23. 8. 1903

Schopenhauergasse 37: Am 26. 8. fand die Trauung ASs und Olga Gussmanns statt; im Hof des Hauses Schopenhauerstraße 39 befand sich die Synagoge der israelitischen Kultusgemeinde des 18. Bezirks.

Beistand: RBH und Gustav Schwarzkopf waren Trauzeugen.

23. 8. 1903

Gentzgasse: Ab Ende Oktober 1900 hatte AS eine zweite Wohnung in der Gentzgasse 110 im 18. Bezirk, die Olga Gussmann vor der Eheschließung bewohnt hatte.

Meine Reise: AS war von 12. 8. bis 21. 8. nach Bozen, Kaltern, Campiglio, Riva und Trient gereist. Im September fand keine gemeinsame Reise dorthin statt, da eben zu dieser Zeit AS und Olga Schnitzler die gemeinsame Wohnung in der Spöttelgasse 7 (heute Edmund-Weiß-Gasse) im 18. Bezirk bezogen.

14. 10. 1903

Buchhandlung F. Moser: in Bozen; RBH hielt sich mit seiner Familie im September am Lido und nachher einige Tage in Bozen auf.

[»unsere Wohnung« bezeichnet auf der Ansichtskarte von Aussee] 11. 7. 1904

Der arme Baron L.: In Heft 7 von Juli 1904 der ›Neuen Rundschau‹, S. 829–842, war ASs Erzählung ›Das Schicksal des Freiherrn von Leisenbohg‹ erschienen (ES I, 580–597).

SIGURD: Freiherr von Leisenbohg liebt schon seit langem die Sängerin Kläre, die ihn aber nicht erhört und ihr Leben mit verschiedenen Männern, zuletzt dem jüngst verstorbenen Fürsten Bedenbruck, geteilt hat. Nachdem Kläre dem Sänger Sigurd Ölse begegnet ist, verbringt sie eine Nacht mit Leisenbohg, reist aber danach sofort ab. Einige Zeit später ruft Sigurd den Baron zu sich und berichtet auf dramatische Weise von dem Fluch, den der sterbende Fürst über Kläre ausgesprochen hat: ihr erster Geliebter nach ihm müsse sterben. Darauf wird Leisenbohg vom Schlag getroffen. – Hofmannsthal schrieb am 2. 7.: »Leisenbohg ist gut, durchaus angenehm, durchaus fein, sollte nur um ein Etwas mehr Intensität in der Groteskerie haben.« (HvH/AS)

UND WERDEN SIE GESUND: Ende Juni war AS an Gelbsucht erkrankt gewesen.

28. 7. 1904

THEATERZETTEL: RBH hatte AS ein Programm des Kurtheaters Aussee geschickt, das am 23. 7. ASs Einakter ›Literatur‹ gab, und darauf vermerkt: »Nicht umzubringen! ›In Zeit und Ewigkeit‹!«

NASSWALD: nördlich der Raxalpe.

DAS STÜCK: AS reiste am 3. 9. nach Ischl und traf dort am 7. 9. mit BHs zusammen; zu einer Vorlesung des Stücks ›Der Graf von Charolais‹, das RBH eben beendet hatte, kam es offenbar nicht. Das Trauerspiel erschien 1905 bei S. Fischer.

3. 9. 1904

FERTIG: s. Anm. zum Brief ASs v. 28. 7. 1904.

DEN LUEGERN: Max Burckhard, den RBH in eine Reihe mit Karl Lueger gestellt hatte, besaß in Lueg am Wolfgangsee ein Haus, das er AS zeigte; beide trafen in dieser Zeit mehrmals zusammen.

3. 9. 1904

Zwischen 5. 9. und 7. 9. trafen Arthur und Olga Schnitzler in Lueg Hugo und Gertrude von Hofmannsthal; am 7. 9. waren auch BHs anwesend. Am 16. 9. erfolgte die gemeinsame Reise nach Salzburg direkt von Lueg aus.

HOTEL ELISABETH: Badehotel Elisabeth in Aussee.

14. 9. 1904

NELBÖCK: Hotel unweit des Bahnhofes von Salzburg.

30. 10. 1904

SEIT GESTERN ZURÜCK: RBH hatte sich im Oktober zu Proben von ›Der Graf von Charolais‹ in Berlin aufgehalten; er reiste im November wieder hin; die Premiere fand am 23. 12. unter der Regie von Max Reinhardt im Neuen Theater statt.

OTTAKRINGER: das »Ottakringer Bräu« an der Kreuzung von Lainzer Straße und Hietzinger Hauptstraße im 13. Bezirk.

ÜBER DEN GRÜNEN KAKADU: Am 19. 10. hatte Reinhardt angekündigt, »*Kakadu, Kassian, Delorme*« im Kleinen Theater spielen und schon in der nächsten Woche mit den Proben beginnen zu wollen (AS/Reinhardt).

2. 11. 1904

BEILIEGENDES TELEGRAMM: Der Text des Telegramms vom 1. 11. 1904 lautete: »Durch neuerliche Erkrankung Sorma Verzögerung und auch sonst in Dispositionen behindert, können daher heute endgültige Besetzung aller Rollen und genauen Termin der Aufführung nicht angeben. Puppenspiel Inszenierung wird besorgt Regie Vallentin. Zensurbescheid noch nicht eingetroffen, glauben nicht an Schwierigkeiten. Vertrag geht ab. Gruß Reinhardt« (AS/Reinhardt). – Agnes Sorma (s. Anm. zum Brief ASs v. 31. 1. 1896) spielte bei Otto Brahm und Reinhardt; Richard Vallentin (1874–1908) war Schauspieler und Regisseur bei Reinhardt. Das »Puppenspiel« ist ›Der tapfere Cassian‹.

FREIWILD-PREMIÈRE: Die Premiere von ›Freiwild‹ am Deutschen Volkstheater in Wien fand am 28. 1. 1905 statt.

RUEDERER: Joseph Ruederer (1861–1915), Schriftsteller, 1896 Mitbegründer der Münchner »Intimen Theaters«. Am 15. 11. hatte ›Die Morgenröthe. Komödie aus dem Jahre 1848‹ Premiere; AS und RBH besuchten die Aufführung am 18. 11.

ER: Max Reinhardt. – Zur Berliner Aufführung kam es am 22. 11. 1904. Gegeben wurde nur ›Der tapfere Cassian‹ (Uraufführung) und ›Der grüne Kakadu‹ (mit Alexander Moissi als Henri und Getrud Eysoldt als Léocadie, Regie: Richard Vallentin), da ›Das Haus Delorme‹, in dem AS nach seinen Erfahrungen mit der Familie Sandrock Zustände in einem Schauspielerinnen-Haushalt schilderte, von der Zensur verboten worden war.

8. 11. 1904

VORAUSSICHTLICH SAMSTAG: AS reiste am 12. 11. nach Berlin, RBH traf am 18. 11. dort ein.

9. 11. 1904

KALKSBURG: Gemeint ist das Jesuitenkollegium im heutigen 23. Bezirk.

12. 11. 1904

»BRISTOL« ODER »CARLETON«: Carlton Hotel, wie das Bristol Unter den Linden in Berlin.

MOISSI: Alexander Moissi (1880–1935) spielte den Henri in ASs ›Kakadu‹ und den Verführer Philipp in RBHs ›Graf von Charolais‹ (s. RBHs ›Moissi‹, GW 645).

BIE: Oscar Bie (1864–1938), 1894–1921 Redakteur, 1921–1933 Mitherausgeber der bei S. Fischer erscheinenden ›Neuen [Deutschen] Rundschau‹.

HEIMANN: Moritz Heimann (1868–1925), Schriftsteller. War ab 1895 Lektor bei S. Fischer; besonders mit Jakob Wassermann befreundet.

[Telegramm] 23. 12. 1904

Zur Premiere von ›Der Graf von Charolais‹ am Neuen Theater am 23. 12.

DEN BERUEHMTEN BRUCH: Zwischen dem 3. und dem 4. Akt konstatierte die Kritik tatsächlich einen Bruch sowohl in der Handlungsführung als auch in der Psychologie des Stücks; nachdem im 3. Akt Charolais' Konflikt (sein verschuldeter Vater kann nicht bestattet werden) durch die Ehe mit Desirée, der Tochter des Gerichtspräsidenten, gelöst ist, begeht Desirée im 4./5. Akt ziemlich unvermittelt Ehebruch.

[Ansichtskarte A. Dürer: Das kleine Pferd] 10. 2. 1905

ZUR PREMIÈRE: Am 10. 2. hatte am Münchner Residenztheater ›Der Graf von Charolais‹ unter der Regie von Ernst von Possart (geb. 1841), dem Intendant der bayrischen Hofbühne, Premiere.

23. 3. 1905

WOHNUNGEN ANSEHEN: BHs übersiedelten schließlich im November 1906 in das von Josef Hoffmann gebaute Haus Hasenauerstraße 59 im 18. Bezirk, wenige Gehminuten von ASs späterem Haus in der Sternwartestraße entfernt.

DIE REISE: AS war vom 3. 3. bis 17. 3. nach Genua, dann mit dem Schiff die Côte d'Azur entlang und nach Korsika, von dort zurück nach Neapel gefahren; über Pompeij, Palermo, Messina, Korfu, Cattaro, Ragusa, Spalato und Fiume kehrte er nach Wien zurück.

[Telegramm] 8. 5. 1905

SCHILLERPREIS: Zusammen mit Carl Hauptmann (für ›Die Bergschmiede‹) und Gerhart Hauptmann (für ›Rose Bernd‹) hatte RBH Anfang Mai für ›Der Graf von Charolais‹ den Volks-Schillerpreis erhalten; dieser Preis war von den deutschen Goethe-Bünden in Konkurrenz zum offiziellen Schiller-Preis, der in letzter Instanz von Kaiser Wilhelm vergeben wurde und in den Jahren zuvor nicht verliehen worden war, gestiftet worden und mit 3000 Mark dotiert. Wie die ›Neue Freie Presse‹ berichtete, habe das ›Berliner Tageblatt‹ gegen diese Art der Vergabe protestiert: »Nun zerpflückt man den Lorbeer zwischen den beiden so verschiedenen Brüdern und gibt einen dritten Teil nun gar noch an den jungen Oesterreicher *Beer-Hofmann*, dessen hohe Begabung wohl zu schätzen ist, der aber doch als der berufene Träger gerade dieses Schiller-Preises von grundsätzlicher Bedeutung nicht anerkannt werden darf. Für ein Werk der Nachdichtung, der Neudichtung meinetwegen, die höchste Ehrung, die das ›Volk‹ vergeben soll! Wie billig ist der Lorbeer geworden, selbst wenn es nur ein gedrittelter Lorbeer ist [...]« (9. 5. 1905). Hofmannsthal schrieb RBH dazu am 12. 5.: »Chor: Eilt o eilt herbei zu ehren / unsres Volkes populären / preisgekrönten Drittelbären!« (HvH/RBH)

CHAROLAISPREMIÈRE: Am 15. 5. 1905 hatte ›Der Graf von Charolais‹ im Theater an der Wien als Gastspiel des Reinhardt-Ensembles Premiere: »großer Erfolg, viel Widerspruch. Ich war sehr von den 3 ersten Akten eingenommen; 4. u 5. wirkt, – trotz der vielen Schönheiten, ärgerlich –« (TB).

9. 5. 1905

IHR ONKEL: Sigmund Beer (s. Anm. zum Brief RBHs v. 25. 6. 1897).

23. 5. 1905

DES FRISCHSCHEN BUCHES: Ephraim Frisch (1873-1942), Schriftsteller, Dramaturg und Theaterkritiker. – ›Das Verlöbnis. Geschichte eines Knaben‹ war 1902 bei S. Fischer erschienen.

SOMMERPLÄNE: AS selbst hielt sich vom 2. 7. bis 29. 7. mit seiner Familie im Kurhaus Reichenau an der Rax auf.

ZUM CHAROLAIS: Friedrich Kayssler (1874–1945) spielte den Charolais, Reinhardt den Roten Itzig, Ludwig Hartau (geb. 1922) den Sekretär des Gerichtspräsidenten.

25. 5. 1905

DIE ARME ALTE TANTE: Agnes Beer (s. Anm. zum Brief RBHs v. 25. 6. 1897).

NACH ALL DEM WIDERLICHEN: Die Kritik verhielt sich dem Stück gegenüber durchaus geteilt; neben hohem Lob (etwa von Fritz Mauthner) fanden sich auch vorsichtig abwägende und gänzlich ablehnende Stimmen; die ›Neue Freie Presse‹ schrieb etwa: »Das Stück, das eine der seltsamsten Eheirrungen erzählt, leidet an empfindlichen Längen. Die Handlung schleicht, belastet mit überflüssiger Schönrednerei und über mancherlei poetische Hindernisse hinweg, ungemein langsam zum Ziele [...]« (17. 5. 1905). – Außerordentlich positiv hingegen rezensierte etwa Lou Andreas-Salomé (›Der Graf von Charolais‹. In: Die Zukunft 50 (1905), S. 286-293), die im Gegensatz zu allen anderen das Stück »mit streng dichterischer Logik« »auch psychologisch vollendet« fand (S. 287).

26. 5. 1905

POLGAR: Alfred Polgar hatte in der ›Wiener Allgemeinen Zeitung‹ v. 18. 5. 1905 (›Der Graf von Charolais‹) geschrieben: »[...] hier lohnt man: Arbeit, Fleiß, Ausdauer, Streben, überkletterte Hindernisse, Sammlermühsal, unnachgiebigen Eifer, kurz: alle Tugenden, deren Gemeinsames ist, daß sie transpirieren. [...] Ich habe niemals daran gezweifelt, daß ein kluger Mann, der viel gelesen, seinen Geschmack zu edler Kunst erzogen, sein Ohr daran gewöhnt hat, eine subtile Sprache als physische Annehmlichkeit zu empfinden, auch, wenn's sein muß, ein paar schöne Verse zusammenpinseln kann. [...] Drei lange, bange Akte, bis der Graf von Charolais einen Bürgen gefunden hat – was allerdings manchmals ganz tragisch sein kann – und der alte Graf begraben ist. Hierauf, zwei Jahre später, fangen dieselben Menschen ein neues Stück an, das erst ganz zum Schluß mit ein paar mühseligen Beziehungen an die Komödie Nummer eins geknüpft wird [...]«.

FRL. ERL: Dora Erl, Schauspielerin; sie wohnte im selben Haus wie AS.

WÄHRINGER: Die Wohnung ASs und RBHs Grund lagen beide in Währing, dem 18. Bezirk.

Mitte August 1905

FULPMES: Im August hielt sich RBH mit seiner Familie in Fulpmes im Stubaital auf; anschließend fuhren sie an den Lido.

BELLA WENGEROW, SCHWESTER, MUTTER: Isabella Wengerova (1877–1956), Musikpädagogin; Zinaida Wengerova (1867–1941), Übersetzerin (sie waren Cousinen Leo Van-Jungs); Pauline Wengeroff (1833–1916), Schriftstellerin.

DR. KAUFMANN: Arthur Kaufmann (1872–1938), Jurist und Privatgelehrter. Gehörte zum Freundeskreis ASs und RBHs. Er und RBH wurden von AS testamentarisch als Berater des Sohnes Heinrich eingesetzt. Einzige Publikation Kaufmanns war ›Zur Relativitätstheorie. Erkenntnistheoretische Erörterungen‹. In: Der neue Merkur 3 (1919/20).

Das Stück von Bahr: AS hatte es, wie er RBH am 30. 7. mitteilte, an ihn schicken lassen. Es handelte sich um ›Die Andere. Schauspiel in fünf Akten‹, Berlin: S. Fischer 1905. Uraufführung war am 4. 11. im Münchener Schauspielhaus, Wiener Premiere am 25. 11. am Deutschen Volkstheater. AS schrieb am 30. 7. an Bahr über das Stück: »Es hat mich durchaus interessiert, und allerlei menschliches hat mich tief bewegt – gegen das Stück, d. h. gegen das fünfaktige Gebilde, das von zweitausend Menschen zugleich angehört und verstanden werden soll, hab ich manches Bedenken. In wenigen Worten ausgedrückt: es mangelt dem Ganzen zuweilen an künstlerischer Oekonomie.« (B I, 515)

»Eisenstein«: Wiener Buchhändler, s. Anm. zum Brief ASs v. 6. 7. 1898.

zwei wunderschöne Stücke: Am 12. 8. hatte AS zwei eben beendete Stücke, die Komödie ›Zwischenspiel‹, mit Arbeitstitel ›Neue Ehe‹, und ›Der Ruf des Lebens‹, mit Arbeitstitel ›Die Vatermörderin‹, Hofmannsthal und Leo Van-Jung, das zweite auch Gustav Schwarzkopf und Olga Schnitzler, vorgelesen. »Lange, erregte Discussion darüber. –« Tags darauf besprach sich AS nochmals mit Hofmannsthal über die Stücke: »1. 2. Akt der ›Vtm.‹ vielleicht das beste, das ich je geschrieben – als ganzes ist ihm Neue Ehe .. (oder ›Adagio‹?) lieber. –« (TB)

Schwägerin, und Steinrück: Liesl Gussmann war damals Schauspielerin am Berliner Schillertheater; nach ihrem Rückzug von der Bühne 1907 heiratete sie 1908 den Schauspieler Albert Steinrück (1872–1929), der 1905–1908 bei Reinhardt in Berlin engagiert war.

14. 9. 1905

Mir. Horwitz: Mirjam Horwitz (1882–1967), Schauspielerin.

Roland: Vom 16. bis 30. 9. gab das »Cabaret Roland von Berlin« im Ballsaal Ronacher ein Gastspiel, an dem Mirjam Horwitz mitwirkte.

Burgtheaterproben: Burgtheaterdirektor Schlenther hatte nun doch – über Otto Brahm – Kontakt mit Schnitzler aufgenommen; seine Komödie ›Zwischenspiel‹ akzeptierte er sofort; das Stück wurde mit Josef Kainz und Lotte Witt in den Hauptrollen besetzt und hatte am 12. 10. Premiere.

mit dem zweiten Stück: ›Der Ruf des Lebens‹; hatte am 24. 2. 1906 am Deutschen Theater in Berlin Premiere.

mit Reinhardt und den Seinen: Am 22. 8. war von den Reinhardt-Bühnen das Manuskript des ›Zwischenspiels‹ erbeten worden; am 31. 8. ersuchte man AS noch, mit der Entscheidung über das Stück, das an Brahm gehen sollte, zu warten; am 6. 9. telegraphierte man ihm, ein Brief sei unterwegs, am 12. 9., zwei Briefe wären »seit einigen Tagen« abgegangen (AS/Reinhardt). An Hofmannsthal schrieb AS am 11. 9.: »Mit dem Reinhardttheater wird sich wahrscheinlich nichts machen lassen; was sie mir im Laufe der letzten 10 Tage an (mildester Ausdruck) Schlampereien angetan, ist unglaublich. Der letzte Scherz war, daß ich Mittwoch ein Telegramm bekam daß ein ausführlicher Brief auf dem Wege – und der bisher nicht da ist.« (HvH/AS) Nachdem er erfahren hatte, Reinhardts Dramaturg behaupte, der erste Brief sei verlorengegangen, schrieb AS an Brahm am 1. 10.: »Und jedenfalls ist mit der Bemerkung von dem einen verlorengegangenen Brief erwiesen, daß die zwei anderen nie geschrieben worden sind (wie natürlich auch der dritte nicht). –« (AS/Brahm) – ›Zwischenspiel‹ und ›Der Ruf des Lebens‹ gingen schließlich an Brahm.

HEINRICH: Heinrich Schnitzler.

7. 10. 1905

PREMIÈRE: von ›Zwischenspiel‹, s. Anm. zum Brief ASs v. 14. 9. 1905.

7. 10. 1905

ROSENBAUM: Richard Rosenbaum (geb. 1867), literarisch-artistischer Sekretär des Burgthaters.

30. 1. 1906

BÜHNENEXEMPLARE DES »RUF«: für die Premiere am Deutschen Theater am 24. 2. 1906. AS fuhr am 3. 2. nach Berlin und war am 5. und 6. 2. bei Arrangierproben anwesend; am 5. 2. nahm AS – wie auch Hofmannsthal – an Brahms Geburtstagsfeier teil; am 7. 2. kehrte er nach Wien zurück.

Mai 1906

›Der einsame Weg‹ hatte am 13. 2. 1904 im Deutschen Theater Premiere gehabt und wurde erst 1914 am Wiener Burgtheater gespielt. RBHs Gedicht erschien in: Ernst Lothar: Worte zum Gedächtnis Arthur Schnitzlers. In: Neue Freie Presse v. 31. 10. 1931; jetzt in GW 656 f.

3. 7. 1906

MARIENLYST: AS verließ Wien am 25. 6., fuhr über Berlin und Kopenhagen nach Marienlyst, wo er sich mit seiner Familie bis 9. 8. aufhielt.

CHAROLAIS: tatsächlich wurde ›Der Graf von Charolais‹ in der Übersetzung von Ernst von der Recke (›Greven af Charolais‹) erst im Herbst 1907 am Dagmarteatret in Kopenhagen gespielt.

13. 7. 1906

»Es ist ein alter Klimperkasten ...«: aus ASs Gedicht ›Am Flügel‹, erschienen in der ›Schönen blauen Donau‹ 5 (1890), H. 1, S. 12 (jetzt in FG 52 f.):

Da sitz ich im wohlbekannten Gemach
Und spiele die alten Walzer und Lieder
Doch find ich die alten Töne nicht wieder.
Da laß ich das Spielen und sinne nach.
[...]
Erinnerst Du Dich? Du hasts vergessen.
Laß Dirs erzählen zum letztenmal.
Wir waren allein im dämmrigen Saal,
Und ich bin vor dem Flügel gesessen.
[...]
Vergebens heut in den alten Tasten
Such ich den süßen geliebten Ton.
Es ist ein alter Klimperkasten,
Wahrscheinlich war ers damals schon.

14. 11. 1906

Vom 13. 11. bis 16. 11. hielt sich AS mit Olga Schnitzler auf dem Semmering auf, wo man mit Otto Brahm zusammentraf. – Die Karte ist das erste an RBHs neue Adresse, Hasenauerstraße 59, Wien XVIII, gerichtete Schriftstück ASs.

[Visitenkarte] 20. 2. 1907

Dr. Feuchtwang: David Feuchtwang (1864–1936), Rabbiner. Hatte Ss getraut.

14. 7. 1907

Welsberg-Waldbrunn: Ab 26. 6. hatte AS in Kärnten Sommerquartier gesucht; am 5. 7. beschloß er, in Welsberg im Pustertal zu bleiben.

vom Tod Ihres Vaters: Alois Hofmann starb am 11. 7. 1907; die Anzeige in der ›Zeit‹ erschien am 13. 7.

26. 7. 1907

MARIA-SCHUTZ: RBH verbachte den Frühsommer in Maria Schutz am Semmering.

PURKERSDORF: In der Kuranstalt Purkersdorf besuchte RBH den schwerkranken Alois Hofmann.

HÔTEL DU LAC (WITZMANN): gehörte der Hotelbesitzersfamilie Witzmann.

DIE NEUE DOLOMITENSTRASSE: 1901–1909 wurde die 112 km lange Dolomitenstraße erbaut, die über das Pordoi-Joch und den Falzaregopaß nach Cortina d'Ampezzo führt.

29. 7. 1907

VOR 4 JAHREN: am 18. 8. und 19. 8. 1903.

DOLOMITENSTRASSENPLÄNE: Am 26. 8. verließ AS Welsberg, fuhr an den Karersee und nach Meran, nach Labers und Bozen und kehrte am 12. 9. wieder nach Wien zurück.

MIT DEM ROMAN: ›Der Weg ins Freie‹, zuerst (1897) als Stück (›Die Entrüsteten‹) szeniert, 1902 als Roman begonnen, vorläufiger Abschluß im Januar 1907; über den Sommer teilweise neu geschrieben. Der Roman begann im Januar 1908 in der ›Neuen Rundschau‹ zu erscheinen.

30. 7. 1907

EIN PASSIREN DES PUSTERTALES: BHs reisten Ende August über Velden am Wörther See an den Lido.

19. 8. 1907

GOLDMANN: Der Besuch Paul Goldmanns, dessen Verhalten AS inzwischen immer wieder zu Ärger Anlaß gab, kam nicht zustande.

DOLOMITENSTRASSE: Die Reise nach Meran wurde auf der von AS geschilderten Route zwischen 26. 8. und 31. 8. unternommen; AS hielt sich dort bis 9. 9. auf.

23. 8. 1907

VELDEN: BHs wohnten im Hotel Wahliss in Velden; Veldes ist das heutige Bled in Slowenien.

ALS MAMROTH STARB: Paul Goldmanns Onkel war am 25. 6. 1907 gestorben.

25. 8. 1907

WAIDBRUCK: am Eingang des Grödner Tals; anschließend wurde die beschriebene Tour vorgenommen.

BOZEN (MENDEL): Die Tour auf die Mendel fand am 10. 9. statt.

INNSBRUCK (THEODORICH): Am 11. 9. besuchte AS in Innsbruck die Hofkirche mit der Statue des Theoderich von Peter Vischer (1513). Diese Statue spielt eine Rolle in der 1902 entstandenen Erzählung ›Dämmerseele‹, die den Arbeitstitel ›Theoderich‹ trug. 1902 in der ›Neuen Freien Presse‹ erschienen, wurde die Erzählung 1907 unter dem Titel ›Die Fremde‹ in die Sammlung ›Dämmerseelen‹ aufgenommen.

GOSSENSASS: südlich des Brenner.

29. 8. 1907

CHRISTINE: Kindermädchen der BHs.

[Überschrift von Olga Schnitzler] September 1907

FEUILLETON VON BERGER: Das intrikat formulierte Feuilleton (›Arthur Schnitzler‹) von Alfred von Berger (1853–1912), 1887–1890 artistischer Sekretär des Burgtheaters, ab 1894 Professor für Ästhetik an der Universität Wien, ab 1900 Leiter des Deutschen Schauspielhauses in Hamburg und 1910–1912 Direktor des Wiener Burgtheaters, erschien am 22. 9. in der ›Neuen Freien Presse‹: »Im Grunde genommen handeln Arthur Schnitzlers Theaterstücke und Novellen samt und sonders nur von drei Dingen: Vom Lieben, vom Sterben und vom Komödiespielen [...]. Schnitzlers poetisches Empfinden besteht darin, alle ersinnlichen Kombinationen dieser drei Farben abwandelnd zu erschöpfen, den Tod durch die Liebe, die Liebe durch den Tod hindurchscheinen zu lassen und Tod und Liebe und Liebe und Tod in das trügerische Zwielicht der Illusion zu tauchen, das alle Gegenstände, die es überhaucht, ins Traumhafte und Unwirkliche verflüchtigt und auflöst. [...] Der Zeugungsakt und das Sterben verhalten sich nun einmal zueinander wie Komplementärfarben; wer die eine stark empfindet, muß, ob er will oder nicht, auch die andere stark empfinden. Dadurch aber sind die erotischen Dichtungen Schnitzlers auch weit mehr als Nuditäten; der dunkle Hintergrund des großen Mysteriums, vor dem sie sich abspielen und dessen unheimliche Nähe man bei Schnitzler immer fühlt, auch wo er seinen Humor leuchten läßt, adelt sie – beinahe zur Poesie. [...] Immer wieder wird an Schnitzler von der Kritik die Aufforderung gerichtet, sich dem sozialen Lustspiel großen Stils zuzuwenden. Er hat ihr bisher nicht entsprochen, obwohl in Wien ein wahrer Ueberfluß an Lustspielstoff angehäuft ist. Weshalb wohl? Zunächst vielleicht, weil er zu sehr Poet und Lyriker ist, um ganz Satiriker sein zu können. Die Melancholie, das Erbteil aller tieferen und feineren Geister in dem angeblich so fröhlichen und gemütlichen Wien, umspinnt auch ihn. Aber um ein Lustspiel, wie man es von ihm erwartet, schreiben zu können, müßte er vor allem für viele, sehr viele Dinge und Zustände Sinn und Interesse haben, die ihn oder doch den Dichter in ihm ganz kalt lassen. Er scheint Auge und Herz zu haben nur für drei Dinge: fürs Lieben, fürs Sterben und fürs Komödiespielen. Bei allem Raffinement der Kultur ist er in dieser Hinsicht fast ein Poet des Vormärzes. Deshalb, glaube ich, läßt er die Satiren, die man ihm zutraut, ungedichtet; aber vielleicht ist es die schärfste und diskreteste Satire auf die geistige Kultur Wiens, daß ein Kopf wie Schnitzler in einem Zeitalter wie dieses uns von nichts zu erzählen weiß als vom ›süßen Mädel‹, vom Sterben und von der Illusion in allen Formen.« – Am 27. 9. notierte AS, der vom Lido zurückgekehrte RBH habe ihm das Gedicht vorgelesen.

10. 10. 1907

SEIN STÜCK: ›Die gelbe Nachtigall. Lustspiel‹. Berlin: S. Fischer 1907.

LOEW: Sanatorium Löw in der Mariannengasse im 9. Bezirk.

19. 10. 1907

FLEDERMAUS: Das Kabarett »Fledermaus« wurde an diesem Tag in der Kärtnerstraße 33 im 1. Bezirk in von Josef Hoffmann gestalteten Räumen eröffnet.

ALTENBERG: Auf dem Programm des Kabaretts stand u. a. ein Maskenspiel Peter Altenbergs.

6. 12. 1907

Während der Erkrankung Olga Schnitzlers nahm AS keine Eintragungen ins Tagebuch vor; erst am 31. 12. vermerkt er wieder, Olga sei »in guter Reconvalescenz«.

[Visitenkarte RBHs] 7. 12. 1907

17. 1. 1908

ICH FREUE MICH: Am 15. 1. erhielt AS den Grillparzerpreis für die Komödie ›Zwischenspiel‹. Der Preis war mit 5000 Kronen dotiert, wurde alle drei Jahre vergeben und war zuletzt an Otto Erich Hartleben (für ›Rosenmontag‹) gegangen.

MINOR: Der Literaturhistoriker Jakob Minor (1855–1912) gehörte neben Schlenther, Burckhard, dem Kulturhistoriker Ludwig Hevesi und dem Germanisten Erich Schmidt dem Preisrichterkollegium an.

DIE N. FR. PR.: Die ›Neue Freie Presse‹ hatte am 16. 1. berichtet, daß Schlenther und ein zweiter Preisrichter sich zuerst für Schönherr eingesetzt hätten, bevor Einstimmigkeit erzielt werden konnte. »Für das Votum des Preisrichterkollegiums kam, wie Hofrat Minor in seinem Referat ausführte, in erster Linie das Stück, das den Preis erhielt, in Betracht und erst in zweiter Linie der Dichter.«

BUBI: Gabriel Beer-Hofmann.

13. 2. 1908

Ss waren vom 4. 2. bis 22. 2. auf dem Semmering; sie hatten dort Samuel Fischer und dessen Frau Hedwig (1871–1952), Jakob und Julie Wassermann, Felix Salten und dessen Frau Ottilie (1868–1942), Hofmannsthal, den Tenor Leo Slezak sowie Josef und Margarethe Kainz, geb. Nansen (1885–1950), getroffen.

18. 2. 1908

DEN »WEG« IN FORTSETZUNGEN: ›Der Weg ins Freie‹ erschien von Januar bis Juni in Fortsetzungen in der ›Neuen Rundschau‹ und 1908 in der Buchausgabe bei S. Fischer; bis 1929 erreichte er die 136. Auflage.

11. 5. 1908

Nach einem Aufenthalt in Riva und Bozen fuhren Ss am 2. 5. nach München und hielten sich dort bis 13. 5. auf. »Wundervoll«, notierte AS über die Rückfahrt von Garmisch nach München im Auto (TB). Auch RBH unternahm Ende Juni von München aus eine Autofahrt an die bayrischen Seen.

August? 1908

BHs hatten den Sommeraufenthalt zuerst in Strobl am Wolfgangsee begonnen; nach der Erkrankung Paulas fuhren sie an den Lido.

16. 9. 1908

Ss waren am 19. 6. ins Salzkammergut und von dort am 23. 6. über Innsbruck nach Seis gereist, wo sie sich bis 2. 9. aufhielten; sie kehrten über Bozen und München am 14. 9. nach Wien zurück.

Dr. Rudi Kaufmann: Rudolf Kaufmann (1871–1927), Internist.

Agnes Speyer: 1875–1942, Malerin, Bildhauerin. Heiratete 1910 den Richter Emil Ulmann und wohnte von da an in München. Eine ihrer Schwestern war Julie (1876–1963), die erste Frau Jakob Wassermanns; die Schwester Dora (1881–1946) war seit 1902 mit Karl Michaelis (1872–1958) verheiratet und lebte in Berlin.

Karte aus Martino: nicht erhalten. Ss hielten sich am 4. 9. in S. Martino di Castrozza auf.

Faust Inscenirung: Die Aufführung im Künstler-Theater mit Steinrück als Mephistopheles fand am 12. 9. statt.

Erler: Fritz Erler (1868–1940), Maler, Mitbegründer der Zeitschrift ›Jugend‹; seine Dekorationen des ›Faust‹ wurden wegen ihrer anti-illusionistischen Monumentalität auch angegriffen.

Zwischenspiel: AS sah die Aufführung im Residenztheater am 10. 9.: »Das Stück mißfiel mir bis zur innern Beschämung.« (TB)

Angefangen habe ich manches: Während des Sommers beendete AS vorläufig die Novelle ›Die Hirtenflöte‹ (Arbeitstitel: ›Verlockung‹), die im Septemberheft der ›Neuen Rundschau‹ 1911 gedruckt wurde (Buchausgabe 1912); er arbeitete an der Tragikomödie ›Das weite Land‹, die im Mai 1909 beendet wurde und 1911 bei S. Fischer erschien. Die Uraufführung fand am 14. 10. 1911 zugleich am Wiener Burgtheater und am Berliner Lessingthater sowie an zahlreichen weiteren Bühnen statt. – Ferner entstanden ein Szenarium für ein geplantes, aber nicht ausgeführtes Drama ›Prinzessin Sybille‹ sowie Entwürfe zu zwei Einaktern: ›Der Komödiant‹, von dem AS bis 1912 noch weitere Skizzen anfertigte (nicht ausgeführt), und möglicherweise ›Der Vorige‹, eine Vorstufe zu dem aus dem Nachlaß veröffentlichten ›Zug der Schatten‹.

18. 11. 1908

Ernst Hardt: Das gemeinsame Nachtmahl mit Hardt (1876–1947) fand am 20. 11. statt; am 18. 11. hatte AS die Generalprobe von Hardts fünfaktigem Drama ›Tantris der Narr‹ (1907) im Burgtheater besucht; Premiere war am Tag darauf mit Kainz als Tristan, Sonnenthal als Marke und Hedwig Römpler-Bleibtreu als Isot. Die ›Neue Freie Presse‹ bemerkte in ihrer Kritik am 20. 11. 1908, das Stück sei »so recht ein Bissen für blasierte literarische Feinschmecker oder solche, die es scheinen wollen«.

19. 11. 1908

Tantris: Über Hardts Drama gingen die Meinungen auseinander; »Werthvolles Stück«, hatte AS anläßlich der Generalprobe notiert; am 21. 11. vermerkte er:

»– Aus meinem gestrigen Gespräch mit Richard über Tantris. Er bemängelte allerlei; ich hob das gute mehr hervor und sagte endlich, etwas geärgert über sein absprechend herablassendes Urteil ... ›Auch ich sehe die Fehler – und wenn Sie mich einsperrten und ich nicht früher herausgelassen würde, eh ich sämtliche Fehler aufgezählt, – ich würde sie alle nennen.‹ Richard ... ›Sehn Sie – und ich thu das ohne Eingesperrtwerden – das ist der ganze Unterschied ...‹« (TB).

PROF. OSER: Leopold Oser (1839–1910) war Professor für interne Medizin und Direktor des Rothschild-Spitals. – Am 17. 11. war RBH wegen eines Aufrufs zugunsten eines jüdischen Studentenheims bei AS gewesen; offenbar wurden weitere Unterzeichner gesucht.

GUTMANN VON GELSE: Edmund von Gutmann-Gelse, vgl. Anm. zum Brief ASs v. 21. 6. 1899.

28. 11. 1908

KERR: Alfred Kerr hielt sich wegen seines Beitrags zur Heine-Feier des Vereins für Kunst und Kultur in Wien auf, die am 29. 11. zu Gunsten des deutschen Heine-Denkmalsfonds im Bösendorfersaal stattfand; es wirkten unter anderem die Schauspieler Kainz und Tressler mit.

DOHNANYI: Ernst von Dohnányi (1877–1960) hatte seit 1906 an der Vertonung von ASs Pantomime ›Der Schleier der Pierrette‹ gearbeitet; der Klavierauszug kam 1909, das Libretto 1910 heraus. Die Uraufführung fand am 22. 1. 1910 am Königlichen Opernhaus in Dresden statt: »Stürmischer Erfolg. [...] Es ist eine gute Sache; die Musik ein wahres Meisterwerk.« (TB) – Nach Dohnányis Klavierabend im Bösendorfersaal soupirten Ss, RBH und Kerr im Meissl & Schadn.

28. 11. 1908

Auch am 29. 11. wurde gemeinsam soupiert; am 1. 12. kamen RBH und Kerr zu AS zum Nachtmahl.

DOHNANYI, STRAUS, HERZMANSKY: Am 29. 11. schloß AS mit Dohnányi und dem Musikverleger Bernhard Herzmansky (1852–1921) einen Vertrag über ›Der Schleier der Pierrette‹ ab. Oscar Straus (1870–1954) vertonte den ›Tapferen Cassian‹ (1906); das Libretto erschien 1909, die Uraufführung fand am 30. 10. 1909 im Neuen Stadttheater in Leipzig statt.

[Visitenkarte und Brief] 7. 1. 1909

DIES ... GENÜGT: Am 9. 1. besuchten Ss mit RBH die Generalprobe der Concordia-Vorstellung im Johann-Strauß-Theater, bei der u. a. ›Anatols Hochzeitsmorgen‹ in der Besetzung des Deutschen Volkstheaters gespielt wurde; im Tagebuch vermerkte AS: »Ich sah diese Unerträglichkeit zum ersten Mal«.

26. 6. 1909

TÜRKENSCHANZPARK: Park mit Restaurant unweit von ASs Haus in Währing.

KAUFMANN: Arthur Kaufmann, s. Anm. zum Brief RBHs v. Mitte August 1905.

6. 7. 1909

EDLACH: Vom 29. 6. bis 21. 8. hielten sich Ss mit Unterbrechungen in Edlach an der Rax auf; wegen einer Keuchhustenerkrankung kam Heinrich Schnitzler erst am 20. 7. nach.

12. 7. 1909

BHs verbrachten den Frühsommer in Pichl-Auhof am Mondsee; aufgrund des schlechten Befindens von RBHs Tante Agnes kehrten sie schon am 26. 7. nach Wien zurück.

31. 7. 1909

DIESE FRAU: Agnes Beer starb am 27. 7.

AUS PRAKTISCHEN REINHARDT GRÜNDEN: Am 31. 7. hatte Max Reinhardt sein Interesse an der eben beendeten »dramatischen Historie« ›Der junge Medardus‹ angemeldet. Am 26. 8. las ihm AS in München, wo Reinhardt gastierte, das Drama vor. Die Aufführung bei Reinhardt kam nicht zustande; die Berliner Premiere fand am 24. 10. 1914 unter Victor Barnowsky am Lessingtheater statt.

4. 8. 1909

AM LIDO: Die Augustreise an den Lido fand statt.

LEO: Leo Van-Jung.

DES MEDARDUS SCHICKSAL: Die Wiener Uraufführung des Dramas fand am 24. 11. 1910 im Burgtheater statt. Regie führte Hugo Thimig, den Medardus spielte Alfred Gerasch, die Helene Else Wohlgemuth.

14. 9. 1909

Lili: ASs und Olga Schnitzlers Tochter Lili (1909–1928) war am 13. 9. zur Welt gekommen.

21. 9. 1909

Dr. Wolf: möglicherweise Emil Wolf (1864–1942), ein Cousin RBHs.

27. 10. 1909

Medardus: Am 1. 11. las AS das Drama RBH, Hofmannsthal, Salten, Wassermann, Gustav Schwarzkopf, Leo Van-Jung, Georg Hirschfeld, Arthur Kaufmann und Felix Speidel vor; »ein nicht geringer Eindruck, wenn auch, nach alter Weise, das was mißfällig bemerkt wurde im Gespräch das Lob überwog« (TB).

30. 11. 1909

Felix Oppenheimer: Felix von Oppenheimer (1874-1938), Mitherausgeber der ›Österreichischen Rundschau‹ und wie Andrian mit Hofmannsthal eng befreundet. – Leopold Andrian, damals Legationssekretär in Budapest, konsultierte AS am nächsten Morgen, »von einer neuen schweren Hypochondrie befallen, die ich ihm mit gutem Gewissen ausreden konnte« (TB), und noch mehrmals im Lauf des Dezember.

[Visitenkarte] 6. 12. 1909

Plagiat des Kakadu: Ss besuchten mit BHs die Vorstellung von ›Die schwarze Mali‹ im Apollotheater am 7. 12: »Die Mali ein offenbares Plagiat; aber es läßt sich rechtlich nichts thun. –« (TB)

[auf dem Kuvert: »nicht dringend«] 9. 12. 1909

Grossvater Giacomo's Nerven: Giacomo Meyerbeer (1791–1864) war Leopold Andrians Großvater mütterlicherseits. Andrian konsultierte AS am 10. 12. – Noch 1921 schrieb RBH an den sich abwechselnd in der Schweiz, im Salzkammergut und in Vorarlberg aufhaltenden Andrian: »Freuen Sie sich doch an dem, was Ihnen Sonne und Luft täglich geben, und denken Sie, dass auch das uns hier versagt ist.« (Andrian, 5. 1. 1921)

[Visitenkarte] 10. 12. 1909

Die Wiener Uraufführung von ›Ruf des Lebens‹ fand tags darauf im Deutschen Volkstheater statt. Regie führte Julius Hertzka, die Marie spielte Käthe Hannemann.

[Typoskript] 11./12. 12. 1909

Im Tagebuch vom 13. 12. vermerkte AS: »Richard las (zweimal) die parodistische Scene ›Echo des Lebens‹ vor, die nach der Generalprobe spielt und sehr lustig ist –«. – Das Stück spielt um die Mitte des 19. Jahrhunderts. Der Inhalt ist nicht leicht erzählt: Marie ist ans Bett ihres kranken Vaters, des neunundsiebzigjährigen Moser, gefesselt. Moser, ehemals Rittmeister, hat vor dreißig Jahren durch Fahnenflucht eine Niederlage seines Regiments, der »blauen Kürassiere«, verschuldet; das Regiment soll zur Sühne geschworen haben, aus dem nächsten Krieg – eben ist er ausgebrochen – nicht lebend zurückzukehren. Marie, die vom treuen Adjunkt verehrt wird, liebt Max, einen Offizier der »blauen Kürassiere«; sie vergiftet ihren Vater und flieht zu Max. (1. Akt) In Max' Zimmer in der Kaserne versteckt sich Marie und wird so Zeugin einer Szene zwischen Max und seiner Geliebten Irene, der Frau des Obersten. Der Oberst ertappt die beiden und erschießt Irene; die letzte Nacht vor seinem sicheren Tod verbringt Max mit Marie. (2. Akt) Sterbend kehrt Maries Base Katharina nach einer Zeit der Ausschweifungen in ihren Heimatort Grünau zurück; an ihrem Totenbett entscheidet sich Marie auf Zuspruch des Arztes hin für das Leben. (3. Akt)

DER OBERST IST EIN GAR ZU WITZIGER KOPF, darum müssen wir sterben: DW I, 1001.

FENSTERKREUZ: Anspielung auf den kompositorisch markanten »Schatten des Fensterkreuzes« in RBHs ›Der Tod Georgs‹ (GW 529, 569).

DAS SIND *DEINE* ZUSAMMENHÄNGE: »MAX: [...] Wer nur an sich denkt, stirbt in jedem Augenblick; wer die Zusammenhänge begreift, lebt ewig.« (DW I, 1003)

WAS SIND *DAS* FÜR TÖNE: Anspielung auf Christines Worte in der ›Liebelei‹, als sie vom Tod Fritzens erfährt: »[...] für eine Frau [...] für *diese* Frau, die er *geliebt* hat [...]. Und ich ... was bin denn ich? Was bin denn ich ihm gewesen ...?« (DW I, 261)

MEINE FRAU HAT SICH GESTERN BEI IHNEN VERGESSEN: Anspielung auf das von AS im ›Schleier der Beatrice‹ und später in ›Der Schleier der Pierrette‹ (1910) verwendete Motiv des beim Geliebten vergessenen Schleiers.

SIE VERGIBT *SIE*: vergeben + Akk.: vergiften.

ZWICK: in die (Uniform-)Hose eingesetzter Stoffkeil.

Ein Glas Wasser: ›Das Glas Wasser‹ (1840), Komödie von Eugène Scribe (1791–1861).

Pentalogie: RBH plante ›Die Historie von König David‹ ursprünglich als Pentalogie, mit ›Jaákobs Traum‹ als Vorspiel.

Hetzen Sie doch den Satz nicht zu Tode: »MAX: Herr Oberst, es wäre menschlicher gewesen, es in einem abzutun. [–] DER OBERST: Menschlicher – ja. Aber das lag nicht in meiner Absicht.« (DW I, 1008)

»Grachi de seditione quaerentes«: Quis tulerit Gracchos de seditione querentes? (Juvenal): Wer mag dulden die Gracchen, um Aufruhr Klage erhebend (da sie ja selbst Aufrührer sind)?

Sebastian ... Eschkenasi: Anspielung auf die von AS sogenannten »Esoi«-Juden, die sich dem auch als Juden Erkannten familiär-ungeniert insinuieren; vgl. auch ›Der Weg ins Freie‹ (ES I, 755).

12. 12. 1909

BHs, Leo Van-Jung und Arthur Kaufmann sowie dessen Schwester Malvine (1875-1923) waren am Abend des 13. bei Ss zu Gast.

16. 12. 1909

Poldi: Leopold Andrian.

Speidels: Felix Speidel (geb. 1875), Schriftsteller und Verleger, und Else Speidel (1877–1937), Schauspielerin, gehörten damals zum engen Freundeskreis ASs.

6. 3. 1910

Hans Sch.: Hans Schlesinger (1875-1932), Maler, Bruder Gertrude von Hofmannsthals.

Barczanski: Alexander Barjanski (?–1961). AS lernte ihn 1923 mit Erfolg kennen.

Glückwunsch: könnte sich auf die Premiere der ›Frage an das Schicksal‹ im Rahmen der Concordia-Vorstellung im Carltheater am selben Tag beziehen.

T.: Siegfried Trebitsch (1869–1956), Schriftsteller und Übersetzer; Ss verbrachten den Abend zusammen mit Saltens, Wassermanns und Fischers bei ihm.

14. 5. 1910

AS notierte im Tagebuch: RBH »gab mir eine kleine Dose mit scherzhaften Versen (anläßlich meines morgigen Geburtstags)«.

17. 5. 1910

DIE HEIMS: Else Heims (1878–1958), Schauspielerin, war mit Max Reinhardt verheiratet.

REINHARDT JUNIOR: Wolfgang Reinhardt (1908–1979).

AUF IHREN WEG: Vom 17. 6. bis 2. 7. unternahmen Ss eine Reise in die Schweiz und hielten sich in Zürich, Luzern, Interlaken, Territet, Genf und Bern auf.

19. 6. 1910

SCHARLACH: In der Wohnung des Hausmeisters von ASs Haus war ein Kind an Scharlach erkrankt und gestorben (s. TB v. 9. 6. und 13. 6.).

26. 6. 1910

MEDARDUS CONFERENZ: Am 27. 6. fand eine Besprechung zur Ausstattung und Inszenierung des Stücks mit Alfred von Berger und dem Bühnenbildner Heinrich Lefler statt.

VORLESUNG: Am 29. 6. las AS ›Das weite Land‹ vor Wassermann, Schwarzkopf, Van-Jung, Arthur Kaufmann und Isabella Wengerova »mit starker Wirkung« (TB) vor; RBH war nicht anwesend.

29. 6. 1910

PAUL MARX: eig. Mosé (1879–1956), Schauspieler und Regisseur; ein guter Freund Liesl Steinrücks; war am 30. 6. bei AS zu Tisch.

7. 7. 1910

IHR BRIEF: nicht erhalten; RBH hatte zuerst im Hotel Post in Ischl und dann in der Reisenauer-Villa in Steinfeld gewohnt.

DES »EINEN SCHÖNEN VERSES«: wohl Anspielung auf die Rezension Polgars, s. Anm. zum Brief ASs v. 26. 5. 1905.

AUS DER »WELT I. D. M. SICH LANGWEILT«: ›Die Welt, in der man sich langweilt‹: Drama (1881) von Edouard Pailleron (1834–1899); hier wird vom Dichter Desmillets eine Tragödie vorgetragen, welche »einen schönen Vers« enthält.

FRÄULEIN POLLAK: Frieda Pollak (1881–1937), ASs langjährige Sekretärin.

DEM ÜBERSETZER INS UNGARISCHE: Eine zeitgenössische ungarische Übersetzung des Gedichts ist nicht nachgewiesen. 1977 erschien eine Übertragung, ›Altatódal Mirjamnak‹, von Gábor Garay.

»DAS WEITE LAND«: s. Anm. zum Brief ASs vom 16. 9. 1908.

DEN »HOFREITER« AN DEN SIE DACHTEN: Vorbild für die Figur des Friedrich Hofreiter war der Industrielle Louis Philipp Friedmann (1861–1939), ein Schulkollege ASs; er »war ein auffallend hübscher Junge, eben mittelgroß, schlank, von anmutsvoller Lässigkeit der Bewegungen, immer gut angezogen und sportlich ungewöhnlich begabt. Als Alpinist erfreute er sich eines Rufs weit über die Grenzen seines Vaterlandes, war vielfach preisgekrönter Eisläufer und auch ein Fechter von Rang [...]« (JiW 205 f., vgl. 272).

»UND MAN KANN DOCH NICHT JEDEN — — —«: aus dem Dialog zwischen Hofreiter und Erna, nachdem er den Liebhaber seiner Frau im Duell getötet hat: »FRIEDRICH: [...] Wahrscheinlich imponiert's dir sogar, daß ich ... aber das ist Täuschung. Alles ist Täuschung. Nächstens schnapp' ich doch zusammen. Aus Erna, auch zwischen uns. Du bist zwanzig, du gehörst NICHT zu mir. [–] ERNA *immer auf demselben Platz*: Du bist jünger als alle. [–] FRIEDRICH: Still! Ich weiß, was Jugend ist. Es ist noch keine Stunde her, da hab' ich sie glänzen gesehn und lachen in einem frechen, kalten Aug'. Ich weiß, was Jugend ist. – Und man kann doch nicht jeden ...« (DW II, 319)

»UND ICH AHNE [...]«: »ERNA: Und ich ahne, es gibt noch schönre Stunden, als die dort oben war auf dem Aignerturm. [–] FRIEDRICH: Erna ... [–] ERNA *erst jetzt mit dem vollen Ton der Wahrheit*: Ich liebe dich! – *Sie gehn in den Speisesaal.* (DW II, 289)

»GUSTL WAHL«: In Ischl hielt sich zu dieser Zeit Richard Wahle (1857–1935) auf, Philosoph und Schriftsteller, der Bruder eines einstigen Schulkollegen ASs (s. JiW 96).

[Abschrift] 12. 7. 1910

MAMA'S GEBURTSTAG: Louise Schnitzler beging am 8. 7. ihren siebzigsten Geburtstag.

ENGLISCHE VERWANDTE: Felix Markbreiter (s. Anm. zum Brief ASs v. 20. 5. 1897) und dessen Familie waren aus diesem Grund anwesend.

BRAHM: Otto Brahm hielt sich nach einer Kur im Sanatorium auf dem Semmering auf.

KAINZ: Josef Kainz, der unbedingt den Hofreiter im ›Weiten Land‹ spielen wollte, war zu dieser Zeit schon schwer erkrankt; er starb am 20. 9. 1910.

IN ZERSTÖRUNG BEGRIFFENE WOHNUNG: Am 16. 7. übersiedelten Ss in das Haus Sternwartestraße 71, das AS bis zu seinem Tod bewohnte.

DER ERSTEN AUFFÜHRUNG: Die Uraufführung am Burgthater fand am 14. 10. 1911 unter der Regie von Hugo Thimig statt; den Hofreiter spielte Arnold Korff, die Genia Lilli Marberg, die Erna Marie Hofteufel.

»TRAUM«: ›Jaákobs Traum‹ war das Vorspiel zu dem ursprünglich als Pentalogie geplanten ›David‹-Zyklus RBHs; ein Auszug daraus erschien 1911 im Fischer-Almanach ›Das 25. Jahr‹, der Erstdruck 1918 bei S. Fischer.

23. 7. 1910

SOMMERREMPLACANTIN: Grethe Hoffmann.

BARON BERGER: Alfred von Berger besuchte AS am 15. 7. in der Sternwartestraße; er wollte Kainz für die Rolle des Hofreiter vorschlagen.

SALZKAMMERGUT: Am 19. 8. fuhren Ss zu Liesl Steinrück nach Partenkirchen, am 26. 8. nach München, weiter nach Salzburg und am 29. 8. nach Ischl, wo es zu mehreren Zusammentreffen mit BHs kam.

23. 8. 1910

KRANKENBETT MEINER SCHWESTER: Liesl Steinrück litt an Lungentuberkulose und hatte sich deshalb schon von der Bühne zurückziehen müssen; am 22. 8. notierte AS aber »[v]erhältnismäßig bessere Aspekte als voriges Jahr« (TB).

FRANKFURT LIEBELEI OPERN-PREMIÈRE: Die Fahrt nach Heidelberg und Frankfurt kam erst im September zustande; die Premiere der Opern-Vertonung der ›Liebelei‹ (Musik: Franz Neumann) fand am 18. 9. im Beisein ASs statt.

23. 10. 1910

Neben Julius und Helene Schnitzler und BHs waren auch noch Raoul Auernheimer (1876–1948), Schriftsteller und Kritiker, der ASs Freundeskreis angehörte, und dessen Frau Irene, geb. Guttmann (1880–1967), anwesend.

3. 11. 1910

Seit dem Nachtmahl am 23. 10. hatte keine Zusammenkunft stattgefunden; AS notierte: »Richard schickt herüber, Brief (wegen Vorlesung, Leo, Mutterschutz –) ganz freundlich – und keine Silbe persönlicher Art – Erkundigung, Wiedersehen. Was hier passirt, unbegreiflich. O Atmosphäre! –« (TB).

LEO: Leo Van-Jung.

FRAU MOLLER: Alice Moller (1871–1962), geb. Wertheimer, verheiratet mit dem Fabrikanten Hugo Moller.

22. 12. 1910

BERGER: Josef Berger (1848–1932), Antiquitätenhändler, dessen häufiger Kunde AS war.

27. 12. 1910

Im Café Pucher traf AS Hofmannsthal, »dem ich für Reinhardt Instructionen wegen Medardus gab« (TB).

15. 6. 1911

ROSENBAUM: Richard Rosenbaum, s. Anm. zum Brief ASs v. 7. 10. 1905.

DEN VOM BERG (SEMMERING): Karl Rostler (1872–1940), eig. Rosenbaum, war Chefportier im Südbahnhotel am Semmering und das Vorbild des Portiers Rosenstock im dritten Akt von ASs ›Das weite Land‹.

BERGER: Alfred Freiherr von Berger.

TOWSKA: Kory Elisabeth Rosenbaum (1868-1930), Schriftstellerin (Ps. Kory Towska), verheiratet mit Richard Rosenbaum.

SEIS: Ss verbrachten den Sommer nicht in Seis, sondern vom 27. 6. bis 3. 7. auf dem Semmering, zwischen 23. 7. und 31. 7. u. a. in Salzburg, Lueg und Innsbruck und zwischen 2. 8. und 28. 8. wegen des schlechten Gesundheitszustandes von ASs Mutter mit Unterbrechungen wieder auf dem Semmering.

15. 6. 1911

BHs nahmen mit Rosenbaums am Nachtmahl teil.

ICH REISE: Am 19. 6. fuhr RBH nach Aussee, wohin Paula Beer-Hofmann die Töchter am 5. 7. nachholte.

[Telegramm] September 1911

BEJLEJD: Am 9.9. war ASs Mutter einundsiebzigjährig im Sanatorium Löw gestorben.

9.10.1911

NACHTMALEN: Die Einladung wurde angenommen.

[»Speisekarte«, undatiert]

14.2.1912

STUCKENS: Eduard Stucken (1865–1936), Schriftsteller. War mit seiner Frau am 14.2. auch bei AS zu Gast.

G. H.: »Richard liest Stellen aus Atlantis, G. Hauptmanns neuem [...] Roman vor. Kaum deutsch zu nennen.« (TB 2.2.1912)

14.2.1912

REFUS: Kurz zuvor hatte sich AS bei der Intendanz wegen verspäteter Tantiemenauszahlung beschwert.

[Ansichtskarte Hotel Waldhaus, St. Moritz] 16.7.1912

Um den 11.7. gingen BHs nach St. Moritz; sie fuhren anschließend über Bregenz und Konstanz nach Ischl.

[Ansichtskarte des Hauses Sternwartestraße 71] 19.7.1912

BRIONI: Zwischen 21.7. und 24.8. hielten sich Ss auf der Insel Brioni auf; anschließend besuchten sie Villach, Gossensass, München und Tutzing und kehrten über München am 8.9. nach Wien zurück.

[Telegramm] 29.11.1912

DES GROSSEN ERFOLGES: Am 28.11. hatte ASs Drama ›Professor Bernhardi‹ am Kleinen Theater in Berlin Premiere; während dieser Aufführung starb Otto Brahm.

BERNHARDI: Im Drama wird Professor Bernhardi wegen Religionsstörung zu zwei Monaten Haft verurteilt.

23. 7. 1913

BRIONI: Ss hielten sich von 24. 7. bis 22. 8. auf der Insel Brioni auf und reisten anschließend nach Venedig, in die Schweiz, nach München und Tutzing.

UNRUHIG-RUHIGE ZEIT: ASs Tagebuch berichtet von fortdauernden Störungen in der Beziehung zu Olga Schnitzler.

10. 8. 1913

UNSERE NORDSEE: Vom 3. 7. bis 29. 7. hielten sich BHs in St. Moritz auf; vom 1. 8. bis 28. 8. am Lido, wo man am 23. 8. und 24. 8. mit Ss zusammentraf.

BUBIS WEGEN: Gabriel Beer-Hofmann.

5. 4. 1914

BHs fuhren über Genua nach Nizza, Cap d'Ail und Menton und kehrten über Verona, Innsbruck und Salzburg zurück.

13. 5. 1914

ALGIER: Ss hielten sich vom 2. 5. bis 11. 5. in Florenz auf, traten dann in Genua ihre Schiffsreise an, die sie nach Algier (15. 5.), Lissabon, Antwerpen und IJmuiden führte.

FLORENZ: In Florenz hatten Ss am 9. 5. eine Vorstellung der Folies Bergères besucht.

2. 8. 1914

Am 2. 8. erfolgte die Kriegserklärung Deutschlands an Rußland; Ss, die sich seit 17. 7. in der Schweiz (in Thusis, Pontresina und Celerina) aufgehalten hatten, erreichten erst am 15. 8. von Ragaz aus Feldkirch und fuhren über Innsbruck und Salzburg vorerst nach Ischl.

10. 8. 1914

WEISSENBACH: RBH hatte am 25. 6. den Sommeraufenthalt in Weissenbach am Attersee angetreten; am 3. und 4. 8. hielt er sich in Wien auf und besuchte seinen Cousin Emil Wolf, der operiert worden war.

KAUFMANN: Arthur Kaufmann traf AS nach seiner Rückkehr nach Wien am 2. 9. wieder.

LEO, BELLA: Leo Van-Jung und Isabella Wengerova waren mit Ss am 8. 8. nach Ragaz gereist, durften aber am 14. 8. die Schweiz noch nicht verlassen.

22. 8. 1914

Von 21. 8. bis 1. 9. hielten sich Ss in Ischl auf; am 25. 8. trafen sie mit BHs zusammen: »Gesprochen wird nur über den Krieg. Es gibt kein andres Interesse mehr.« (TB)

[Abschrift] September? 1914

29. 6. 1915

AUF DEM SEMMERING: Ss waren vom 23. 6. bis 28. 6. auf dem Semmering gewesen; von 29. 7. bis 27. 8. hielten sie sich in Ischl auf, wo sie mit BHs mehrmals zusammentrafen.

DR. REIK: Theodor Reik (1888–1969), ein Schüler Freuds; arbeitete ab 1918 an den Psychoanalytischen Instituten in Wien und Berlin; emigrierte 1934 in die USA. Veröffentlichte zahlreiche Aufsätze sowie Buchpublikationen über AS und RBH, darunter ›Arthur Schnitzler als Psycholog‹ (Minden: Bruns 1913), ›Richard Beer-Hofmann‹ (Leipzig: Eichler 1912) und ›Das Werk Richard Beer-Hofmanns‹ (Wien: Löwit 1919). – Während sich die Arbeit über AS ausdrücklich als psychoanalytische Untersuchung versteht und seine Figuren als »Objekte psychologischer Analyse; so, als wären sie wirklich lebende Menschen« behandelt (S. IV), stellen die Studien zu RBH lobende Würdigungen seines Werks dar: »Beer-Hofmann ist einer großen Gefahr entronnen: daß seine reiche und keusche Innerlichkeit im Geschmackvollen, Geschmäcklerischen, im Bloß-Schönen verrinne und sich verflüchtige. [...] Gewiß, er zeigt Züge der großstädtischen, der nervösen Psyche. Aber diese ist, ihr Leute, die wertvollste, die zukunftsträchtige. Es ist wichtiger, feinste seelische Nuancen, Zwischenstufen, Tiefströmungen zu geben als Erdgeruch und Kernhaftigkeit und Glaube und Heimat. [...] Beer-Hofmann hat (in einigen seiner Werke) letzte Menschheitsfragen aus den tiefsten Schächten des Innern in die Helle des Bewus[s]tseins gehoben. Er führt durch manches Wort tiefer hinab in verborgene Gänge menschlicher Triebe und Regungen als viele Berühmtere, Gefeiertere. Er hört den Rhythmus des Geschehens; er spürt Hebung und Senken, Steigen und Fallen. Er gehört (auf seiner Höhe) zu den Musikern des Universums.« (Richard Beer-Hofmann, S. 18, 36 f., 44)

[Abschrift] Juli? 1915

14. 7. 1916

Ss blieben vom 3. 7. bis 10. 9. in Altaussee, fuhren dann nach Salzburg und hielten sich vom 12. 9. bis 28. 9. in Ischl auf.

19. 7. 1916

RBH war am 16. 6. nach Ischl gefahren; vom 26. 9. bis 18. 10. hielt er sich in Salzburg auf. Am 3. 8. besuchte AS mit Heinrich die BHs in Ischl (»Er empfängt mich erquickend warm«, TB 3. 8.).

20. 8. 1916

KAISERKRONE — EVENT. POST: Gasthöfe in Ischl.

KOPPEN ODER PÖTSCHEN: Höhen zwischen Aussee und dem Süd- und Nordende des Hallstätter Sees.

S.-SCHEIN: Gasthof Sonnenschein in Ischl.

ASCHAU: 8 km westlich von Ischl.

23. 8. 1916

DEM KREUZ: Vom 24. 8. auf 25. 8. hielt sich AS dann doch in Ischl im Gasthof Goldnes Kreuz auf.

STEINERS: Franz Steiner (1873–1954), Sänger, und dessen Frau Margit (geb. 1877); das Zusammentreffen mit ihm fand in Ischl in Gegenwart RBHs statt.

VON MEINER SCHWÄGERIN: Olga Schnitzler besuchte Liesl Steinrück am 11. 9.; AS hielt sich vom 31. 8. bis 2. 9. in Salzburg auf; am 11. 9. traf er dort mit Olga wieder zusammen.

29. 6. 1917

ARTHUR KFM.: Am 16. und 19. 6. hatte AS Briefe von Arthur Kaufmann, der am 3. und 5. 6. – in Gegenwart RBHs – von Zwangsanfällen gequält worden war, aus dem Sanatorium Purkersdorf erhalten; er besuchte ihn dort am 24. und 27. 6.

PROF. REDLICH: Emil Redlich (1866–1930), Neurologe.

GASTEIN: AS war vom 4. 6. bis 22. 6. in Gastein gewesen.

18. 7. 1917

SEINE SCHWESTER: Malvine Kaufmann, vgl. Anm. zum Brief ASs v. 12. 12. 1909.

DOZENT K.: vermutlich Rudolf Kaufmann, vgl. Anm. zum Brief ASs v. 16. 9. 1908.

SCHUFTERL: Den weißen Spitz »Schufterl« hatte RBH im Dezember 1905 gekauft.

SALZKAMMERGUT: Olga Schnitzler reiste am 21. 8. nach Partenkirchen zu ihrer Schwester, AS kam am 4. 9. nach und hielt sich bis 17. 9. dort auf; über München kehrte er nach Wien zurück.

23. 7. 1917

WUCKI: Hermine Simandt (1868–1952), Kinderfrau der Ss.

OBERHOLLABRUNN: im Weinviertel in Niederösterreich.

12. 4. 1918

DASS ES VIEL BESSER GEHT: Gabriel Beer-Hofmann hatte »wegen schlechter Censur!« (TB 24. 3.) am 20. 3. einen Selbstmordversuch begangen.

12. 8. 1918

REISE NACH BAYERN: AS fuhr am 26. 8. nach München, hielt sich vom 27. 8. bis 10. 9. in Partenkirchen auf und reiste über München und Salzburg nach Wien zurück.

DES LEOPOLDSKRONER SCHLOSSHERRN: Max Reinhardt hatte 1918 Schloß Leopoldskron bei Salzburg gekauft.

NACH DER UNFREIWILLIGEN UNTERBRECHUNG: RBH hielt sich Ende Juni in Wien auf, da in seinem Haus eingebrochen worden war.

13. 8. 1918

RBH war am 19. 6. nach Ischl gefahren.

NACH SALZBURG: Das Zusammentreffen in Salzburg kam nicht zustande.

26. 8. 1918

TERMIN: für die Aufführung von ›Jaákobs Traum‹.

TERMIN DER »SCHWESTERN«: Am 20. 12. 1917 hatte das Deutsche Theater AS einen Vorvertrag über das Drama ›Die Schwestern oder Casanova in Spa‹ gesandt; aufgrund von Besetzungsschwierigkeiten wurde die Aufführung immer wieder hinausgeschoben. 1920 übernahm Felix Hollaender den Vertrag; auch unter ihm kam die Aufführung nicht zustande. Die Premiere des Stückes fand am 26. 3. 1920 am Wiener Burgtheater statt.

28. 8. 1918

»WIE ES EUCH GEFÄLLT«: Shakespeares Komödie hatte erst am 27. 2. 1919 im Deutschen Theater Premiere.

»JAAKOBS TRAUM«: In den ›Daten‹ notierte RBH: »Am 30. September fahre ich zu den Proben von ›Jaákobs Traum‹ nach Berlin (Hôtel Adlon). Breche (Waffenstillstandsangebot Deutschland) trotz Reinhardts Widerstreben, die Proben ab, reise am 1. November, über München, Salzburg – da Reise durch Böhmen sehr unsicher ist – nach Hause.«

27. 10. 1919

CIRCUS: Der Berliner Zirkus Schumann war in das Große Schauspielhaus umgebaut worden; erst am 29. 11. konnte es eröffnet werden. RBH war ab Ende September zu den Proben von ›Jaákobs Traum‹ in Berlin; Premiere war am 7. 11. (die Wiener Uraufführung am Burgtheater hatte am 5. 4. stattgefunden).

12. 7. 1920

TEUERUNGSZUSCHLAG: s. Anm. zum Brief ASs v. 16. 7. 1920.

16. 7. 1920

CORRESPONDENZ: In einem Brief vom 12. 7. machte S. Fischer auch AS von dem geplanten Teuerungszuschlag Mitteilung; er bot aber zugleich 20% vom Ladenpreis des gehefteten Exemplars an, um »die Honorarfrage für den Autor dadurch günstig zu lösen«. Im übrigen argumentierte Fischer auch in anderen Zusammenhängen damit, daß die Autoren ja nicht Gewinnbeteiligung, sondern Tantiemen vom Ladenpreis bezögen. – AS hatte S. Fischer wiederholt vorgeworfen, »er kümmere sich nicht genügend um Neudrucke seiner Werke« (Fischer 878); Neudrucke der ›Gesammelten Werke‹ erschienen erst 1922 zu ASs 60. Geburtstag.

SOMMERPLÄNE: Aufgrund immer schärferer Ehekrisen war der Sommeraufenthalt unklar; Olga Schnitzler reiste schließlich nach Gastein und Salzburg, AS am 24. 8. nach Ischl und Aussee, von wo er nach einer Tour über Salzburg am 16. 9. nach Wien zurückkehrte.

LUCY VON JACOBY: Lucy von Jacobi (1887–1956), Schriftstellerin und Übersetzerin; Witwe des Schauspielers Bernhard von Jacobi (geb. 1880), der 1914 gefallen war.

ABTENAU: im Salzburger Tennengau.

[Visitenkarte; Abschrift] 29. 1. 1921

GENERAL-PROBE REIGEN: ›Reigen‹ hatte am 1. 2. 1921 in den Kammerspielen des Deutschen Volkstheaters unter der Regie von Heinz Schulbaur Premiere; schon vorher war es zu heftigen Polemiken, v. a. in der ›Reichspost‹, gekommen. Am 7. 2. wurde die Vorstellung gestört; drei Tage später verhängte der Innenminister ein Verbot der Aufführung, das die Bühne nicht zur Kenntnis nahm, da das zuständige Organ der Wiener Bürgermeister Jakob Reumann war. Im Nationalrat kam es daraufhin zu tumultuösen Szenen. Weitere Störaktionen gipfelten in einer Saalschlacht im Theater am 16. 2., woraufhin ein Verbot weiterer Vorstellungen durch die Polizeidirektion erfolgte. Der Bürgermeister wurde wegen Nichtbefolgung einer Weisung der Bundesregierung angeklagt und zuerst vom Verwaltungs-, dann vom Verfassungsgerichtshof freigesprochen (21. 2. und 26. 4.). – Gegen den Willen ASs wurde der ›Reigen‹ im nächsten Jahr nochmals angesetzt und von März bis Juni gespielt; von da an untersagte AS alle weiteren Aufführungen. – In Berlin, wo der ›Reigen‹ am 23. 12. 1920 am Kleinen Schauspielhaus Gertrud Eysoldts Premiere hatte, kam es am 22. 2. ebenfalls zu Störaktionen; im November erfolgte eine Gerichtsverhandlung gegen Direktoren und Schauspieler, die mit Freispruch endete.

8. 8. 1921

POSSENHOFEN BEI O.: AS war mit Heinrich und Lili Schnitzler am 26. 7. nach Aussee gefahren, von wo beide nach München weiterreisten, wo sie ihre Mutter nach halbjähriger Trennung wiedersahen; Olga Schnitzler hatte Wien im Januar verlassen, die Ehe war am 26. 6. in München geschieden worden. AS traf Olga Schnitzler Ende August in München und kehrte mit Lili über Salzburg nach Wien zurück.

[Abschrift] 4. 5. 1922

ROTTERDAM, HAAG, AMSTERDAM: Nach einem Aufenthalt in München (19. 4. - 24. 4.), wo AS mit Olga Schnitzler zusammentraf, reiste er nach Den Haag und hielt Vorlesungen in Rotterdam (26. 4.), Haag (27. 4.) und Amsterdam (29. 4.).

BREVEES: Berthe Brevée (geb. 1883), Schriftstellerin und Schauspielin, hatte AS auf den Vorlesungsfahrten begleitet; AS hielt sich kurz bei ihr in Osterbeck auf.

BERLIN: Am 9. 5. reiste AS nach Berlin, wo anläßlich seines 60. Geburtstags im Residenztheater eine Aufführung von ›Das weite Land‹ stattfand; über Nürnberg und München kehrte AS am 19. 5. nach Wien zurück.

18. 8. 1924

CELERINA: Am 5. 8. war AS über Ragaz und Chur nach Celerina gereist; ab 22. 8. hielt er sich zusammen mit Clara Katharina Pollaczek (s. Anm. zum Brief ASs v. 20. 7. 1897) in Luzern und Lugano auf; über Zürich kehrte er am 5. 9. nach Wien zurück.

23. 1. 1925

ZÜRICH: Am 7. 1. hatte AS eine Vorlesungsreise nach Stuttgart, Freiburg, Basel, Bern, St. Gallen und Zürich angetreten.

DER STEINERNE HERBERT: Herbert Steiner (1892–1966), Schriftsteller und Publizist, Herausgeber der ›Gesammelten Werke‹ Hofmannsthals, ein guter Bekannter RBHs. Damals Sekretär Hans Bodmers.

BODMER: Hans Bodmer (1863–1948). Präsident des ›Lesezirkels Hottingen‹ in Zürich, der AS eingeladen hatte. Auf Einladung dieser literarischen Vereinigung lasen auch RBH und Hofmannsthal.

GALLEN ... ZÜRICH: In St. Gallen las AS am 16. 1., in Zürich am 19. 1.

12. 10. 1926

RBHs Sohn Gabriel Beer-Hofmann (1901–1971) arbeitete in den Vereinigten Staaten als Regisseur und Schriftsteller (Ps. Gabriel Marlowe). U. a. inszenierte er ASs ›Anatol‹.

8. 6. 1927

RBHs Tochter Mirjam Beer-Hofmann (1897–1984) hatte am 27. 10. 1924 Ernst Czuczka (später Lens, 1890–1962) geheiratet und lebte in Berlin.

MICHAELIS: Dora und Karl Michaelis (s. Anm. zum Brief ASs v. 16. 9. 1908). AS besuchte sie häufig, wenn er sich in Berlin aufhielt.

LILY HEIRATET: Am 30. 6. 1927 fand die Hochzeit mit dem italienischen Offizier Arnoldo Cappellini (geb. 1889) statt. – Lili Schnitzler starb am 26. 7. 1928 durch Selbstmord.

17. 7. 1927

FRAU DR. MENCZEL: Rosa Menczel (geb. 1874), verheiratet mit dem Rechtsanwalt Philipp Menczel (1872–1938). Beide waren mit BHs befreundet.

28. 8. 1929

6. VIII.: Tatsächlich hielt sich RBH erst im September ca. 14 Tage in Marienbad auf.

F. S.: Felix Salten feierte am 6. 9. 1929 den 60. Geburtstag.

ZSOLNAYS ›ALMANACH‹: ›Glückwunschbrief an Felix Salten‹. In: Jahrbuch 1930. Wien: Zsolnay 1930, S. 95 f.: »Ich stehe vor dem Bücherschrank und nehme Band um Band des Werkes heraus, das Sie in den neununddreißig Jahren, seit wir uns begegnet sind, geschaffen haben – und bin ein wenig über mich erstaunt, daß es doch eines Anlasses bedurfte, damit mir – im Blick über so lange Zeit – erst so recht ganz bewußt würde: mit wie außerordentlicher Kraft Ihr schaffender Wille nach allen Seiten hin begehrend ausgriff, zeitlich und räumlich Fernes sich leidenschaftlich heranholte, Gegenwärtiges und Nahes suchend durchtastete, und zu Gestalt formte. [–] Und wie Sie, neben alledem, rastlos und – wie sehr entscheidet das! – immer in *Freude* an ihrem Tun, Ihr Netz in den Strom der Zeit warfen. [–] Nun ist soviel Vergängliches: Eines Menschen Art, der Reiz, der von einem Antlitz, einer Stimme, einmal ausging, der Duft einer Landschaft, die erste Wirkung eines Werkes, *so* aufbewahrt, daß kein künftiger Geschichtsschreiber dieses Landes und dieser Zeit, nunmehr achtlos an Alldem vorüber kann.« (S. 95) – Der Band enthielt auch ein Glückwunschschreiben ASs (S. 105 ff.): »Einem Manne, wie Sie, der, erfüllt von der fruchtbarsten Neugier und von der dankbarsten Empfänglichkeit, angeregt von überallher, anregend in die Nähe und in die Ferne, Einfühler und Eindenker in bestem Sinn, und dabei eigenwillig und selbständig wie Wenige, sich so viele Schätzer und Bewunderer erwarb, konnte es natürlich auch an Widersachern nicht fehlen; – welche Genugtuung muß es für Sie sein, wenn Sie heute, an der Schwelle Ihrer dritten Jugend, in diesem Land der Mißgunst und der Vorbehalte sich sagen dürfen, daß Ihre reiche, vielfältige und in jedem Augenblick lebendige Begabung gegen manches nicht immer unabsichtliche Mißverstehen sich von Jahr zu Jahr in stets höherem Maße durchzusetzen vermocht hat.« (S. 106)

IV. + V. BILDES: von: ›Der junge David. Sieben Bilder‹. Berlin: S. Fischer 1933. – Vorabdrucke erschienen u. a. am 25. 12. 1929 im ›Berliner Tageblatt‹ und in der ›Neuen Freien Presse‹ (aus dem 2. Bild).

FRAU P.: Clara Katharina Pollaczek.

DUCKI: eine zahme Haustaube RBHs.

AB — Arthur Schnitzler: Aphorismen und Betrachtungen. Hrsg. v. Robert O. Weiss. Frankfurt: S. Fischer 1967 (Gesammelte Werke)

Andrian — Correspondenzen. Briefe an Leopold Andrian 1894–1950. Hrsg. v. Ferrucio Delle Cave. Marbach 1989 (= Marbacher Schriften 29)

AS/Brahm — Der Briefwechsel Arthur Schnitzler – Otto Brahm. Vollständige Ausgabe. Hrsg., eingel. u. erl. v. Oskar Seidlin. Tübingen: Niemeyer 1975 (= Deutsche Texte 35)

AS/Reinhardt — Der Briefwechsel Arthur Schnitzlers mit Max Reinhardt und dessen Mitarbeitern. Hrsg. v. Renate Wagner. Salzburg: Otto Müller 1971

B I — Arthur Schnitzler: Briefe 1875–1912. Hrsg. v. Therese Nickl u. Heinrich Schnitzler. Frankfurt: S. Fischer 1981

B II — Arthur Schnitzler: Briefe 1913–1931. Hrsg. v. Peter Michael Braunwarth u. a. Frankfurt: S. Fischer 1984

Daten — Richard Beer-Hofmann: Daten. Mitgeteilt v. Eugene Weber. In: Modern Austrian Literature 17/2 (1984), S. 13–42

DW I, II — Arthur Schnitzler: Die Dramatischen Werke. 2 Bde. Frankfurt: S. Fischer 1962 (Gesammelte Werke)

ES I, II — Arthur Schnitzler: Die Erzählenden Schriften. 2 Bde. Frankfurt: S. Fischer 1961 (Gesammelte Werke)

EV — Arthur Schnitzler: Entworfenes und Verworfenes. Aus dem Nachlaß. Hrsg. v. Reinhard Urbach. Frankfurt: S. Fischer 1977 (Gesammelte Werke)

FG — Arthur Schnitzler: Frühe Gedichte. Hrsg. u. eingel. v. Herbert Lederer. Berlin: Propyläen 1969

Fischer — Samuel Fischer – Hedwig Fischer: Briefwechsel mit Autoren. Hrsg. v. Dierk Rodewald und Corinna Fiedler. M. e. Einführung von Bernhard Zeller. Frankfurt: S. Fischer 1989

GW — Richard Beer-Hofmann: Gesammelte Werke. M. e. Geleitwort v. Martin Buber. Frankfurt: S. Fischer 1963

HvH/AS — Hugo von Hofmannsthal/Arthur Schnitzler: Briefwechsel. Hrsg. v. Therese Nickl u. Heinrich Schnitzler. Frankfurt: S. Fischer 1964

HvH/RBH — Hugo von Hofmannsthal/Richard Beer-Hofmann: Briefwechsel. Hrsg. v. Eugene Weber. Frankfurt: S. Fischer 1972

JiW	Arthur Schnitzler: Jugend in Wien. Eine Autobiographie. Hrsg. v. Therese Nickl u. Heinrich Schnitzler. M. e. Nachwort v. Friedrich Torberg. Wien: Molden 1968
MS	Arthur Schnitzler: Medizinische Schriften. M. e. Vorwort v. Horst Thomé. Wien: Zsolnay 1988
NOVELLEN	Beer-Hofmann: Novellen. Berlin: Freund & Jeckel 1893
TB	Arthur Schnitzler: Tagebuch. Unter Mitwirkung v. Peter Michael Braunwarth u. a. hrsg. v. der Kommission für literarische Gebrauchsformen der Österreichischen Akademie der Wissenschaften, Obmann: Werner Welzig. Wien: Verlag der Österreichischen Akademie der Wissenschaften. 1879–1892: 1987; 1893–1902: 1989; 1903–1908: 1991; 1909–1912: 1981; 1913–1916: 1983; 1917–1919: 1985. (Für die Erlaubnis zur Zitation aus den noch unveröffentlichten Tagebüchern danke ich Prof. Werner Welzig.)

Der Briefwechsel

Die Briefe Arthur Schnitzlers an Richard Beer-Hofmann befinden sich in der Beinecke Library der Yale University, New Haven. Das Konvolut umfaßt insgesamt 533 Schriftstücke (Briefe, Postkarten, Telegramme und Visitenkarten), von denen 235 in diese Ausgabe aufgenommen wurden. Von den insgesamt 26 ebenfalls erhaltenen Schriftstücken Olga Schnitzlers an Richard/Paula Beer-Hofmann wurde eine Nachricht (12. 12. 1909) ausgewählt.
Die Briefe Richard Beer-Hofmanns an Schnitzler werden an der University Library Cambridge aufbewahrt; von den insgesamt 282 Schriftstücken wurden 183 hier wiedergegeben; darunter ist jeweils ein Brief von Gabriel und Mirjam Beer-Hofmann (12. 10. 1926, 8. 6. 1927).
Ferner existiert eine Abschrift des Briefwechsels durch Schnitzlers Sekretärin, die mir durch die Österreichische Gesellschaft für Literatur zugänglich gemacht wurde; 13 Schriftstücke, von denen die Originale nicht auffindbar waren (Brief Beer-Hofmanns v. 27?. 9. 1895, Nachrichten Schnitzlers v. 3. 8. 1893, 29. 9. 1894, August 1896, 4. 10. 1897, 17. 6. 1898, 23. 12. 1898, 21. 6. 1899, 12. 7. 1910, September? 1914, Juli? 1915, 29. 1. 1921, 4. 5. 1922) wurden nach dieser Abschrift übernommen.
Der gemeinsame Brief von Hugo von Hofmannsthal und Richard Beer-Hofmann vom 15. 2. 1903 folgt der Ausgabe des Briefwechsels Hofmannsthal/Schnitzler (HvH/AS 167 f.).
Nicht ediert wurden etwa reine Grußkarten, Nachrichtenzettel, die von Haus zu Haus gingen, Botschaften marginalen Inhalts oder Schriftstücke, die sich auf schon anderswo gegebene Informationen bezogen. In Hinblick auf den relativ großen Anteil, den dergleichen Texte an der gesamten Korrespondenz ausmachen, erschien eine angemessene Auswahl gerechtfertigt.

Zur Form

Orte und Daten wurden an den Anfang des Briefes gesetzt; sofern sie erschlossen wurden, in eckigen Klammern. Originalangaben wurden in der typischen Schreibweise (etwa 900 für 1900) belassen.

Erschlossene Lesungen stehen in eckigen Klammern. Die relativ seltenen Korrekturen wurden nicht übernommen. Unterstreichungen wurden kursiv gesetzt, ebenso Briefstellen von fremder Hand. Eindeutige Fehlschreibung oder inkorrekte Widergabe von Eigen- und Ortsnamen oder Werktiteln wurde berichtigt, wenn aus dem Kommentar der betreffenden Stelle die richtige Schreibung nicht ohnehin hervorgeht.
Durchgehende, entweder zeit- oder autorentypische Orthographie (thun, consultiren, Verhältniß, egyptisch, Dinstag usw.) wurde in der Regel beibehalten; nicht beibehalten wurden im Briefwechsel selbst unterschiedliche Schreibungen, wie Ae und Oe für Ä und Ö, Kleinschreibung am Briefanfang und verschiedenartige Abkürzungen; hier wurde etwa »u.« und »u« zu »und« vereinheitlicht, »dss« und »dß« zu »dass« und »daß«; vereinheitlicht wurden auch gebräuchliche Abkürzungen wie »d. h.«, »usw.«, »ca.«, »fl.« (für Gulden). In ganz seltenen Fällen wurden Abkürzungen, die nicht durch Kommentar oder Kontext erschlossen werden, aufgelöst.
Die höchst individuelle Groß- und Kleinschreibung wurde dann behutsam korrigiert, wenn sie nach heutiger Orthographie als sinnstörend empfunden werden könnte; ebenso wurde die Interpunktion vervollständigt oder richtiggestellt, wenn es sich um eindeutige Auslassungen oder irrtümliche Setzungen handelte.

Zu danken habe ich Christa Sammons (Beinecke Library, Yale) und A. E. B. Owen (University Library Cambridge) sowie den Mitarbeitern des Deutschen Literaturarchivs, Marbach, des Leo Baeck Instituts, New York, der Wiener Stadt- und Landesbibliothek, der Universitätsbibliothek Wien und des Stadtamtes Bad Ischl, die mich bei meiner Suche nach Informationen unterstützten. Für viele Hinweise danke ich Freunden und Kollegen; genannt sei Peter Michael Braunwarth, dessen Hilfsbereitschaft unermüdlich war. Ohne die Vorarbeit der Kommission für literarische Gebrauchsformen der Österreichischen Akademie der Wissenschaften hätte dieser Band nicht entstehen können.

Das Register

Erfaßt wurden Personen und in den Briefen genannte Werke. Kursive Zahlen verweisen auf Vorwort und Kommentar.

– Arthur Schnitzler

Bildnachweis

Leo Baeck Institute, New York: 179; Cambridge University Library: 136, 137, 163, 176, 186; Bildarchiv der Österreichischen Nationalbibliothek: Umschlagphotographie RBH (1909), *14* (AS 1925), *16* (AS im August 1927), 141, 146, 197, 231, 233; Schiller-Nationalmuseum/Deutsches Literaturarchiv, Marbach: 29, 35, 52, 77, 88, 95, 150, 189; Peter Arthur Schnitzler: Umschlagphotographie AS (1910), *8* (AS um 1912), *10* (AS während einer Mittelmeerreise im adriatischen Küstenland, März 1905), *12* (AS um 1914), 168, 218; Yale University, Beinecke Library: 135, 217.

Inhalt